STUART M. KAMINSKY

Blutige Rubel

Buch

Wieder einmal hat es das Team um Inspektor Porfirij Rostnikow mit mehreren Fällen gleichzeitig zu tun: Eine Serie brutaler Überfälle schreckt die Bewohner eines heruntergekommenen Moskauer Wohnviertels auf. Selbst für eine Handvoll Kleingeld scheuen die Täter vor Mord nicht zurück. Ein paar Straßenzüge weiter stirbt eine Prostituierte im Kugelhagel der Mafia, und Emil Karpo, Rostnikows verschlossener Kollege, schwört sich, die Mörder zu finden, um sie auf seine Weise zu bestrafen. Elena Timofejewa ermittelt in einem großangelegten Raubzug, bei dem wertvolle Schmuckstücke aus der Zarenzeit nach einem Polizeieinsatz spurlos verschwunden sind. Doch im verzweifelten Bemühen, diese Verbrechen zu klären, geraten die Beamten immer wieder an die Grenzen ihrer Möglichkeiten, da unzählige Menschen sich längst mit dem Verbrechen arrangiert zu haben scheinen...

In seiner meisterhaften Inspektor-Rostnikow-Serie gelingt es Stuart Kaminsky immer wieder, das Bild eines Landes zu zeichnen, das sich seit dem Ende des kalten Krieges im Umbruch befindet, gleichzeitig aber noch immer von den erstarrten Strukturen der alten Zeit geprägt wird.

Autor

Stuart M. Kaminsky lebt in Sarasota, Florida. Er ist Direktor des Florida State University Conservatory of Motion Pictures. Sein Roman *Kalte Sonne* wurde 1989 als bester Kriminalroman des Jahres mit dem Edgar-Allan-Poe-Award ausgezeichnet.

Außerdem im Goldmann Verlag

Der Mann, der wie ein Bär ging (5157)
Harte Währung (5918)
Tod eines russischen Priesters (5839)
Zwangsurlaub für Rostnikow (5801)

STUART M.
KAMINSKY

Blutige Rubel

Roman

Aus dem Amerikanischen
von Michael Kubiak

GOLDMANN

Die Originalausgabe erschien unter dem Titel
»Blood and Rubles«
bei Fawcett Columbine, New York

Umwelthinweis:
Alle bedruckten Materialien dieses Taschenbuches
sind chlorfrei und umweltschonend.
Das Papier enthält Recycling-Anteile.

Der Goldmann Verlag
ist ein Unternehmen der Verlagsgruppe Bertelsmann

Deutsche Erstausgabe 3/1997

Umschlaggestaltung: Design Team München
Umschlagfoto: Superbild / Sipa
Satz: Uhl + Massopust, Aalen
Druck: Elsnerdruck, Berlin
Krimi 5948
AB · Redaktion: Andrea Maria Längst
Herstellung: Heidrun Nawrot
Made in Germany
ISBN 3-442-05948-8

1 3 5 7 9 10 8 6 4 2

Für Yukimasa und Setsuko Kusumoto,
die Teil unserer Familie sind.

»Ihr werdet euch an mich erinnern, ehe ihr sterbt! Ihr glaubt, ihr hättet für Frieden und Ruhe gesorgt? Ihr glaubt, ihr werdet ab jetzt wie Edelleute leben? Nun, ich denke, euch erwarten ganz andere Dinge.«

Taras Bulba, in *Taras Bulba*
von Nikolai Gogol

Eins

Fast ein Tag wie jeder andere

Oleg Makmunow wußte, daß es Nacht war. Es schien keine Sonne. Er wußte, daß er sich irgendwo in der Nähe der Gorkijstraße befand, denn dort hatte er angefangen. Alles andere verschwamm im Alkoholnebel. Obgleich er nur Schuhe, ausgeleierte Socken, eine abgewetzte Hose und ein rotgelbkariertes amerikanisches Flanellhemd trug, hätte Oleg noch nicht einmal einem Polizisten sagen können, ob Sommer oder Winter war.

Alexi Schasow und seine beiden Brüder waren dem Betrunkenen etwa fünf Blocks weit gefolgt. Sie hatten sich im Schutz der Dunkelheit gehalten, obgleich es unwahrscheinlich war, daß der Betrunkene sie sah, solange sie nicht direkt vor ihm standen.

Die Straße war eng und leer. Nun, nicht ganz leer. Die Schasows hatten in einem Hauseingang einen jungen Mann und eine Frau in inniger Umarmung gesehen.

Der Betrunkene war weit gelaufen, seit man ihn aus dem Café New Hampshire mit seiner lauten amerikanischen Musik hinausgeworfen hatte. Er war anscheinend unbewußt in Richtung des Strogino-Distrikts davongestolpert, eine Gegend mit tristen Mietskasernen. Als er Strogino erreichte, entdeckten ihn die Schasows.

Der Betrunkene blieb stehen, aber Alexi hielt seine Brüder zurück.

Vor ihnen saß ein Mann auf dem kleinen Vorbau eines

Hauseingangs und rauchte Pfeife. Der Mann schien ziemlich groß zu sein, aber das war nicht genau zu erkennen. Die meisten Lampen in der kleinen Straße brannten nicht, und soweit sie doch funktionierten, gaben sie nur ein trübes Licht ab.

Oleg ließ sich in einen Hauseingang sinken und suchte in seinen Taschen die kleine Flasche Wodka, die er eingesteckt hatte, fand sie jedoch nicht. Er suchte weiter, diesmal nach Geld, und holte genug Rubel hervor, um sich eine kleine Flasche zu kaufen, falls er jemanden traf, dem er eine abschwatzen konnte. Er steckte das Geld wieder weg und versuchte sich darüber klarzuwerden, welcher Weg zur Gorkijstraße zurückführte. Er entschied sich für links und machte ein paar Schritte in diese Richtung.

Der große Mann auf dem Vorbau rauchte seine Pfeife zu Ende. Er klopfte die Asche auf dem Gehsteig aus, erhob sich, wandte sich um und verschwand durch die Tür hinter ihm.

Nun konnten die Schasows sich in Bewegung setzen. Während sie sich dem Betrunkenen näherten, erkannte Alexi, daß der Mann alt war. Er schätzte ihn auf mindestens fünfzig Jahre.

In Wirklichkeit war Oleg dreiunddreißig. Er hatte die meisten seiner Zähne durch sein ausschweifendes Leben und den Alkohol eingebüßt. Die Penner und die Trinker kannten ihn nur als den Lachenden Oleg, nicht weil er so freundlich war, sondern weil er unglaublich spaßig aussah, wenn er sein zahnloses Grinsen zeigte.

»Ein kleiner Schritt für Oleg«, sagte er zu dem Mann, der auf der anderen Straßenseite gesessen und geraucht hatte, aber nun war der Mann nirgendwo zu sehen. Oleg zuckte die Achseln und machte einen weiteren Schritt.

»Und einen zweiten Schritt für die glorreiche Zukunft von Mütterchen Rußland.«

Ehe er zum dritten Schritt ansetzen konnte, geriet er ins Schwanken. Er würde ganz sicher irgendwann aufs Pflaster stürzen. Das war ihm früher schon passiert. Und so oft schon hatte er sich auf der Straße herumgewälzt, um hochzublicken, wer ihn gestoßen hatte, und niemanden gesehen. Diesmal stürzte er nicht.

Er machte einen weiteren Schritt und wurde von hinten heftig angerempelt. Seine Hände fuhren hoch, um sein verwüstetes Gesicht vor dem Aufprall auf dem Asphalt zu schützen. Er hatte Glück. Er spürte, daß sich mehrere Personen über ihn beugten, während er sich herumrollte, dann auf die Ellbogen stützte und mit seinem schiefen Grinsen hochsah, das gewöhnlich großes Gelächter auslöste. Auf den drei Gesichtern über ihm zeigte sich kein Lachen. Oleg versuchte aufzustehen, als ihn irgendetwas dicht über dem linken Auge traf, etwas Hartes, Schweres. Es war nicht unbedingt Schmerz, den er verspürte, eher Überraschung. Er sackte wieder zurück.

Der zweite Schlag traf ihn mitten ins Gesicht, und er fühlte, daß seine Nase wieder einmal zerquetscht wurde, wahrscheinlich zusammen mit seinem Jochbein. Als etwas seine Brust eindrückte und seine Rippen brachen, hatte er Schwierigkeiten beim Atmen.

Er wollte etwas sagen, als etwas seinen Schädel eindrückte, und er wurde sich vage bewußt, daß er wahrscheinlich starb. Er unternahm den Versuch zu atmen und zu denken, aber beides gelang ihm nicht.

Die drei Brüder hoben weiterhin Steine und Zementbrocken auf und schleuderten sie auf den blutigen, zertrümmerten Kopf von Oleg Makmunow. Als sie sicher sein konnten, daß er tot war, durchsuchte derjenige, der auf seinen Brustkorb gesprungen war, Olegs Taschen, wo er die wenigen Rubel fand sowie zwei Schlüssel, einen glatten Stein, dessen Farbe sie nicht erkennen konnten, und einen Bleistiftstummel.

Das war genug. Mehr erwarteten die Schasows nicht. Sie gingen die enge Straße hinunter, wortlos und ohne Eile.

Alexi Schasow war elf Jahre alt. Seine Brüder, Boris und Mark, waren neun und sieben.

Porwinowitsch stand in der Warteschlange im Meldeamt und las ein Buch. Das Buch war in Russisch. Es war ein ziemlich langweiliger Roman über eine Familie, die im neuen Moskau ihren Lebensunterhalt nicht mehr verdienen konnte.

Seinen Lebensunterhalt zu verdienen, war für Alexi Porwinowitsch kein Problem. Er war ein wohlhabender Mann mit einem Einkommen, das sich, nach Zahlung von Bestechungsgeldern an alle, inklusive Steuerpolizei, auf vierundzwanzig Millionen Rubel in der Woche belief, was ungefähr zwölftausend Dollar entsprach.

Er besaß drei Firmen – eine Lampenfabrik, eine Zigarettenfabrik und eine Filmgesellschaft. Die Lampen waren wacklige Tischmodelle mit grünen Schirmen, die lediglich mit 30-Watt-Birnen betrieben werden konnten. Die Zigarettenfabrik war in Wirklichkeit ein Verpackungsbetrieb, wo die türkischen Zigaretten, die Alexi praktisch umsonst bekam, umgepackt und anschließend mit einem Gewinn von fünfhundert Prozent weiterverkauft wurden. Die Filmgesellschaft war neu. Alexi hatte keine Ahnung vom Filmgeschäft, aber er hatte entdeckt, daß amerikanische, französische, deutsche, englische und japanische Produzenten Filme in Rußland drehen wollten. Alexis Job bestand darin, die Filmemacher gegen eine sehr hohe Gebühr durch die neuorganisierte Bürokratie zu lotsen. Alexi war ein Meister des *proizvol*, der Ausbeutung eines in Unordnung geratenen Systems. Er setzte seine Macht ein, um seinen Reichtum zu mehren, und er verteilte Rubel, um die Macht anderer zu steigern. Und alles diente nur dazu, seine eigenen Ziele zu verwirklichen. Er war darin schon ein Meister, als die Bürokraten noch Kommunisten waren, und er war darin ein noch größerer Meister, nun da die Bürokraten in die eigene Tasche wirtschafteten. Der Kapitalismus hatte eine typisch russische Prägung erhalten.

Von seinem Reichtum abgesehen hatte er eine bildschöne intelligente Ehefrau, die fünf Sprachen beherrschte, die sie als Prostituierte erlernt hatte. Außerdem unterstützte er seinen Bruder, der kaum mehr war als ein *lokhl*, ein Einfaltspinsel.

Die Warteschlange rückte weiter. Alexi konnte nicht mehr in seinem Buch lesen. Er bot es einem hageren, hustenden Mann hinter ihm an. Der Mann nahm es ohne ein Zeichen des Dankes oder der Dankbarkeit entgegen. Alexi erwartete auch nichts dergleichen.

Schließlich war Alexi an der Reihe, in dem Stahlrohrsessel vor dem Tisch des Mannes mit mehrfachem Doppelkinn Platz zu nehmen. Alexi hatte sich dem Anlaß angemessen gekleidet – ein konservativer, eindeutig nicht neuer, grauer Anzug, ein leicht zerknittertes weißes Hemd mit offenem Kragen, eine graue Krawatte mit kleinen blauen Blitzen. Er legte den schwarzen Kunststoffaktenkoffer auf den Schreibtisch und lächelte müde, während er die Papiere übergab. Der Mann ergriff sie mit seinen plumpen Fingern.

»Lassen Sie mal sehen«, sagte der Mann.

Er war formeller gekleidet als Alexi und trug einen fast uniformhaften dunklen Anzug sowie eine dunkle Krawatte und ein bis zum Hals zugeknöpftes Hemd.

»Das *Protocal Sobranly* ist in Ordnung, die Adressen sind... Ist das eine Sieben?«

Alexi beugte sich vor und bestätigte, daß es in der Tat eine Sieben war. Der Mann nickte mit ernster Miene. Es war der erste Schritt, um Alexi darüber zu informieren, daß für die Lösung dieses und weiterer Probleme, die er sicherlich finden würde, ein bestimmter Preis zu zahlen wäre.

»Ihr *ustav* scheint ebenfalls korrekt zu sein. Sie beantragen die Genehmigung zur Gründung einer Aktiengesellschaft. Was wollen Sie herstellen oder verkaufen?«

»Bücher und andere verwandte Produkte«, sagte Alexi.

Die verwandten Produkte waren unter anderem Computer und Wohnungen, die untervermietet werden sollten.

Der fette Mann ging nicht näher darauf ein. Er schlug die Seite mit dem Finanzbericht, dem Kernpunkt der Angelegenheit, auf.

»Sie haben 20 Millionen Rubel zur Verfügung, um dieses Unternehmen zu starten?«

»Wie aus den Angaben hervorgeht, die allesamt beglaubigt wurden«, sagte Alexi. »Alle Fälligkeiten und Forderungen wurden bezahlt, wie aus den Unterlagen hervorgeht.«

»Gut, gut«, sagte der Mann, befeuchtete die Finger und blätterte langsam weiter zu den Bürgschaftserklärungen der Grundstückseigentümer. »Sie wollen Ihre Geschäfte in der Puschkinstraße 45 betreiben?«

»Jawohl«, sagte Alexi.

Die Dokumente, die vor dem dicken Mann lagen, waren von Alexis Frau unterschrieben worden, die offiziell als Eigentümerin des Bürogebäudes auftrat, in dem alle Unternehmungen Alexis Geschäftsräume gemietet hatten.

Die Schlange derer, die ein eigenes Unternehmen gründen wollten, war lang hinter Alexi. Alle warteten geduldig. Sie hatten ihr ganzes Leben lang geduldig gewartet, und die meisten rechneten damit, daß ihre Anträge zur Geschäftsgründung zurückgewiesen würden und daß sie irgendein anderes Büro aufsuchen müßten, um ihre Dokumente »korrigieren« zu lassen.

»Die vorläufige Zulassung ist ebenfalls in Ordnung«, sagte der fette Mann und warf einen Blick auf die Karte vor ihm.

Es hatte Alexi fünftausend Rubel für den Anwalt im Meldeamt gekostet, um dafür zu sorgen, daß die Anträge in Ordnung waren, damit er die Zulassung erhielt.

»Amtlicher Polizeistempel«, sagte der Mann. »Die Kennnummer wurde von der Staatlichen Kommission für Statistik vergeben. Der Stempel ist ein wenig blaß.«

Alex stieß einen leisen Seufzer aus.

»Und Ihr Firmenstempel sieht den Stempeln mehrerer Antragsteller vom vergangenen Monat täuschend ähnlich«, sagte der fette Mann und schüttelte den Kopf über die Inkompetenz der Leute, die für diese Punkte verantwortlich waren. »Der Unterschriftsbogen ist in Ordnung und notariell beglaubigt«, fuhr der fette Mann fort. »Drei Namen. Ihre Geschäftspartner?«

»Ja«, sagte Alexi.

Der fette Mann nahm sich das nächste Dokument vor.

»Das Bankguthaben des Unternehmens scheint ausreichend zu sein.« Der fette Mann schaute Alexi zum ersten Mal direkt an.

»Wir hatten das Glück, genügend Grundkapital für dieses Unternehmen zusammenzubekommen«, sagte Alexi leise.

»Gut, gut, gut«, sagte der fette Mann. »Mal sehen, ob wir das so weitergeben können. Die Unterlagen der Pensionskasse sind unterschrieben und gestempelt, und Sie haben das Formular von der Steueraufsicht.«

Der Mann blätterte die Dokumente durch und schüttelte erneut den Kopf.

»Ich würde Ihnen gerne ein Dauerzulassungspapier ausstellen«, sagte der Mann, »aber es gibt einige kleinere Diskrepanzen, Worte sind durchgestrichen, Stempel sind zu blaß und kaum erkennbar. Ich würde Ihnen ja durchaus...« Er zuckte die Achseln, um anzudeuten, daß er gerne behilflich wäre.

»Ich habe noch ein Dokument, das vielleicht die Angelegenheit beschleunigt«, sagte Alexi und reichte dem fetten Mann einen kleinen braunen Briefumschlag.

Der Mann öffnete den Umschlag und blickte hinein, wobei er sorgfältig darauf achtete, daß niemand in der Warteschlange oder der Urkundsbeamte am nächsten Schreibtisch ihn dabei beobachtete. In dem Umschlag befanden sich fünf Einhundertdollarscheine. Der fette Mann schob den Umschlag in die Schublade seines Schreibtisches und stempelte die letzte Bescheinigung ab, die es Alexi Porwinowitsch gestattete, sein neues Unternehmen zu eröffnen. Alexi nahm das Dokument entgegen, schüttelte die schlaffe Hand des Mannes und verstaute sämtliche Papiere wieder in seinem Aktenkoffer.

Alexi überließ den Klappstuhl dem hageren, nervösen Mann hinter ihm, dem er auch das Buch geschenkt hatte.

Erfolg. Es hatte nur drei Wochen des Wartens und des Schmierens erfordert, um das Dokument zu erhalten. Er hatte zwei weitere Briefumschläge in seinem Aktenkoffer, jeder mit fünfhundert Dollar gefüllt. Er war innerlich darauf vorbereitet gewesen, sie alle dem fetten Urkundsbeamten zu geben. Doch der Fette hatte sein Wohlwollen weit unter dem üblichen Kurs verkauft.

Zufrieden seinen Aktenkoffer schwenkend, verließ Alexi das Amtsgebäude. Draußen sah er zum Himmel hinauf. Es war Anfang Oktober. Es hatte bereits den ersten Nachtfrost gegeben, und schon bald würde der erste Schnee folgen. Innerhalb eines Monats würde die Moskwa zufrieren, und die Stadt würde im Schnee versinken. Gut.

Es war noch früh, kurz vor zwei Uhr nachmittags, und Alexi beschloß, auf einen Drink und vielleicht ein Sandwich im Grand Hotel vorbeizuschauen, ehe er in sein Büro ging.

Er eilte die Nikolskajastraße hinunter – früher die Straße des 25. Oktober – eine Straße so alt wie Moskau selbst. Die Straße war voller Menschen. Alexi blieb vor der alten Druckerei im Haus Nr. 15 stehen. Mit seiner hellblauen Fassade und dem neugotischen Mauerwerk aus weißem Stein, seinen Sonnenuhren, Dachtürmchen und dem majestätisch dahinschreitenden Löwen und dem Einhorn über dem Haupteingang war es ein Bauwerk, das Alexi überaus bewunderte. Das erste russische Buch war dort im Jahr 1564 von Iwan Fedorow gedruckt worden. Alexi war zuversichtlich, daß ihm dieses Gebäude schon in Kürze gehören würde.

Er schaute gerade zu dem Einhorn hoch, als der schwarze Mercedes am Bordstein hielt und zwei Männer aus dem Wagen stiegen. Beide trugen Skimützen, die nur die Augen freiließen, und hielten Maschinenpistolen in den Fäusten. Menschen flüchteten, stürzten zu Boden und schrien.

Alexi fuhr herum, sah die Männer und machte Anstalten, ebenfalls in Deckung zu gehen. Doch er erkannte schnell, daß die Maschinenpistolen auf ihn zielten.

»In den Wagen«, befahl einer der Männer.

Alexi war wie gelähmt. Das konnte nur ein Irrtum sein.

»Ich bin nicht –«, begann er, wurde aber durch den Schlag mit einem Pistolenlauf zum Schweigen gebracht.

Sein Jochbein zerbrach, und er spuckte Blut. Der Entführer wiederholte seinen Befehl. »In den Wagen!«

Alexi stolperte vorwärts und kroch auf den Rücksitz des Wagens. Einer der Maskierten folgte ihm. Der Fahrer nahm die Mütze ab, während der Wagen die Straße hinunterraste. Sein Partner auf dem Rücksitz brüllte: »Was tust du da? Willst du, daß er uns erkennt?«

»Ich kann nicht mit einer Skimütze durch die Straßen fahren«, begründete der Fahrer seinen Entschluß.

Der Entführer auf dem Rücksitz trug seine Skimütze immer noch. Mit einem nervösen Laut akzeptierte er die Erklärung seines Komplizen.

»Paß auf, daß du den Wagen nicht mit deinem Blut versaust«, sagte er, nahm die eigene Mütze ab und reichte sie Alexi. »Er gehört mir nicht.«

Alexi nahm die Mütze und preßte sie gegen seine schmerzhaft pulsierende Wange. Dann sah er hoch und erkannte den Mann, der ihm die Mütze gereicht hatte. Das

Haar des Mannes war wild zerzaust, und er atmete keuchend.

Alexi war überzeugt, daß er schon bald sterben würde.

Nur wenige Blocks von der Neva entfernt und nicht weit vom Sankt-Isaak-Platz stand ein hochgewachsener, schlanker Mann in schwarzer Hose, schwarzen Schuhen, schwarzem Oberhemd und schwarzem Jackett und beobachtete, wie mehrere uniformierte Männer hastig aus zwei Transportern sprangen. Neben dem hochgewachsenen Mann – der einige Passanten lebhaft an einen Vampir erinnerte – stand eine hübsche, leicht mollige junge Frau in einem strengen grauen Kostüm. Sie waren ein seltsames und sehr ernst wirkendes Paar.

Die Männer, die aus den Transportern glitten, waren mit den standardmäßigen AK-47-Gewehren bewaffnet und trugen dunkelblaue Uniformen und Helme. Über ihre Uniformen hatten sie kugelsichere Westen gezogen, die ihnen jedoch bei den automatischen Waffen, die bereits lange vor dem Aufstieg der Demokratie Jelzins in Moskau in Umlauf waren, nun sehr wenig nützten.

In kürzester Zeit kam eine Schar Schaulustiger zusammen, die meisten von ihnen blieben aus bloßer Langeweile stehen, doch einige mußten unbedingt ihre Neugier befriedigen.

»Terroristen«, sagte eine alte Babuschka voller Überzeugung zu der hübschen molligen Frau. Niemand wagte den abweisenden, ernsten Tataren anzusprechen.

Die hübsche Frau, Elena Timofejewa, nickte zustimmend. Dies ließ die Babuschka, die eine schwere Stofftasche von der linken in die rechte Hand wechselte, mutiger werden. Sie fügte hinzu: »Afghanen.«

Ein Murmeln ging durch die Menschenmenge. Einige stimmten der Feststellung zu, andere bezeichneten sie als baren Unsinn.

»Tschetschenen. Es waren Tschetschenen. Ich hab's genau gesehen«, rief ein anderer.

Mittlerweile verteilten sich mehr als zwanzig uniformierte Männer in gleichmäßigen Abständen vor dem alten zweistöckigen hölzernen Mietshaus. Sie erinnerten Elena an die Männer, die sie einmal in einem alten amerikanischen Horrorfilm gesehen hatte. *Das Ding* hatte er geheißen und von einer Gruppe Wissenschaftler gehandelt, die eine riesige fliegende Untertasse erforschten, die im Eis eingeschlossen war.

An diesem Morgen gab es kein Eis, doch man spürte bereits die ersten kalten Vorboten des Winters.

Elena war mit der Buslinie Nummer 3 den Newski Prospekt hinuntergefahren und zwei Blocks weit zu Fuß gegangen, um den Schauplatz des Geschehens zu erreichen. Inspektor Emil Karpo, der hagere Mann an ihrer Seite, hatte die Metro bis zur Station Gostinnij Dwor genommen.

Jemand gab einen knappen Befehl, und die uniformierten Männer holten lange Seile mit Eisenhaken an den Enden hervor.

Fotografen schossen hektisch unzählige Bilder. Journalisten kritzelten hektisch ihre Notizblöcke voll.

»Wenn sie glauben, sie könnten die Terroristen überraschen«, knurrte ein einbeiniger alter Mann mit Krücken und einem weißen Zweitagebart, »sind sie Vollidioten.«

»Keine Terroristen«, widersprach ein Mann in wissendem Tonfall. »Mafia.«

»Mafia«, murmelten einige Menschen in der Menge.

Elena Timofejewa wußte, weshalb die Männer in Uniform ihre Kletterseile auf dem Dach des zweistöckigen Gebäudes verankerten, Seile, die wahrscheinlich eher die alten Dachpfannen herunterrissen als das Gewicht bis an die Zähne bewaffneter Männer zu tragen, die außerdem mit kugelsicheren Westen ausgestattet waren.

Das Ganze war eine Show. Elena und Karpo waren als Vertreter des Dezernats für Sonderermittlungen zu der Show geschickt worden. Sie sollten, laut Oberst Snitkonoi, als Verbindungsleute mit der Steuerpolizei zusammenarbeiten, deren Männer nun unter dem Beifall der Schaulustigen an der Hauswand emporkletterten. Es war zwar nicht gerade der Moskauer Staatszirkus, aber es war ein Spektakel, und ein kostenloses dazu noch.

Karpo und Elena wußten, daß keinerlei Notwendigkeit für diesen Aufwand bestand. Die Steuerpolizei hätte einfach die Haustür einschlagen können. Dies war keine Aktion gegen eine terroristische Interessengruppe oder einen gefährlichen Verbrecher, sondern lediglich ein Einsatz, der auf Hinweis eines zuverlässigen Informanten hin erfolgte. Der alte Mann, dem das Gebäude gehörte, war vor kurzem gestorben. Er hatte wertvollen Schmuck und andere Gegenstände gesammelt, die der Besteuerung unterlagen.

Es war die Aufgabe der Steuerpolizei, für die Durchführung der neuen Steuergesetze zu sorgen, die einem neuen, doch mehr als nur leicht gebeutelten Rußland viele Milliarden Rubel von einzelnen Bürgern, Firmen und ausländischen Unternehmern einbringen sollten. Die Steuerpolizei hatte außerdem die Aufgabe, für Angst in der Bevölkerung zu sorgen, damit die Bürger ihre Steuern zahlten. Bei Tag durchgeführte Razzien mit Scharen schwerbewaffneter Agenten waren derzeit nichts Ungewöhnliches. Es war fast selbstverständlich, mitanzusehen, wie verwirrte Geschäftsleute mit auf den Rücken gefesselten Händen aus ihren Büros abgeführt wurden.

Die Posten bei der Steuerpolizei waren heiß begehrt, denn die Steuerpolizisten erhielten nicht nur ihr reguläres Gehalt, sondern auch einen kleinen Anteil dessen, was sie konfiszierten. Karpo war überzeugt, daß nicht einmal in den Vereinigten Staaten jemals ein derartig drastischer Kapitalismus praktiziert worden war.

Die Menge der Schaulustigen war noch angewachsen, während die Steuerpolizisten aufs Dach kletterten oder unterwegs Fenster zerschlugen und ins Haus eindrangen. Als Scheiben zerbrachen und auf die Menschenmenge herabregneten, wichen die Schaulustigen hastig zurück und hielten sich schützend die Hände über die Köpfe.

Hauptmann Sergej Walarow von der Steuerpolizei, ein ehemaliger Offizier der Sowjetarmee, kam zu Elena und Karpo herübergeschlendert und sagte: »Das Haus ist gesichert.« Walarow sah aus wie ein Hauptmann – schneidig, kompetent, mit dunklem, glattem Haar und der Andeutung eines Schnurrbarts.

Niemand hatte ein Megaphon mitgebracht, um die Bewohner zum Verlassen des Gebäudes aufzufordern. Niemand hatte an die Tür des zweistöckigen Hauses geklopft. Elena kam der Gedanke, daß die Haustür durchaus offen sein könnte oder daß ein Anklopfen die zögernde Einladung des Bewohners, doch hereinzukommen, hätte zur Folge haben können.

»Vielen Dank«, sagte Karpo. Er folgte dem Hauptmann über die Straße und durch die Haustür, die von einem der Männer geöffnet worden war, die das Gebäude gestürmt hatten.

Die Menschenmenge drängte hinter dem Hauptmann, dem Vampir und der jungen Frau über die Straße, wo sie von zwei Dutzend Polizisten in Uniform aufgehalten wurde.

»Wie Sie wissen«, sagte der Hauptmann, während er an dem salutierenden Beamten an der Tür vorbeiging, »beobachten wir das Haus schon seit einiger Zeit.«

Elena und Karpo wußten sehr wohl darüber Bescheid.

»Und«, fügte Hauptmann Walarow hinzu, während sie einen dunklen, engen Gang durchquerten, verfolgt von Fotografen, die ein wahres Blitzlichtgewitter veranstalteten, »wir hatten berechtigte Gründe zu der Annahme, daß eine Menge Kunstgegenstände von historischer Bedeutung von einem Mann namens Dokorow zusammengetragen wurden. Diese Gegenstände – und wir mußten davon ausgehen, daß es sich um eine umfangreiche Sammlung handelt – sind niemals steuerlich erfaßt worden. Außerdem könnten einige Stücke sogar gesetzlich geschützte Kunstobjekte sein. In diesem Fall wären sie Eigentum des Staates.«

Karpo und Elena waren überzeugt, daß Hauptmann Walarow mehr als nur »berechtigte Gründe zu der Annahme« hatte, daß es sich lohnen würde, das Haus zu kontrollieren. Anderenfalls hätte er sicherlich keine Instruktionen erhalten, diese sorgfältig vorbereitete Invasion zu inszenieren. Dieses Spektakel würde sicherlich als Sensationsmeldung in den abendlichen Fernsehnachrichten kommen.

Der Hauptmann ging zielstrebig auf das Ende des Gangs zu. Elena, Karpo und eine privilegierte Gruppe von handverlesenen Pressevertretern, von denen einige mit Videokameras jonglierten, drängelten nach vorne, um besser sehen zu können.

Was sich ihrem Blick durch die nächste Tür bot, war weitaus mehr, als sie sich vorgestellt hatten, war mehr, als Walarow und wahrscheinlich sogar seine Vorgesetzten erwartet hatten. Das Innere des Hauses war total ausgeweidet worden. Sie standen in einer riesigen Lagerhalle mit fast zwei Stockwerke hohen Regalen, deren obere Fächer nur über die lange Leiter erreichbar waren, die links von ihnen an der Wand lehnte.

Die Blitzlichter liefen heiß. Hauptmann Sergej Walarow warf sich für die Fotografen stolz in die Brust und betrachtete das Museum vor sich, die Reihen von Büchern, den Schmuck, einen Kronleuchter, Gemälde, Servierplatten, Holzkisten mit Aufschriften wie MIKROSKOPE, MANUSKRIPTE, KLEINE IKONEN und eine Menge mehr.

Karpo streckte die Hand aus und tippte auf die Schulter des posierenden Walarow, der nur mit einem leichten Zucken seiner Wangen verriet, daß dies alles viel mehr war, als er im Innern des Hauses zu finden erwartet hatte.

»Es wäre vielleicht am besten, wenn man die Presse nach draußen bittet und den Leuten mitteilt, daß Sie in ein paar Minuten mit einem ausführlichen Bericht zur Verfügung stehen. Unterdessen schlage ich vor, daß Sie sich von Ihren Vorgesetzten weitere Instruktionen holen.«

Der Hauptmann nickte, atmete hörbar aus und drängte mit Hilfe dreier seiner Männer die protestierende Gruppe in den Durchgang zurück. Als sie verschwunden waren, gab Karpo Elena ein Zeichen, woraufhin sie die Tür schloß. Die beiden Polizisten waren nun alleine in dem großen Saal.

»Schreiben Sie«, sagte Karpo, und Elena holte ihr Notizbuch und einen weißen Kugelschreiber hervor, der den Aufdruck BARNES AND NOBLE in roten Buchstaben trug.

Sie schlenderten langsam durch einen Gang zwischen den Regalen. Durch die geschlossene Tür war der Lärm neugieriger Reporter deutlich zu hören.

»Erster Lagebericht«, sagte Karpo. »Unsystematischer Überblick. Familienporträt der Romanows, offiziell. Wenn das Datum stimmt, handelt es sich um die letzte Aufnahme der Familie. Regale voller Bücher, gestützt von Ikonenstapeln in goldenen und silbernen Rahmen.«

Er schlug ein Buch auf und fuhr fort: »Erstausgabe, Bibel von 1639 mit Signatur ›Für Ilja, Iwan Fedorow‹.«

Elena berührte das Buch. Sie wußte, daß Fedorow als russischer Gutenberg galt. Es schien noch ein Dutzend ähnlich aussehender Bände zu geben.

»Das sind ja Hunderte von Büchern«, platzte Elena heraus.

»Mehrere tausend«, korrigierte Karpo sie und öffnete einen Holzkasten, der vor ihm in einem Regalfach stand.

Darin befanden sich winzige Vergrößerungsgläser, jedes in einem eigenen Fach und in Baumwolltücher gewickelt. Auf den Gläsern lag ein vergilbtes Blatt, das aus einem Buch herausgerissen worden war. Karpo überflog die Buchseite und reichte sie an Elena weiter, die laut vorlas: »Das Mikroskop wurde von einem holländischen Optiker im siebzehnten Jahrhundert erfunden. Es war ein einfaches Gerät. Er baute jedes Exemplar eigenhändig. Sie funktionierten überraschend gut. Die meisten sind in privaten Sammlungen verschwunden oder gingen einfach verloren. 1923 wurde ein vollständiger Kasten mit Leeuwenhoek-Mikroskopen in einer Apotheke in Belgrad entdeckt. Als die Polizei eintraf, war der Kasten verschwunden. Der Apotheker wurde zu einer eingehenden Untersuchung in eine psychiatrische Klinik eingeliefert.«

»Und dies ...?« begann Elena.

»...könnte durchaus dieser Kasten sein«, beendete Karpo den Satz und nahm eines der Objekte aus Glas und Draht in die Hand.

»Dieser Saal«, sagte die Beamtin, während sie sich umschaute, »dürfte mehr Schätze enthalten als das Kremlmuseum.«

Eine Maus huschte raschelnd über ein altes Blatt Papier irgendwo in einer dunklen Nische.

»Mehr wohl nicht, aber vielleicht andere«, sagte Karpo.

»Mein Gott«, seufzte Elena.

Da Karpo weder an Gott noch an Blasphemie glaubte, fuhr er fort, willkürlich Gegenstände auszusuchen, von denen er einige noch nicht einmal identifizieren konnte. Aber der Gold- und Brillantschmuck von den verschiedenen Fürstenhöfen Rußlands war eindeutig zu identifizieren. Darunter befand sich auch eine sehr alte verzierte goldene Krone, die, wenn Karpo die verblichene Inschrift richtig deutete, einst Iwan dem Schrecklichen gehört hatte.

»Wir werden zur Sichtung all dessen einen Experten heranziehen müssen«, sagte er schließlich.

Elena steckte ihr Notizbuch weg und berührte die Krone von Iwan dem Schrecklichen. Sie war, wie auch der ganze Saal ringsum, kühl, feucht und roch nach Moder.

»Millionen«, murmelte sie. »Das alles ist Millionen wert.«

»Und in Rubeln«, sagte Karpo, während er das Porträt einer wunderschönen und königlichen Frau betrachtete, »Milliarden und Abermilliarden.«

»Wieviel in amerikanischen Dollar?« fragte sie.

Karpo schaute sich um. »Nicht zu schätzen. Milliarden.«

»Aber wer...?« fragte Elena, als plötzlich eine zerbrechliche alte Frau in einem abgetragenen Kleid hinter einem Regal hervortrat und sagte: »Verschwinden Sie!«

»Wir sind von der Polizei«, erwiderte Elena.

Die Frau kam auf sie zu. Sie hielt etwas in der Hand, das aussah wie ein silbernes Zepter, das mit roten und grünen Edelsteinen besetzt war.

»Hinaus!« rief sie.

»Gehört das alles Ihnen?« fragte Karpo.

»Meinem Bruder und vor ihm meinem Vater«, antwortete die kleine Frau und hob das Zepter, als wollte sie damit zuschlagen. »Alles ehrlich erworben, Stück für Stück, zum Teil schon vor der Revolution, bis Pavel starb.«

»Ihr Vater ist gestorben?« erkundigte sich Elena.

»Mein Bruder Pavel«, sagte die Frau. »Erst vergangene Woche. Also gehört es jetzt mir. All diese Parasiten auf der Straße, die wußten, daß meine Familie solche Dinge sammelte – einer von ihnen ist zur Steuerpolizei gerannt.« Sie tat so, als spuckte sie in Richtung der Haustür. »Pavel hat niemals jemanden belästigt. Er war nur ein armer Elektriker in den Regierungskantinen. Wir haben nicht luxuriös gelebt. Er hat dies alles … geliebt.«

Die Frau blieb vor Karpo stehen, der nicht mit der Wimper zuckte, obgleich das schwere Zepter seinem Gesicht gefährlich nahe kam.

»Es gab Leute – die spekuliert haben mit Häusern, Waffen, seltenen Objekten«, sagte Karpo. »Als die Revolution ausbrach, kauften sie all das den Angehören des Zarenhofs für ein paar Rubel ab, und auch den reichen Kaufleuten, die mit dem Entstehen der Sowjetunion rechneten und nicht alles mitnehmen konnten, was sie dem Volk gestohlen hatten. Ich habe gehört, daß solche Sammlungen außer Landes gebracht und an Händler, Sammler und Museen verhökert wurden. Ich habe aber niemals von einer Sammlung solchen Umfangs gehört.«

Da sie den blassen Mann nicht einschüchtern konnte, sah die zerbrechliche Frau zu Elena, die sich zwang, eine entschlossene Miene aufzusetzen. Niedergeschlagen legte die Frau das Zepter auf ein Regalbrett.

»Was hatten Sie mit all dem vor?« fragte Elena, während die Frau sich gegen einen Schrank lehnte. Dann, unvermittelt, riß die Frau sich los und rannte den Gang hinunter. Dabei schrie sie: »Es gehört alles mir!«

Elena wollte ihr nachlaufen, aber Karpo streckte eine Hand aus, um sie aufzuhalten.

»Wir wollen nicht die Frau«, murmelte er und ließ seinen Blick durch den Raum schweifen.

Elena sah sich ebenfalls im Saal mit seinen Schätzen um. »Das ist einfach wunderbar«, seufzte sie andächtig.

Karpo schwieg. Die Steuerpolizei war draußen und würde in Kürze im Namen des neuen Staates ihre Forderung stellen. Karpo war überzeugt, daß, wer immer diese Schatzkammer kontrollierte, über enorme politische Macht verfügen mußte.

Karpo hob eine kleine Ikone hoch. Der tote Jesus, dessen Kopf mit einem Tuch verhüllt war, war von seinen Jüngern umgeben, die allesamt, wie Jesus, eine Dornenkrone und altgoldene Gewänder trugen.

Walarow kehrte in den Saal zurück. Er hatte seine Selbstsicherheit zurückgewonnen und wandte sich an Elena und Karpo. »Morgen früh kommen einige Experten hierher und fangen an, alles, was sich in diesem Saal befindet, zu katalogisieren. Unterdessen wird die alte Frau hier eingesperrt, und an den Türen werden Wachen aufgestellt. Ich wurde angewiesen, dies der Presse mitzuteilen.«

Karpo, der jetzt ein altes in Leder gebundenes Buch in der Hand hielt, nickte, ohne den Hauptmann anzusehen. Walarow entfernte sich schnell und fragte sich im Stillen, ob er vielleicht ebenfalls Anspruch auf einen kleinen prozentualen Anteil an der wahrscheinlich größten Steuerbeitreibung in der Geschichte der Steuerpolizei hätte. Karpo klappte das Buch behutsam zu und legte es zurück ins Regal. Er beschloß, am nächsten Tag hierher zurückzukommen.

Aber am nächsten Morgen, als die drei Antiquitätenhändler und die vier Professoren von der Staatlichen Moskauer Universität den Saal in Begleitung Walarows und seiner Männer betraten, war er völlig leer.

Der Mann lag auf dem Rücken ausgestreckt auf der Motorhaube des blauen Lada. Er hatte die Arme ausgebreitet, als sei er mitten in einem ziemlich schwierigen olympischen Sprung vom Zehnmeterbrett erstarrt. Zumindest war das Porfirij Petrowitsch Rostnikows erster Eindruck, ein Eindruck, der durch die Tatsache zerstreut wurde, daß der Mann vollständig bekleidet und ganz sicher tot war und ihn mit großen Augen und aufgerissenem Mund anstarrte. Die Leiche auf dem Wagen faszinierte Rostnikow. Der Kopf des Mannes war kahl und mit einer kunstvollen Tätowierung bedeckt, ein fliegender Adler, der irgendetwas in seinen Klauen hielt.

Aus der Lage seines Körpers, der Linie blutiger Löcher im schwarzen Oberhemd des Mannes und der Kalaschnikow, die ein paar Schritte entfernt auf dem Pflaster lag, schloß Rostnikow, daß er wahrscheinlich aus kürzester Entfernung auf dem Bürgersteig erschossen und nach hinten auf die Motorhaube des Lada geschleudert worden war.

Der Lada war das einzige Fahrzeug, das vor dem Block parkte. Sicherlich hatten auch andere Wagen dort gestanden, aber in den vier oder fünf Minuten, die die Polizei brauchte, um zum Tatort zu gelangen, hatten deren Eigentümer sich beeilt, sie wegzufahren, ehe sie als mögliche Beweisstücke beschlagnahmt werden konnten.

Die Leiche eines anderen Mannes in einer Lederjacke, die der des kahlköpfigen Mannes ähnelte, lag mitten auf der Straße auf dem Bauch. In seiner Nähe war nirgends eine Waffe zu sehen.

Die Scheibe einer Telefonzelle auf dem Bürgersteig neben dem Lada war zertrümmert, genauso wie die Fenster zweier kleiner Läden, einer Apotheke und eines Cafés, auf der diesseitigen Straßenseite, ein paar Schritte von dem Toten auf dem Automobil entfernt. In der Apotheke wurde eine Frau mit einer Schußwunde an der rechten Schulter behandelt. Sie wimmerte und hielt verzweifelt Ausschau nach einem Freund oder einem Verwandten, der sie trösten könnte. Ihre und Rostnikows Blicke kreuzten sich für einen kurzen Moment.

Im Café lagen drei Tote: ein Kellner, ein fremdländisch aussehender rundlicher kleiner Mann und eine Frau, die am gleichen Tisch gesessen hatten. In der rechten Hand hielt der tote Mann am Tisch eine .454er Freedom Arms Casull, mit der man auf hundert Meter einen Elch erlegen konnte.

Uniformierte Polizisten hatten die Straße auf zwanzig Meter in beiden Richtungen abgesperrt und den Nachmittagsverkehr angehalten. Automobile wurden einen halben Block weit zurückdirigiert. Die Fahrer ahnten nichts von dem Gemetzel vor ihnen, reagierten ausgesprochen verärgert und betätigten völlig nutzlos ihre Hupen. Zwei Männer, einer dünn und mit einem großen Muttermal im Gesicht, der andere ziemlich alt und vor Wut lebensgefährlich hochrot angelaufen, wurden auf der anderen Straßenseite, genau gegenüber von Rostnikow und dem Toten mit dem tätowierten Schädel, von zwei Polizisten zurückgehalten.

»Wer ist dieser verkrüppelte Irre, der den Toten dauernd so neugierig anstarrt?« fragte Irina Smetenowa in die Runde.

Irina, die in einer langen Warteschlange gestanden hatte, um Brot zu einem halbwegs vernünftigen Preis einzukaufen, war unmittelbar nach den Schüssen am Tatort gewesen. Erst einige Zeit nach ihr erschien die Polizei und verscheuchte potentielle Plünderer. Nun wurde sie von anderen Leuten umringt, Männern in Jacken und mit offenem Hemdkragen, Babuschkas und Geschäftsleuten, elegant gekleideten Frauen mit Kartons offenbar wertvollen Inhalts, die sie in Plastiktüten mit der Aufschrift PEPSI-COLA oder ORANGINA zu verbergen versuchten.

Niemand beantwortete Irinas Frage, obgleich andere den rundlichen Mann im dunklen Jackett, der sein Gewicht beim Gehen deutlich auf das rechte Bein verlagerte, ebenfalls bemerkt hatten. Nun stand der Mann still da, hatte die Hände in den Hosentaschen, während die Polizisten mit hektischer Betriebsamkeit Leichen zudeckten, Zeugen aufzutreiben versuchten, Beweisstücke suchten und Telefongespräche führten. Irina wechselte die schwere Einkaufstasche von der rechten in die linke und ihren kleinen weißen Hund von der linken in die rechte Hand.

Rostnikow, der verkrüppelte Irre, war als Junge Soldat und im Krieg gewesen und war mit seinem Bein im Jahr 1941 unter einen Panzer geraten. Der Narr von einem Jungen, an den Rostnikow sich heute nicht einmal mehr genau erinnern konnte, war in Rostow auf eine Straße getreten, die sich nicht wesentlich von der unterschied, auf der er im Augenblick stand. Der Junge war aus einem Hauseingang gekommen und hatte mit einer gezielt geworfenen Handgranate und einer Salve aus einer Maschinenpistole, die er einem toten deutschen Soldaten abgenommen hatte, den Panzer zerstört. Der Preis dafür war ein fast völlig zertrümmertes linkes Bein, das er nun für den Rest seines Lebens langsam und manchmal unter Schmerzen nachziehen mußte.

Aber das war nicht das Ereignis gewesen, das dafür gesorgt hatte, daß der Junge zu einem Mann gereift war, der mittlerweile irgendwie dem deutschen Panzer ähnelte, den er zerstört hatte. Als er noch ein junger Polizist war, hatte er einen betrunkenen Dieb namens Gremko dabei erwischt, wie er eine junge Frau vor dem Bahnhof in Kursk bedrängt hatte. Der Betrunkene hatte Rostnikow beinahe mit bloßen Händen getötet, aber ein wohlgezielter Tritt mit dem Knie in den Unterleib hatte das Blatt gewendet.

Erst nach diesem Zwischenfall hatte Rostnikow mit dem Gewichtheben angefangen – zuerst in der Hoffnung, bei sich die Muskelmasse zu schaffen, die das Leben eines Polizisten auf den Straßen verlangte, und später aus Gewohnheit, die er nicht aufgeben konnte und wollte. Es war eine Meditation in Schweiß und Zielstrebigkeit und – wie er sich selbst schon vor längerer Zeit auch ohne Beratung durch einen staatlichen Psychiater eingestanden hatte – eine Methode, um sein nahezu nutzloses Bein zu kompensieren. Vor ein paar Jahren hatte er sich heimlich zu den alljährlichen Sportwettkämpfen für Männer und Frauen über fünfzig im Sokolnikipark gemeldet. Er hatte den Wettbewerb mit Leichtigkeit gewonnen und dafür eine mit goldener Farbe bemalte Aluminiumstatue erhalten, die in einem Bücherregal in seinem Wohnzimmer stand, wo das Gold trotz seiner sorgfältigen Pflege mehr und mehr von ihr abblätterte. Der Nachmittag im Juni, als er die Trophäe vom großen Alexijev persönlich überreicht bekam, war einer der erhebendsten Momente in Rostnikows Leben.

Lange bevor er als Oberinspektor dem Dezernat für Sonderermittlungen zugeteilt wurde, hatte er sich eine Reihe von Spitznamen eingehandelt, darunter »der Kühlschrank«, »die Telefonzelle« und »das Waschfaß«.

Hinter Rostnikow wurde jede Leiche aufgedeckt und fotografiert. Überarbeitete Polizisten brüllten einander an. Unter den Schaulustigen kursierten die verschiedensten Spekulationen über die Tat und ihre Ursache.

»Inspektor«, machte sich jemand neben ihm bemerkbar.

Rostnikow nickte, während er noch immer fasziniert die Tätowierung betrachtete.

»Inspektor«, wiederholte Sergeant Popowitsch nun ein wenig lauter. Popowitsch war vor kurzem befördert worden. Er war dreißig, seine Frau erwartete ein Kind, und er hoffte auf eine erneute Beförderung in allernächster Zukunft. Mit einem Gehalt von weniger als neunzigtausend Rubel, etwa neunzig Dollar oder noch weniger beim augenblicklichen Kurs, wäre es unmöglich, seine Familie zu ernähren, wenn er nicht, wie die meisten der 100000 Polizeibeamten in Moskau, Schmiergelder annähme, die von Fruchtsaft von Straßenhändlern bis zu Geldspenden von großen und kleinen Straßenbanden reichten.

Diesmal gab Rostnikow ein Knurren von sich. Popowitsch verstand dies als Aufforderung, seine Meldung zu machen.

»Vier Tote. Eine, die Apothekerin, verwundet. Sie hat

nichts gesehen. Sondern nur Schüsse gehört. Es scheint eine Auseinandersetzung zwischen zwei Mafiabanden gewesen zu sein.«

»Zeugen?« fragte Rostnikow.

»Sie wollen es nicht zugeben«, sagte Popowitsch, »aber...«

»Bringen Sie mal einen Zeugen her«, fiel Rostnikow ihm ins Wort.

Popowitsch nickte und lief zu einem Streifenwagen, dessen Blaulicht über die Straße zuckte.

Rostnikow wandte den Blick von dem Toten mit der Tätowierung auf dem Kopf ab und sah hinüber zum Café, dessen Fenster bei der Schießerei zu Bruch gegangen waren. Laken bedeckten die Leichen des Mannes und der Frau, die noch immer halb über dem Tisch hingen. Eine Haarsträhne der toten Frau lugte unter dem Laken hervor. Rostnikow hatte den Laden erkannt. Vielleicht irrte er sich, aber das herauszufinden hatte noch Zeit.

»Ein Zeuge, Inspektor«, sagte Popowitsch.

Rostnikow hörte kaum hin, so konzentriert untersuchte er wieder den Kopf des Toten, der ihn aus den Augen mindestens genauso herausfordernd anstarrte, wie er dies zu Lebzeiten getan hätte.

»Popowitsch, wie lautet Ihr Vorname?«

»Wladimir. Wladimir Andreowitsch Popowitsch.«

»Wladimir Andreowitsch«, sagte Rostnikow und verlagerte sein Gewicht ein wenig, um sein linkes Bein daran zu erinnern, wenigstens den Eindruck von Leben zu erwecken. »Haben Sie jemals Sngeourotchka *(Die Schneeprinzessin)* gesehen?«

»Ich...«, setzte Popowitsch verwirrt an.

»Es ist eine Oper von Rimskij-Korsakow, die einem

Kindermärchen nachempfunden wurde«, sagte Rostnikow. Er sah zu der toten Frau im Fenster des Teesalons. »Nachdem es ihr endlich gelungen ist, im letzten Akt ihren geliebten Miskar dazu zu bringen, daß er sich in sie verliebt, tritt die Schneeprinzessin noch vor dem Morgengrauen vor, um den Segen des Zaren zu empfangen. In ihrer Freude und ihrem Glück hat sie die Warnungen der Elfen und Feen vergessen, und als die ersten Sonnenstrahlen ihr wunderschönes Gesicht treffen, schmilzt sie für immer dahin, und Miskar stürzt sich in seiner Trauer in den See und ertrinkt.«

Popowitsch hatte schon viel von den exzentrischen Ideen des Chefinspektors gehört, aber inmitten dieses blutigen Wahnsinns einem Zeugen Kindermärchen zu erzählen, war erheblich mehr als nur exzentrisch.

»Wissen Sie, was wir tun müssen, Wladimir?« sagte Rostnikow und legte eine Hand auf die Schulter des jungen Polizisten.

»Ich glaube, ich kenne die vorgeschriebene Prozedur.«

»Wir müssen Miskar daran hindern, sich zu ertränken«, sagte Rostnikow. Er ging um das Heck des Lada herum und steuerte auf den zerstörten Teesalon zu. Auf Glasscherben zu treten, machte ihm offenbar nicht das Geringste aus, allerdings vermied er die Blutlachen auf dem Bürgersteig vor dem Salon.

»Irgendwelche Zeugen?« fragte Rostnikow laut und trat durch das geborstene Fenster des Cafés zu dem Tisch, an dem der tote Mann und die Frau unter den Laken saßen. Sie hatten die Köpfe gesenkt, als machten sie ein kleines Nickerchen.

»Ich habe alles gesehen«, sagte ein Mann eifrig.

Rostnikow betrachtete das tote Paar unverwandt.

»Ich habe alles gesehen«, wiederholte der Mann aufgeregt. »Ich hab's gesehen. Viele haben es gesehen. Der Kerl mit dem kleinen Tisch, der *Napyertochniki,* der Bauernfänger, der mit den Narren auf der anderen Straßenseite das Dreikartenspiel spielt. Er hat es gesehen. Er ist dort draußen in der Menge untergetaucht, glaube ich.«

Rostnikow sah den Mann, der zu ihm sprach, an. Er war hager, hatte einen ungebändigten Haarwust auf dem Kopf und trug einen Mantel, der viel zu lang für ihn war. In seinen Augen flackerte der Wahnsinn. Er hätte ebensogut dreißig wie auch fünfzig Jahre alt sein können. Er war ganz bestimmt verrückt.

»Was haben Sie gesehen?« fragte Rostnikow.

»Nazis«, erwiderte der Mann und schaute sich um, als wollte er sich vergewissern, daß ihn keine Nazis belauschten.

»Nazis«, wiederholte der Mann. »Dutzende. Schwarze Hosen. Braune Hemden. Armbinden mit Hakenkreuzen. Sie haben jeden erschossen und ›Heil Schirinowski, Heil Hitler!‹ geschrien. Sie haben die Hände zum Nazigruß erhoben, und dann sind sie alle in ihre gepanzerten SS-Fahrzeuge gestiegen und weggefahren. Es war ihnen völlig egal, ob jemand sie sah.«

»Vielen Dank«, sagte Rostnikow. »Ich nehme an, Sergeant Popowitsch hat Ihre Adresse. Wir melden uns bei Ihnen.«

»Sie sagten nur ›Heil‹«, wiederholte der Mann.

Ein uniformierter Beamter trat vor und führte den Mann weg.

»Andere Zeugen?« fragte Rostnikow.

»Wir trommeln sie gerade zusammen«, antwortete Popowitsch. »Der Eigentümer dieses Ladens. Der Eigentümer des Wagens, auf dem der Kahlköpfige liegt. Ein paar Leute unter den Schaulustigen, die behaupten, sie hätten etwas gehört.«

»Alles alte Leute«, sagte Rostnikow und betrachtete die tote Frau unter dem Laken.

»Ja«, bestätigte Popowitsch.

»Diejenigen, die es lebend überstanden haben, erkennen, daß die Mafia am Werk ist, und ergreifen die Flucht. Die Alten wollen sich wichtig machen und bleiben«, stellte Rostnikow fest. Er zog das Laken zurück und betrachtete das Gesicht der toten Frau. Die Augen waren geschlossen. Ein dünner Blutfaden war an ihrem linken Mundwinkel sichtbar. Er war fast trocken. Rostnikow deckte sie wieder zu und schloß die Augen. Nach einem langen Moment des Schweigens gab der Chefinspektor sich einen Ruck, schlug die Augen wieder auf und drehte sich zu Popowitsch um.

»Welche Schlüsse ziehen Sie aus diesem Vorfall?« fragte er und rieb sich die Augen, als wäre er soeben aus einem kurzen Schlaf erwacht.

»Das waren eindeutig Mafiagruppen«, sagte Popowitsch und war erleichtert, daß er sich wieder auf sicherem Terrain bewegte. »Oder eine einzige Mafiagruppe, die interne Streitigkeiten ausgefochten hat.«

»Wie kommen Sie zu dieser Schlußfolgerung?« fragte Rostnikow, sich noch immer die Augen reibend.

»Der Tote ist mit Tätowierungen bedeckt, was darauf hinweist, daß er wahrscheinlich im Gefängnis gesessen hat«, erklärte Popowitsch. »Ich weiß nicht, was die Tätowierungen bedeuten, aber da ist besonders eine, die beide tote Männer haben. Bei dem auf dem Wagen befindet sie sich auf dem Kopf. Der auf der Straße hat sie auf dem Gesäß.«

»Sie haben ihn umgedreht und ihm die Hose heruntergezogen?« fragte Rostnikow und schaute den Sergeant nun mit geröteten Augen an.

»Er ist auf den Bauch gefallen«, sagte Popowitsch. »Seine Hose ist runtergerutscht. Er hat sich beschmutzt, aber ich konnte trotzdem den Adler erkennen.«

»Was sonst noch?« fragte Rostnikow.

»Wie, was sonst noch?«

»Der Adler trug irgendetwas in den Klauen. Was war das?«

»Es sah aus wie irgendeine Bombe oder so.«

»Es war eine Bombe«, entschied Rostnikow. »Hatte er eine Waffe?«

»Der Adler?«

»Nein, der Tote.«

»Nein.«

»Ich gehe ein Glas Tee trinken. Möchten Sie auch eins?«

»Nein, Inspektor«, sagte Popowitsch, obgleich ihm etwas für seinen trockenen Mund sehr willkommen gewesen wäre.

»Bringen Sie die Zeugen nacheinander herein«, bat Rostnikow. Er begab sich in den hinteren Teil des Cafés, wo ein glänzender Messingbehälter stand, aus dessen Zapfhahn Tee in eine Untertasse tropfte, die bereits übergelaufen war. »Wenn Sie zurückkommen, steht für Sie ein Glas Tee bereit.«

Popowitsch wußte nicht so recht, was er jetzt tun sollte. Er salutierte und kehrte auf die Straße zurück, wo er den beiden Polizisten zuwinkte, die eine Gruppe Männer zurückhielten. Er reckte einen Finger in die Höhe und deutete damit an, daß einer der Männer zu ihm geschickt werden sollte. Einer der Polizisten schob einen mageren

Mann über die Straße. Da die Schaulustigen annahmen, daß der Mann ein Tatverdächtiger war, bewarfen sie ihn mit ein paar Glasscherben des zerborstenen Caféfensters, dem einen oder anderen Stein und ein, zwei Stücken verfaulten Obstes. Der Besitzer des Lada und der Polizist, der ihn begleitete, hatten Glück im Unglück, denn die Menge fand nur wenig, was sie werfen konnte.

Zwei

Morgenkonferenz

Der Graue Wolf betrat den Raum und sah auf die vier Männer hinab, die hinter dem auf Hochglanz polierten Holztisch saßen. »Die Berichte sollten sich heute nur auf laufende kriminalistische Ermittlungen beschränken«, sagte er. »Ich habe in zwanzig Minuten einen wichtigen Termin beim Innenminister.«

Seit dem Zusammenbruch des Kommunismus und der Sowjetunion war der Graue Wolf dazu übergegangen, eine grüne, von ihm selbst entworfene Uniform zu tragen. Niemand schien zu wissen oder sich dafür zu interessieren, ob dieser Akt kreativer militärischer Mode sich innerhalb des Rahmens von Protokoll und Gesetz bewegte. Aber genauso wie die vier Männer am Tisch wußten alle, ohne es offen einzugestehen, daß in Rußland zur Zeit eine Art nicht näher definiertes Gesetz herrschte. Es bestand zum Teil aus Überbleibseln des Kommunismus, zum Teil aus dem Versuch, so etwas wie einen Demokratisierungsprozeß in Gang zu setzen, und zum Teil aus den Aktivitäten derer, die die Initiative ergriffen und damit den Eindruck vermittelten, als wüßten sie genau, was sie taten. Das Risiko, diesen Schritt zu tun, bestand darin, daß es den Betreffenden durchaus in der Zukunft vernichten konnte. Die politischen Vorteile des Schrittes waren andererseits möglicherweise erheblich.

Die Uniform des Wolfs war, wie üblich, makellos gebügelt, vermutlich von seinem Adjutanten, der mit dem Oberst in einer kleinen, aber ausreichend komfortablen *dacha* nicht weit von Moskau wohnte. Die Orden des Oberststs, seine einzige Konzession an die Vergangenheit, funkelten an seiner Brust. Seine makellos weiße Mähne war nach hinten gekämmt und sah aus, als sei sie von einem Windstoß in Form gebracht worden.

Die Konferenz der leitenden Beamten wurde, wie immer, im Büro des Obersts in der Petrowkastraße 38 abgehalten. Dort befand sich die zentrale Dienststelle der verschiedenen Polizeibezirke, die in den vergangenen Jahren von einem unbekannten Mitarbeiter Jelzins neu organisiert worden waren. Die heutige Konferenz fiel aufgrund der Anwesenheit eines kräftigen Mannes, der am Ende des Konferenztisches mit deutlichem Abstand zu den anderen Teilnehmern Platz genommen hatte, aus dem üblichen Rahmen. Er trug einen dunkelblauen Anzug mit Krawatte und hatte kurzgeschnittenes, schwarzes, lockiges Haar. Er hatte eine athletische Figur und schien zwischen vierzig und fünfzig Jahre alt zu sein, obwohl er schwer zu schätzen war. Die Notwendigkeit dafür hatte sich während ihrer bisherigen Tätigkeit eher selten ergeben.

In der Mitte des Tisches saß Pankow, der zwergenhaft kleine Assistent des Obersts. Pankows wesentliche Funktion bestand darin, in der Öffentlichkeit stets an der Seite des Obersts aufzutreten und so das Image des Wolfs durch den Vergleich mit dem zerknitterten, ungekämmten, stets leicht verwirrt wirkenden kleinen Pankow aufzuwerten.

Rechts neben Pankow hatte Chefinspektor Porfirij Petrowitsch Rostnikow Platz gefunden, der sich auf einem großen Schreibblock Notizen zu machen schien. Oberst Snitkonoi war sich sehr wohl bewußt, daß der Chefinspektor ganz bestimmt wieder Zeichnungen von Häusern, Menschen, Büchern, Blumen, Denkmälern oder sogar von dem Fenster hinter dem Oberst anfertigte. Der Oberst hatte den Schwarzen im dunkelblauen Anzug absichtlich am Ende des Tisches plaziert, da er dort von einem derart unaufmerksamen Verhalten nichts sehen konnte.

Zu Pankows Linken saß Major Gregorowitsch, ein dicklicher Mann Ende Vierzig, der die Wirren der Wende überlebt hatte, weil er absolute Loyalität zum Grauen Wolf in allen Bereichen öffentlich demonstrierte, während er heimlich den Beamten in anderen Büros, die eifersüchtig die zunehmende Macht des kleinen, aber überaus erfolgreichen Stabes des Wolfs beobachteten, Informationen aus dem Dezernat für Sonderermittlungen lieferte. Gregorowitsch, der es aufgegeben hatte, außer dem gängigen braunen Straßenanzug jemals wieder Uniform zu tragen, hegte immer noch die vage Hoffnung, daß diejenigen, denen er seine Informationen zukommen ließ, im Falle des Versagens des Grauen Wolfs den Wunsch äußerten, daß er, Gregorowitsch, die Leitung der Abteilung übernahm. Es wäre nicht nur eine ordinäre Belohnung. Gregorowitsch war zu clever, um es als solche zu betrachten. Es wäre der nächstliegende, nützlichste Schritt für sie.

»Chefinspektor«, sagte der Graue Wolf jetzt. »Ihren Bericht.« Rostnikow legte seinen Schreibblock beiseite. Obgleich der Block auf dem Kopf lag und ein paar Meter entfernt war, konnte der Wolf erkennen, daß Rostnikow am Porträt einer Frau mit aufgebauschtem Haar gearbeitet hatte.

»Vier neue Untersuchungen haben angefangen«, sagte Rostnikow. »Zwölf laufen noch, fünf wurden mit Verhaftungen abgeschlossen.«

»Bitte nur die neuen Untersuchungen«, sagte der Wolf und schaute auf die Uhr.

Rostnikow schien es nicht zu bemerken und fuhr fort.

»Alexi Porwinowitsch. Er besitzt mehrere Unternehmen, wäscht ausländisches Geld und zahlt Bestechungsgelder, um alle möglichen Genehmigungen zu erhalten. Wird verdächtigt, Verbindungen zu verschiedenen Mafia-Gruppen, speziell zu den afghanischen Veteranen, zu unterhalten. Er wurde auf offener Straße in einem dunklen Mercedes Benz von zwei Männern mit Maschinenpistolen entführt. Beide Entführer trugen Skimützen. Bisher wurde keine Leiche gefunden. Die Ehefrau meldet eine Lösegeldforderung. Drei Millionen amerikanische Dollar.«

»Drei Millionen...«, sagte Pankow und verstummte unter dem strengen Blick des Obersts.

»Fahren Sie fort, Chefinspektor«, verlangte der Graue Wolf.

»Ein weiteres Opfer nach einem tätlichen Angriff in der Gegend von Strogino«, sagte Rostnikow. »Gesicht und Kopf wurden von Pflastersteinen zertrümmert, gebrochene Rippen, innere Verletzungen. Das ist schon der elfte Mord dieser Art in weniger als einem Jahr.«

»Wenn Sie meinen, daß es ein Fall für uns ist«, sagte der Graue Wolf, »dann betrauen Sie jemanden damit.«

»Ich dachte an die Inspektoren Tkach und Selatsch.«

»Gut, gut, was sonst noch?« fragte der Graue Wolf.

»Zusammenarbeit mit der Steuerpolizei aufgrund von Angaben eines zuverlässigen Informanten, der sie zu einer Sammlung wertvoller Objekte geführt hat. Die Inspektoren Karpo und Timofejewa melden, daß alle Gegenstände zwischen dem Eintreffen der Steuerpolizei und dem nächsten Morgen entfernt wurden. Der geschätzte Wert des

Fundes beläuft sich laut Inspektor Karpo wahrscheinlich auf über eine Milliarde Dollar.«

»Eine Mill –«, setzte Pankow an und verstummte sofort wieder.

»Wir übernehmen diese Fälle«, entschied Oberst Snitkonoi. »Dies bietet mir die Gelegenheit, Ihnen unseren Gast vorzustellen – Mr. Craig Hamilton.«

Rostnikow, Pankow und Gregorowitsch blickten den schwarzen Mann zum erstenmal offen an. Mr. Craig Hamilton erwiderte den Blick, lächelte andeutungsweise und sagte in perfektem und deutlichem Russisch: »Es ist mir ein Vergnügen, Sie kennenzulernen, und eine Ehre, an Ihrer Morgenkonferenz teilnehmen zu dürfen.«

Der Mann hat sein Russisch in einem guten Intensivkurs gelernt, dachte Rostnikow.

»Mr. Hamilton gehört zum amerikanischen Federal Bureau of Investigation«, sagte der Oberst. »Er soll sich hier über unsere Arbeitsmethoden informieren, an laufenden Ermittlungen mitarbeiten und für seine und unsere vorgesetzten Dienststellen einen Bericht anfertigen. Mr. Hamilton ist Rechtsanwalt und Wirtschaftsprüfer und blickt auf dreizehn Jahre Erfahrung im Ermittlungsdienst zurück. Ich denke, Inspektor Rostnikow, Sie sollten ihn unter Ihre Fittiche nehmen.«

Rostnikow nahm letzte Verbesserungen an seiner Skizze vor und legte den Bleistift beiseite.

»Ihre Einwilligung vorausgesetzt, übernehme ich die Entführung selbst und setze Elena Timofejewa auf die verschwundenen Kunstschätze an. Vielleicht kann Agent Hamilton uns dabei helfen.«

»Mir wäre es lieber, wenn Sie oder Inspektor Karpo den Kunstraub bearbeiten«, sagte der Graue Wolf. »Inspektor Elena Timofejewa fehlt es noch ein wenig an Erfahrung.«

»Ich war so frei, Inspektor Karpo mit der gestrigen Schießerei zu betrauen«, sagte Rostnikow.

»Fünf Tote«, sagte der Graue Wolf und deutete damit dem FBI-Agenten an, daß er über die kriminellen Aktivitäten in der Stadt auf dem Laufenden war.

»Ich werde Inspektor Timofejewa beratend zur Seite stehen und die Ermittlungen in dem Entführungsfall mit Hilfe von Agent Hamilton leiten«, sagte Rostnikow.

»Weshalb wollen Sie, daß Inspektor Karpo –?« begann der Graue Wolf.

»Inspektor Karpo hat ein besonderes Interesse an der Straßenschlacht«, erklärte Rostnikow, ehe der Oberst seine Frage beenden konnte, »und ich denke, daß er die Nachforschungen überaus energisch betreiben wird.«

»Und wie sieht dieses spezielle Interesse aus?« wollte der Graue Wolf wissen.

»Eine Frau, die bei der Schießerei ums Leben kam, war eine Freundin von Emil Karpo. Sie hieß Mathilde Verson und war eine sehr enge Freundin.«

Sascha Tkach und Arkadi Selatsch saßen in der kleinen, zugigen Wohnung von Dmitra Klepikowa, die einen dicken blauen Herrenpullover trug und die Arme um ihren Oberkörper schlang, so daß Sascha sich fragte, ob sie möglicherweise krank war. Sie war eine sehr zierliche, schlanke Frau, der die Winterkälte heftig zuzusetzen schien. Ihre Haut war bereits wie ausgetrocknet, und ihr graues Haar war kurz geschnitten. Sie war achtundvierzig Jahre alt, wirkte aber mindestens zwei Jahrzehnte älter.

Dmitra hatte jedem der Polizisten eine Tasse Tee serviert

und dann zwischen ihnen Platz genommen. In diesem intimen Halbkreis fühlte Selatsch sich reichlich unwohl.

Dmitra war die örtliche *uchastovy*. Sie brauchte für ihre Wohnung keine Miete zu zahlen und mußte dafür in der Nachbarschaft die Augen offenhalten, mit deren Problemen vertraut sein, mögliche Verbrechen schon im Ansatz erkennen und all jene weitermelden, die sich bereits in irgendeiner Form strafbar gemacht hatten. Dmitra hatte in einer Ecke des Zimmers einen kleinen Schreibtisch stehen und verließ ihre Wohnung nur selten. Es gab viele Leute in der Nachbarschaft, vor allem alte Menschen, die gerne auf eine Tasse und Gebäck zu ihr kamen, um mit ihr zu schwatzen. Gelegentlich unternahm Dmitra Spaziergänge, damit man sie in der Nachbarschaft besser kannte und achtete. Natürlich genoß sie nicht mehr soviel Ansehen wie zu der Zeit, als sie Beauftragte der kommunistischen Partei gewesen war, aber die Leute hatten noch immer Respekt vor ihr, was sie durchaus genoß.

Sie war bisher noch nie von polizeilichen Ermittlern besucht worden. Genaugenommen hatte sie sogar noch nie einen uniformierten Streifenbeamten empfangen. Sie war stets zum baufälligen 108. Polizeirevier gelaufen, um ihre Berichte abzuliefern. In den drei Jahren, die sie als *uchastovy* tätig war, hatte sie Oberstleutnant Lorin, den Chef dieses Viertels mit mehr als siebzigtausend Einwohnern, nur zweimal gesehen und noch nie ein Wort mit ihm gewechselt.

»Ich kann Ihnen erzählen, wer die Säufer im Viertel sind, wer nach Hause kommt, Streit anfängt und schon mal seine Frau verprügelt, oder wer bereit wäre, in eine Wohnung einzubrechen«, sagte Dmitra mit ihrer hohen Singsangstimme, die an Saschas Nerven zerrte, sobald die Frau den

Mund aufmachte. Stimme und Gestalt erinnerten ihn zu sehr an seine Mutter. »Aber ich kann Ihnen nicht mit letzter Sicherheit verraten, wer Oleg Makmunow getötet hat.«

»Sie kennen immerhin den Namen des Toten«, stellte Sascha fest.

»Es ist nur einer von vielen. Die Polizei hat ihn manchmal frühmorgens aus Hauseingängen verscheucht. Möchten Sie noch einen Keks?«

Selatsch nickte, und Sascha erwiderte *»Da«* und warf den Kopf zurück, um sich das blonde Haar aus den Augen zu schleudern. Es war eine jungenhafte Geste, die seine Attraktivität bei Frauen steigerte, die ihn entweder bemuttern oder ihn mit ihrer Liebe verschlingen wollten. Zumindest war dies Saschas Betrachtungsweise. Mit einunddreißig war er kein Junge mehr, und sein Haar wurde allmählich dunkler. Zu Hause hatte er eine Frau, zwei kleine Kinder und eine Mutter, die die Ladenbesitzer der Umgebung in Angst und Schrecken versetzte.

»Die Kekse stammen aus Polen«, sagte Dmitra. Sie hielt den beiden Polizisten einladend den kleinen Teller hin, und jeder der beiden nahm ein kleines Vanilleplätzchen. Dann flüsterte sie: »Ein Geschenk von einer fliegenden Händlerin aus dem Viertel. Wollen Sie die Wahrheit wissen? Ganz unter uns?«

»Ganz unter uns«, sagte Sascha, dem es in der kleinen Wohnung allmählich warm wurde.

»Ich habe ihr gestattet, ihre Bude vor der Metro-Station aufzustellen«, erzählte Dmitra und beugte sich vor. »Mal schenkt sie mir eine Dose Kekse, mal eine Flasche Fruchtsaft. Sie hat einen erstklassigen Standort. Wissen Sie, wie es ist? Wissen Sie, was man mir zahlt?«

Sascha wußte sehr wohl, »wie es ist«. Seine Frau, Maja,

ging arbeiten, und seine Mutter, die eine Zeitlang eine eigene Wohnung gehabt hatte, war wieder zu ihnen gezogen und steuerte nun den größten Teil ihres Gehalts als Verwaltungsangestellte zum Haushalt bei. Mit zwei kleinen Kindern war es immer noch schwierig, sehr schwierig, aber Sascha hatte noch nie ein Geschenk von einem Kriminellen oder einem Tatverdächtigen angenommen.

»Zurück zu dem Ermordeten«, sagte Sascha und musterte Selatsch mit einem strengen Blick, als er nach einem weiteren Keks auf dem kleinen Teller vor ihm auf dem Tisch griff.

»Wer bringt schon einen Betrunkenen um?« fragte Dmitra. Sie hob die knochigen Schultern unter ihrem viel zu großen Sweater. »Und vor allem einen Säufer wie diesen Makmunow, der kaum ein paar Rubel für eine billige Flasche Fusel zusammenkratzen konnte.«

»Wer?« fragte Selatsch, der Saschas Blick ignorierte und zwei weitere Kekse verzehrte.

»Ein anderer Säufer, mit dem er in Streit geraten war«, vermutete Dmitra. »Ein nächtlicher Herumtreiber, noch verkommener als Oleg Makmunow.«

»Ein nächtlicher Herumtreiber?« fragte Selatsch mit vollem Mund.

»Banden, die durch die Straßen streifen und nur darauf warten, Streit anzufangen und einem Säufer die Taschen auszuleeren. Bedenken Sie, daß es keine Ausgangssperre mehr gibt.«

»Eine Bande?« fragte Sascha.

»Sie müssen sehr jung sein«, fuhr Dmitra fort. »Wenn sie älter wären, hätten sie keine Steine benutzt und nicht getreten. Dann hätten sie Messer und Pistolen gehabt.«

»Hätten sie denn keine Angst, eine Schußwaffe zu benutzen?« fragte Sascha. »Angst, gehört zu werden?«

»Sind wir Freunde?« fragte Dmitra, lehnte sich wieder vor und ließ die Stimme zu einem Flüstern herabsinken.

»Na ja...«, sagte Selatsch.

»Dann wenigstens Kollegen im Gesetzesvollzug«, sagte sie.

»Ja«, sagte Sascha und schaute Selatsch beschwörend an, um ihn an einer Antwort zu hindern.

Dmitra lehnte sich mit ihrer Teetasse zurück. Sie zeigte sich erfreut über diese neue Kameradschaft, die sie sich mit ein paar Keksen erkauft hatte. »Die Reaktionszeit auf einen Pistolenschuß in dieser Gegend«, erklärte sie, »beträgt mindestens zehn Minuten vom Zeitpunkt des Alarms an gerechnet. Gewöhnlich ist es sogar eher eine Viertelstunde. Man könnte das gesamte Bolschoiballett auf dem Prospekt niedermetzeln, dann die Patronenhülsen aufsammeln und gemütlich davonspazieren und einen dieser unverständlichen amerikanischen Schlager vor sich hin pfeifen. In diesem Viertel gibt es nur einhundertneun Polizisten und fünf Streifenwagen. Ich kann Ihnen verraten, daß die Polizei nicht gerade scharf darauf ist, zu einer Straße zu fahren, wo sie vielleicht auf zwei oder drei Männer mit Maschinenpistolen oder jenen Waffen treffen könnte, deren Kugeln soliden Stahl durchschlagen.«

»Reden Sie weiter«, forderte Sascha sie mit einem aufmunternden Lächeln auf. Es war sicherlich nicht sein freundlichstes, gewinnendstes Lächeln, aber es ging über reine Höflichkeit hinaus.

»Wer immer Oleg Makmunow getötet haben mag, hat keine Pistole«, stellte sie fest. »Und welcher Verbrecher besitzt heutzutage keine Waffe?«

Sascha nickte ihr zu, damit sie fortfuhr, und sie tat es.

»Fast jeder Kriminelle besitzt heute eine Waffe. So wie fast jeder Bürger. Wie in Los Angeles. Nur kleine Kinder, zumindest die meisten Kinder in diesem Bezirk, können sich keine Pistole leisten … jedenfalls noch nicht.«

»Demnach nehmen Sie an, daß dieser Mord von Kindern begangen wurde?« fragte Selatsch und streckte die Hand nach den Keksen aus. Sascha kam ihm zuvor und schob den Teller aus Selatschs Reichweite. Er unterschätzte jedoch die Entschlossenheit Selatschs und sah, daß sein vornübergebeugter Kollege noch weiter vorrutschte, um an den Teller heranzukommen. Sascha legte ihm eine Hand auf die Schulter, um ihn zurückzuziehen.

»In Verbindung mit der Tatsache, daß während der vergangenen paar Monate fünf ähnliche Morde passiert sind«, sagte Dmitra, »und alle innerhalb von zwei Quadratkilometern Umkreis von hier – alles Betrunkene, die noch spät unterwegs waren –, könnte es doch meine Theorie bestätigen.«

Sascha hatte Banden von ärmlich gekleideten Kindern gesehen – drei, sechs, zehn auf einmal –, die Hände in den Taschen, Zigaretten rauchend, dreist und herausfordernd, Leute abschreckend, bettelnd, fordernd. Einige der Kinder waren noch sehr klein, sechs, vielleicht sieben Jahre alt. Nun, da der Winter sich ankündigte, wurden diese Kinder, viele ohne Zuhause, immer verzweifelter. Sie brauchten Geld für Kleider oder für einen Schlafplatz.

»Wo sollen wir denn Ihrer Meinung nach anfangen?« fragte Sascha.

»Bei den Nachbarn«, sagte Dmitra zuversichtlich. »Ich gebe Ihnen die Namen von Leuten, die in derselben Straße wohnen, wo Oleg gestern umgebracht wurde. Sie können ihnen ruhig erzählen, Sie hätten mit mir gesprochen und daß Sie Freunde von mir sind.«

Die Vorstellung, daß zwei echte Detektive erzählen würden, sie seien mit ihr befreundet, gefiel Dmitra außerordentlich.

»Ich schreibe Ihnen die Namen und Adressen auf.« Sie holte einen kleinen Notizblock aus einer großen Känguruhtasche ihres Sweaters.

Während sie schrieb, flehte Selatsch seinen Kollegen mit hungrigen Blicken um die Erlaubnis an, sich noch ein oder zwei Kekse nehmen zu dürfen. Sascha ignorierte ihn und leerte seine Teetasse.

»Da, nehmen Sie«, sagte Smitra. Sie reichte Sascha die Liste.

»Vielen Dank«, sagte er und warf einen kurzen Blick auf die Namen. Er holte sein Notizbuch hervor und steckte das Blatt Papier sorgfältig zwischen die Seiten, damit es nicht zerreißen konnte.

Dann stand er auf. Selatsch folgte seinem Beispiel, und auch Dmitra erhob sich.

»Sie haben die Kekse ja kaum angerührt«, sagte sie. »Warten Sie, ich hole für jeden von Ihnen eine Dose, die können Sie mitnehmen.«

»Wir...«, setzte Sascha an, aber sie war bereits zu einem Schrank in der Zimmerecke gegangen.

Kurz darauf kehrte sie mit zwei kleinen blauen Pappkartons mit polnischer Aufschrift zurück. Sie streckte sie ihnen hin, und Selatsch nahm seinen sofort an sich. Sascha zögerte einen Moment lang, stellte sich seine Tochter Pulcharia vor, wie sie strahlen würde, wenn er ihr die Kekse schenkte. Er griff nach dem Karton und sagte: »Vielen Dank.« Dann folgte er Selatsch aus der Wohnung.

»Sagen Sie Bescheid, falls ich Ihnen weiterhelfen soll!« rief Dmitra durch den Flur, während die Polizisten sich entfernten.

»Das tun wir ganz bestimmt!« rief Sascha zurück.

Als die schlanke, zerbrechliche Frau die Tür geschlossen hatte, grinste Selatsch und hielt seinen blauen Karton aus Polen hoch. »Weißt du, wie diese Dinger in Amerika genannt werden?« fragte er. »*Cookies.* Meine Mutter ist ganz versessen darauf.«

Selatsch lebte mit seiner alten Mutter in einem kleinen Apartment. Jahrelang hatte er sie während ihrer verschiedenen Krankheiten gepflegt. Als Selatsch vor kurzem furchtbar verprügelt worden war, hatte sie sich aus dem Bett hochgekämpft und ihr einziges Kind versorgt. Seitdem war sie wie umgewandelt, erheblich kräftiger und gesünder.

Sie eilten an den mit Kritzeleien übersäten Wänden vorbei die Treppen hinunter und hinaus auf die Straße. Selatsch grinste. Er hatte den Karton in seine Jackentasche gestopft. Er machte auf Sascha plötzlich den Eindruck, als sei ihm unwohl.

»Ist mit dir alles in Ordnung?«

»Mir ist ein wenig flau«, gestand Selatsch. »Ich fühle mich eigentlich ganz wohl und bin nur ein wenig benommen. Ich hab' zu Hause ein Medikament dagegen, aber manchmal fühle ich mich so gut, daß ich es mitzunehmen vergesse. Das gibt sich wieder.«

Sascha Tkach marschierte, den eigenen Kekskarton in der Tasche, die Straße hinunter und betrachtete seinen Partner prüfend von der Seite. Das ist genau das, was jeder Ermittler gut gebrauchen kann, dachte er, einen Partner, der plötzlich neben ihm schlappmachte.

Drei

Die trauernde Familie

»Biegen Sie an der nächsten Ecke ab«, sagte Rostnikow auf Russisch. »Nach links. Vorsichtig. Die Straße ist eng, und die Leute reagieren um diese Uhrzeit ziemlich grob.«

Der FBI-Agent lenkte den Wagen nach links. Das Fahrzeug nahm fließend die Kurve, und für mindestens einen halben Block waren keine Fußgänger zu sehen.

»Weshalb reagieren sie um diese Uhrzeit grob?« fragte Hamilton, ohne den Mann auf dem Beifahrersitz anzusehen.

»Angst, Hunger, politische Unzufriedenheit, schlecht bezahlte Jobs, häusliche Probleme«, sagte Rostnikow.

»Ist das zu irgendeiner anderen Tageszeit denn nicht so?« fragte Hamilton.

»Eigentlich nicht«, erwiderte Rostnikow und schaute aus dem Fenster. »Wollen Sie lieber Englisch sprechen?«

»Nicht unbedingt. Ich finde es gut, daß ich ein wenig Übung bekomme.«

Rostnikow nickte verständnisvoll.

»Sie sind Neger«, stellte Rostnikow fest.

Hamilton lächelte. »Sie haben es also gemerkt«, sagte er.

»Nein«, fuhr Rostnikow fort und versuchte das linke Bein in eine andere, weniger schmerzhafte Lage zu bringen. »Ich meine, das ist ungewöhnlich. Die wenigen dunkelhäutigen Menschen, die wir hier zu sehen bekommen, sind aus Afrika oder manchmal auch aus Kuba. Diplomaten. Sie sind der erste amerikanische Neger, den ich je kennengelernt habe. Aber ich frage mich dauernd, weshalb man entschieden hat, Sie nach Moskau zu schicken. Sie fallen auf wie ein schlimmer …«

»Daumen«, beendete Hamilton den Satz. »Ich spreche Russisch und kenne die Kultur und die hiesigen politischen Verhältnisse ganz gut.«

Rostnikow nickte und sagte: »Public Relations.«

Diesmal grinste Hamilton ein wenig selbstsicherer. »Ja, auch davon mehr als nur ein wenig.«

»Ist Ihnen dieses Gespräch unangenehm?«

»Nein«, sagte Hamilton.

»Gut. Kennen Sie Ed McBain?«

»Ed … ein Krimischriftsteller?«

»Ja. Kennen Sie ihn?«

»Ich habe einige Bücher von ihm gelesen.«

»Ein guter Schriftsteller«, sagte Rostnikow seufzend. »Ich habe mich gefragt, ob einer aus Ihrer Gruppe vielleicht eines seiner Bücher im Gepäck hat, so daß ich es mir mal ausleihen könnte.«

»Ich werde mich erkundigen«, versprach Hamilton und bremste leicht ab, damit ein alter Mann, der seinen Hund ausführte, vor ihnen die Straße überqueren konnte. Der Mann und der Hund bewegten sich nur sehr langsam. Hamilton mußte doch noch anhalten.

»Die meisten Moskauer Autofahrer hätten ihr Tempo einfach etwas verlangsamt und hätten versucht, um die beiden herumzufahren«, sagte Rostnikow.

»Ist der Fußgänger denn nicht bevorrechtigt?«

»Fußgänger haben hier weder bedeutende Rechte noch sonst irgendetwas«, sagte Rostnikow. »Dort, das weiße Gebäude. Das zweite ist es. Wo der Polizist steht.«

»Während der Konferenz«, sagte Hamilton, »haben Sie einem Detektiv einen Fall übergeben, bei dem unter anderem jemand ermordet wurde, den er kannte.«

»Karpo«, sagte Rostnikow. »Er ... sie standen sich sehr nahe.«

»In den Vereinigten Staaten achten wir sehr sorgfältig darauf, daß ein Detective oder Agent niemals einen Fall bearbeitet, in dem jemand eine Rolle spielt, den er gut kennt«, sagte Hamilton. »Darunter leidet die Objektivität.«

»Vielleicht«, gab Rostnikow zu. »Aber dafür wächst der Eifer. Wenn Sie Inspektor Karpo kennenlernen, werden Sie mich gewiß verstehen.«

Auf der Straße standen zahlreiche Fahrzeuge, dennoch dauerte die Suche nach einem Parkplatz nicht allzu lange. Die Wagen sahen überwiegend neu aus, amerikanische und französische Modelle. In dieser Straße gab es geräumige Wohnungen und reiche Leute, von denen viele, ebenso wie Alexi Porwinowitsch, ihren Reichtum mit dem Zusammenbruch des Kommunismus und dem Entstehen eines wahnwitzigen freien Markts erlangt hatten. Vor der Tür verfolgte ein uniformierter Polizist mit Maschinenpistole, wie die beiden Männer aus dem Auto stiegen, und straffte sich. »Die Kühlerfigur«, sagte Rostnikow und zwängte sich langsam aus dem Wagen. »Können Sie sie abnehmen?«

»Keine Ahnung«, erwiderte Hamilton, der mittlerweile auf dem Bürgersteig stand. »Es ist ein Botschaftsfahrzeug.«

»Falls man sie abnehmen kann, tun Sie es, und schließen Sie sie im Wagen ein – unter dem Sitz, wo niemand sie sehen kann«, sagte Rostnikow, drückte die Tür auf seiner Seite ins Schloß und sah an dem Gebäude empor.

»Aber keine zehn Meter weiter steht ein bewaffneter Polizist«, sagte der FBI-Agent.

»Diese Tatsache verringert die Gefahr nicht unbedingt«, sagte Rostnikow.

Hamilton ging zur Motorhaube, schraubte die Verzierung ab und schaute Rostnikow mit seiner Trophäe in der Hand prüfend an.

»Scheibenwischer«, sagte Rostnikow und trat auf den Bürgersteig.

Hamilton entfernte die Scheibenwischer und sah wieder zu Rostnikow. Dieser nickte.

»Auf den Wagenboden«, erklärte Rostnikow. »Wenn sie von draußen die Sachen auf dem Sitz liegen sehen, schlagen sie vielleicht die Fenster ein.«

»Und wenn sie den Wagen stehlen?«

»Dann ist er für immer weg«, sagte Rostnikow. »Im Rußland von heute verschwinden Dinge sehr schnell und für immer, ähnlich wie es im Rußland von gestern der Fall war. Sagen Sie mal, würde man in den Vereinigten Staaten so etwas einen Wolkenkratzer nennen?«

Hamilton schloß erst den Wagen ab und warf dann einen flüchtigen Blick auf das zwölfstöckige Gebäude, ehe er antwortete.

»Nicht einmal ansatzweise.«

Der bewaffnete junge Beamte versperrte ihnen vor der Tür den Weg, und Rostnikow klappte seine Brieftasche auf, um seinen Ausweis vorzuzeigen. Der bewaffnete Beamte warf einen kurzen Blick darauf, nickte und trat beiseite. Hamilton und Rostnikow gelangten in den kleinen Flur des Gebäudes und fanden die Klingel mit dem Namen »Porwinowitsch«. Ein Knopfdruck ließ die Innentür aufspringen.

Erneut lächelte Hamilton.

»Darf ich erfahren, was Sie so amüsiert?« fragte Rostnikow, während sie über die grünen Bodenfliesen der leeren Vorhalle gingen.

»Dieses Schloß würde auch den unfähigsten Dieb nicht abschrecken.«

»Das würde ein besseres Schloß auch nicht«, sagte Rostnikow, während sie auf den Fahrstuhl in einer Ecke der Vorhalle zuhielten. »Der unfähigste Dieb würde einfach eine Glasscheibe einschlagen oder ein Wandbrett durchbrechen. Die Tür hat die Aufgabe, die Unschuldigen draußen zu halten und die Schuldigen abzuschrecken. Sagen Sie mal, was halten Sie von dem Schauspieler Denzel Washington?«

Sie betraten die Fahrstuhlkabine, und Rostnikow drückte auf einen Knopf.

»Weil er schwarz ist?« fragte Hamilton und steckte eine Hand in die Hosentasche.

»Natürlich«, sagte Rostnikow. »Ich habe ihn noch nie gesehen außer in einem Videofilm mit dem Titel *The Mighty Flynn.*«

»›Quinn‹«, korrigierte Hamilton. »Ich hoffe, daß Denzel Washington, wenn ich mich mal zur Ruhe gesetzt habe, in dem Film über mein Leben die Titelrolle spielt.«

»Glauben Sie, daß ein solcher Film jemals gedreht werden wird?«

»Das kann man nie wissen«, sagte Hamilton.

Rostnikow lächelte nicht. Er mochte diesen FBI-Mann mit seinem Humor.

Der Lift blieb summend stehen. Die Wohnung zu finden war nicht schwierig. Dort erwartete sie ein weiterer uniformierter Polizist. Er war ein wenig älter als der, der vor dem Haus gestanden hatte, und beäugte sie mißtrauisch mit gezückter Waffe.

»Ich bin Inspektor Rostnikow«, stellte Rostnikow sich vor. »Das ist der FBI-Beamte Hamilton aus Amerika.«

Der Polizist ließ die Waffe sinken und trat zurück.

»Sind Sie hier auf Befehl des Stadtteilkommandanten?« erkundigte Rostnikow sich.

»Ja, Inspektor«, antwortete der Polizist. Rostnikow klopfte an die Tür. »Das müssen wichtige Leute sein«, sagte er, »daß in einem personell unterbesetzten Stadtteil zwei Beamte abkommandiert werden, um die Wohnung zu bewachen, nachdem das Opfer gekidnappt wurde.«

»Seine Frau und sein Bruder ...«, begann Hamilton.

»Wenn ein Klempner entführt worden wäre«, sagte Rostnikow leise, damit der Polizist ihn nicht hörte, »wäre keine Polizei zugegen – vielleicht nur ein Freund mit einem Schraubenschlüssel und einer Riesenwut im Bauch, was vielleicht wirkungsvoller sein könnte.«

Die Tür wurde geöffnet. Der Mann, der sie öffnete, glich dem auf dem Aktenfoto, das Rostnikow in der Tasche hatte. Er trug eine dunkle Hose und ein zerknautschtes weißes Hemd, eine schlichte dunkelblaue Krawatte und ein bequem geschnittenes Sportsakko.

»Inspektor Rostnikow«, sagte Rostnikow, ohne seinen Ausweis hervorzuholen. »Und dies ist Agent Hamilton vom FBI. Und Sie sind der Bruder von Alexi Porwinowitsch.«

»Ja, woher wissen Sie das?« Der Mann machte ihnen Platz, damit sie eintreten konnten.

»Ich bin der Steve Carella der Moskauer Polizei«, erwiderte Rostnikow und sah sich in der Wohnung um.

Der Raum, in dem er stand, war groß und modern mit

weißem Teppichboden. Die Möbel waren ebenfalls vorwiegend weiß, dazwischen standen vereinzelt schwarze Lacktische. Zwei große Gemälde hingen an der Wand. Eines stellte eine blasse Frau in einem hautengen schwarzen Kleid dar, die auf einer roten Chaiselongue ausgestreckt lag. Ein aufmerksamer junger Mann im Anzug kniete vor ihr und bot der gleichgültig wirkenden Frau, die eine Zigarettenspitze mit Zigarette zwischen zwei Fingern ihrer linken Hand hielt, Feuer an. Das zweite Gemälde schien vom selben Künstler gemalt worden zu sein. Auch darauf war eine blasse Frau zu sehen, diesmal in Weiß, die von drei aufmerksamen jungen Männern umringt wurde. Die Frau hatte den Kopf in den Nacken gelegt und lachte falsch. Die Gemälde faszinierten Rostnikow wegen der Frau, die vor ihm auf einem der weißen Stühle saß. Sie trug ein schwarzes Kleid, und ihre Zigarette, nicht in einer Spitze, brannte bereits. Sie hätte das Modell für beide der Frauen auf den Gemälden sein können.

»Madame Porwinowitsch«, sagte Rostnikow.

»Anna Iwanowna Porwinowitsch«, sagte sie mit leiser Stimme. »Ich habe gehört, wie Sie sich Jewgenij vorgestellt haben. Bitte, setzen Sie sich. Jewgenij bringt Ihnen etwas zu trinken, wenn Sie –«

»Ich wäre schon mit einem Glas Wasser zufrieden«, sagte Hamilton.

»Haben Sie vielleicht Pepsi-Cola?« fragte Rostnikow und suchte sich den am wenigsten unbequemen Sitzplatz.

»Ja«, sagte Anna Porwinowitsch.

Hinter ihnen verließ Jewgenij den Raum.

»Ich nehme an, Sie haben Alexi noch nicht gefunden«, sagte Anna Porwinowitsch.

Rostnikow versuchte, nicht ständig auf die Gemälde zu

blicken. »Wir haben soeben erst mit der Suche begonnen«, sagte er. »Sollen wir mit unserem Bericht warten, bis Ihr Schwager zurück ist –?«

»Wie Sie wünschen«, antwortete Anna Porwinowitsch. Sie drückte ihre Zigarette in einem verzierten Glasaschenbecher aus, schaute zu Hamilton und fragte: »Sprechen Sie Russisch?«

»Ja«, erwiderte er. »Und sprechen Sie Englisch?«

»Nein, aber ein wenig Französisch. Ich lerne es gerade. Vielleicht wäre Englisch interessanter«, sagte sie, während ihre dunklen Augen den FBI-Agenten aufmerksam studierten.

»Sie scheinen sich über das unglückselige Verschwinden Ihres Mannes nicht allzusehr aufzuregen«, bemerkte Hamilton.

Jewgenij kehrte mit einem Tablett mit drei Gläsern zurück. Er setzte es auf dem kleinen Tisch vor Anna Porwinowitsch ab und nahm neben ihr Platz. Dann verteilte er die Gläser. Die mögliche Witwe hatte sich für ein Glas Mineralwasser mit einer Limonenscheibe entschieden, eine Frucht, die Rostnikow bisher kaum in natura gesehen hatte.

»Die Menschen verarbeiten ihr Leid auf unterschiedliche Art und Weise«, sagte sie. »Ich ziehe es vor, den Schein und damit auch meine Würde zu wahren. Jewgenij hingegen, wie Sie selbst sehen können, ist ein nervliches Wrack.«

»Mein Bruder...«, begann er und verstummte dann mutlos.

Rostnikow trank einen Schluck von seiner Pepsi und nickte zufrieden. Hamilton rührte sein Eiswasser nicht an.

»Sie haben eine Lösegeldforderung erhalten«, sagte Rostnikow.

»Einen Anruf, ja«, sagte Madame Porwinowitsch. »Gestern. Ein Mann verlangte drei Millionen amerikanische Dollar bis Freitag, sonst würde Alexi getötet. Genau sagte er, Alexi würde geköpft und auf die Straße geworfen. Er gab Alexi den Telefonhörer. Er sagte, ich solle tun, was von mir verlangt wird. Ich erwiderte, das würde ich sehr gerne, wenn es möglich wäre und wenn er mir erklären könnte, wie ich drei Millionen Dollar besorgen soll. Alexi war verständlicherweise ziemlich niedergeschlagen. Er sagte, ich wüßte, wie ich das Geld beschaffen könnte.«

»Wissen Sie es?« fragte Hamilton.

Anna Iwanowna Porwinowitsch zuckte die Achseln.

»Hatte der Mann am Telefon einen Akzent?« fragte Rostnikow.

Sie dachte einen Moment lang darüber nach und sagte: »Nein. Aber er klang nicht sehr gebildet.«

»Erzählen Sie uns genau, was er gesagt hat«, bat Rostnikow. Er klappte einen Notizblock auf. Hamilton holte einen kleinen Kassettenrecorder aus der Tasche.

Anna Porwinowitsch warf einen Blick auf den Recorder, dann zu Hamilton, ehe sie fortfuhr. »›Wir haben Ihren Mann. Wir wollen bis Freitag drei Millionen amerikanische Dollar. Wir wissen, daß Sie sie beschaffen können. Er hat uns gesagt, Sie wüßten, wo das Geld ist. Bringen Sie es morgen kurz vor Mittag in einem Koffer zum Kunstmuseum in der Wladimirstraße. Stellen Sie den Koffer hinter die Büsche links vom Eingang. Achten Sie darauf, daß Sie nicht beobachtet werden. Dann gehen Sie in das Museum und halten sich eine Stunde lang darin auf.‹ Danach gab er Alexi den Hörer, und Alexi sagte: ›Tu, was der Mann dir gesagt hat, Anna.‹ Schließlich legten sie auf. Das ist alles.«

»Wie klang Ihr Mann?« fragte Rostnikow.

»Wie er klang?«

»Wirkte er ängstlich?«

»Resigniert«, sagte sie. »Ich denke nicht, daß Alexi glaubt, er würde das lebendig überstehen, was Jewgenij und ich auch immer unternehmen. Aber ich habe vor, das Geld hinzubringen und dann das Beste zu hoffen.«

»Wir würden gerne Ihr Telefon abhören, für den Fall, daß er noch einmal anruft«, sagte Rostnikow. Er fragte sich, ob er über Pankow wohl ein Aufnahmegerät erhalten würde.

Anna Porwinowitsch zuckte die Achseln und griff nach ihrem Glas. Sie betrachtete für einen kurzen Moment die aufsteigenden Kohlensäurebläschen und trank dann. Dabei richtete sie ihren Blick wieder auf Hamilton.

»Wir würden die Scheine gerne präparieren und einen Peilsender im Geldkoffer unterbringen«, sagte Rostnikow.

»Tun Sie, was Sie wollen«, sagte sie. Sie stellte das Glas wieder zurück.

»Glauben Sie, daß er tot ist?« fragte Rostnikow und beobachtete ihr Gesicht.

»Nein«, stieß Jewgenij heftig hervor.

»Ja«, sagte Anna Porwinowitsch gleichmütig.

»Was würden Sie in den Vereinigten Staaten unternehmen?« wollte Anna von Hamilton wissen.

»Ich würde annehmen, daß Ihr Mann noch am Leben ist und es auch bleiben wird, bis sie das Geld haben und sich sicher fühlen. Dann werden sie ihn töten. Chefinspektor Rostnikow hofft, sie aufzustöbern, nachdem sie das Geld abgeholt haben und bevor sie sich sicher fühlen.«

»Weshalb lassen sie ihn nicht einfach laufen?« fragte Jewgenij und preßte die Hände auf seinen Mund.

Hamilton schaute fragend zu Rostnikow, der ihm zunickte.

»Weshalb sollten sie ein Risiko eingehen?« sagte Hamilton. »Mr. Porwinowitsch weiß vielleicht, wie seine Entführer aussehen, oder er könnte den Ort wiedererkennen, wohin man ihn gebracht hat. Es wäre ein zu großes Risiko, ihn am Leben zu lassen.«

Rostnikow veränderte die Position seines Beins und bemühte sich, nicht zusammenzuzucken, während er meinte: »Haben Sie irgendeine Idee, wer hinter dieser Sache stecken könnte?«

»Alexi kennt so viele Menschen«, sagte Anna Porwinowitsch, griff nach einer Zigarette und ließ den Blick wieder zu Hamilton gleiten.

Sie möchte, daß er sich hinkniet und ihr Feuer gibt, genauso wie der Mann auf dem Gemälde, dachte Rostnikow. Hamilton rührte sich nicht, während Anna Porwinowitsch innehielt und sich dann von Jewgenij Feuer geben ließ, dessen Hand mittlerweile heftig zitterte.

»Können Sie mir eine Liste der Leute geben, die Alexi Porwinowitsch kennt – die, mit denen er Geschäfte macht, die er vielleicht mal beleidigt oder sonstwie verletzt hat, eben jeden, der Ihnen einfällt?«

»Ich glaube nicht, daß Alexi möchte, daß Sie eine Liste mit seinen Geschäftspartnern haben«, erwiderte Anna. »Aber... in Ordnung. Sie bekommen die Liste in einer Stunde.«

»Und Sie, Jewgenij«, sagte Rostnikow. »Können Sie bei der Aufstellung dieser Liste behilflich sein?«

»Ja«, sagte er. »Wenn irgendeine Chance besteht, um Alexi zu retten, tue ich alles, was nötig ist.«

»Tanzt einer von Ihnen gerne?« fragte Rostnikow.

»Ob wir...?« begann Jewgenij verwirrt.

»Ich tanze gerne«, sagte Anna. »Und Jewgenij ist das

reinste Walroß auf der Tanzfläche. Ich hatte mehr als einmal das Pech, von ihm getreten zu werden.«

Jewgenij schüttelte den Kopf.

»Alexi – tanzt er gerne?« fragte Rostnikow.

»Ein wenig«, antwortete sie. »Ist das wichtig?«

»Vielleicht, vielleicht auch nicht. Lesen Sie?«

Diesmal verzog Anna ein wenig ungehalten das Gesicht. »Ja, ich kann lesen, und ich lese auch. Zur Zeit lese ich ein Buch in Französisch. Einen erst vor kurzem entdeckten Roman von Jules Verne. Aber –«

»Gefällt er Ihnen?« unterbrach Rostnikow sie.

»Nicht besonders.«

»Weshalb lesen Sie ihn dann?« fragte Rostnikow.

»Wenn ich ein Buch anfange, dann beende ich es auch. Wenn ich ein Theaterspiel besuche oder ins Kino gehe, dann bleibe ich immer bis zum Schluß sitzen. Ich lasse nichts unbeendet zurück.«

»Ich verstehe«, sagte Rostnikow. »Und Sie, Jewgenij?«

»Ich glaube nicht, daß dies meinem Bruder hilft.«

»Tun Sie mir den Gefallen«, bat Rostnikow.

»Ich lese kein Buch. Ich lese sowieso nicht viele Bücher. Ich bin Geschäftsmann.«

»Und was fangen Sie mit Ihrer Zeit außerhalb der Arbeit an?« fragte Rostnikow.

Anna musterte Rostnikow nun, als sei er ein Wahnsinniger. »Ich gehe in Museen, in Clubs«, antwortete sie. »Ich lese gelegentlich ein Buch, veranstalte ab und zu einen Nachmittagstee. Die Zeit vergeht, und ich finde zahlreiche Dinge, um sie auszufüllen.«

»Und Sie?« wandte Rostnikow sich an Jewgenij Porwinowitsch.

»Ich arbeite im Geschäft meines Bruders. Da bleibt mir

nur wenig Freizeit. Und die verbringe ich normalerweise mit meiner Familie.«

»Familie?«

»Ehefrau, Schwiegermutter, Tochter, Dackel.«

»Wie alt ist Ihre Tochter?«

»Sechzehn«, antwortete er mit zorniger Stimme.

Rostnikow stand auf, leerte das Glas Pepsi-Cola in seiner Hand und stellte es dann zurück auf den Tisch. Hamilton erhob sich ebenfalls. Jewgenij kam auf die Füße. Anna Porwinowitsch hingegen blieb sitzen.

»Ich habe diese Pose schon mal gesehen«, sagte Rostnikow und schaute zu dem Gemälde hoch.

»Ich wünschte, ich hätte Ende der zwanziger oder Anfang der dreißiger Jahre in Frankreich oder Amerika oder sogar in England gelebt.«

»Da stimme ich Ihnen zu«, sagte Rostnikow und ging mit Hamilton zur Tür. Jewgenij, der damit gerechnet hatte, war bereits vorausgeeilt, um sie zu öffnen.

»Wir schicken jemanden vorbei, der das Abhörgerät am Telefon anschließt«, sagte Rostnikow.

Und dann gingen die beiden Männer zum Fahrstuhl.

»Was meinen Sie, Agent Hamilton?« fragte Rostnikow flüsternd.

Hamilton antwortete auf Englisch. »Anna Porwinowitsch hat mich ganz eindeutig eingeladen, zu ihr zurückzukehren, um sich mit mir nicht nur über ihren entführten Mann zu unterhalten. Ich weiß nicht, ob sie es ernst gemeint hat oder nur, weil sie gewohnheitsmäßig alle Männer in ihrer Umgebung zu manipulieren versucht.«

»Sie ist eine schöne Frau«, stellte Rostnikow auf Englisch fest. »Meinen Sie, sie steckt hinter der Entführung ihres Mannes?«

»Schon möglich«, sagte Hamilton. »Aber wenn es so ist, dann verhält sie sich völlig falsch. Dann sollte sie die verzweifelte Ehefrau spielen, und mir kommt sie einfach zu clever vor, um das nicht zu wissen.«

»Ich stimme Ihnen zu«, sagte Rostnikow. Sie drängten sich in die Liftkabine, und Hamilton drückte auf den Erdgeschoßknopf.

»Inwiefern?« fragte Hamilton.

»Daß sie vielleicht die Entführung ihres Mannes organisiert hat und daß sie sehr klug ist. Weshalb sollten wir eine Frau verdächtigen, die nicht die Rolle der trauernden Ehefrau spielt? Weshalb nehmen wir nicht an, daß sie wahrscheinlich unschuldig ist, gerade weil sie ganz ruhig und gelassen bleibt und einen unschuldigen Flirt mit einem FBI-Agenten beginnt?«

»Sie denken viel zu verwickelt«, sagte Hamilton.

Der Fahrstuhl stoppte, und die beiden Männer schlenderten durch die Vorhalle.

»Das ist das Erbe, das ich mit mir herumschleppe«, sagte Rostnikow und humpelte auf die Tür zu, vor der der bewaffnete Polizist stand. »Acht Jahrhunderte lang zu versuchen, die Machthaber auszutricksen, die mit einem tun und lassen können, was sie wollen, macht die Menschen mißtrauisch und verwandelt viele von ihnen in gute und gewiefte Schauspieler.«

Inzwischen standen sie auf der Straße. Der Polizist hatte Haltung angenommen, anstatt an der Wand zu lehnen.

»Ihr Name?«

»Polizist Boris Guijon.«

»Boris Guijon«, sagte Rostnikow, »tanzen Sie gerne?«

»Ich… ich kann nicht sehr gut tanzen, aber wenn ich es mal versucht habe, hat es mir viel Spaß gemacht.«

»Danke«, sagte Rostnikow.

Er und der FBI-Agent gingen zum Wagen, wo Hamilton stehenblieb und meinte: »Fahren wir noch irgendwo anders hin, wo ich die Kühlerfigur und die Scheibenwischer abmontieren muß?«

»Ja«, sagte Rostnikow.

Hamilton wartete, bis sie im Wagen saßen, ehe er sagte: »Weshalb diese Fragen nach dem Tanzen?«

»Nicht das Tanzen ist wichtig«, erklärte Rostnikow. »Es ist eine Möglichkeit, die Menschen etwas besser kennenzulernen. Wenn man mit ihnen über Verbrechen redet, dann haben sie vorgefertigte Antworten, wachsame Antworten. Wenn Sie mit ihnen darüber reden, was sie lesen, trinken, tun, entdecken Sie häufig, mit wem Sie es zu tun haben. Und wenn Sie ihnen völlig verrückte Fragen stellen, dann werden sie unaufmerksam und verraten einiges über ihr wahres Ich.«

Hamilton bog in eine fast leere Straße ein und sagte: »Haben Sie mit Ihren Fragen irgendetwas über Jewgenij und Anna herausbekommen?«

»Eine ganze Menge«, sagte Rostnikow. »Ist Ihnen bewußt, daß wir Englisch sprechen?«

»Ja«, sagte Hamilton.

»Erinnern Sie sich, wann wir angefangen haben, uns auf Englisch zu unterhalten?«

»Im Flur vor dem Apartment«, antwortete Hamilton auf Russisch.

»Weshalb?«

»Ich wollte nicht, daß sie mitbekamen, was wir redeten«, sagte Hamilton, nun ganz bewußt Russisch sprechend.

»Nein«, sagte Rostnikow. »Die Tür war zu, und wir haben sehr leise geredet.«

»Ihre Theorie?«

»Die Frau hat Sie nervös gemacht, und Sie haben etwas gesucht, wo Sie sich etwas wohler fühlten – nämlich Ihre eigene Sprache«, sagte Rostnikow. »An der nächsten Ecke rechts abbiegen.«

»Ja, die Frau hat mich nervös gemacht, und die Tatsache, daß Jewgenij Porwinowitsch immer wieder nach der Waffe unter seiner Jacke griff, als wollte er wild um sich schießen, sobald jemand etwas Falsches sagte.«

»Das auch«, pflichtete Rostnikow ihm bei. »Also was wollen Sie als nächstes tun?«

»Zur Telefongesellschaft fahren und in Erfahrung bringen, ob Anna Porwinowitsch tatsächlich gestern einen Anruf erhalten hat«, sagte Hamilton. »Und wenn nicht, dann fahren wir zurück und stellen sie zur Rede.«

»Ich glaube, Sie werden feststellen, daß der Anruf stattfand«, sagte Rostnikow. »Ich kann mich irren, aber Anna Porwinowitsch ist, wie wir beide meinen, sehr klug. Und jetzt habe ich Hunger. Sie auch?«

»Ja, ich bin auch hungrig.«

»Dann parken Sie gleich da vorne, wo die beiden Leute sich unterhalten. In dem Haus dahinter wohne ich.«

»Die Fotos«, sagte der Mann im blauen Kittel. Er sah Karpo über den Rand seiner Brille hinweg an und hielt ihm einen Stapel Farbfotografien hin. »Sie zeigen allesamt den Mann mit den Tätowierungen. Die anderen Opfer sind nicht halb so interessant.«

Emil Karpo nahm die Fotos entgegen und betrachtete sie langsam nacheinander.

Eines der »nicht so interessanten« Opfer war Mathilde Verson.

Der Mann im blauen Kittel war Paulinin, der in seinem Labor zwei Stockwerke unterhalb der Straße in der Petrowka-Zentrale über einen morbiden Flohmarkt gebot. Paulinin besaß eine wilde Masse grauschwarzen Haars auf einem überdimensional großen Kopf. Er beobachtete Karpos Gesicht, während der Polizist jedes Foto von der Leiche des Mannes durchging, die Rostnikow ausgebreitet auf der Motorhaube eines Wagens in zwanzig Metern Entfernung von der Stelle gefunden hatte, wo Mathilde Verson bei einer Tasse Tee erschossen worden war. Karpo hatte bereits Fotos von Mathilde gesehen und lange ihre Leiche betrachtet. Er hatte dem Drang widerstanden, ihr wallendes rotes Haar zu berühren, und hatte statt dessen versucht, ein Bild von ihr in seinem Kopf zu schaffen, das in seinem Bewußtsein haften bleiben würde, bis er starb.

Mehr als vier Jahre lang empfing Mathilde Verson, die sich ihren Lebensunterhalt als Prostituierte verdiente, Karpo in ihrem Zimmer jede Woche für eine Stunde, für die er pflichtgetreu mit sauberen Geldscheinen bezahlte, die er auf ihren Toilettentisch legte. Aber nach und nach veränderte die Beziehung sich irgendwie. Die geisterhafte Erscheinung eines Mannes, der keinerlei Emotionen zeigte, war für sie zu einer Herausforderung geworden. Sie hatte versucht, ihn aus der Reserve zu locken, hatte angefangen, ihn zu verstehen. Sie waren Freunde geworden und dann ein echtes Liebespaar, und kein Geld wurde mehr bezahlt. Mathilde war die lebendigere der beiden gewesen, denn Karpo hatte sich ein Leben lang zurückgehalten.

Es waren drei Kugeln aus der Waffe unweit des tätowierten Mannes gewesen, die Mathilde getötet hatten.

Karpos Hände bewegten sich langsam, seine Augen waren starr. Er hatte jeden Sinn in seinem Leben verloren.

Er hatte sich dem Kommunismus und seinem endgültigen Sieg verschrieben. Karpo wußte, daß es korrupte Führer gab, daß einige von ihnen, wie Breschnew, vielleicht sogar korrupt und dumm gewesen waren, aber seit dem Tag, als sein Vater ihn als kleinen Jungen zu einer Parteiversammlung mitgenommen hatte, war er von der Sache überzeugt gewesen. So war er, dank der Beziehungen, die sein Vater als Stahlarbeiter hatte, zur Polizei gekommen, sobald er alt genug war. Karpos Mission bestand darin, dafür zu sorgen, daß kein Verbrechen gegen den Staat oder seine Mitglieder ungesühnt blieb. Er hatte dafür sechzehn Stunden am Tag gearbeitet und nur selten einen freien Tag genommen. Er wohnte alleine in einem kleinen Zimmer, nicht viel größer als die Zelle eines Mönchs, wo er in einem schlichten Bett in einer Ecke schlief. Der Rest seiner bescheidenen Möblierung bestand aus zwei Holzstühlen mit gerader Lehne, einem Schreibtisch und einem Bücherschrank, der an einer Wand stand und bis zur Decke reichte. Der einzige Autor, der unter den mehreren hundert identischen, schwarzen Büchern vertreten war, war Emil Karpo. Diese Bücher enthielten seine Aufzeichnungen über all seine Fälle mit einer speziellen Abteilung für jene, die noch nicht gelöst waren. Es waren diese ungelösten Fälle, die Karpos Aufmerksamkeit die meiste Zeit fesselten, die er in dem Apartment verbrachte.

Seine gesamte Kleidung, und viel hatte er nie besessen, war schwarz gewesen, bis Mathilde ihm eine Krawatte geschenkt hatte, eine blaue französische Krawatte mit einer kleinen Blume darauf. Karpo hatte diese Krawatte bisher erst zweimal getragen. Heute trug er sie wieder.

Die Sowjetunion war zusammengebrochen. Der Kommunismus war fast völlig verschwunden. Das Verbrechen, das früher einmal auf den Seiten seiner sorgfältig geführten Aufzeichnungen Platz gefunden hatte, war nun überwältigend. Er würde eine Bibliothek von der Größe eines Fußballfeldes brauchen, um über die Anarchie, die Moskau erfaßt hatte, auf dem Laufenden zu bleiben. Karpos Mutter war bei seiner Geburt gestorben. Er hatte keine Schwestern oder Brüder, keine Tanten oder Onkel. Sein Vater war vor vier Jahren gestorben und jetzt Mathilde. Was hatte sie, die so sehr vor Leben sprühte, die so gerne lachte, die so schön war, zu dem mürrischen, bleichen, humorlosen Mann hingezogen, den Karpo im Spiegel sah? Das war die Frage, die er sowohl ihr als auch sich selbst immer wieder stellte, seit sie zueinander gefunden hatten. Und nun war sie nicht mehr da.

»Und?« fragte Paulinin, nachdem er erfolglos die zu einem Berg aufgestapelten Bücher und die Gläser mit Exemplaren menschlicher Organe, kleinerer Extremitäten und sogar eines menschlichen Schädels durchstöbert hatte. Es gab Kleidungsstücke auf einem Ständer in einer Ecke, die nach keiner bestimmten Ordnung arrangiert waren. Messer, Schraubenschlüssel, ein Hammer, Sägen, ein Satz falscher Zähne, Gipsabgüsse von Fuß- und Handabdrücken bedeckten einen Tisch, der sich an einer Wand erstreckte. Die anderen Tische waren auf ähnliche Weise mit großen und kleinen Kartons und verschiedenen anderen Objekten überladen, unter denen sich sogar die stählerne, mit Blut beschmierte Haltestange aus einem Moskauer Autobus befand.

»Nun?« wiederholte Paulinin, stützte für einen kurzen Moment seine gefalteten Hände auf einen Stapel Berichte und anderen Papierkram auf seinem Schreibtisch und rieb dann seine Handflächen gegeneinander.

Emil Karpos Meinung war die einzige, die für Paulinin zählte. Dieser kleine Mann traf sich mit niemandem, lebte alleine und schlief mindestens ebensooft an seinem Schreibtisch, wie er in seine Wohnung zurückkehrte, in der genausoviel Unordnung herrschte wie in seinem Büro. Ihn interessierte es kaum, wer gerade die Regierung stellte. Paulinin hatte für Politik nichts übrig, was einer der Gründe dafür war, daß er alleine in einem ehemaligen Lagerraum arbeitete und so gut wie keine finanzielle Unterstützung bekam.

Niemand zog jedoch jemals in Erwägung, diesen leicht verrückten Kerl in seinem blauen Kittel loszuwerden, denn Paulinin galt allgemein als wandelndes Lexikon und nahezu als Genie bei der Untersuchung und Beurteilung gerichtsmedizinischer Beweisstücke.

»Ich habe eine Überraschung«, sagte Paulinin und versuchte, die Augen seines Besuchers von den Fotos loszureißen. Karpo war immer still und korrekt, aber heute war er anders – heute benahm er sich fast wie ein Roboter.

Der Polizeinspektor betrachtete weiterhin langsam und aufmerksam die Fotos. Schließlich sah er hoch, und Paulinin reichte ihm einen großen Becher Tee. Karpo nahm ihn und trank ein wenig von der braunen lauwarmen Flüssigkeit. Sie hatte einen scharfen und bitteren Nachgeschmack, offenbar die Überreste eines Experiments, die Paulinin nicht vollständig aus dem Becher entfernt hatte, ehe er den Tee zubereitete.

»Was halten Sie davon?« fragte Paulinin und trank einen Schluck aus seiner eigenen schwarzen Tasse mit der englischen Aufschrift PENSACOLA EYE AND EAR CLINIC.

Karpo richtete den Blick erneut auf den Mann, der Mathilde getötet hatte. Der Mann war praktisch vollständig bedeckt mit Tätowierungen – Kopf, Hals, Arme, Finger, Rücken, Brust, Beine und Zehen, sogar sein Penis. Die Tätowierungen waren bunt, lebendig und außerordentlich gut ausgeführt. Die Motive waren beliebig. Auf dem rechten Unterarm eine Reihe Kirchtürme, auf der Brust dicht unter dem Schlüsselbein ein brennender achtzackiger Stern. Die Tätowierung auf seinem Rücken stellte ein sich aufbäumendes Pferd dar, auf dem ein Mann mit Totenschädel saß, der seinerseits einen bärtigen Mann am Schopf gepackt hatte und im Begriff zu sein schien, ihn zu köpfen.

Karpo wandte sich dem Foto von der nackten Leiche des Mannes zu, der auf der Straße gestorben war. Auch er war mit Tätowierungen bedeckt.

»Gefängnistätowierungen«, stellte Karpo fest.

»Und?« fragte Paulinin.

Karpo wußte ein wenig über Gefängnistätowierungen. Er wußte, daß Berufsverbrecher viel Zeit damit verbrachten, sich mit Tätowierungen zu schmücken, wenn sie im Gefängnis saßen, um sich von anderen Gefangenen zu unterscheiden.

»Ihre tätowierten Männer hatten keine Brieftaschen, keinerlei Papiere bei sich. In der Tasche des Kahlköpfigen befand sich ein dickes Gummiband. Ich würde annehmen, daß er eine Menge Geld bei sich hatte und daß es ihm abgenommen wurde, ehe die Polizei eintraf. Wahrscheinlicher ist, daß der erste Beamte am Tatort es eingesteckt hat.«

Karpo sagte nichts. Er holte sein Notizbuch hervor und begann zu schreiben.

»Bis auf eine stellen sämtliche Tätowierungen der Toten einen Code dar. Dieser Tote«, sagte er und deutete auf den Kahlköpfigen, »war ein *pakhan*, einer der Bosse im Gefängnis, ein Mitglied der *vory y zakone* gewesen. Das verrät der achtzackige Stern.«

»Die acht Kirchtürme?« fragte Paulinin.

»Jeder Turm stellt eine abgesessene Strafe dar.«

»Gut, gut«, sagte Paulinin und trank hastig seinen Tee. »Sie haben am Kopf des Toten innegehalten. Ein Lebewesen aus den mittelalterlichen Volksmärchen, wie sie von den Bogatyrs, einer gewalttätigen Nomadenbrut, erzählt werden. Das Bild deutet darauf hin, daß unser Toter ein Mörder war. Keine Drogentätowierungen. Keine, die danach aussehen, als seien sie ihm von anderen Mithäftlingen aufgezwungen worden, um ihn wegen Verbrechen wie Heroinsucht, Gewalt gegen Kinder und so weiter zu kennzeichnen. Ihr Mann hat keine Tätowierungen im Gesicht, und nichts deutet darauf hin, daß er jemals welche hatte und sie sich entfernen ließ. Tatsächlich hat er sich überhaupt keine Tätowierungen entfernen lassen und weiterhin seinen Kopf im Gefängnisstil geschoren. Er war stolz auf sein Vorstrafenregister.«

»Und?«

Paulinin stellte seine Tasse ab. »Sein Name lautet Michael Siwak. Er saß zuletzt im Arbeitslager Kolonie Neunzehn, ein Hochsicherheitslager vor den Toren von Perm. Ihre Leute werden das alles durch seine Fingerabdrücke erfahren, aber sie werden dazu mehrere Tage brauchen, vielleicht eine Woche oder mehr, falls sie sich überhaupt die Mühe machen.«

Paulinin schüttelte heftig den Kopf. Seine Haarpracht flog hin und her.

»Die jüngsten Tätowierungen auf Michael Siwak sind eindeutig im Stil von Arbeitslager Neunzehn ausgeführt. Ich habe sie schon früher gesehen. Was seinen Namen betrifft, ist Ihnen aufgefallen, daß seine Augen auf allen Fotos geöffnet sind?«

Karpo nickte.

»Diese Trottel im Krankenhaus konnten einem nicht seinen Namen sagen, obgleich er auf ihm festgehalten ist.«

»In einem Gefängniscode?« äußerte Karpo die nächstliegende Vermutung.

»Nein«, sagte Paulinin. »Ich hatte mir die Leiche angesehen, nachdem sie mit ihr fertig waren. Ich habe ihm die Augen zugedrückt. Auf einem Augenlid stand zu lesen, ›Nicht aufwecken‹, und auf dem anderen stand sein Name, Michael Siwak. Der andere Tote trug keinen eintätowierten Namen am Körper.«

»Dieser Adler mit der Bombe auf seiner rechten Gesäßhälfte?« fragte Karpo.

Paulinin war aufgestanden, hob verschiedene Flaschen hoch, öffnete Kartons – er suchte etwas.

»Die Bombe und der Adler sind neu«, sagte Paulinin. »Das Motiv deutet darauf hin, daß er nun mit schweren Waffen handelt. Der Künstler, der diese Tätowierung anfertigte, hat sehr genau gearbeitet. Er ist ein echter Künstler. Die Bombe ist die genaue Darstellung einer Wasserstoffbombe. Ich rechne damit, daß ich das Bild in Zukunft noch häufiger zu sehen bekomme.«

»Sie meinten, Sie hätten eine Überraschung für mich«, sagte Karpo. »War sie das – der Handel mit Kernwaffen?«

»Nein... da ist es«, sagte Paulinin, als er fand, wonach er gesucht hatte. »Ich wußte, daß es hier irgendwo sein muß.«

Er hielt etwas hoch, das aussah wie ein kleines Gemälde, eine Kopie von dem Adler und der Bombe, die auf dem Kopf von Michael Siwak eintätowiert war. Das Bild war zwischen zwei Glasscheiben eingeschweißt. Paulinin reichte Karpo seinen Schatz.

»Ich habe es von seinem Körper abgenommen«, sagte Paulinin. »Ich habe ihn skalpiert, wie es früher diese amerikanischen Indianer getan haben. Ein solches Kunstwerk verdient es, erhalten zu werden.«

»Kann ich das haben?« fragte Karpo.

»Es ist ein Geschenk von mir«, sagte Paulinin nicht ohne Stolz.

Die gepreßte, bunte Haut Michael Siwaks paßte knapp in Karpos Jackentasche.

»Einige Fragen«, sagte Karpo.

Paulinin nickte, um anzudeuten, daß er bereit war.

»Was können Sie mir über den toten Mann erzählen, der mit der Frau am Tisch gesessen hat?«

Paulinin klappte den Karton zu, aus dem er den Hautlappen Michael Siwaks geholt hatte. »Die Kugeln aus seiner Waffe töteten die beiden tätowierten Männer auf der Straße. Er muß ein guter Schütze gewesen sein, da er sich mit einer Pistole gegen Männer gewehrt hat, die mit Maschinenpistolen umgehen können. Unser Mann mit der .454er Casull war, wie aus seiner Brieftasche hervorgeht, ein Deutscher. Heinz Dieter Kirst. Er und die Frau wurden mit derselben Waffe getötet. Der Kahlköpfige muß noch geschossen haben, nachdem er gestorben war. Der Mann und die Frau wurden von einem Toten erschossen.«

Paulinin deutete auf einen Punkt an seiner rechten Schläfe, um zu demonstrieren, wo die Kugel in den Deutschen eingedrungen und wieder ausgetreten war.

»Der tote Kellner hieß Waclaw Wypich«, sagte Paulinin. »Ein Pole, der –«

»Ich weiß«, fiel Karpo ihm ins Wort.

Die beiden anderen, die keine Ausweise bei sich hatten, trugen blaue Adidas-Trainingsanzüge und Lederjacken. Beide hatten helles, kurz vorher geschnittenes Haar. Beide waren Ende Zwanzig, Anfang Dreißig.

»Können Sie mir etwas über den Deutschen erzählen?«

»Eine interessante Frage«, sagte Paulinin und hielt einen halben Keks hoch, den er ebenfalls aus einem seiner Kartons zutage gefördert hatte. Er steckte in einer transparenten Plastikhülle. Karpo interessierte sich nicht für den Keks, also öffnete Paulinin die Hülle und begann zu essen, während er fortfuhr. »Aus der Tatsache, daß er eine Waffe bei sich hatte und auch damit umgehen konnte, würde ich schließen, daß die Tätowierten erschienen waren, um ihn zu töten, und daß er es halb erwartet hatte. Ich denke, daß die Frau, die ich untersucht habe, eine Prostituierte war und daß der Deutsche gerade mit ihr verhandelt hat.«

Karpo war längst zu dieser Schlußfolgerung gelangt. Womit er nicht gerechnet hatte, war Paulinins schlichte Erklärung, daß er Mathildes Leiche untersucht hatte.

»Betrug«, sagte Paulinin und biß in den Keks, nachdem er ihn in seinen Tee getunkt hatte. Er bemerkte nicht, daß Karpo die Augen geschlossen hatte. »Wer weiß? Der Deutsche verspricht etwas und hält dann das Versprechen nicht ein. Unsere tätowierten Mafialeute glauben, daß der Deutsche sie betrogen hat oder daß er mit jemand anderem eine Vereinbarung über das, was er kauft oder verkauft, getroffen hat. Wer weiß? Das ist Ihr Job.«

Karpo schlug die Augen auf.

»Ja«, sagte er.

»Was bin ich denn schon?« fragte Paulinin und wischte sich die Hände an seinem Kittel ab. »Ein armseliger Wissenschaftler fast ohne Budget und ganz sicher ohne aufgeblasenen Ruf wie Rostnikow oder Kelenin oder... oder alle anderen. Sie haben mit ihren Maschinenpistolen auf Kirst geschossen, ohne darüber nachzudenken, wer sonst noch getroffen werden könnte. Kirst hat zurückgeschossen und sie getötet. Zwei unschuldige Passanten gerieten dazwischen. Jemand wartete ab, bis unsere Killer ihren Job erledigt hatten. Als die beiden ebenfalls den Tod fanden, sah derjenige keinen Grund mehr, noch länger dazubleiben, und weg war er oder sie.«

Als Andeutung eines wegfahrenden Wagens rollte Paulinin den Rest seines Kekses über die Papierstapel auf seinem Schreibtisch.

Karpo betrachtete den rollenden Keks. Paulinin redete nur noch um des Redens willen und lieferte nichts, was Karpo nicht schon selbst festgestellt hatte. Er wollte Mathildes Gesicht vor sich sehen, aber er konnte es nicht.

Paulinin nahm wieder hinter seinem Schreibtisch Platz und schob sich den Rest des Kekses in den Mund. »Und nun?« fragte er.

»Wir haben es höchstwahrscheinlich mit einer Mafia von Ex-Häftlingen zu tun, die Kernwaffen an Ausländer verkaufen. Ich werde den Chef dieser Mafia finden. Und denjenigen, der diese Morde befohlen hat.«

Und wenn ich ihn finde, dachte Karpo, *dann bringe ich ihn um.*

»Ich habe amerikanische Erdnußbutterbrote zum Mittagessen mitgebracht«, sagte Paulinin und drehte sich zum Kühlschrank hinter seinem Schreibtisch um.

Er öffnete die Tür des Kühlschranks. Karpo konnte Gläser mit Präparaten und einen einzelnen Stoffbeutel sehen. Paulinin holte den Beutel heraus, drückte die Kühlschranktür zu und wandte sich zu Karpo um.

»Es ist genug für uns beide da«, sagte Paulinin. »Und ich habe noch ein paar Dosen Pepsi-Cola.«

»Schön«, sagte Karpo.

Paulinin lächelte und reichte Karpo ein in bereits mehrfach benutzte Aluminiumfolie eingewickeltes Sandwich. Karpo hoffte, daß dieser Imbiß seine zunehmende Übelkeit vertrieb.

VIER

Geld, Geld, Geld

Neben der Lagerhalle für die Schätze war die Küche der größte Raum im Hause Iwan Dokorows. Sie war nun mit insgesamt sechzehn Menschen bevölkert, darunter zwei Frauen. Die beiden Frauen waren Elena Timofejewa und Natalja Walorowa Dokorow, die Schwester des verstorbenen Mannes, der den augenblicklich verschwundenen Schatz angesammelt hatte.

Die Männer drängten sich um die alte Frau, die am Küchentisch saß. Sie hatte die Hände gefaltet und einen wild entschlossenen Ausdruck im Gesicht. Sie bewegte ihren Kopf nicht, sondern drehte lediglich die Augen jeweils in die Richtung dessen, der gerade am lautesten redete.

»Wie lange hat Ihr Bruder gesammelt, um diese Mengen anzuhäufen?« rief jemand.

Natalja zuckte die Achseln.

Dies war keine normale kriminalistische Untersuchung. Es war das reinste Irrenhaus, in dem niemand wußte, wer das Kommando führte.

Vertreter von zwei Polizeibezirken waren anwesend, die beide darauf pochten, daß sie, nach Jelzins Plan zur Neuaufteilung der Bezirke, für die Ermittlungen zuständig waren. Hinzu kamen drei Angehörige der Steuerpolizei, keiner von ihnen in Uniform, die mit Nachdruck erklärten, dies sei eine Steuerangelegenheit. Dann waren da Männer vom Amt für Staatssicherheit, das so viele Veränderungen und Wechsel durchgemacht hatte, daß nicht einmal sie genau über ihre Zuständigkeiten Bescheid wußten. Sie waren jedoch überzeugt, die im Raum anwesende Elite zu sein. Das Amt für Staatssicherheit war ein Kind des ehemaligen KGB, des Komitet Gosudarstavenno Bezopasnosti, oder Komitee für Staatssicherheit. Nach dem Staatsstreich, der der Nation Demokratie, Kapitalismus und eine wahre Explosion an Verbrechen und Korruption beschert hatte, war das Zweite Direktorium des KGB, die für die Spionageabwehr zuständige Abteilung, mit dem Sechsten Direktorium, das für die Untersuchung von Wirtschaftsverbrechen zuständig war, zusammengelegt worden. Diese neue Behörde, welche dem Präsidium und dem Präsidenten direkt unterstand, sollte Betrug und Korruption bekämpfen. All diese Dienste rissen sich darum, nach dem verschwundenen Schatz zu suchen.

»Gibt es in diesem Gebäude noch einen anderen Ausgang als die Vorder- und die Hintertür?« wollte eine andere Stimme wissen.

Natalja schüttelte verneinend den Kopf.

Elena hatte erfolglos versucht, sich zwischen den Männern hindurch und nach vorne zu drängen. Nun lehnte sie an der Spüle und fragte sich, welche Krankheit Rostnikow und Oberst Snitkonoi so sehr geschädigt hatte, daß sie ausgerechnet sie auf diesen wichtigen Fall ansetzten.

»Haben Sie einen Verdacht, wer die Sammlung gestohlen haben könnte?«

Neuerliches Achselzucken.

»Wie konnten die Diebe sich an den Wachen vor beiden Türen vorbeischleichen?« dröhnte eine dritte Stimme.

Nataljas Hände lagen gefaltet auf dem Tisch. Sie trug das

graue Haar in einem dicken Knoten. *Wenn sie den Knoten löste,* dachte Elena, *würde ihr Haar bis auf den Fußboden reichen.*

»Alles in diesem Haus, alles, was mein Bruder hinterlassen hat, gehört mir«, sagte sie ruhig. »Sie haben kein Recht, sich hier aufzuhalten. Sie haben statt dessen die Pflicht, alles, was im Laufe der Nacht gestohlen wurde, zu suchen und mir zurückzugeben.«

»Wie konnten all die Dinge aus diesem riesigen Saal während der Nacht hinausgeschafft werden, ohne daß Sie irgendetwas gehört haben?«

»Ich schlafe stets wie eine Tote«, erwiderte Natalja Dokorow.

»Alles wegzuschaffen muß doch fast die ganze Nacht gedauert haben«, wandte ein Mann mit lauter Stimme ein.

Natalja zuckte die Achseln.

Elena lehnte sich wieder an die Spüle. Der massige Ellbogen eines Mannes vor ihr zuckte zurück und verfehlte ihr Gesicht nur knapp. Als Angehörige der Abteilung mit der geringsten Erfahrung war Elena mit einem offensichtlich überaus wichtigen Fall betraut worden. Und Karpo, dessen bloße Anwesenheit schon Aufmerksamkeit und Respekt hervorgerufen hätte, war von dem Fall abgezogen und mit der Aufklärung eines Bandenkrieges mit mehreren Toten betraut worden. Karpo wußte über den Bestand und den Umfang der Sammlung bestens Bescheid. Er kannte den Wert jedes einzelnen Stücks. Aber Karpo war nicht da und schlug sich mit ordinären Straßenbanden herum.

»Wir brauchen eine Liste von allen Leuten, die von der Existenz dieser Sammlung wußten«, erklang eine Stimme.

Natalja gab keine Antwort. Durch eine Lücke zwischen den Männern sah sie Elena an, und Elena erkannte in diesem Blick einen verzweifelten Hilferuf. Vielleicht irrte sie sich. Als sie noch einmal hinschaute, hatte die Lücke sich geschlossen, und die beiden Frauen konnten einander nicht mehr sehen.

Trotz des kühlen Wetters war es in dem Raum drückend heiß. Zu viele menschliche Körper teilten sich den zu kleinen Raum. Etwa die Hälfte der Männer rauchte draußen.

»Was hatte Ihr Bruder mit der Sammlung vor?«

»Nichts. Er wollte sie nur in seiner Nähe haben. Er wollte die Bücher, Ikonen und Gemälde retten und schützen, die die Kommunisten nach der Revolution vernichten wollten.«

Für einen kurzen Moment trat Stille ein. Niemand im Raum trat offen als Kommunist auf, und nur wenige hätten zugegeben, daß sie jemals in der Partei gewesen waren.

»Hatte er irgendwelche Partner? Wenn ja, wer waren sie?«

»Wir haben immer ganz alleine gelebt und hatten keine Freunde. Iwan hat gearbeitet. Er hat gespart und er hat gekauft.«

»Irgendwelche Angehörigen?«

Natalja schüttelte den Kopf.

Die Männer im Raum wurden ungeduldig. Sie rutschten hin und her und schimpften leise. Sie alle wußten, daß sie in dem nun nahezu leeren Saal um die Wette nach Beweisstücken, Hinweisen und Spuren suchten. Aber falls es derartiges wirklich gab, waren sie längst zertrampelt und verwischt worden. Sie hatten den Tatort verdorben, und Elena gestand sich ein, daß auch ihre eigene Abteilung mit zwei kriminaltechnischen Experten aus dem Labor in der Petrowka daran beteiligt gewesen war.

»Wie konnte –?« begann ein Mann mit barscher Stimme.

»Nichts mehr«, schnitt Natalja Dokorow ihm das Wort ab. »Ich will nicht mehr.«

»Dann«, meinte ein Mann in der vorderen Reihe, »müssen wir Sie zu einem eingehenden Verhör mitnehmen.«

Unter den Männern begannen aufs Neue heftige Diskussionen.

»Was wollt ihr?« rief ein Mann. »*Wir* nehmen sie mit!«

»Ich habe kein Verbrechen begangen. Hier ist nichts anderes passiert, als daß man mir mein Erbe gestohlen hat«, erklärte Natalja.

»Es bestehen mehr als nur geringe Zweifel, daß das Diebesgut Ihnen gehört«, brüllte ein Mann neben Elena. »Wir werden erst einmal klären müssen, welche Gegenstände von Ihrem Bruder gestohlen wurden oder von jemandem, der sie ihm dann verkauft hat.«

»Entscheiden Sie sich, wer mich verhaften will und unter welcher Anschuldigung«, sagte Natalja und erhob sich langsam. »Oder verlassen Sie auf der Stelle mein Haus.«

»Wir sind hier, um die gestohlenen Gegenstände wiederzubeschaffen«, meldete sich eine weitere Stimme mit einem weiteren Vorschlag. »Wenn wir die Gegenstände finden und wenn geklärt ist, daß sie Ihnen gehören, werden sie Ihnen auch zurückgegeben. Unter diesem Aspekt sind Sie doch sicher bereit, mit uns zusammenzuarbeiten, oder?«

»Das tue ich gerne, wenn ich genau weiß, wer Sie sind«, sagte Natalja. »Dann beantworte ich auch Ihre Fragen. Ich mißachte die Gesetze nicht. Ich versuche ja, Ihnen zu helfen. Und nun gehen Sie, es sei denn, einer von Ihnen verhaftet mich.«

Weitere Wortwechsel, weitere laute Rufe, Debatten, Wutausbrüche. Elena und die alte Frau sahen sich für einen kurzen Moment wieder an.

Ein älterer Mann, seinem weißen Haar und müden Gesicht nach zu urteilen wahrscheinlich der älteste im Raum, meinte schließlich: »Wir beraten uns am besten mit unseren Vorgesetzten und klären erst einmal die Zuständigkeiten, und dann kommen einige von uns wieder her. Diese Männer erwarten dann klare Antworten, und die liefern Sie gefälligst, oder Sie müssen mit einer Verhaftung rechnen.«

Natalja erwiderte nichts darauf. Widerstrebend drängten die Männer aus der Küche, gingen durch den kurzen Korridor und verließen das Haus durch die Vordertür. Da sie vorher von der Meute nach hinten geschoben worden war, ergab es sich, daß Elena die letzte war, die den Raum verließ. Eine Hand auf ihrer Schulter hielt sie zurück. Sie drehte sich um und sah sich Natalja Dokorow gegenüber. Der letzte Mann, der im Begriff war hinauszugehen, drehte sich kurz um und sah die beiden Frauen nebeneinander stehen. Nach einem kurzen Augenblick wandte er sich wortlos um und folgte den anderen nach draußen.

Natalja ging hinaus in den Flur, um sich zu vergewissern, daß die Männer nicht mehr da waren.

»Kannibalen«, schimpfte Natalja. »Sie haben mit ihren Zigaretten meine ganze Küche verpestet. Gehen wir lieber nach nebenan.«

Elena folgte der Frau in ein bescheidenes Wohnzimmer mit zwei Fenstern. Die schweren Vorhänge waren zugezogen, um entweder das grelle Sonnenlicht abzuhalten oder um die Bewohner vor den Blicken der Reporter und Schaulustigen zu schützen.

»Ich habe einige Fragen an Sie«, sagte Natalja, ließ sich auf einem Stuhl mit gerader Lehne nieder und bot Elena mit einer Handbewegung einen identischen Stuhl an. Elena setzte sich.

»Sind Sie verheiratet?«

»Nein«, sagte Elena, strich ihren schlichten Rock glatt und versuchte, es sich halbwegs bequem zu machen.

»Leben Sie alleine?«

»Mit meiner Tante. Sie ist krank. Sie war früher Anwältin.«

»Das ist mehr, als ich eigentlich wissen wollte.«

Elena schwieg.

»Sie waren gestern mit diesem Vampir zusammen«, sagte Natalja.

»Mit Inspektor Karpo, stimmt«, erwiderte Elena.

»Ich bin froh, daß er heute nicht mitgekommen ist«, gestand Natalja. »Er erkannte die Absicht meines Bruders, aber er schien sie nicht gutzuheißen.«

»Inspektor Karpo läßt sich nur selten von Emotionen leiten«, erklärte Elena diplomatisch.

Die alte Frau nickte verstehend.

»Falls Sie die Sammlung meines Bruders wiederfinden, würden Sie dann dafür sorgen, daß sie mir zurückgegeben wird?«

»Ich weiß nicht«, sagte Elena. »Das hängt von meinen Vorgesetzten ab. Und von denen, die über ihnen stehen. Es tut mir leid.«

»Meinen Sie, es bestünde eine Chance, daß mir die Sammlung zurückgegeben wird, wenn man sie findet? Ich meine, irgendeine Chance? Bitte, die Wahrheit.«

»Nein«, sagte Elena.

»Sie werden sie stehlen«, sagte sie, richtete sich plötzlich auf und stützte die Arme auf die Lehnen ihres Stuhls. »Diese Piranhas werden sich darauf stürzen wie auf ein fettes Kalb, um es zu verschlingen. Dieser Staat ist ein reines Chaos. Sie werden die einzelnen Stücke Japanern und

Amerikanern verkaufen und stecken den Gewinn anschließend in irgendwelche Wirtschaftspläne, die sowieso nicht funktionieren.«

Elena enthielt sich eines Kommentars.

»Dieses Wesen, mit dem Sie gestern hier waren – dieser …«

»Karpo.«

»Er kannte den wahren Wert der Sammlung meines Bruders und nicht nur den Wert in Rubeln.«

»Ja«, sagte Elena.

»Und Sie?« fragte Natalja.

»Es tut mir leid«, sagte sie. »Ich stehe staunend vor der Sammlung. Und ich erkenne, daß sie etwas ganz Besonderes ist, etwas Ehrfurchtgebietendes.«

»Ehrfurchtgebietend, ja«, sagte Natalja bedächtig. »Diese Männer, die hier durchgetrampelt sind und mir törichte Fragen gestellt haben, sie haben keine Ahnung von dem, was mein Bruder getan hat.«

Elena gab im Stillen zu, daß dies vermutlich zutraf, schwieg aber weiterhin.

»Fühlen Sie sich wohl?« erkundigte Natalja sich.

»Der Sessel ist außerordentlich bequem«, antwortete Elena.

»Es ist der Sessel einer Frau«, sagte Natalja zufrieden und strich mit den Händen über das geschnitzte Holz der Armlehnen ihres Stuhls. »Sie wurden für Katharina die Große angefertigt. Wie finden Sie das?«

Elena betrachtete die dunklen, geschwungenen Armlehnen und meinte schließlich: »Man spürt die Geschichte … empfindet Ehrfurcht.«

»Ich werde Ihnen helfen«, entschied die alte Frau. »So gut ich kann.«

In diesem Moment begriff Elena Timofejewa, weshalb Rostnikow ihr den Diebstahl übertragen hatte. Er konnte nicht davon ausgegangen sein, daß Natalja sich für sie entscheiden würde, aber er mußte angenommen haben, daß die alte Frau sich eher Elena als irgendeinem Mann, er eingeschlossen, anvertrauen würde.

»Dann wollen wir mal anfangen«, sagte Elena und zog ein Notizbuch aus der roten Handtasche, die sie über der Schulter trug.

»Soll ich uns Tee zubereiten?« fragte Natalja.

»Das wäre sehr nett«, antwortete Elena.

Alexi hatte in seinem Traum aus einem Fenster in der alten Druckerei in der Nikolskaja Nr. 15 geblickt. Dabei hatte er den Eindruck, aus seinem Bürogebäude hinauszuschauen. Unten auf dem Bürgersteig blieb ein Mann stehen und sah zu ihm herauf. Die Hände des Mannes steckten in den Taschen seines leichten Mantels. Die Blicke der beiden Männer trafen sich, und Alexi erkannte, daß er auf sich selbst hinuntersah. Plötzlich stoppte hinter dem Mann auf der Straße ein Wagen. Menschen belebten die Straße, andere Fahrzeuge fuhren vorbei. Zwei Männer stiegen aus dem stehenden Wagen, ihre Gesichter waren mit schwarzen Skimützen verhüllt.

Alexi wollte sich selbst eine Warnung zurufen. Die beiden Männer mit den Skimützen hatten Waffen bei sich. Der Alexi, der sich unten auf der Straße aufhielt, schien nicht zu verstehen. Der Alexi am Fenster deutete, gestikulierte in hilfloser Verzweiflung, während sein Doppelgänger auf den Rücksitz des wartenden Automobils gezerrt wurde.

Alexi Porwinowitsch schlug die Augen auf. Er

schwitzte. Er erinnerte sich dunkel, wo er war, und stellte überrascht fest, daß seine Hände nicht mehr gefesselt waren und daß er sich mit seiner warmen Handfläche über die Stirn wischen konnte. Ein heftiger Schmerz pulsierte in seiner Wange, und er spürte die Schwellung.

Er schaute zu einem vertrauten Gesicht in einem fremden Raum hoch.

Der Mann mit dem vertrauten Gesicht war Artiom Solowijow, groß, breitschultrig, glattrasiert, dreiundvierzig Jahre alt und sehr kräftig. Er hatte als Boxer 1968 an der Olympiade teilgenommen, allerdings war er damals in einer viel niedrigeren Gewichtsklasse angetreten, als er es jetzt könnte.

Alexi wußte über Artiom Solowijow noch einiges mehr.

»Regeln«, sagte Artiom. Er trank von einer heißen Flüssigkeit in einem großen Krug. »Haben Sie mich verstanden?«

Alexi nickte.

»Gut«, sagte Solowijow nervös.

Sein Entführer trug noch immer die schwarze Kluft.

Alexi hatte eine Frage. Er hätte sie beinahe gestellt, überlegte es sich jedoch anders. »Weshalb bin ich noch am Leben?« hätte er beinahe gefragt, aber dann meldeten sich sein Überlebenswille und seine Hoffnung, und er sagte nichts.

»Sehen Sie den Teppich?« fragte Artiom, ohne nach unten zu blicken.

Alexi sah sich um. Kein schlechter Perser, dachte er trotz seiner prekären Lage. Ein wenig abgewetzt, aber mindestens achtzig Jahre alt.

»Antworten Sie«, bellte Artiom.

»Ich sehe den Teppich«, krächzte Alexi und spürte dabei

die Trockenheit in seiner Kehle und den Schmerz in seiner Wange. Er konnte hören, wie undeutlich er wegen seiner Gesichtsverletzung sprach. Hinzu kam, daß sein Auge allmählich zuschwoll.

»Wenn Sie die Mitte des Teppichs überschreiten, wird mein Freund an der Tür Sie erschießen«, fuhr Artiom nach einem weiteren Schluck fort.

Alexi blickte auf die andere Seite des geräumigen Wohnzimmers. Auf einem Stuhl an der Tür saß ein schlanker Mann in Schwarz und hatte eine Pistole auf dem Schoß liegen, eine sehr große Pistole. Der Mann auf dem Stuhl trug ebenfalls eine schwarze Skimütze, was Alexi für sinnlos und wahrscheinlich sehr unangenehm hielt. Alexis Blicke schweiften durch den restlichen Raum. In seiner Nähe und im Bereich des Teppichs standen zwei Sessel, das durchgesessene Sofa, auf dem er lag, und ein kleiner Tisch, auf dem ein Stapel anscheinend uralter Illustrierter lag. Zwei Fenster, die Alexi entdeckte, waren geschlossen.

»Mein Freund wird Sie für einige Zeit bewachen und wird dann abgelöst. Eine ganze Reihe meiner Freunde wird auf Sie aufpassen, bis unser Geschäft abgeschlossen ist. Sprechen Sie nicht mit meinen Freunden. Veranlassen Sie sie durch nichts, Sie zu erschießen. Möchten Sie Tee?«

»Ja«, sagte Alexi, der sich nun aufrichtete und Anstrengungen unternahm, um das Schwanken des Raums zum Stillstand zu bringen.

Artiom schüttelte den Kopf, als wollte er damit andeuten, daß es eine durchaus vertretbare Bitte war. Er ging durch das Zimmer zu einem Tisch in der Ecke, wo Wasser in einem grünen elektrischen Wasserkocher sprudelte. Der Tisch stand eindeutig nicht in Alexis Zimmerhälfte.

»Zucker?« fragte Artiom.

Alexi schaute unsicher zu dem Bewaffneten an der Tür.

»Wie bitte? Zucker? Ja.«

»Würfel«, sagte Artiom. »Ich habe echten englischen Würfelzucker. Wie viele?«

»Zwei«, sagte Alexi.

»Zwei«, wiederholte Artiom, ließ zwei Stück in die Tasse fallen und rührte mit einem Löffel um, den er anschließend auf eine weiße Serviette auf dem Tisch legte.

»Danke«, sagte Alexi, während er die heiße Tasse ergriff. Es tat gut. Sogar mehr als gut, und der Tee schmeckte würzig und süß, obgleich es weh tat, als Alexi den Mund ein wenig öffnete.

Artiom saß ihm gegenüber und schaute zu, wie er trank.

»Haben Sie eine Frage, die Sie nicht stellen möchten?« erkundigte Artiom sich.

»Weshalb fesseln Sie mich nicht an einen Stuhl oder –«

»Wir wollen, daß Sie sich einigermaßen wohl fühlen. Wir haben nicht vor, Sie zu foltern. Wir sind keine politischen Terroristen. Aber das war nicht die Frage, die Sie beschäftigt.«

Alexi zuckte die Achseln und trank.

»Sie haben gedacht«, fuhr Artiom fort, »›weshalb bringen sie mich nicht um?‹ Habe ich recht?«

Alexi reagierte erneut mit einem Achselzucken.

»Sie wissen, wer ich bin. Sie können mich identifizieren. Ich kann Sie erschießen und trotzdem ein Lösegeld verlangen, aber Sie wissen und ich weiß, daß Ihre Frau zu clever ist, um sich auf mein Wort zu verlassen, daß Sie leben. Sie werden mit ihr per Telefon sprechen. Sie werden ihr oder Ihrem Bruder mitteilen, daß es Ihnen den Umständen entsprechend gutgeht.«

»Und wenn Sie das Geld haben, falls Sie es überhaupt erhalten?« fragte Alexi und trank einen weiteren Schluck Tee.

Nun zuckte Artiom die Achseln.

»Wir werden sehen«, sagte er lächelnd. »Sind Sie jetzt halbwegs wach? Können Sie wieder richtig denken?«

»Fast«, sagte Alexi.

»Gut«, entgegnete Artiom immer noch lächelnd. »Dann machen Sie Ihr Angebot. Keine Einzelheiten. Die haben Sie sich bestimmt noch nicht überlegt, sondern nur das allgemeine Angebot.«

»Was wollen Sie verlangen? Wieviel?« fragte Alexi.

»Drei Millionen in amerikanischer Währung. Eine hübsche runde Summe«, sagte Artiom. Er hatte seine Teetasse geleert und ging jetzt durch das Zimmer, um sie erneut zu füllen.

»Ich gebe Ihnen zwei Millionen und das Versprechen, daß die Polizei Sie nicht sucht«, sagte Alexi. »Vorausgesetzt, wir einigen uns auf eine Abmachung, die mir garantiert, daß ich am Leben bleibe und freigelassen werde.«

Artiom war wieder zu Alexi zurückgekehrt. Er sah zu dem Mann an der Tür. Die Augen des Mannes auf dem Stuhl waren auf Artiom gerichtet, verrieten jedoch hinter der Mütze keinerlei Gefühlsregung. Artiom ließ sich in den Sessel fallen, aus dem er aufgestanden war, dachte einige Sekunden lang nach und räusperte sich dann. »Sie wissen, wer ich bin. Das werden Sie der Polizei erzählen.«

»Nein«, sagte Alexi.

»Weshalb nicht?« fragte Artiom.

»Weil die zwei Millionen dafür gedacht sind, einen Job zu erledigen, einen illegalen Job, und ich werde schriftlich bestätigen, daß ich Sie für diesen Job bezahle. Sie erhalten das Dokument zu Ihrem Schutz.«

»Sie denken sehr schnell, Alexi Porwinowitsch«, sagte Artiom. »So schnell kann ich nicht denken.«

»Auf diese Weise bin ich am Leben geblieben und reich geworden«, sagte Alexi.

»Das Dokument, der Job...?«

»Ich engagiere Sie, um meine Frau und meinen Bruder zu ermorden«, sagte Alexi. »Falls ich versuchen sollte, Sie zu verraten, können Sie sich selbst an die Behörden wenden. Sie töten sie, und ich setze das Schriftstück auf.«

»Weshalb wollen Sie...?«

»Weil meine Frau und mein Bruder dies hier geplant und eingefädelt haben«, sagte Alexi und zuckte zusammen, als eine Schmerzwoge ihn überrollte. »Oder etwa nicht?«

Artiom war hinreichend intelligent, hatte sich aber bisher ausschließlich auf sein vierschrötiges Aussehen und seine Kraft verlassen können. Alexi war ihm bereits weit voraus.

»Ich lasse es mir durch den Kopf gehen«, sagte Artiom und erhob sich. »Haben Sie Hunger?«

»Nein«, erwiderte Alexi, während er die Teeblätter auf dem Boden seiner Tasse studierte. »Natürlich muß der Plan noch verfeinert werden – viele Einzelheiten bedürfen der genauen Ausarbeitung.«

Artiom sagte nichts.

Der Plan hatte vorgesehen, das Lösegeld zu verlangen. Alexis Frau und sein Bruder würden es beschaffen und Artiom übergeben. Die Polizei wüßte über alles Bescheid. Alexi Porwinowitsch würde tot auf der Straße aufgefunden.

Dafür würde Artiom das Geld behalten und seine Affäre

mit Alexis Frau fortsetzen. Aber der Plan hatte ihm von Anfang an nicht gefallen. Annas Interesse an ihm nahm deutlich ab. Artiom wußte das, er wußte, daß er für sie nur ein neues Spielzeug war, er wußte, daß irgendwann ein anderes neues Spielzeug auftauchen würde. Er war sich noch nicht einmal sicher, daß sie ihn, der möglicherweise irgendwann als Zeuge gegen sie auftreten könnte, am Leben ließ.

Aber Alexi Porwinowitsch, der vor ihm saß und seine Teetasse umklammerte, war sicherlich auch nicht über den Weg zu trauen.

Die ganze Sache war ein großer Fehler gewesen. Anna hatte darauf bestanden, daß es schnell geschah. Sie hatte ihm eine echte Rolex-Armbanduhr und eine Stunde voller Leidenschaft in seinem Schlafzimmer geschenkt.

Artiom war nicht sehr klug, aber er war auch kein Narr. Wenn er einer ehrlichen Arbeit nachging, reparierte er Automobile. Der Mann an der Tür war ein halber Idiot namens Boris, der ihm bei den Autos half. Boris war in Bezug auf Automobile ein wahres Genie. Boris würde außerdem alles tun, was Artiom von ihm verlangte, einen Mord eingeschlossen. Artiom hatte Anna und Alexi kennengelernt, als sie ihm ihren Buick zur Reparatur gebracht hatten. Am nächsten Tag war Anna zurückgekommen, um den Wagen und Artiom abzuholen.

Artioms Frau hatte ihn fast ein Jahr zuvor verlassen und ihren Sohn, Kolija, mitgenommen. Sie hatte genug von seinen Frauengeschichten, seinem Glücksspiel, seiner Gleichgültigkeit und seinen Wutausbrüchen und Brutalitäten. Sie lebte nun mit einem anderen Mann, angeblich ihrem Cousin, in Swerdlowsk. Sie rief Artiom des öfteren an und verlangte Geld. Er schickte ihr, was er erübrigen konnte, wenn er es erübrigen konnte.

Artiom hatte noch nie ein schweres Verbrechen begangen. Er hatte vierzehn Tage im Gefängnis gesessen, weil er in betrunkenem Zustand einen Polizisten verprügelt hatte, und er war wegen eines gestohlenen Automobils verhört worden, das er repariert hatte, aber man hatte ihn laufenlassen.

Und nun war er ein Kidnapper, und die Leute boten ihm Millionen, um sich gegenseitig zu ermorden – Leute, denen er nicht traute.

»Denken Sie über Ihren Plan nach, Porwinowitsch«, sagte Artiom. »Wenn ich zurückkomme, rufen wir Ihre Familie an. Sie werden mitspielen und mir mehr über Ihren Plan erzählen.«

Alexi Porwinowitsch nickte. Seine Beine waren schwach. Sein Magen rebellierte noch immer, aber er hatte jetzt etwas, worüber er nachdenken konnte, und er war ein absoluter Meister der Intrige. Wenn er umsichtig zu Werke ging, bestand die Chance, daß er am Ende überleben würde.

Artiom ging zu dem Mann an der Tür, der ein Stück zur Seite rutschte, um ihn vorbeizulassen.

»Ich habe Schmerzen«, sagte Alexi.

»Die Toilette befindet sich hinter der Tür auf Ihrer Teppichseite«, sagte Artiom. »Erklären Sie meinem Mann, daß Sie sie benutzen müssen, und gehen Sie hinein. Es gibt dort keine Fenster. Es könnte sein, daß es in der Kabine etwas gibt, das Ihnen nützlich ist. Sie haben jedesmal zwei Minuten Zeit, um die Toilette zu benutzen. Sie dürfen täglich dreimal auf die Toilette. Außerdem habe ich Ihnen Zeitungen und Illustrierte besorgt.«

»Ich brauche Papier und einen Schreibstift, um unseren Vertrag zu entwerfen.«

»Ich bringe Ihnen alles«, sagte Artiom und dachte bei sich, daß es sicher nicht schaden würde, die Hoffnungen seines Gefangenen wachzuhalten.

Als Artiom hinausgegangen war, gab Alexi dem Mann mit der Skimütze ein Zeichen. »Boris, ich möchte die Toilette benutzen.«

Alexi war sicher, daß der Mann auf dem Stuhl Artioms Werkstatthelfer war, ein Bursche, der geistig noch schwerfälliger war als sein Chef.

Der Mann gab keine Antwort. Alexi wußte, daß Artiom der Liebhaber seiner Frau war. Er wußte, daß sein Bruder Jewgenij, der kaum eine Erektion zustande brachte, ebenfalls in Annas Bett gelockt worden war. Es gab in ihrem Bekanntenkreis kaum einen Mann, den Anna nicht verführt oder zu verführen versucht hätte, vor allem Männer, denen sie zufällig begegnete und die grundlegend anders waren als ihre Bekannten und Freunde – zum Beispiel der Mechaniker oder der offensichtlich geschlechtslose Geschichtsprofessor von der Moskauer Universität, den sie auf einer Party kennengelernt hatten. Anna wußte, daß Alexi die meisten Namen auf ihrer langen Liste kannte, aber die Namen waren für Alexi nicht so wichtig. Und so wie er es sah, für Anna auch nicht.

Die Idee, seinen Kidnapper dazu zu bringen, Anna und Jewgenij zu ermorden, war ihm schlagartig gekommen. Anna mußte alles geplant haben. Jewgenij wußte sicherlich Bescheid. Sie hatten die Absicht, ihn zu töten und es aussehen zu lassen wie eine fehlgeschlagene Entführung.

Alexi fühlte sich keinesfalls sicher. Alles andere als das. Nichts war sicher, aber er hatte ein ganzes Leben lang erfolgreich mit Bürokraten zu tun gehabt. Er war dabei umsichtig und geduldig vorgegangen. Er lächelte den

Mann vor der Tür an. Er bezweifelte, daß der Mann überhaupt erkannt hatte, daß das mißhandelte, blaugeschlagene Gesicht gelächelt hatte.

Fünf

Das Schweigen der Kinder

Rostnikows Frau öffnete die Tür ihrer kleinen Wohnung in der Krasikowstraße, als sie den Schlüssel ihres Mannes im Schloß hörte.

Sie trug ein schwarzes Kleid mit einer Halskette aus künstlichen Perlen. Das rote Haar war kurz geschnitten, und sie sah, wie Rostnikow meinte, immer noch sehr schön aus. Während ihres langen Kampfs gegen einen Gehirntumor hatte sie sehr viel an Gewicht verloren. Ihre Genesung war nur langsam vorangeschritten, aber nun, da die Benommenheitsanfälle seltener wurden, war sie wieder an ihren Arbeitsplatz im Musikgeschäft zurückgekehrt und schien in jüngster Zeit regelrecht vor Gesundheit zu strotzen.

»Das ist Craig Hamilton«, stellte Rostnikow seinen Begleiter vor.

Sarah ergriff die ausgestreckte Hand des Schwarzen.

»Es freut mich, Sie kennenzulernen«, sagte Hamilton.

»Weiß Emil Bescheid?« fragte Sarah, während sie die Tür hinter den beiden Männern schloß. »Über Mathilde?«

»Ich habe ihn auf den Fall angesetzt«, sagte Rostnikow.

»Der Beamte, dessen Freundin bei der Straßenschlacht ums Leben kam?« fragte Hamilton.

»Ja«, sagte Rostnikow.

»Wenn in den Vereinigten Staaten ein Beamter zu einem Opfer eine persönliche Beziehung hat, passiert es höchst selten, daß er diesen Fall zur Aufklärung erhält«, sagte Hamilton. »Er wäre zu nahe dran. Würde zu emotional vorgehen.«

»In Karpos Fall«, sagte Rostnikow und begab sich zu der Nische unweit des Fensters, die als Küche und Eßecke diente, »kann von Emotionen eigentlich nicht die Rede sein. Aber er wird den Fall verfolgen wie eine Hyäne ein krankes Gnu.«

Sarah eilte zur Garderobe in der Ecke. Sie nahm einen leichten dunklen Mantel vom Haken und sagte: »Ich bin spät dran. Die Mädchen sind in der Schule. Es ist noch etwas Brot und Hering und ein kleiner Rest Pudding übriggeblieben.« Sie nahm eine kleine Handtasche vom Sofa. »Und bring heute abend Emil Karpo mit. Notfalls befiehl ihm herzukommen.«

Sie kam mit klappernden Absätzen zu Rostnikow. Rostnikow und ihr Sohn Joseph hatten die Fliesen selbst verlegt, nachdem sie sie zu einem günstigen Preis vor einigen Monaten auf dem schwarzen Markt erstanden hatten. Sarah gab ihrem Mann einen Kuß auf die Wange, während er im Schrank herumkramte. Er drehte sich um, drückte sie an sich und hob sie ohne sichtbare Anstrengung vom Fußboden hoch.

»Wenn du dich schwach fühlst...«, sagte er.

»Dann setze ich mich hin«, versprach sie.

Er stellte sie wieder auf die Füße, und sie eilte zur Tür. Unterwegs hielt sie kurz inne, um noch einmal Craig Hamiltons Hand zu ergreifen und zu sagen: »Es war nett, Sie kennengelernt zu haben. Hoffentlich sehen wir uns bald einmal wieder.«

Und damit fiel die Wohnungstür hinter ihr zu.

»Eine reizende Frau«, sagte Hamilton und folgte Rostnikow in die kleine Küche. »Sie hat noch nicht einmal nachgefragt, wer ich bin.«

»Sie weiß, daß ich es ihr später erzähle«, sagte Rostnikow und suchte etwas. Er fand es schließlich und gab ein triumphierendes »Yah« von sich.

Als er sich umdrehte, hielt er ein Glas Erdbeermarmelade in der Hand. Er winkte damit wie mit einem Siegespokal. »Kaffee, Brot, Marmelade oder Brot und Hering?«

»Das Brot und die Marmelade«, sagte Hamilton und setzte sich an den kleinen Tisch unter dem Fenster.

»Nun, was halten Sie davon?« fragte Rostnikow, während er die Mahlzeit vorbereitete.

»Wovon?«

»Von der Wohnung.« Während er sich noch immer mit den Zutaten der Mahlzeit beschäftigte, spielte Rostnikow geistesabwesend mit dem Messer herum.

Hamilton hatte den Raum erfaßt, ohne sich bewußt umzuschauen. Das tat er jetzt. Ein verblichenes Sofa mit Blumenmuster stand zwischen zwei pfirsichfarbenen Sesseln, die beinahe zum Sofa paßten. Ein Bücherregal erstreckte sich fast über eine gesamte Wand. Es war nicht nur mit Büchern, sondern auch mit alten Langspielplatten und Gegenständen gefüllt, die aussahen wie kleine Hanteln. Ein großes Gemälde hing an der Wand, das im Vordergrund eine Frau zeigte. Sie wandte dem Betrachter den Rücken zu, ihr rotes Haar und ihr grünes Kleid flatterten nach vorne, während sie die linke Hand erhob, um das Haar von ihrem Gesicht fernzuhalten. Sie schaute über ein weites grünes Feld zu einem entfernten Gebäude, das sich beim näheren Hinsehen als schlichtes Bauernhaus mit einer kleinen Scheune entpuppte. Hinter der Scheune ging die Sonne unter. Hamilton vermutete, daß die Frau auf dem Gemälde Rostnikows Frau war oder daß er das Bild gekauft hatte, weil sie ihr so ähnlich sah.

»Das Gemälde ist ein Geschenk von Mathilde Verson«, sagte Rostnikow. »Die Frau auf dem Bild ist Mathilde, eine Art Selbstporträt, ein Geburtstagsgeschenk von einer Rothaarigen an eine andere Rothaarige. Mathilde hat es Sarah geschenkt, als sie sich von ihrer Operation erholte.«

»Mathilde Verson war eine Künstlerin?« fragte Hamilton.

Rostnikow sah den Amerikaner an und lächelte.

»Was ist daran so spaßig?« wollte Hamilton wissen.

»Sie wissen, daß Mathilde eine Prostituierte war. Ich bin sicher, daß Sie längst alle Berichte gelesen haben.«

»Sie war eine talentierte Malerin«, stellte Hamilton fest und betrachtete das Bild an der Wand. »Hat sie noch andere Bilder wie dieses gemalt?«

»Soweit ich weiß, ist dies das einzige Bild, das sie in mehr als zwanzig Jahren angefertigt hat. Als Mädchen hat sie für kurze Zeit Kunst studiert.«

»Und Karpo war ...?«

»Ich hoffe inständig, daß ihr Tod ihn nicht zerstört. Solange er ihre Mörder sucht, wird er wohl nicht zusammenbrechen. Wer weiß, was später geschieht.« Rostnikow sah den Amerikaner erwartungsvoll an. »Echten Kaffee?« fragte er. »Oder koffeinfreien?«

»Echten«, bestellte Hamilton. »Und schwarz.«

»Kennen Sie Dinah Washington?« fragte Rostnikow.

»Persönlich? Nein. Ich glaube, sie ist schon tot.«

»Ein Jammer«, sagte Rostnikow und deckte den kleinen Tisch. »Sie bringt mich zum Weinen. ›Nothing Ever Changes My Love For You.‹ Ein wunderschöner Song.«

»Ich kenne ihre Sachen nicht so gut«, gab Hamilton zu.

Mit einem Glas Heringe in der einen und einem halben Laib Brot in der anderen Hand hielt Rostnikow inne.

»Sie ist die berühmteste Sängerin Amerikas«, sagte Rostnikow.

»Nein«, korrigierte Hamilton ihn. »Sie ist nicht einmal besonders populär.«

Rostnikow dachte einen Moment lang darüber nach, schüttelte den Kopf und fuhr fort mit der Vorbereitung ihrer Mahlzeit. Als das Wasser kochte, bereitete Rostnikow den Schnellkaffee.

»Schwarz«, sagte er und stellte die Tasse vor Hamilton auf den Tisch.

»Für mich Zucker, Sahne, alles«, sagte Rostnikow und setzte sich schwerfällig. »Ich mag diesen falschen Kaffee nicht.«

Hamilton nickte. Er hatte zu Hause in seiner Wohnung in Bethesda eine Kaffeemühle. Seine Kaffeesammlung war umfangreich und reichte von den Standardqualitäten bis zu den exotischen. Er hatte sie in einem Kaffeegeschäft gekauft, das ausschließlich Kaffee und Kaffeeprodukte anbot. Craig Hamilton war Frühaufsteher. Er bereitete jeden Morgen den Kaffee für seine Frau und deckte den Frühstückstisch, ehe er seine Frau und seine Töchter weckte.

»Haben wir jetzt alles?« fragte Rostnikow und verschob sein Bein. Dann schnitt er eine dicke Scheibe Schwarzbrot für seinen Gast ab.

Hamilton nickte.

»Dann«, sagte Rostnikow, »erzählen Sie mir doch mal, was Sie in der Wohnung der Porwinowitschs unter den Rauchtisch gelegt haben.«

Hamilton war sicher gewesen, daß niemand ihn dabei beobachtet hatte.

»Einen stimmaktivierten Kassettenrekorder«, sagte er. »Sechs Stunden Aufnahmezeit. Wenn wir zurückkommen, können wir ihn wieder mitnehmen.«

»Und Sie hatten die Absicht, mich darüber zu informieren?« fragte Rostnikow und bereitete sich ein Heringsbrot.

»Falls irgendetwas auf dem Band gewesen wäre, das sie entweder als Täter entlarvt oder als unschuldig erscheinen läßt«, sagte Hamilton und trank von seinem Kaffee.

»So klein.« Rostnikow schüttelte den Kopf. »Das Gerät war so klein. Wir haben so etwas nicht. Ich meine, die Polizei. Die Innere Sicherheit kennt diese Geräte durchaus. Sie haben sogar Apparate, die durch Wände hören können, aber die haben Sie bestimmt auch. Ich besitze jedoch ein Gerät, das sämtliche Telefongespräche mit der Porwinowitsch-Wohnung aufzeichnet.«

Hamilton biß hungrig in das grobe Brot.

»Es ist möglich, daß wir mit einem Sechsstundenband Glück haben«, sagte Rostnikow. »Andererseits könnte es sein, daß wir nur etwas über Madame Porwinowitschs Garderobe erfahren.«

Hamilton lächelte, und Rostnikow erhob sich. Er war noch immer mit seinem Heringsbrot beschäftigt. Das Telefon stand am anderen Ende des Zimmers in einem Fach des Bücherregals. Er schaute in seinem Notizbuch nach, dann wählte er die Nummer der Porwinowitschs. Jewgenij meldete sich mit einem zaghaften »Ja?«

»Ist Madame Porwinowitsch zu sprechen? Hier ist Inspektor Rostnikow.«

»Ja ...« Er hielt inne.

Rostnikow stellte sich vor, wie er die Hand auf die

Sprechmuschel deckte. Rostnikow wußte, daß er sie fragte, was er tun solle.

»Hier ist Anna Porwinowitsch«, sagte sie deutlich ungehalten.

»Hier ist Inspektor Rostnikow. Ich habe gute Neuigkeiten. Wir haben einen Hinweis auf die Leute gefunden, die Ihren Mann entführt haben. Wir erwarten innerhalb der nächsten Stunde weitere, noch bessere Nachrichten, wahrscheinlich sogar seinen Aufenthaltsort. Sobald wir noch ein wenig mehr wissen, kommen wir zu Ihnen.«

»Sehr schön«, sagte sie ruhig.

»Das ist im Augenblick der Stand der Dinge«, sagte Rostnikow. »Ah, Moment, mein anderes Telefon klingelt. Durchaus möglich, daß dies die sehnlich erwartete Information über Ihren Mann ist. Entschuldigen Sie mich bitte.«

Damit legte Rostnikow auf und kehrte zum Tisch zurück.

»Jetzt wird sie entweder die Situation mit dem Bruder durchsprechen«, sagte er, »oder …«

»Oder sie ruft die Entführer an«, sagte Hamilton und überlegte, ob es wohl mit den Geboten der Höflichkeit zu vereinbaren war, wenn er noch um etwas Brot und Marmelade bat.

Rostnikow erkannte, daß der FBI-Agent noch nicht satt war, und schnitt eine weitere Scheibe Brot ab, dann schob er die Marmelade über den Tisch. Er würde so bald wie möglich Luba Lasuria einen Besuch abstatten. Sie war eine alte Frau aus Armenien, die er einmal aus dem Gefängnis geholt hatte. Luba wohnte in der Nähe in der Garibaldistraße unweit des Keremuski-Kinos. Luba handelte außerordentlich erfolgreich mit Schwarzmarktlebensmitteln. Sie redete niemals über ihre Quellen, aber es hieß, daß sie drei

Neffen hätte, die regelmäßig über die Grenze nach Frankreich und Deutschland gelangten, indem sie die Grenzposten bestachen. Die drei Neffen kehrten stets mit Koffern voller Lebensmittel zurück, die sie für das Zehnfache dessen, was sie selbst dafür bezahlt hatten, an Interessenten verkauften.

Nachdem sie die Mahlzeit beendet und das Geschirr gespült hatten, ging Rostnikow wieder zum Telefon und führte ein Gespräch, während Hamilton sich die Bücher ansah, die die Wand bedeckten. Es gab Bücher über Kunst und Musik, ein paar über Russische Geschichte, sehr viele oft gelesene Krimitaschenbücher von Ed McBain, Susan Dunlap, John Lutz, Lawrence Block, Marcia Muller, Bill Pronzini und vielen anderen. Eine weitaus kleinere Anzahl von Büchern – sowohl in Russisch wie in Englisch – beschäftigten sich mit dem Klempnerhandwerk.

»Berichten Sie«, sagte Rostnikow zu der Person am anderen Ende der Telefonleitung. Dann lauschte er und verfolgte, wie der Amerikaner zu der kleinen Sammlung von Hanteln und Gewichten in der Ecke des Bücherregals ging. Während er weiterhin der Person am anderen Ende der Leitung zuhörte, öffnete Rostnikow die unterste Schublade des Bücherregals, um weitere Gewichte, Hantelstangen, Kugelhanteln und eine tragbare Drückbank mit abgenutztem Plastiküberzug herzuzeigen.

»Gut«, sagte Rostnikow schließlich und legte den Hörer auf. »Stemmen Sie auch Gewichte?«

»Maschinen«, sagte Hamilton.

»Sie stemmen Maschinen?«

»Nein, ich trainiere an Kraftmaschinen und auf dem Laufband.«

»Ich habe diese Kraftmaschinen schon mal gesehen«, erzählte Rostnikow. »In der Olympiahalle, wo die ganz Großen trainieren. Ich glaube, das alte Eisen ist mir lieber. Gehen wir.«

»Wohin?« erkundigte Hamilton sich verblüfft.

»Wir fahren zu einer Autowerkstatt«, sagte Rostnikow. »Anna Porwinowitsch hat soeben eine Autowerkstatt angerufen und nach einem Artiom Solowijow verlangt. Unter uns, wir werden schon bald all ihre Geheimnisse erfahren, darunter auch die Antwort auf die Frage: ›Weshalb ruft die Frau, deren Mann entführt wurde, nur wenige Sekunden nachdem sie erfahren hat, daß die Verbrecher jeden Moment verhaftet werden sollen, einen Automechaniker an?‹«

»Ich könnte mir dafür eine ganze Reihe von Gründen vorstellen«, sagte Hamilton und folgte Rostnikow zur Wohnungstür. »Aber nur einer davon gefällt mir richtig gut.«

»Kommen Sie, führen wir mal ein freundschaftliches Gespräch mit diesem Artiom Solowijow«, sagte Rostnikow.

Sie wollten gerade die Wohnungstür hinter sich schließen, als Hamilton sich eine Frage nicht verkneifen konnte: »Weshalb haben Sie so viele Bücher über das Klempnerhandwerk?«

»Meditieren Sie?« fragte Rostnikow und trat hinaus auf den Flur.

»Nein«, sagte Hamilton.

»Unternehmen Sie irgendetwas, um für einige Zeit Ferien von der Wirklichkeit zu machen?«

Rostnikow schloß die Wohnungstür.

»Ich lege Puzzles zusammen«, gestand Hamilton. »Nur schwarz oder nur weiß, dreidimensional, mehrere tausend Einzelteile.«

»Das ist Ihre Form der Meditation«, stellte Rostnikow fest. »Meine ist das Klempern.«

Der alte Mann hob seinen Stock und zielte damit wie mit einer Pistole auf die beiden Detektive und sagte: »Peng, peng, peng.« Dann klemmte er sich den Stock unter den Arm und lächelte zufrieden.

»Sie sagen, daß Oleg Makmunow in dem Hauseingang auf der anderen Straßenseite angeschossen und getötet wurde?« fragte Sascha Kach.

Der alte Mann nickte ernst und sagte: »Großer Mann, laute Pistole. Alle, die hier wohnen, haben Angst, es Ihnen zu erzählen, aber ich habe alles gesehen.«

Der alte Mann trug eine Pelzmütze und einen Mantel, der für dieses Wetter viel zu warm war. Er sollte sich unbedingt entscheiden, ob er sich rasieren oder einen Bart wachsen lassen wollte. Bärte waren noch nicht wieder in Mode, außer bei erfolgreichen Geschäftsleuten und Mafiabossen.

»Sie haben in der vergangenen Nacht gesehen, wie ein Mann in diesem Hauseingang einen Betrunkenen niedergeschossen hat?« fragte Sascha und deutete auf das Haus. Die schrecklich zugerichtete Leiche Oleg Makmunows war schon vor Stunden abtransportiert worden.

Der alte Mann auf Krücken schüttelte heftig den Kopf. Menschen gingen vorbei. Ein paar ältere Leute mit Einkaufsnetzen oder einem kleinen Kind an der Hand streiften die drei Männer mit flüchtigen Blicken und eilte weiter.

»Es war Zorotich«, erklärte der alte Mann mit Nachdruck.

»Jemand namens Zorotich soll den Mann in dem Hauseingang da drüben erschossen haben?« fragte Sascha.

Selatsch war ein wenig verwirrt über dieses Gespräch, da er wußte, daß Makmunow zu Tode geprügelt und getreten und nicht erschossen worden war.

»Swet Zorotich hat ihn erschossen«, sagte der alte Mann im Brustton der Überzeugung. »Mit einer amerikanischen Tommygun, einem alten Modell mit diesen runden Dosen, die daran befestigt sind.«

»Wo können wir diesen Zorotich finden?« fragte Tkach höflich.

»Gleich da drüben«, antwortete der alte Mann und zeigte mit dem Stock über sich, wobei er sich beinahe die Postmütze vom Kopf fegte. »Er wohnt genau über mir und macht die ganze Nacht Lärm. Ich habe gehört, wie er rausging, und gesehen, was er tat. Das beschwöre ich vor jedem Richter, vor jedem!«

»Vielen Dank«, sagte Sascha, strich sich das Haar zurück, steckte das Notizbuch weg und schüttelte dem alten Mann die Hand.

»Andere in der Gegend haben Angst zu reden.« Der alte Mann ließ seinen Blick voller Abscheu über die Straße schweifen. »Aber irgend jemand muß diesem Verrückten endlich das Handwerk legen. Habe ich recht?«

»Sie haben recht«, sagte Sascha, ging an dem alten Mann vorbei und gab Selatsch ein Zeichen, er solle ihm folgen.

Er betrat das Gebäude und stieg mit Selatsch im Schlepptau die Treppe hoch. Draußen beobachtete der alte Mann sie noch für eine Weile, sah zuerst nach rechts, dann nach links und überlegte, in welche Richtung er loshumpeln sollte.

»Was tun wir, Sascha?« fragte Selatsch keuchend, während er sich die enge, dunkle Treppe hinaufquälte.

»Wir werden uns mit dem wahnsinnigen Zorotich unterhalten«, antwortete Sascha. »Er mäht Menschen auf der Straße reihenweise nieder, weil sie es wagen, zu ihm hochzublicken oder ohne besonderen Grund seinen Namen auszusprechen.«

»Nun mal ernsthaft, Sascha.«

»Es kann nicht schaden«, sagte Sascha und ging durch einen engen Korridor. In jeder Etage gab es nur sechs Wohnungen. Zorotichs Bleibe zu finden war nicht schwierig. Sein Name stand in deutlicher Handschrift auf einer weißen Karte, die an seiner Tür klebte.

Sascha klopfte an. Keine Antwort. Sascha klopfte erneut, diesmal ein wenig lauter. Immer noch keine Reaktion. Er gab Selatsch ein Zeichen, Platz zu machen, Selatsch gehorchte, aber Sascha blieb vor der Tür stehen und deutete Selatsch gestenreich an, er solle die Treppe hinuntergehen. Selatsch tat es pflichteifrig und ging durch die Tür hinaus. Sascha preßte ein Ohr dicht über dem Namensschild gegen die Tür. Er vernahm eine raschelnde Bewegung und sagte dann: »Wir wissen, daß Sie da sind, Zorotich. Öffnen Sie die Tür, oder mein Partner bricht sie auf.«

»Nein«, erklang drinnen eine Stimme. »Ihr seid gekommen, um mich zu töten und meine Wohnung zu übernehmen, wie bei Illijna im letzten Monat.«

Sascha holte seinen Ausweis aus der Brieftasche und schob ihn unter der Tür durch.

»Sehen Sie meinen Ausweis?« fragte Sascha.

Weiteres Scharren, jemand näherte sich der Tür.

»Er kann gefälscht sein. Ihr Kerle stellt gute Fälschungen her.«

»Er ist keine Fälschung. Ich bin Polizist. Ihr Nachbar in der Etage unter Ihnen hat gesagt –«

»Dieser falsche Krüppel? Mit dem ist doch alles in Ordnung. Er kann genausogut laufen wie Sie und ich. Er ist verrückt. Er sucht Mitleid und will sich seine Pension erschwindeln.«

»In der vergangenen Nacht wurde jemand auf der anderen Straßenseite ermordet. Haben Sie irgend etwas gesehen oder gehört?«

Der Mann hinter der Tür lachte bitter. Selatsch kam jetzt langsam und gewichtig die Treppe herauf. Dabei verursachte er bewußt einigen Lärm. Sascha winkte ihn zur Tür.

»Soso«, sagte der Mann in der Wohnung seufzend, »wenn ich Sie nicht reinlasse, brechen Sie die Tür auf und bringen mich um. Und wenn ich die Tür öffne, dann töten Sie mich nur. Woher soll ich wissen, daß Sie von der Polizei sind?«

»Haben Sie ein Telefon?«

»Haha«, lachte der alte Mann.

»Seien Sie vernünftig, Sie haben doch meinen Ausweis. Wir sind keine Diebe. Und wir gehören auch nicht zur Mafia und wollen Ihnen Ihre Wohnung wegnehmen.«

Eine Reihe Schlösser und Sicherheitsketten wurden geöffnet, dann schwang die Tür auf und gab den Blick auf einen Mann frei. Er war groß, sehr dünn und alt. Er trug eine dunkle Hose, ein blaues Hemd und eine dunkle Strickweste. Neben dem Mann hockte ein großer weißer Hund.

»Na schön, wenn Sie mich töten wollen, dann tun Sie's. Aber laßt Petija am Leben.«

Der alte Mann in der Türöffnung, Swet Zorotich, war offenbar völlig blind. Seine Augen waren milchig weiß, und sein Blick ging an beiden Detektiven vorbei.

»Ich lebe noch«, stellte der Mann fest, »demnach sind Sie von der Polizei, oder Sie sind Diebe oder beides. Sie werden gleich sehen, daß es hier nur sehr wenig gibt, das sich zu stehlen lohnt.«

Tkach sah sich um. Der Mann hatte recht. Ein Bett in einer Ecke. Zwei Stühle an einem kleinen Tisch. Ein Schrank. Ein Sessel vor einer Wand. Ein Radio auf einem kleinen Tisch neben dem Sessel.

»Offenbar«, sagte Zorotich, »habe ich heute nacht nichts gesehen. Ich sehe schon seit 1971 nichts mehr.«

»Es tut uns leid«, sagte Selatsch.

»Wenn Sie schon hier sind«, sagte der alte Mann, »können Sie vielleicht den verdammten Krüppel bitten, abends seinen Fernseher ein wenig leiser zu stellen und etwas früher schlafen zu gehen?«

»Wir werden es ihm bestellen«, versprach Tkach. »Es tut uns leid, daß wir Sie belästigt haben.«

»Sie wollen mich demnach nicht befragen, oder?« sagte der alte Mann. »Hast du das gehört, Petija? Sie wollen nur wissen, was wir gesehen, und nicht, was wir gehört haben.«

Der Hund spitzte nun wachsam die Ohren.

»Was haben Sie denn gehört?« fragte Sascha. Er rechnete damit, daß der Mann aus Rache seinen Nachbarn in der Etage darunter des Mordes bezichtigen würde.

»Stimmen, draußen«, antwortete der Mann. »Ich hatte das Radio aus Rücksicht auf meine Nachbarn leise gestellt, eine Rücksichtnahme, die sie mir nicht entgegenbringen.«

»Stimmen?« Tkachs Interesse war geweckt.

Mit Hilfe des Hundes tastete der Mann sich zum Sessel an der Wand und neben den Tisch.

»Ich hatte das Radio ausgeschaltet – etwa so«, erklärte er und demonstrierte es. »Ich habe gehört, wie er auf der Straße Selbstgespräche geführt hat, der Betrunkene. Dann kamen sie. Ich konnte hören, wie sie ihn ansprachen. Und ich hörte, wie sie ihn mit Steinen bewarfen, die über den Bürgersteig polterten, wenn sie ihn verfehlt hatten.«

»Wissen Sie vielleicht, wer die anderen waren?« fragte Tkach.

Der alte Mann zuckte die Achseln und bückte sich, um seinen weißen Hund zu streicheln. Der Hund drängte sich näher an den Mann.

»Ich hab' ihre Stimmen erkannt«, sagte er. »Sie wohnen nicht weit von hier. Ich hab' sie schon mal abends auf der Straße gehört.«

»Und wer sind sie?«

»Wer weiß das schon?« erwiderte der Mann.

»Wenn wir sie finden sollten, könnten Sie dann ihre Stimmen identifizieren?« fragte Tkach.

»Ja.«

»Und würden Sie es tun?«

»Das weiß ich nicht. Ich denke schon. Einer von ihnen hieß Mark. Sie haben jedenfalls diesen Namen benutzt. Und sie wohnen in der Nähe.«

»Können Sie uns sonst noch etwas über die Männer erzählen?« wollte Tkach wissen.

»Männer? Wer hat etwas von ›Männern‹ gesagt? Ich jedenfalls nicht. Es waren Jungen, kleine Jungen, Kinder. Ich wußte, daß sie jemanden töten wollten, und ich hatte Angst, das Fenster zu öffnen und etwas hinunterzurufen. Bestimmt wären sie dann heraufgekommen und hätten mich ebenfalls umgebracht. Deshalb habe ich nichts gesagt und auch nichts unternommen.«

»Aber Sie haben es uns jetzt erzählt«, stellte Tkach fest.

»Ich bin Kriegsveteran, wissen Sie«, sagte der alte Zorotich. »Ich beziehe eine Pension. Eine armselige Pension. Ich kann nicht davon leben. Zum Glück habe ich eine

Nichte, die mich unterstützt so gut sie kann. Sonst noch was?«

Tkach schaute Selatsch fragend an, dann meinte er: »Im Augenblick wüßte ich nichts.«

Sobald die Polizisten wieder vor der Wohnungstür standen, sagte Tkach mit ernster Stimme: »Er war es, Selatsch. Die Maschinenpistole war im Schrank versteckt. Er hat nur so getan, als sei er blind.«

»Weshalb haben wir ihn dann nicht verhaftet?« fragte Selatsch entgeistert.

Sie hatten beinahe das Ende der Treppe erreicht. Sascha blieb stehen und drehte sich zu Selatsch um. »Swet Zorotich ist wirklich blind.«

»Das denke ich auch«, pflichtete Selatsch ihm bei.

»Jetzt suchen wir also drei Kinder, die in dieser Gegend wohnen. Ein Junge heißt Mark.«

»Das dürfte doch nicht so schwierig sein«, sagte Selatsch.

»Tatsächlich nicht?« Tkach war sich dessen nicht so sicher wie sein Partner.

Als sie auf den Bürgersteig hinaustraten, wurden sie dort schon von dem alten Mann mit der Postmütze erwartet.

»Hat er gestanden? Weshalb nehmen Sie ihn nicht mit?«

»Er ist blind«, sagte Selatsch.

Der alte Mann verdrehte die Augen und blickte zum Himmel, als wollte er um Hilfe bitten, daß die Welt von solchen Narren befreit würde.

»Er stellt sich nur blind, um seine Pension zu bekommen«, sagte der alte Mann.

»Das glaube ich nicht«, widersprach Tkach.

»Dann hat Zorotich sich mitsamt seiner Tommygun von dem Hund auf die Straße führen lassen und den Mann erschossen, ganz gleich, ob er blind ist oder nicht. Er hat ihn erschossen und sein Geld gestohlen. Ein Blinder ist zu so etwas fähig. Ich habe ihn gesehen.«

»Sie haben sich geirrt«, sagte Tkach. »Kennen Sie irgendwelche Jungen in der Nachbarschaft? Zwei, drei oder vier? Einer heißt Mark.«

Der alte Mann schien plötzlich Angst zu haben.

»Nein«, sagte er knapp und eilte die Straße hinunter. Beinahe wäre er dabei gestrauchelt und gestürzt. »Ich weiß nichts.«

Selatsch wandte sich zu Tkach um und sagte leise: »So einfach ist es wahrscheinlich doch nicht.«

Karpo durchquerte die Halle des Reviers der Stadtpolizei in der Khowrinostraße und hörte nur mit halbem Ohr dem Sergeanten zu, der ihm zugeteilt worden war. Die Polizeiwache war, als sie 1946 erbaut wurde, ursprünglich eine Schule gewesen. Nun verfiel sie allmählich wie die meisten Stadtteilreviere, die in allen möglichen Bauten, die gerade frei waren, untergebracht waren – alte Mietshäuser, Taxigaragen, größere Läden. Ein Polizeirevier war früher ein Spielzeugladen gewesen. Einige Wände des ehemaligen Geschäfts waren immer noch mit verblichenen Comicpostern von Donald Duck, Elmer Fudd, Caspar, dem freundlichen Geist, und Yogibär bedeckt.

Aber es war das Khowrino-Revier, wo Karpo dank seiner Zielstrebigkeit und mit ein wenig Glück gelandet war.

Unter seinen Füßen befanden sich zahlreiche geborstene Bodenfliesen. Die Decke über ihm bestand aus einem Gewirr nackter Stromleitungen. Die Tapeten lösten sich von den Wänden, und in vielen Lampenfassungen fehlten die Glühbirnen.

»Dort«, sagte ein junger ernster Sergeant mit einem Schnurrbart und deutete auf eine Tür zu seiner Rechten. In Augenhöhe befand sich eine dicke, mit Kratzern übersäte Glasscheibe. Karpo sah hindurch.

In dem Raum hielten sich sechs Männer auf. Sechs Pritschen waren an den Wänden aufgestellt. Drei Männer saßen auf dem Fußboden und waren in irgendein Kartenspiel vertieft. Einer der Gefangenen lag auf einer Pritsche und las in einer Zeitung, der *Moskovsky Komsomolets.* Er war der einzige Gefangene, der eine Fußkette trug. Die beiden anderen Männer in dem Raum schauten durch das vergitterte Fenster gegenüber der Tür nach draußen. Einer von ihnen redete heftig auf den anderen ein.

»Hier werden die Schlimmsten festgehalten«, sagte der Sergeant. »Mordverdächtige, bewaffnete Straßenräuber. Wir haben noch zwei weitere Arrestzellen.«

Karpo wußte das alles. Er schaute weiterhin in die Zelle, ohne ein Anzeichen, daß er gehört hatte, was der Sergeant ihm erzählte.

»Ihr Mann, Woschenko, ist der mit der Zeitung.«

Karpo betrachtete den Mann auf der Pritsche. Er schien seinen Blick zu spüren und schaute von der Zeitung zu der hageren Erscheinung an der Zellentür hoch. Ihre Blicke trafen sich, und keiner der Männer wich aus.

»Woschenko ist seit zwanzig Tagen hier. Wir rechnen damit, ihn bald unter Mordanklage stellen und in ein Gefängnis verlegen zu können, wo er auf seinen Prozeß warten kann«, sagte der Sergeant.

Der Mann auf der Pritsche lächelte Karpo an. Es war kein freundliches Lächeln.

»Ist das Verhörzimmer frei?« erkundigte Karpo sich.

»Ja, ich glaube schon«, erwiderte der Sergeant und

schaute ins Halbdunkel am Ende des Flurs. »Jedenfalls brennt die Lampe nicht.«

»Können Sie Woschenko dorthin bringen?«

»Ja, aber...«

Der Sergeant hatte von dem Oberst, der das Bezirksrevier leitete, den Befehl erhalten, alles zu tun, was der seltsam aussehende Detektiv aus der Petrowka wünschte, und zwar ohne Fragen zu stellen. Der Sergeant schloß die Tür auf. Die kartenspielenden Männer und die beiden am Fenster sahen ihn gespannt an, als er mit der Hand auf seiner Pistole die Zelle betrat. Der schwarzgekleidete Vampir war verschwunden. Der Sergeant wollte soeben Woschenkos Namen nennen, als der Gefangene bereits die Zeitung beiseite legte und sich aufrichtete. Er war eine hünenhafte Erscheinung und mit der üblichen verwaschenen blauen Kluft bekleidet. Woschenkos Gesicht war dunkel, häßlich und frisch rasiert. Er erhob sich langsam und ging an dem Sergeant vorbei, der, obgleich der Gefangene gefesselt war, zurückwich, um ihm noch mehr Platz zu machen.

»Durch den Flur. Dann nach rechts«, sagte der Sergeant, verließ die Zelle und schloß die Zellentür hinter sich. Der Knall, mit dem sie ins Schloß fiel, hallte in den dunklen Korridoren gespenstisch wider.

Woschenko füllte den engen Flur, der eigentlich für Kinder gebaut war, nahezu völlig aus. Er schlurfte los, einsfünfundneunzig groß, knapp dreihundert Pfund schwer und mit klirrender Fußkette.

»Stopp«, rief der Sergeant, der ein Dutzend Schritte Sicherheitsabstand zu dem Mann hielt. Er hatte mittlerweile die Pistole aus dem Holster gezogen.

Woschenko war völlig betrunken eingeliefert worden, nachdem er in einer Bar auf dem Kachalowa Prospekt einen Mann und eine Frau getötet hatte. Er behauptete, es hätte einen Streit gegeben. Kein einziger Zeuge meldete sich, der das bestätigt hätte. Beiden Opfern war das Genick gebrochen worden. Weniger als eine Woche, nachdem er in die Arrestzelle des Polizeireviers gesperrt worden war, wurde eines Morgens in Woschenkos Zelle ein anderer Gefangener mit gebrochenem Genick aufgefunden. Woschenko leugnete den Mord, gab aber bereitwillig zu, daß der Tote ihn immer wieder angestarrt hatte, nachdem er ihn aufgefordert hatte, das gefälligst zu unterlassen. Danach war Woschenko in Ketten gelegt worden. Es gab keinen Platz in den drei Zellen des Reviergebäudes, um ihn vollkommen zu isolieren, und es hatte keinen Sinn, eins der anderen Reviere zu bitten, ihn zu übernehmen. Niemand wollte bei einem ohnehin schon knappen Budget noch einen zusätzlichen unfreiwilligen Gast durchfüttern.

Woschenko sah über die Schulter zu dem Sergeant, der unwillkürlich einen Schritt zurückwich. Woschenko grinste und betrat das Verhörzimmer. Der Sergeant folgte ihm vorsichtig. Als er die Tür erreichte, sah er, daß Karpo bereits hinter dem kleinen Stahltisch vor Woschenko Platz genommen hatte. Woschenko ging zu dem Stuhl, der dem bleichen Polizisten gegenüberstand.

Der Sergeant wollte die Tür schließen und mit der Waffe in der Hand Wache halten, während der seltsame Inspektor von der Petrowka den Riesen verhörte. Der Sergeant glaubte, daß Woschenko wahrscheinlich nicht einmal seinen Namen nennen würde.

»Warten Sie draußen«, erklärte Karpo. »Hinten im Flur, vor der Zelle. Ich rufe Sie, wenn ich Sie brauche.«

»Ich glaube nicht...«, setzte der Sergeant an, doch dann erinnerte er sich an seine Befehle.

Was würde mit ihm wohl geschehen, wenn Woschenko diesem hageren Gespenst das Genick brach? Würde man den Sergeant dafür verantwortlich machen? Ja, zweifellos, und am Ende landete er ebenfalls in einer der Zellen. Aber er tat, was ihm befohlen worden war, und verriegelte die Tür des Verhörzimmers hinter sich.

Karpo und Woschenko musterten einander, wortlos und ohne mit einer Wimper zu zucken. Schließlich wandte Woschenko offenbar gelangweilt den Blick ab.

»Weißt du, wer ich bin?« fragte Karpo.

»Der Tatar, das Gespenst, der Vampir«, antwortete Woschenko. »Karpo.«

»Weißt du auch, weshalb ich hier bin?«

Woschenko zuckte die Achseln. Er betrachtete die fleckigen Wände, von denen die weiße Farbe abblätterte.

»Ich habe viele Reviere und mehrere Gefängnisse angerufen und nach Gefangenen mit ganz speziellen Tätowierungen gefragt«, sagte Karpo.

Woschenko faltete die Hände und legte sie auf den Tisch. Sie waren groß und mit langen Fingern. Auf jedem Finger, dicht über dem Knöchel, befand sich die winzige Tätowierung eines Tierkopfes.

»Als du hierher gebracht wurdest, hat man dich fotografiert«, fuhr Karpo fort. Seine eigenen Hände lagen flach auf dem Tisch.

Woschenko konnte sich daran nicht mehr erinnern. Er war zu betrunken gewesen. Aber er kannte die Prozedur.

»Einer der diensthabenden Beamten hat sich die Fotos aller tätowierten Gefangenen angesehen«, sagte Karpo. »Er fand die Darstellung, nach der ich suchte, bei dir.«

Woschenko lächelte und schüttelte den Kopf. Er machte Anstalten aufzustehen, aber der Mann, der vor ihm sitzen blieb, reagierte nicht darauf. Woschenko hob sein Hemd hoch. Er war mit Tätowierungen bedeckt und sah fast genauso aus wie der Mann, der vor dem Café erschossen wurde, in dem Mathilde ermordet worden war.

»Keine von denen«, sagte Karpo. »Ein Adler mit einer Bombe in den Klauen. Das Bild befindet sich auf deiner rechten Gesäßhälfte. Du brauchst es mir nicht zu zeigen.«

Woschenko beugte sich halb über den Detektiv, blickte auf ihn hinab. Seine Finger berührten beinahe Karpos Hände.

»Ich will dich nicht töten«, sagte Karpo ruhig. »Ich muß dir einige Fragen stellen. Aber ich kann mir auch einen anderen Gefangenen mit dieser Tätowierung suchen. Also setz dich bitte.«

Woschenko rührte sich nicht.

»Setz dich«, wiederholte Karpo ruhig. »Oder soll ich dir sehr weh tun?«

Woschenko lachte. Karpo verzog keine Miene. Ein Stück entfernt im Flur hörte der Sergeant das Gelächter und wunderte sich, aber er unternahm nichts. Woschenko setzte sich.

»Was bedeutet die Tätowierung?« fragte Karpo.

Woschenko zuckte die Achseln, faltete die Hände und hob noch einmal die Schultern.

»Antworte, Häftling Woschenko. Oder ich habe keine weitere Verwendung für dich.«

Woschenko blickte auf den Mann hinunter. Er hätte leicht über den Tisch greifen und den Hals des Mannes packen können, ehe der Detektiv eine Waffe gezogen hätte. Vielleicht entschied er sich, das Verhör auf diese Art und Weise zu beenden. Aber im Augenblick war er nur neugierig.

»Es ist eine patriotische Darstellung«, sagte Woschenko. »Die Kraft der Nation, die nun von Schwächlingen verspielt wird.«

»Es ist das Zeichen einer Mafia, die mit Kernmaterial handelt«, sagte Karpo.

Woschenkos Augenbrauen hoben sich leicht, dann sanken sie wieder herab. »Wenn das so ist, dann ist es ein Zufall«, sagte Woschenko. »Für mich ist es ein rein patriotisches Bild.«

»Stanislaw Woschenko, es gab einen Überfall durch Mitglieder deiner Mafia. Ein Attentat auf einen deutschen Geschäftsmann namens Heinz Dieter Kirst. Weshalb haben deine Leute ihn getötet?«

Woschenko zuckte die Achseln und sagte: »Ich kenne keine Deutschen, und ich gehöre zu keiner Mafia.«

»Ich möchte wissen, wo ich den Chef deiner Gruppe finden kann«, sagte Karpo beharrlich.

»Ich gehöre zu keiner Gruppe«, erklärte Woschenko, legte wieder die Hände flach auf den Tisch und hielt sich bereit.

»Keine Lügen mehr«, befahl Karpo.

Woschenko warf sich nach vorne. Eine Hand krachte auf Karpos Hand hinunter. Die andere legte sich um Karpos Hals. Woschenko betrachtete sein Opfer mit dem zufriedenen Grinsen eines Irren, aber das bleiche Gesicht des Polizisten zeigte weder Furcht noch Schmerz. Woschenko verging das Grinsen, und er schloß Daumen und Zeigefinger und drückte allmählich die Luft ab. Er hatte es schon so oft getan und niemals an die Folgen gedacht. Und diesmal hatte er nichts zu verlieren. Sie würden ihn sowieso nie mehr in die Freiheit entlassen. Sie würden mit ihm kurzen Prozeß machen, ihn vor eine Holzwand stellen und erschießen. Aber bis zu diesem Augenblick würde er damit prahlen, daß er einen Polizisten getötet hatte.

Und dann spürte Woschenko plötzlich einen heftigen Schmerz. Es war wie ein Stromschlag in seiner linken Hand. Er zog sie ruckartig zurück, als wäre er gebissen worden. Er hielt Karpos Hals weiter umschlossen, während er unter Schmerzen die linke Hand hob. Sein Daumen baumelte schlaff herab, und seine Hand schwoll sehr schnell an.

In dem Moment, als der Gefangene wegsah, packte Karpo den kräftigen Daumen, der auf seine Luftröhre drückte, und bog ihn scharf nach hinten. Woschenko ließ sich auf den Stuhl fallen und versuchte, seine Hand aus Karpos Griff zu befreien, aber der Polizist hielt ihn fest. Woschenko wollte die linke Hand zu Hilfe nehmen, aber mit dem gebrochenen Daumen war sie nutzlos.

»Und wenn ich dir den anderen Daumen breche, dann wirst du nicht mehr angreifen oder dich verteidigen können«, sagte Karpo. »Ich denke, deinen Zellengenossen wird das gefallen.«

»Sie sind Feiglinge«, keuchte Woschenko und versuchte, der Schmerzen Herr zu werden. »Brechen Sie mir den Daumen. Dann töten Sie mich. Wenn nicht, werde ich auf Sie warten und Sie bei der ersten Gelegenheit umbringen, die sich bietet. Heute. Morgen. In einem Jahr.«

»Ich werde deinen Boss finden, und dann werde ich ihm mitteilen, daß du es warst, der ihn verraten hat.«

»Er wird Ihnen nicht glauben«, entgegnete Woschenko und versuchte noch immer, seine Hand freizubekommen. »Sie haben gar nicht die Macht, um mich freizulassen.«

»Ich werde dafür sorgen, daß du in dem Moment, in dem ich den Namen deines Chefs erfahre, entlassen wirst«, sagte Karpo. »Das ist durchaus möglich. Wird dein Chef glauben, daß die Polizei dich so mir nichts dir nichts einfach zur Tür hinausspazieren ließ?«

Woschenko versuchte zu lachen, aber es hatte nichts von der Intensität seines irren Gelächters von vorher. Er schüttelte den Kopf, um zu bekräftigen, daß er nicht reden würde. Karpo bog seinen Daumen noch weiter zurück.

»Dann werde ich auch diesen Daumen brechen«, entschied Karpo.

»Weshalb ist das für Sie so wichtig?« knurrte Woschenko, der nun zu schwitzen begann und nach Luft rang.

»Rede, oder du hast keine Daumen mehr«, verlangte Karpo.

Woschenko wußte, daß er es ernst meinte.

Sechs

Mondschein auf goldenen Türmen

Rostnikow brauchte in der Petrowka weniger als eine Stunde am Telefon, um die erste Werkstatt zu finden, in der ein Mechaniker namens Artiom arbeitete. Danach hatte er weiter telefoniert und zwei weitere Artioms aufgestöbert.

»Wir fangen mit diesen drei an«, entschied Rostnikow und erhob sich schwerfällig.

Sein Schreibtisch stand in der Ecke eines großen Büroraums, der in vier Kabinen unterteilt war, die durch niedrige Preßspanplatten getrennt waren, über die man seine Nachbarn hören und sehen konnte. Jede kleine Zelle verfügte über einen Schreibtisch, ein Telefon und zwei Sessel. Die Möbel waren völlig unterschiedlich. Sie bestanden aus dem, was Pankow aus anderen Büros in der Petrowka hatte zusammenschnorren, erbetteln oder stehlen können. Es gab eine Bürozelle für Rostnikow und je eine für Emil Karpo, Sascha Tkach und Elena Timofejewa. Das einzige Zeichen für Rostnikows Vorgesetztenstatus bestand darin, daß seine Zelle als einzige ein Fenster hatte. Als er noch Chefinspektor im Büro des Generalstaatsanwalts mehrere Etagen tiefer gewesen war, hatte er sein eigenes Büro gehabt. Es war jedoch ebenfalls sehr klein gewesen, und sein Fenster war nicht auf die Außenwelt hinausgegangen, sondern auf eine lange Schreibtischreihe derer mit niedrigerem Dienstgrad. Seine derzeitige Zelle gefiel ihm entschieden besser. Vom sechsten Stock der Petrowka konnte er auf einen sehr schnell verfallenden Hof und ein Tor blicken, an dem zwei uniformierte Beamte standen. Einer von ihnen rauchte eine Zigarette, ein Akt, der ihn vor einem Jahr sicherlich seinen Job gekostet hätte. Niemand außer den Korrupten, den Verzweifelten, den Dummen und den Psychopathen schien Sehnsucht nach dem schlechtbezahlten und allerorts verachteten Job eines Polizeibeamten zu haben.

»Rostnikow?« machte Hamilton sich bemerkbar.

»Ja?« Rostnikow war verstummt und hatte gedankenverloren aus dem Fenster gesehen.

»Die Artioms«, erinnerte Hamilton ihn.

»Natürlich«, sagte Rostnikow. »Sehen Sie sich das an.«

Hamilton trat neben Rostnikow ans Fenster und schaute auf die Wächter und auf den Hof hinunter. »Nur ein Busch gedeiht und blüht noch. Wissen Sie, wie dieser Busch heißt?«

»Nein«, sagte Hamilton, während seine Augen den besagten Busch fanden.

Rostnikow zog sein Notizbuch aus der Tasche und fertigte eine grobe Skizze von dem Busch und seinen Blüten an, dann formulierte er eine kurze Beschreibung. Er verstaute das Notizbuch wieder in der Tasche und fragte: »Fangen wir mit den drei Artioms oder mit der Ehefrau an?«

»Wir Amerikaner würden beides gleichzeitig in Angriff nehmen«, sagte Hamilton.

»Wir sind eine kleine Abteilung. Um so zu verfahren, müßte ich einen meiner Mitarbeiter von dem Fall abziehen, an dem er oder sie gerade arbeitet«, sagte Rostnikow. »Oder ich würde um Erlaubnis fragen müssen, einen Ermittler aus einer der anderen Abteilungen einzusetzen, und es wäre durchaus wahrscheinlich, daß dann ein Ermittler ausgesucht würde, bei dem man sich darauf verlassen kann, daß er oder sie später einem Beamten in seiner oder ihrer eigenen Abteilung einen detaillierten Bericht abliefert. Sollte irgendetwas gefunden werden, das eine Verhaftung rechtfertigt, könnte die Abteilung eingreifen, die Verhaftung durchführen und dafür anschließend das Lob einheimsen.«

»Ziemlich raffiniert«, sagte Hamilton.

»So ist es bei uns schon seit fast sechshundert Jahren«, sagte Rostnikow. »Als dort, wo heute der Kreml steht, die ersten kleinen Hütten gebaut wurden, um daraus ein Dorf entstehen zu lassen, schuf das russische Volk eine Gesellschaft voller Mißtrauen, Korruption und Unterwürfigkeit. Dann kamen die Zaren, danach die Kommunisten und nun eine ängstliche Ratlosigkeit und Verwirrtheit, bis eine neue Regierung sich fest etabliert und das Kommando übernommen hat. Die Russen sind nicht für den Kapitalismus geschaffen. Er hat sie zu Opfern, Feiglingen und Verbrechern gemacht.«

Rostnikow verließ widerstrebend seinen Platz am Fenster, trat aus seiner Zelle heraus und steuerte auf die Bürotür zu.

»Ist Ihnen denn so viel an Lob gelegen?« fragte Hamilton und folgte ihm.

»Das Überleben unserer Abteilung hängt von Oberst Snitkonois außerordentlichem Erfolg ab, mit dem er die schwierigsten Fälle übernimmt und sie zu jedermanns widerwilliger Zufriedenheit löst«, erklärte Rostnikow. »Sie haben zwei Kinder?«

»Ja«, sagte Hamilton.

Sie kamen in der Halle an einigen Leuten vorbei, einer

Frau und zwei Männern. Einer von ihnen nickte Rostnikow grüßend zu. Er erwiderte das Nicken. Rostnikow und Hamilton blieben vor dem Fahrstuhl stehen.

»Haben Sie Fotos von ihnen?« fragte Rostnikow.

Hamilton griff in die Gesäßtasche, holte seine Brieftasche hervor, klappte sie auf und reichte sie Rostnikow.

»Sehr schön«, sagte Rostnikow, während er das Bild von einem etwa zwölfjährigen Jungen betrachtete, der den Arm um ein jüngeres Mädchen gelegt hatte. Sie hatte mitten im Mund eine Zahnlücke. Beide Kinder lachten. »Das Mädchen sieht Ihnen ähnlich. Und der Junge?«

»Sieht aus wie seine Mutter«, sagte Hamilton.

Rostnikow blickte auf die Stockwerkanzeige des Lifts. Er schien im ersten Stock festzuhängen.

»Ich glaube, er ist schon wieder defekt«, sagte Rostnikow. »Wir werden wohl laufen müssen. Es sind hübsche Kinder.«

Hamilton schickte sich an, die Brieftasche wieder in die Gesäßtasche zu stecken. Rostnikow hielt seine Hand fest.

»In die Vordertasche, bitte«, sagte er. »Es ist zwar nicht so schick und modern, aber für Taschendiebe weitaus schwieriger.«

Hamilton lächelte.

»Ich bin FBI-Agent.«

»Jelzins Taschen wurden in einer Menschenmenge ausgeräumt, die ihn feierte, als sei er ein Gott«, sagte Rostnikow und schlug den Weg zur Treppe ein.

Der sechs Stockwerke lange Abstieg über die Treppe war für Porfirij Petrowitsch langwierig und schmerzhaft. Hamilton hatte seine Brieftasche in die rechte Vordertasche gesteckt. Dort bildete sie eine unschöne Ausbuchtung. Er durfte nicht vergessen, sie wieder herauszuholen und in die

Gesäßtasche zu stecken, wenn er in das vorübergehende FBI-Büro im amerikanischen Botschaftsgebäude zurückkehrte.

Menschen drängten sich in beiden Richtungen an ihnen vorbei, als sie in die geräumige, kahle Halle gelangten. Zwei Wächter mit Helmen und schweren Waffen an der Tür beobachteten sie, und eine Frau in Uniform an einem kleinen Pult, wo Leute ins Gebäude hinein- und wieder hinausgelassen wurden, betrachtete neugierig den gutgekleideten Schwarzen.

»Sie wissen nicht, was sie von mir halten sollen«, sagte Hamilton, während sie in den Hof der Petrowka hinausgingen. Draußen wehte ein kräftiger und kalter Wind.

»Sie glauben wahrscheinlich, daß Sie ein reicher afrikanischer oder amerikanischer Geschäftsmann sind, der Schmiergelder zu seinem Schutz verteilt«, sagte Rostnikow, der nun sehr langsam ging.

»Wollen Sie sich ausruhen?« fragte Hamilton.

»Der Tag verstreicht, und wir müssen Artioms suchen«, sagte Rostnikow auf Englisch. »Ist das Ihrem Robert Frost einigermaßen gut nachempfunden?«

»Sehr gut sogar. Wir müssen Artioms suchen«, wiederholte Hamilton.

»Und spät blühende Büsche, die uns ihren Namen verraten werden«, fügte Rostnikow hinzu und schritt durch das schmiedeeiserne Tor, hinter dem ein Automobil, ein Buick, parkte.

Rostnikow deutete mit einem Kopfnicken auf den Wagen. Hamilton nickte ebenfalls zum Zeichen, daß er verstanden hatte. Hamilton öffnete die Vordertür und hielt sie auf, während Rostnikow in den Wagen stieg. Hamilton nahm auf dem Rücksitz Platz.

Insgesamt hatte es sieben Schasow-Brüder gegeben: der älteste, Jakow, war um die dreißig Jahre alt und war vor drei Jahren aus der Einzimmerwohnung ausgezogen. Es war eigentlich keine richtige Wohnung, sondern das Flurende im zweiten Stock eines umgewandelten Bürogebäudes. Eine dünne Wand und eine Tür waren auf Geheiß der kommunistischen Partei von Schreinern eingesetzt worden, die keine Ahnung hatten, was sie taten.

Elvira Schasow, die einundfünfzig Jahre alt war und aussah wie siebzig, hatte zusammen mit ihren Söhnen Ziegelsteine, Holz und eine neue Tür gestohlen, um den Eingang zu befestigen. Vor zwanzig Jahren war ihr erster Mann, nachdem er von Elvira und ihrem damals erst zehn Jahre alten Sohn halb totgeprügelt worden war, auf allen vieren aus der Wohnung hinausgekrochen und nie mehr zurückgekehrt. Elvira hatte erfahren, daß Jakow, nachdem er nach der Verbüßung einer längeren Strafe wegen bewaffneten Raubes aus dem Gefängnis entlassen worden war, nun mit seinen Freunden auf der Straße lebte. Zur Zeit wohnten bei Elvira drei ihrer Söhne sowie ein Baby. Außerdem war sie schon wieder schwanger. Kontrolleure der Regierung, die sich über die Anzahl von Kindern wunderten, hatten versucht, sie unter Druck zu setzen, aber am Ende hatte man ihr eine geringe Unterstützung gewährt, die durch das aufgebessert wurde, was ihre Kinder heranschaffen konnten. Manchmal traten die Jungen als zerlumpte Zigeuner auf und bettelten in den Metro-Stationen. Ihr bevorzugter Aufenthalt war der kleine Park auf dem Puschkinplatz vor dem McDonald's-Restaurant. Dreimal hatten die Jungen bisher Betrunkene durch die Unterführung am Puschkinplatz verfolgt, sie niedergeschlagen und ihnen alles Geld abgenommen. Zweimal hatten sie Schnapsflaschen aus der Night Flight Disco in der Nähe des Platzes gestohlen.

Elvira selbst hatte mit übereinandergeschlagenen Beinen und mit einer Blechtasse neben sich in Metro-Stationen und Hauseingängen gesessen, wo Touristen sie sehen konnten. Sie hielt ihr jeweils jüngstes Baby auf dem Schoß und wiegte es. Dabei sah sie so mitleiderregend aus wie möglich und bedankte sich laut bei jedem Spender und verfluchte jeden, der ihr nichts gab.

Die jüngsten drei Jungen, die niemals ihren älteren Halbbruder, Jakow, gesehen hatten, waren die Kinder eines brutalen ehemaligen Soldaten namens Leon. Die Jungen hatten vor nichts mehr Angst als vor dem Zorn ihrer Mutter und davor, daß ihr Vater eines Tages zurückkehrte. Aber Leon, der Elvira nie seinen richtigen Nachnamen verraten hatte, hatte eines Tages seine wenigen Habseligkeiten zusammengepackt und war in den Westen gegangen.

Daher mußte Elvira Schasow nun – das Haar weiß und strähnig, die meisten Zähne längst ausgefallen, das Gesicht voller Runzeln und Narben nach zahllosen Tagen in der Sonne und durch Feuchtigkeit verursachten Krankheiten – mit der nicht nennenswerten staatlichen Unterstützung und dem auskommen, was zusammengeschnorrt und -gestohlen werden konnte. Die Jungen bettelten, aber sie waren ein trauriger Haufen, mager, mit scharfgeschnittenen Gesichtszügen wie ihr Vater und mit seinem ständigen, herausfordernden Ausdruck in den Augen. Sie waren beim Stehlen weitaus erfolgreicher, streiften nachts durch die Straßen, fanden dabei umhertorkelnde Betrunkene, Hotelhuren und Restaurantangestellte auf dem Heimweg. Sie suchten sich ihre Opfer sorgfältig aus. Ein Mann mochte durchaus wohlhabend aussehen, aber wenn er den Eindruck erweckte, als könnten die Jungen nicht mit ihm fertig werden, ließen sie ihn in Ruhe. Sie waren schon mit der Straßenbahn bis hinaus nach Orijol gefahren, um nach Betrunkenen Ausschau zu halten, die sie überfallen konnten. Denn immer wenn sie ihre Beute nach Hause brachten, wurden sie von ihrer Mutter gelobt.

In der Wohnung am Ende des ehemaligen Korridors gab es nur ein einziges Fenster. Ein Vorhang war aufgehängt worden, damit Elvira ein wenig Privatsphäre hatte. Die Jungen schliefen auf Pritschen vor dem Vorhang. Auf der anderen Seite befand sich ein weiterer Vorhang, der einen weiteren separaten Raum vor der Wohnungstür schuf. Dort standen zwei gestohlene Sofas und vier Sessel sowie ein Fernseher, der manchmal funktionierte, ein Tisch und ein kleiner Kühlschrank. Eine Spüle gab es nicht. Eines der alten Büros am anderen Ende des Korridors diente als eine Art Gemeinschaftsraum für diejenigen, die in diesem und in dem Flur darüber hausten. Dort gab es eine Spüle und eine verdreckte Toilette.

Gelegentlich verirrte sich ein Kind oder ein Erwachsener in den Gemeinschaftsraum und legte sich dort schlafen. Wenn die Schasows auf einen solchen unerwünschten Besucher stießen, konnte er oder sie von Glück reden, wenn die Begegnung lediglich mit einer Kopfverletzung und einem gebrochenen Arm oder Bein endete.

Tag und Nacht flimmerte der Schwarzweißfernseher vor sich hin. Dabei wies das verschwommene Bild am oberen und unteren Rand einen breiten schwarzen Streifen auf. Die Geburt von Elviras jüngstem Baby stand kurz bevor. Der Vater war ein Spinner namens Kirsow, der behauptete, ein Mitglied der georgischen Mafia zu sein. In Wirklichkeit wurde er von den unbedeutenden Mafialeuten benutzt, um riskante Aufträge auszuführen wie zum Beispiel rivalisierenden Mafiabanden Botschaften zu übermitteln. Vor etwa drei Monaten hatte Kirsow sich auf einen riskanten Auftrag zuviel eingelassen und war erschossen und in die Moskwa geworfen worden, nachdem man ihm vorher die Augen ausgestochen hatte. Es sollte eine Warnung für die Georgier sein, die diese jedoch ignorierten.

Dieser Mord an Kirsow war für Elvira nur ein weiterer Beweis dafür, daß man nur durch Gewalt überleben konnte und daß man bei der Auswahl der Freunde und Feinde vorsichtig sein mußte. »Familie«, hatte sie Alexi, Boris und Mark immer wieder eingebleut. »Das ist das einzige, worauf man sich verlassen kann.«

Wären die Jungen ein wenig schlauer gewesen, hätten sie vielleicht bemerkt, daß ihre Familie wohl kaum als leuchtendes Beispiel für Zuverlässigkeit gelten konnte: ihre älteren Halbbrüder wie auch deren Vater hatten sich so schnell wie möglich aus dem Staub gemacht; ihr eigener Vater war in den Westen gegangen; und dem letzten Freund ihrer Mutter hatte man die Augen ausgestochen, und sie war mit einem Kind von ihm alleine zurückgeblieben.

Elvira hoffte, daß das Kind in ihrem Bauch ein Mädchen war. Mädchen bekamen gewöhnlich viel mehr Geld zugesteckt, vor allem von Touristen. Nicht, daß sie ihre Jungen nicht geliebt hätte. Das tat sie schon, und zwar jeden von ihnen. Jedes Baby wurde mit Liebe überschüttet, verwöhnt und durfte bis zu seinem sechsten oder siebten Lebensjahr im Bett der Mutter schlafen. Doch dann verlor Elvira das Interesse an dem Kind, so daß es nur mehr als potentielle Einkommensquelle betrachtet wurde. Wenn sie gefragt wurde, beteuerte sie stets ihre übergroße Liebe, aber in

Wahrheit fühlte sie sich oft viel wohler, wenn sie sich in den Straßen herumtrieben.

Elvira hörte ein Klopfen an der Tür und wußte, daß es sich nach einem offiziellen, einem amtlichen Anklopfen anhörte, nicht nach einem Klopfen eines ängstlichen Nachbarn. Sie erhob sich aus ihrem Sessel vor dem Fernseher, wo gerade ein alter Film mit einer hübschen Blondine mit einer wunderschönen Wohnung und zahlreichen männlichen Freunden lief. Die Frau hatte ein Wohnzimmer, in dem alles bis hin zum Telefon weiß war.

Die einjährige Ludmilla war wütend, weil das Klopfen sie erschreckt hatte, so daß ihr die leere Blechdose, mit der sie gespielt hatte, aus den Händchen gerutscht und auf den Fußboden gefallen war. Das Baby in Elviras Bauch regte sich und trat gegen ihre Bauchdecke. Elvira hielt Ludmilla mit einer Hand zurück und ging zur Tür. »Wer ist da?« rief sie dabei.

»Polizei«, antwortete Sascha Tkach.

»Ich hab' nichts getan«, sagte sie.

»Wir wollen uns mit Ihnen unterhalten«, erklärte Sascha freundlich.

»Worüber?« fragte sie.

»Das erklären wir Ihnen, wenn Sie uns hereinlassen«, sagte Sascha.

Es war nicht das erste Mal, daß die Polizei vor ihrer Tür stand. Und es war stets das gleiche gewesen. Sie hatte die gleichen Lügen erzählt, und am Ende, wenn sie sahen, daß aus dieser Sache kein Geld herauszuholen war und sie noch nicht einmal eine begründete Verhaftung vornehmen konnten, war die Polizei abgezogen und hatte abfällige Bemerkungen über den Schmutz in Elvira Schasows Wohnung gemacht.

»Schon gut, schon gut«, seufzte sie. Sie öffnete die zahlreichen Schlösser an ihrer Tür, ließ jedoch die schwere Kette eingehakt, während sie den hübschen jungen Mann und den vornübergebeugten massigen Kerl hinter ihm musterte.

Der junge Mann hielt einen Ausweis hoch, doch Elvira machte sich nicht die Mühe, ihn genauer zu betrachten. Ihre Augen waren nicht mehr gut genug zum Lesen, außerdem waren ihre Lesekünste sowieso nicht gerade überwältigend. Davon abgesehen konnte ein Polizeiausweis gefälscht sein. Sie kannte zwei Leute, die ein solches Dokument für den Preis von einem halben Dutzend Eiern herstellen würden.

Sie hakte die Kette los, zog die Tür weit auf und trat beiseite, um die beiden Männer einzulassen. »Ich bin schwanger«, sagte sie und schlurfte zu ihrem Sessel, ohne den Polizisten einen Platz anzubieten.

»Herzlichen Glückwunsch«, sagte Selatsch.

Die Polizisten setzten sich nicht. Dies war kein Ort, an dem sie lange bleiben wollten.

»Sie haben drei Söhne«, sagte Tkach, »von denen einer Mark heißt, nicht wahr?«

»Mein Jüngster. Mein kleines Baby. Er ist erst fünf.«

Sie machte den Jungen zwei Jahre jünger, aber es machte keinen Unterschied. Sie konnte am Gesichtsausdruck des jungen Polizisten erkennen, daß er bereits beschlossen hatte, alles anzuzweifeln, was sie von sich gab.

»Wo waren Ihre drei Söhne in der vergangenen Nacht?« fuhr Sascha fort.

Die Einjährige klammerte sich an das Kleid ihrer Mutter und begann zu schreien, so daß ihr Gesicht rot anlief. Aber Elvira beachtete sie nicht.

»Hier«, sagte sie.

Der Fernseher dudelte weiter. Das Kind schrie. Die Blondine auf dem Bildschirm lachte. Selatsch sah auf den Fernseher und dann wieder auf das schreiende Kind.

»Wann sind sie nach Hause gekommen?« Sascha Tkach versuchte, mit lauter Stimme den Fernseher zu übertönen. Er hielt die Arme eng am Körper und wirkte sehr amtlich.

»Kurz vor den ersten Fernsehnachrichten«, sagte Elvira und hielt sich ihren mächtigen Bauch. »Ich dulde es nicht mehr, daß sie nachts draußen sind. In diesen Zeiten ist es viel zu gefährlich. Vor allem für kleine Jungen.«

»Können wir mal mit den Jungen reden?« fragte Sascha.

»Jetzt?« fragte sie.

»Ja, jetzt«, antwortete Sascha.

Die Frau sah zu dem anderen Polizisten. Er hatte entfernte Ähnlichkeit mit ihrem zweiten Mann. Allerdings ohne den mürrischen Gesichtsausdruck.

»Sie sind nicht da«, sagte sie. »Sie sind in der Schule.«

»Sie sind nicht in der Schule«, rief Sascha gegen den Lärm in der Wohnung und suchte dabei etwas in seiner Tasche. »Wir haben in der Schule nachgefragt. Sie gehen gar nicht zur Schule.«

»Viele Kinder gehen nicht mehr zur Schule«, wehrte sie sich, »außer wenn sie erfahren, daß es kostenlos etwas zu essen gibt.«

Sie warf einen Blick auf den Fernsehschirm, wo ein älterer Mann im Smoking gerade eine Zigarre anzündete und die Blondine betrachtete, die ihn schelmisch anlächelte.

»Das ist richtig«, gab Sascha ihr recht und fand eine Süßigkeit, die er für seine Tochter Pulcharia aufbewahrt hatte. »Wir interessieren uns aber sehr für Ihre Kinder.«

»Weshalb?« fragte sie.

»Wir haben einige Fragen«, sagte Sascha ausweichend und gab das Bonbon dem schreienden Kind, woraufhin es sofort verstummte.

»Fragen?« wiederholte Elvira.

»Über etwas, das in der vergangenen Nacht passiert ist«, sagte Sascha.

»Sie waren in der letzten Nacht hier. Die ganze Nacht. Ich habe es Ihnen schon gesagt. Wir sind arme Leute. Sie gehen betteln. Das ist es, was diese neue Regierung, diese neue Demokratie, uns angetan hat. Wir müssen unsere Kinder wie Zigeuner zum Betteln schicken.«

»Ihre Kinder haben auch schon vor der neuen Regierung gebettelt«, sagte Sascha, obgleich das eine reine Spekulation war, genauso wie seine Aussage, daß die Jungen nicht in der Schule waren.

»Das habe ich auch getan«, sagte Elvira und legte theatralisch eine Hand auf die Brust. »Ich hatte immer eine große Familie und nichtsnutzige Männer. Ich hatte stets eine große Last zu tragen. Ich habe nun mal das Glück einer Sibirierin.«

»Und Sie sind wirklich zu bewundern und zu loben«, sagte Sascha gleichgültig. Er betrachtete das kleine Mädchen, das das Bonbon lutschte und ihn mit einem Ausdruck feindseliger Neugier anstarrte. »Ich würde gerne mit Ihren Söhnen reden.«

»Sie sind nicht da«, wiederholte Elvira.

Sascha nickte. Selatsch ging an der Frau vorbei und zog den ersten Vorhang zurück, um einen Raum mit drei ungemachten Pritschen und mehreren Kleiderhaufen zu enthüllen. Selatsch durchquerte den Raum und zog den zweiten Vorhang zurück, hinter dem ein kleines Bett und eine alte Anrichte unweit des Fensters zum Vorschein kamen.

»Ich habe Ihnen doch erklärt, daß sie nicht da sind«, sagte Elvira und weinte beinahe.

Selatsch drehte sich um. Sascha nickte, und Selatsch begann, die Anrichte zu durchstöbern.

»Das ist nicht richtig«, jammerte die Frau. »Ich bin eine Mutter, ich bin schwanger. Das Ganze könnte mich aufregen, so daß ich mein Baby verliere und die Kleine wieder Angst bekommt. Es ist alles Ihre Schuld.«

Sascha schaute wieder auf den Fernseher. Eine Zofe und ein Butler unterhielten sich jetzt. Selatsch schob die Schublade behutsam zu, untersuchte das Bett und begab sich dann in das Zimmer der Jungen. Dort tastete er ihre Kleider ab und kontrollierte den Inhalt mehrerer Pappkartons unter jeder Liege.

Elvira verfolgte das Ganze mit stummer Mißbilligung, massierte ihren Bauch und funkelte den jungen Polizisten wütend an. Es schien ihm überhaupt nichts auszumachen. Selatsch kam zurück und schüttelte den Kopf. Nichts.

»Zufrieden?« fragte sie.

»Nein«, sagte Sascha, »wir kommen zurück.«

»Wann?« wollte sie wissen.

Der junge Mann gab keine Antwort. Er marschierte zur Tür. Der andere Polizist folgte ihm.

»Wenn Sie Kinder hätten und Eltern wären«, sagte Elvira, während sie hinter ihnen herging, »dann würden Sie einer liebenden Mutter so etwas nicht antun.«

Die Polizisten verabschiedeten sich. Die Tür fiel hinter ihnen ins Schloß.

Elvira stieß ihre Tochter weg und rannte durch die Wohnung, öffnete das Fenster und legte prüfend die Hand auf die hölzerne Fensterbank, um sich zu vergewissern, ob sie nicht bewegt worden war. Dort unter der Fensterbank befand sich eine kleine Nische. Alles, was schnellstens zu Geld gemacht werden konnte und dünn genug war, um in diese Höhle hineinzupassen, befand sich in einem Beutel in diesem Versteck. Andere Dinge, die die Jungen nach Hause brachten – vor allem Brieftaschen – wurden schon mehrere Blocks vorher weggeworfen. Was die Jungen an Geld heranschleppten, kam in einen Gürtel, den sie unter ihren Kleidern trug. Sie schlief mit dem Gürtel und war überzeugt, daß die Jungen nichts von seiner Existenz wußten. Sie irrte sich.

Diese beiden Polizisten waren nicht die ersten, die erschienen waren, um sie zu belästigen, aber der junge Beamte war der erste, der so aussah, als ob er sich über ihre Antworten ernsthaft Gedanken machte. Er sagte, er käme zurück. Sie war sicher, daß er zurückkommen würde. Sie fröstelte plötzlich. Der Wetterwechsel, die Angst um sich und ihre Kinder? Sie ging wieder in den vorderen Teil der Wohnung, um den reichen Leuten in einem uralten Film zuzusehen. Die Kleine begann zu schreien, sie hatte ihr Bonbon aufgelutscht.

»Was hast du mitgenommen?« fragte Sascha, als sie vor dem verfallenden Gebäude wieder auf der Straße standen.

»Ein Foto von einem Fußballspieler, Belitnikow«, sagte Selatsch. »Eine Taschenlampe. Einen leeren Joghurtbecher. Ich war vorsichtig.«

Am Gürtel des toten Oleg Makmunow waren Fragmente von Fingerabdrücken gefunden worden. Sie waren sehr klein. Vielleicht stimmten sie mit Fingerabdrücken aus der Schasow-Wohnung überein. Falls sie sich nicht als beweiskräftig erweisen sollten, wollten Sascha und Selatsch sich damit abwechseln, das Gebäude zu beobachten, bis die Jungen zurückkamen. Dann würden sie sie mitnehmen, um ihnen die Fingerabdrücke abzunehmen. Selbst wenn sie nicht übereinstimmten, würden sie den Jungen das Gegenteil erklären. Normalerweise war es nicht allzu schwierig, Kinder dazu zu bewegen, sich gegenseitig die Schuld zuzuschieben.

Sascha kam sich vor wie ein Glückskind. Dies war erst der zweite Mark gewesen, den sie gefunden hatten, und er war überzeugt, daß er der gesuchte war. Gleichzeitig war er zutiefst deprimiert. Die Schasow-Jungen waren erst elf, neun und sieben Jahre alt. Das Kind, das er gerade gesehen hatte, war nur ein paar Jahre jünger als seine Tochter, Pulcharia. Er sah plötzlich seine Tochter vor sich, wie sie mit von einem Stein eingeschlagenen Schädel auf der Erde lag. Er verdrängte das Bild, aber es kam immer wieder und immer deutlicher zurück.

»Ist etwas nicht in Ordnung, Sascha?« erkundigte Selatsch sich.

»Es ist nichts«, wehrte er ab.

»Arbeiten Sie hier alleine?« fragte Rostnikow, während er sich in der dunklen Werkstatt umsah, die ungefähr die Ausmaße eines Tennisplatzes hatte.

Drei Wagen parkten im hinteren Teil. Es war schwierig, sie zu identifizieren, denn in der Werkstatt brannten nur zwei Lampen, beide nur matt, und es gab nur zwei Fenster, die beide vor Schmutz starrten. Aber Rostnikow und Hamilton konnten Stapel von Autoersatzteilen erkennen. In der Mitte der Halle war ein schwarzer BMW mit vier voll ausgefahrenen Wagenhebern, die am Fahrgestell befestigt waren, auf Holzklötze gehievt worden.

»Nein«, sagte Artiom Solowijow und wischte sich die Hände ab. »Ich habe einen Assistenten.«

Mit seinem zwar attraktiven, jedoch leicht ramponierten Gesicht und dem langen dunklen Haar, das dringend geschnitten werden mußte, glich der Mann ein wenig einem Affen. Er trug eine dunkle Sporthose und ein langärmeliges weißes Hemd mit blauen Längsstreifen.

»Wo ist er?« fragte Rostnikow.

»Wo er ist? Boris ist zu Hause. Er ist krank«, sagte Artiom seufzend und sah sich um. »Und das bei der vielen Arbeit.«

»Demnach müssen Sie es alleine erledigen?« fragte Hamilton.

Artiom hatte sich bemüht, den großen schwarzen Mann neben dem Polizisten nicht anzusehen. Der schwarze Mann hatte dunkle mißtrauische Augen.

»Welche andere Wahl habe ich denn?« fragte Artiom achselzuckend.

»Weshalb tragen Sie dann keine Arbeitskleidung? Weshalb sind Sie nicht schmutzig?« fragte Rostnikow.

Artiom Solowijow ließ seine Blicke nun zwischen den beiden Männern vor ihm hin und her wandern. Sie hatten gesagt, sie müßten ihm ein paar Routinefragen zu einem Verbrechen stellen, und daß er möglicherweise das Opfer kenne. Artiom war aus seinem winzigen Büro mit den dünnen Wellblechwänden herausgekommen. Er hatte gelächelt und erklärt, er wäre noch nie zuvor in etwas derart Aufregendes verwickelt gewesen, und hatte ihnen seine volle Mitarbeit zugesichert. Aber die Fragen wurden langsam zu ungemütlich.

»Ich bin kurz vor Ihnen hergekommen«, sagte Artiom. »Ich hatte noch einigen Papierkram zu erledigen –«

»Den vollständigen Namen und die Adresse Ihres Mechanikers«, verlangte Rostnikow.

»Hm… ich glaube, seine Adresse habe ich gar nicht. Er ist gerade erst umgezogen. Er heißt Boris, Boris Iwanowitsch.«

»Es dürfte nicht schwierig sein, ihn zu finden«, sagte Hamilton. »Wie viele Boris Iwanowitschs gibt es hier in Moskau?«

»Wahrscheinlich knapp zweitausend«, sagte Rostnikow. Und dann zu Artiom gewandt: »Alexi Porwinowitsch.«

Artiom blinzelte und gab keine Antwort.

»Kennen Sie einen Mann namens Alexi Porwinowitsch?«

Ganz ruhig, keine Panik. Wie hatten sie ihn so schnell gefunden? Wie waren sie überhaupt auf ihn gekommen? Viel konnten sie nicht gegen ihn in der Hand haben, da sie ihn nicht sofort verhafteten und zu einem »Gespräch« ins örtliche Polizeirevier schleppten. Artiom hatte in der Vergangenheit schon an einigen dieser »Gespräche« teilgenommen. Mehr als einmal war er ins Revier gebracht worden, immer von demselben Polizisten, der behauptete, Artioms Werkstatt sei ein Versteck für gestohlene Fahrzeuge. Jedesmal hatte Artiom alles abgestritten. Jedesmal war er mitgenommen, in einen kleinen Raum gesetzt und von dem Polizisten verprügelt worden. Beim letzten Mal verlor Artiom dabei einen Teil seiner Hörkraft auf dem linken Ohr. Sie kam nicht mehr zurück. Die Ironie an alledem war, daß Artiom nicht mit gestohlenen Autos handelte. Er hatte geschworen, beteuert und Prügel ertragen, sich am Ende aber bereit erklärt, dem Polizisten jeden Monat einen bescheidenen Geldbetrag zu zahlen. Die Ironie erfuhr noch eine Steigerung, als die örtliche Tschetschenen-Mafia ihm einen Besuch abstattete. Artiom hatte sich sofort bereit erklärt, an sie ebenfalls zu zahlen. Wenn er es nicht getan hätte, dann wäre ihm sicherlich Schlimmeres zugestoßen als nur der Verlust seiner Hörkraft. Wenn er nicht den Polizisten und die tschetschenische Mafia bezahlen müßte, hätte er jetzt viel mehr Geld. Ohne die Zahlungen und Anna Porwinowitschs Forderungen an ihn zu den seltsamsten Tageszeiten wäre er wahrscheinlich niemals auf die Idee gekommen, Alexi Porwinowitsch zu entführen. Und nun mußte er mit diesen beiden Polizisten fertig werden, die offenbar irgendetwas wußten.

»Porwinowitsch«, wiederholte Artiom, blickte zur verrosteten Decke hoch und massierte sein Kinn, als denke er angestrengt nach. »Porwinowitsch. Ich glaube, ich habe einen Kunden dieses Namens. Ich kann mal in meinen Büchern nachschauen.«

»Sie erinnern sich nicht genau?« fragte der schwarze Mann.

»Ich habe ein gutgehendes Geschäft. Eine Menge Kunden. Einige kommen nur einmal. Einige kommen zweimal. Andere kommen immer wieder.«

»Es handelt sich um den Alexi Porwinowitsch, aus dessen Haus Sie vor weniger als einer Stunde angerufen wurden«, sagte Rostnikow.

»Ich habe viele Gespräche geführt«, sagte Artiom achselzuckend und hoffte, daß er nicht ins Schwitzen geriet. Er schwitzte sehr leicht. Das war etwas, das Anna, wie sie sagte, an ihm ganz besonders liebte. »Wissen Sie, jetzt,wo mein Mechaniker nicht da ist, werden sich einige Reparaturen verzögern und –«

»Sie erinnern sich an das Gespräch?« fragte der schwarze Mann. »Sie haben mit Mrs. Porwinowitsch gesprochen. Sie haben sich mit ihr getroffen. Sie können sie eigentlich kaum vergessen haben.«

»Porwinowitsch.« Artiom überlegte. »Ach ja, die meinen Sie. Eine Schönheit. Aber nicht mein Typ.«

»Was ist denn Ihr Typ?« fragte Rostnikow.

»Groß. Blond. Lebhaft. Nicht zu clever«, sagte er grinsend.

»Also genau das Gegenteil von Mrs. Porwinowitsch«, sagte der schwarze Mann.

»Ich denke schon«, stimmte Artiom zu.

»Und?« sagte Rostnikow. »Sie hat Sie angerufen.«

»Ja, ach ja. Jetzt erinnere ich mich.« Er schlug sich mit der flachen Hand gegen die Stirn. »Sie sollten eigentlich ihren Wagen, einen schwarzen Buick, herbringen. Ich sagte, ich könnte mich im Augenblick nicht darum kümmern. Sie schien sehr verärgert zu sein, daß wir keinen neuen Termin vereinbaren konnten.«

»Mrs. Porwinowitsch scheint mir nicht gerade der Typ Frau zu sein, die sich dazu hinreißen läßt, einem einfachen Mechaniker anzudeuten, daß sie sich ärgert«, sagte der schwarze Mann.

»Ich merke so etwas.« Artiom schlug einen fast flehenden Ton an. »Es ist ein Geschenk und ein Fluch von meiner Mutter. Sie hatte auch so einen scharfen Blick. Sie konnte Menschen bis in die Seele blicken.« Bei diesen Worten legte Artiom eine Hand auf seine Brust, um anzudeuten, wo die Seele des Menschen normalerweise sitzt.

»Was fühle ich denn im Augenblick?« fragte der schwarze Mann.

»Ich habe Ihren Namen nicht verstanden«, sagte Artiom und streckte eine Hand aus.

»Craig Hamilton«, sagte der Schwarze und ergriff Artioms feuchte Hand.

»Was fühle ich?« wiederholte Hamilton seine Frage.

»Es tut mir leid. Meine Intuition wird dadurch behindert, daß ich mit Afrikanern nicht allzu vertraut bin.«

»Was denke *ich* denn dann?« fragte Rostnikow.

»Daß ich etwas weiß oder daß ich wegen irgendetwas schuldig bin«, sagte Artiom. »Aber ich sage Ihnen, ich verspreche Ihnen, ich flehe Sie an: Sie irren sich. Wenn Sie mir endlich sagen würden, was Sie wollen, dann –«

»Sie haben Alexi Porwinowitsch entführt«, sagte Rostnikow. »Sie und Ihr Helfer, Boris. Wenn Sie Porwinowitsch getötet haben, kommen Sie vor Gericht und werden erschossen. Wenn er aber noch lebt, dann wird Ihr Leben ziemlich hart, aber wenigstens leben Sie dann noch. Sehen Sie sich diesen Busch einmal an.«

Rostnikow holte ein Notizbuch aus der Tasche und schlug die Seite mit dem blühenden Busch auf, den er zuvor gezeichnet hatte. Artiom betrachtete das Bild. Es war wirklich nicht schlecht.

»Ja?« fragte Artiom.

»Wissen Sie, was für ein Busch das ist?«

»Nein«, erwiderte Artiom. »Ich habe keine Ahnung von Pflanzen. Ich kenne mich nur mit Automobilen aus.«

»Wenn Sie Porwinowitsch getötet haben«, sagte Rostnikow, warf noch einen Blick auf die Zeichnung und ließ das Notizbuch wieder in seiner Tasche verschwinden, »dann werden Sie nie wieder einen blühenden Busch sehen.«

»Ich habe Alexi Porwinowitsch nicht entführt«, rief Artiom beschwörend. »Ich bin ein ehrlicher Geschäftsmann. Fragen Sie Sergeant Boronow. Ich mache ehrliche Geschäfte.«

»Und Sie gehen mit Anna Porwinowitsch ins Bett«, sagte Rostnikow.

»Und mit ihrem Bruder«, fügte Hamilton hinzu.

Artioms demonstrative Anständigkeit verwandelte sich in Zorn.

»Was behaupten Sie da? Daß ich homosexuell bin? Das bin ich nicht!«

»Dann«, sagte Rostnikow, »haben Sie nur mit Madame Porwinowitsch geschlafen?«

»Ich habe mit niemandem geschlafen«, protestierte Artiom und gestikulierte wild mit den Händen.

»Haben Sie etwa ein Enthaltsamkeitsgelübde abgelegt?« fragte Hamilton.

»Ich habe nicht behauptet... was wollen Sie?«

»Porwinowitsch... jetzt... und möglichst unversehrt«, sagte Rostnikow.

»Ich habe ihn nicht entführt«, jammerte Artiom. Er faltete die Hände, reckte sie zum Himmel und sagte: »Gott ist mein Zeuge, ich habe niemanden entführt.«

»Wie lange glauben Sie schon an Gott?« fragte Rostnikow.

Artiom zuckte wieder die Achseln. »Mein ganzes Leben«, sagte er. »Was hat Gott denn –«

»Wir gehen jetzt«, sagte Rostnikow. »Sie lassen Alexi Porwinowitsch frei, ehe der Tag zu Ende ist.«

»Ich...«, begann Artiom, wußte aber nicht, was er sagen sollte, um die beiden zu überzeugen. »Mir ist aus einer Quelle, die ich nicht enthüllen kann, zugetragen worden, daß dieser Alexi Porwinowitsch in illegale Aktivitäten verwickelt war.«

»Ich dachte, Sie könnten sich nicht an ihn erinnern?« fragte Hamilton und folgte Rostnikow zum Werkstattor.

»Ich wollte nicht in irgendetwas verwickelt werden«, sagte Artiom. Er schwitzte nun heftig und versuchte nicht, es zu verbergen. »Aber wenn jemand diesen Porwinowitsch finden und ihn freilassen würde, und man hätte Informationen über bedeutende kriminelle Handlungen durch diesen Porwinowitsch...?«

»Das wäre interessant«, sagte Rostnikow und humpelte zur Tür. »Wir könnten uns für derartige Informationen dankbar erweisen.«

»Wie dankbar?« fragte Artiom.

»Das kommt auf die jeweilige Information an«, sagte Rostnikow. »Und auf die Beweise. Rufen Sie in der Petrowka an und fragen Sie nach mir. Sagen wir, in vier Stunden.«

Rostnikow holte wieder seinen Block heraus, schrieb seinen Namen und seine Telefonnummer auf und reichte den Zettel Artiom, der ihn an sich nahm und den beiden Männern durch die Tür in einen eisigen grauen Tag folgte.

»Ich weiß nichts«, sagte er.

»Vier Stunden«, wiederholte Rostnikow und entfernte sich. Er wandte Artiom Solowijow den Rücken zu. »Das sollte doch eigentlich genug Zeit sein, oder?«

Artiom gab es auf, kehrte in die Werkstatt zurück und knallte die Tür zu. Rostnikow ging weiter auf den dunklen Wagen zu, der am Ende der Straße parkte.

»Wir hatten Glück«, sagte Hamilton leise.

»Er ist ein Amateur, der sich in einen Profi verliebt hat«, sagte Rostnikow. »Solche Affären sind die reinste Hölle.«

»Sie wollte Porwinowitsch sicherlich töten lassen«, sagte Hamilton.

»Dessen bin ich mir sicher.«

»Ich mir auch«, pflichtete Hamilton ihm bei. »Meinen Sie, er läßt Porwinowitsch laufen und schwärzt ihn bei Ihnen an?«

»Ja«, sagte Rostnikow und öffnete die Beifahrertür des

Wagens. »Er kennt genügend Geschichten von russischen Gefängnissen.« Rostnikow setzte sich und schloß die Tür, während Hamilton um den Wagen herumging und sich auf den Fahrersitz schob.

»Sollen wir jemanden rufen, der ihn verfolgt?« fragte Hamilton und ließ den Motor an.

»Das dauert zu lange«, sagte Rostnikow.

»Wir könnten ihn selbst verfolgen«, schlug Hamilton vor.

»Ich habe ein schlimmes Bein, und Sie haben ein schwarzes Gesicht«, sagte Rostnikow. »Er müßte ein noch größerer Trottel sein als er ohnehin schon ist, wenn er uns nicht entdeckt. Ich denke, er wird uns unser Entführungsopfer übergeben, wenn es wirklich noch am Leben ist.«

Sieben

Blumen

Sie saßen, wie sie es vorgehabt hatten, im Café St. Petersburg, dem ehemaligen Café der Oktoberrevolution. Normalerweise hatten sie sich in einer Bar einen knappen Kilometer entfernt getroffen, doch das war der Ort, wo Mathilde Verson getötet worden war.

Sie hatten zwei rechteckige Holztische aneinandergeschoben. Rostnikow saß an einem Ende dieses improvisierten Konferenztisches, Craig Hamilton am anderen. Rostnikow setzte sich stets so, daß er jedem ins Gesicht sehen konnte, ohne sein Bein unter Schmerzen bewegen zu müssen. Links von ihm saßen Sascha Tkach und Selatsch. Rechts von ihm hatten Emil Karpo und Elena Timofejewa Platz genommen. Vor jedem der Anwesenden stand eine Tasse Kaffee oder Tee zusammen mit zwei dünnen Waffeln, die auf der Speisekarte als importierte Biscotti geführt wurden, die Tkach jedoch als Zuckergipsplätzchen beschrieb.

Vor mehreren Monaten hatten sie damit begonnen, sich zwanglos in einem Café zu treffen. Es gab zwei wichtige Gründe dafür. Erstens waren der Graue Wolf, Pankow und Major Gregorowitsch dabei nicht zugegen. Zweitens war es unwahrscheinlich, daß irgend jemand das Café abhörte, wohingegen es so gut wie sicher war, daß das Büro des Grauen Wolfs verwanzt war. Fast genauso sicher war, daß Major Gregorowitsch Informationen an Leute weitergab, die sich zum geeigneten Zeitpunkt dankbar erweisen würden.

»Was hat Pulcharia gesagt?« fragte Elena.

»›Großmutter bereitet mir *gahlahvnahya bol*‹, Kopfschmerzen«, antwortete Tkach und schaute mit einem stolzen Lächeln in die Runde. »Drei Jahre alt, noch nicht einmal drei.«

Er schüttelte den Kopf. Die anderen schwiegen anerkennend.

»›*Gahlahvnahya bol*‹«, wiederholte Tkach leise.

»Und wie geht es Ihrer Tante?« fragte Rostnikow.

»Anna Timofejewa hat gute und schlechte Tage«, sagte Elena ein wenig verlegen.

»Sie ist eine schlechte Köchin, eine sture Frau und war die beste Staatsanwältin von Rußland«, sagte Rostnikow.

»›Nichts Dauerhaftes weit und breit‹«, sagte Selatsch.

Alle sahen ihn an. Selatsch nahm nicht an allen Sitzungen teil, und wenn er es tat, dann redete er nur selten, es sei denn, er wurde direkt angesprochen.

»William Saroyan«, sagte Hamilton.

Alle außer Emil Karpo sahen ihn an. Sie hatten nicht so unhöflich sein und den schwarzen FBI-Agenten, der perfekt Russisch sprach und kerzengerade in seinem makellos gebügelten blauen Anzug dasaß, einer Prüfung unterziehen wollen.

»Ein Theaterstück, *The Time of Our Lives*«, erklärte Hamilton. »Es ist eins meiner Lieblingsstücke. Eine der Personen wiederholt des öfteren diese Zeile.«

»Arkadi Sergeijwitsch Selatsch«, sagte Rostnikow mit großem Interesse. »Sie lesen amerikanische Stücke?«

Selatsch zuckte die Achseln und wich Rostnikows Blick aus.

»Als ich mich erholte, las ich, was ich in der Wohnung finden konnte«, erzählte er. »Und das waren die alten Bücher meines Vaters.«

Sascha Tkach schenkte sich ein wenig Tee ein. Er war stark, aber nicht besonders gut. Selatsch hatte eine lange Genesungszeit gehabt, nachdem er angeschossen worden war. Es war ein fast tödlicher Treffer gewesen, für den Selatsch sich aus gutem Grund verantwortlich fühlte. Selatsch hatte viele Monate intensiven Lesens hinter sich.

»Wir reden ganz frei vor Agent Hamilton«, sagte Rostnikow und sah nacheinander die Versammelten am Tisch an. »Zuerst wollen wir Emil Karpo für den bitteren Verlust von Mathilde Verson unser tiefempfundenes Mitgefühl ausdrücken. Es ist ein Verlust, der auch uns trifft.«

Karpo sagte nichts. Sein Kopf nickte sacht, um sich für die Kondolenzbezeugung zu bedanken.

Später, wenn er Karpo alleine beiseite nehmen konnte, wollte Porfirij Petrowitsch ihn zum Abendessen einladen, wie Sarah es vorgeschlagen hatte. Falls nötig, würde er ihm den Befehl geben, zum Essen zu kommen. Sarah brachte ihn vielleicht zum Reden oder zumindest zum Zuhören. Und normalerweise schien Karpo die Gesellschaft und Fragen der Mädchen durchaus zu mögen. Aber dazu später. Sarah wünschte sich ein baldiges Treffen mit der gesamten Gruppe, so daß sie eine formelle Würdigung, einen Abschied von Mathilde zelebrieren konnten.

»Falls es eine Beerdigung geben sollte …?« begann Rostnikow.

»Ich habe mit ihrer Schwester gesprochen«, sagte Karpo. »Wenn die Autopsie abgeschlossen ist, wird ihre Leiche verbrannt, und die Asche wird ins Meer gestreut. Es wäre gut, wenn wir damit dieses Thema abschließen könnten.«

Bei Karpo war es schwer zu sagen, ob sich erste Anzeichen eines Zusammenbruchs andeuteten. Sein Blick war gleichgültig wie immer. Als Tkach einen Zusammenbruch erlitten hatte, war es leicht zu erkennen gewesen – zunehmende Reizbarkeit, abnorme Rechtfertigungssucht und Selbstmitleid, das sich leicht in Wut verwandelte. Aber Karpo offenbarte nichts von alledem.

»Erster Punkt der Tagesordnung«, fuhr Rostnikow fort. »Weiß jemand, was das ist?«

Er knurrte unwillig und holte seine Zeichnung von dem Busch in der Petrowka aus der Tasche und gab sie in Umlauf. Als sie wieder bei Rostnikow angekommen war, sagte Karpo: »Es ist ein Vinarium, auch Russischer Engel genannt.«

»Er ist zäh und hält sich erstaunlicherweise«, sagte Rostnikow und sah Karpo an, der seinen Blick auffing und erwiderte.

»›Nichts Dauerhaftes weit und breit‹«, sagte Karpo. »›Nichts bleibt ewig.‹«

Karpo war völlig im Kommunismus und der Revolution aufgegangen. Er hatte beides geradezu religiös verehrt, hatte die Fehler derer erkannt, die die Aufgabe hatten, die Bewegung zum Erfolg zu führen, und hatte versucht, die Gesellschaft von denen zu säubern, die die Gesetze brachen oder versuchten, die Revolution zu untergraben. Das war nun alles vorbei. Mathilde war nicht mehr da. Es gab nichts Festes mehr in seinem Leben, nichts Dauerhaftes. Sondern nur noch Unvollendetes.

»Elena«, sagte Rostnikow und löste seinen Blick von Karpo. Ob Emil Karpo zusammenbrach oder nicht, war unmöglich zu entscheiden. Karpos Gesichtsausdruck und Haltung änderten sich nie. Es verwunderte Rostnikow immer wieder, daß die Kinder Karpo liebten. Sie rannten zu ihm hin und ergriffen seine Hand. Pulcharia Tkach sprang immer in seine Arme, und er hielt sie und redete mit ihr wie mit einer Erwachsenen, was durchaus die Ursache für das frühreife Vokabular des Kindes sein könnte.

Mathilde Verson hatte es nach mehr als fünf Jahren geschafft, Karpo einen neuen Lebenssinn zu geben. Sie hatte es geschafft, ihn vor seinem eigenen Verfall zu retten, als die Sowjetunion zerbrach. Nun war sie dahingegangen.

»Elena?« wiederholte Rostnikow. »Was ist mit dem Schatz des Elektrikers?«

»Alles verschwunden«, sagte sie. »Wirklich jedes Stück. Und zwar im Laufe der Nacht. Natalja Dokorow behauptet, alles verbrannt zu haben – Bücher, Gemälde, Möbel. Vor beiden Türen des Dokorow-Hauses standen Wachen, die bestätigten, daß die ganze Nacht ein Feuer im Ofen gebrannt hat.«

»Wächter?«

»Trupps aus verschiedenen Abteilungen«, sagte Elena. »Dennoch habe ich alles überprüft. Keine geheimen Räume, kein Geheimgang unter dem Fußboden.«

»Mauern?« sagte Hamilton.

»Die habe ich ebenfalls überprüft«, berichtete Elena. »Und das Dach. Alles aufs Dach zu schleppen, hätte Natalja Dokorow sicher niemals geschafft, und mit einem Helikopter dort zu landen, ohne gehört oder gesehen zu werden, wäre unmöglich gewesen.«

»Und die alte Frau behauptet, alles verbrannt zu haben?« fragte Rostnikow.

»Alles. Sie war die ganze Nacht auf den Beinen und nur von dem Gedanken beseelt, daß, wenn sie nicht behalten dürfe, was ihr Bruder ihr hinterlassen hatte, dann wollte sie nicht zulassen, daß die Regierung es sich holt.«

»Sie hat alles zerstört?« fragte Rostnikow. »Haben Sie Aschereste gefunden?«

»Einige«, antwortete Elena.

»Viele Objekte in der Sammlung konnten gar nicht verbrannt werden«, bemerkte Karpo. »Und angesichts des Umfangs der Sammlung glaube ich einfach nicht, daß sie alles in einer einzigen Nacht verfeuert haben soll.«

Der kleine Finger von Karpos linker Hand war geschient und mit Pflaster umwickelt. Alle waren neugierig. Niemand fragte.

»Das ist, was sie mir erzählt hat«, antwortete Elena und sah den Amerikaner an.

»Und glauben Sie ihr?« fragte Tkach.

»Ich... nein. Aber wenn sie redet, dann, glaube ich, nur mit mir. Sie scheint sich gerne mit mir zu unterhalten.«

»Mögen Sie sie?« fragte Rostnikow.

»Ja.«

»Vielleicht spreche ich nachher mit ihr im Büro«, sagte Rostnikow. »Wenn ich unseren Oberst dazu bewegen kann, seine Beziehungen ein wenig spielen zu lassen, werde ich mal mit den Wachen an beiden Türen sprechen.«

»Morgen?« fragte Elena und machte sich eine entsprechende Notiz.

»Heute, um fünf, nein... sechs für Ihre Natalja Dokorow. Die Wachen um die gleiche Zeit, wenn sich das arrangieren läßt«, sagte Rostnikow. »Emil.«

»Möglich, daß wir es mit einer Mafia zu tun haben, die Kernwaffen stiehlt oder die Mittel, um sie herzustellen«, sagte Karpo.

Alle Köpfe fuhren zu ihm herum.

»Die Mitglieder der Mafia sind allesamt ehemalige Strafgefangene«, fuhr Karpo fort. »Jeder trägt die Gefängnistätowierung eines Adlers, der eine große Bombe festhält. Die Tätowierungen befinden sich im allgemeinen auf dem Gesäß oder auf dem Rücken. Zwei dieser Männer wurden bei der Straßenschlacht heute morgen getötet. Ich habe einen anderen Häftling mit einer Tätowierung gefunden und ihn verhört. Trotz meiner überaus intensiven Befragung und Überredungsversuche konnte ich ihm nicht mehr über diese Bande entlocken, als daß sie die *Zweri*, die Bestien, genannt werden. Er schien darauf ganz besonders stolz zu sein.«

Auf Rostnikows Schreibtisch hatte eine Nachricht gelegen, als er mit Hamilton in seinem Büro gewesen war. Er hatte den leitenden Major des Stadtteilreviers angerufen, wo Karpo den Riesen, Stanislaw Woschenko, verhört hatte. Der Major war ein alter Bekannter Rostnikows. Der Major fand, es wäre doch ganz nett, wenn Rostnikow ihm einen Gefallen schuldete. Rostnikow hatte angerufen und erfahren, daß Karpo dem Gefangenen beide Daumen gebrochen hatte und gerade dabei war, Woschenkos Ohr zu bearbeiten, das bereits zu reißen begann, als der bei den Arrestzellen diensthabende Polizist schließlich auf Woschenkos Schmerzensschreie reagierte.

»Ich werde Oberst Snitkonoi diese mögliche Gefährdung der nationalen Sicherheit umgehend melden«, sagte Rostnikow. »Bis wir jedoch eindeutige Beweise dafür haben, daß die Leute im Besitz von Kernwaffen sind oder zu solchen Zugang haben, werden wir unsere Ermittlungen fortsetzen. Haben Sie schon einen Plan?«

»Ja«, sagte Karpo.

»Möchten Sie uns davon in Kenntnis setzen?«

Es war klar, daß Karpo am liebsten verneint hätte, aber er antwortete: »Ich werde mich mit den Mitgliedern von Woschenkos Familie unterhalten und meine Suche nach anderen Personen mit dieser Tätowierung fortsetzen.«

»Brauchen Sie Hilfe?« fragte Rostnikow.

»Ich bleibe lieber alleine«, sagte Karpo.

Rostnikow nickte.

»Sascha?«

»In Moskau gibt es völlig verzweifelte Menschen, die wie die Tiere hausen«, sagte Sascha, während er sein Haar zur Seite strich und den Blick Elena Timofejewas auffing, die besonders aufmerksam zuhörte. »Es gibt zum Beispiel kleine Kinder, die andere Menschen wegen ein paar Kopeken ermorden.«

Sie wußten das bereits, und Sascha war sich dessen durchaus bewußt, aber niemand unterbrach ihn oder sagte etwas.

»Fortschritte?« fragte Rostnikow.

»Mehrere Möglichkeiten«, antwortete Sascha. »Ich glaube nicht, daß es länger als ein paar Tage dauern wird, um die Kinder zu entlarven, die zu einem Mord bereit und fähig sind.«

»In Buenos Aires«, erzählte Selatsch leise, »gibt es Polizisten, die ziehen los und ermorden die obdachlosen Kinder. Ich hab's in der Zeitung gelesen.«

»In den Vereinigten Staaten?« fragte Rostnikow.

»Es gibt Kinder, die Verbrechen begehen«, erzählte Hamilton langsam. »Bisher gibt es noch keine Banden obdachloser Kinder, die auf den Straßen Morde begehen, jedenfalls nicht in einer statistisch bedeutsamen Anzahl.«

»Statisch bedeutsam?« fragte Sascha und sah den Amerikaner gespannt an.

»Ich habe Kinder«, sagte Hamilton ruhig in seinem präzisen Russisch. »Ich habe eine Familie. Ich beschäftige mich mit Entführungen und Serienmorden. Genauso wie Sie kann ich immer noch die Gesichter von Kindermördern und von Kindern, die selbst morden, vor mir sehen. Nicht die Statistiken sind der Feind. Sie sind nur unser Hilfsmittel, um feststellen zu können, wo wir mit unseren Bemühungen ansetzen müssen.«

Sascha faltete die Hände.

»Also«, sagte Rostnikow und schaute auf die Teeblätter in seiner ansonsten leeren Tasse. »Agent Hamilton und ich hoffen, ein Entführungsopfer, Alexi Porwinowitsch, schon in Kürze zu befreien und seine Entführer zu verhaften. Hat jemand noch etwas zu sagen?«

Alle Augen mit der Ausnahme Selatschs waren auf Rostnikow gerichtet. Rostnikow vermutete, daß der schlaksige Mann mit seinem halbgeöffneten Mund über irgendein Zitat des Bühnenautors William Saroyan oder über die Philosophie von Albert Camus nachdachte. Diese Bemühungen schienen das Gehirn des armen Mannes über die Maßen in Anspruch zu nehmen. In Anbetracht seiner begrenzten Kontakte zu Rostnikows Team würde er Hamilton fragen müssen, wer seiner Meinung nach am ehesten zusammenbrechen würde. Es war so gut wie sicher, daß in einer Welt des Wahnsinns die Polizei, die sich mit diesem Wahnsinn befaßte, ebenfalls dem Wahnsinn verfallen würde. Rostnikow tippte auf Selatsch. Er hätte heute ein Extradutzend Fünfundsiebzigpfundcurls darauf verwettet, daß alle anderen am Tisch für Karpo stimmen würden.

»Dann tue ich es«, sagte Rostnikow und nickte dem Kellner zu, der nur zu froh war, mit der Polizei zusammenzuarbeiten.

Der Kellner brachte ein Tablett mit Weingläsern und eine Flasche Rotwein. Er schenkte den Wein ein und verteilte die Gläser unter den Leuten am Tisch. Als jeder seinen Wein hatte, erhob Rostnikow sein Glas und sagte: »Auf das Andenken von Mathilde Verson. Ihr Lachen werden wir nie vergessen. Sätze, Worte und die Berührung ihrer Hand werden bei uns sein, wenn wir es am wenigsten erwarten. Wir trinken mit Liebe auf sie.«

Sie stießen miteinander an. Karpo zeigte keine Gefühlsregung, aber er trank in tiefen Schlucken aus seinem Glas, obgleich bekannt war, daß er niemals Alkohol anrührte.

Sie leerten ihre Gläser, und alle außer Rostnikow und Hamilton verließen das Café, nachdem sie vorher ihre Zeche bezahlt hatten.

»Der Schlaksige«, meinte Hamilton, ehe Rostnikow seine Frage stellen konnte.

Rostnikow lächelte.

»Was ist mit ihm?« fragte er.

»Er wird höchstwahrscheinlich zusammenbrechen«, sagte Hamilton. »Das war es doch, was Sie mich fragen wollten, glaube ich. Ich habe Ihre Augen und Ihre Körpersprache beobachtet.«

»Körpersprache?« fragte Rostnikow.

»Irre ich mich denn?« fragte Hamilton.

»Nein«, sagte Rostnikow. »Und Sie haben an Ihre Kinder gedacht, haben sich Sorgen wegen ihnen gemacht, haben sich überlegt, wie schnell Sie zu einem Telefon eilen können, ohne gleich übermäßig besorgt zu erscheinen. Habe ich recht?«

Diesmal war es Hamilton, der lächelte.

»Körpersprache?« fragte er.

»Nein«, sagte Rostnikow. »Sie sind ein Paradebeispiel

für perfekte Haltung und Professionalität. Aber Ihre Blicke fielen ziemlich häufig auf Sascha. Und das war es, was ihn zu einer Reaktion animierte. Eigentlich witzig, daß Ihr Einführungsvermögen bei Sascha von ihm als kühle Gleichgültigkeit gedeutet wird.«

»Vielleicht muß er noch eine Menge lernen«, sagte Hamilton auf Englisch.

»Er ist jung«, sagte Rostnikow ebenfalls auf Englisch. »Sollte ich diesen Saroyan einmal lesen?«

»Er ist eigenartig und unvergeßlich«, sagte Hamilton.

»Ein Armenier«, sagte Rostnikow. »Als Volk sind sie ebenfalls eigenartig und unvergeßlich.«

»Gestatten Sie mir, Ihren Tee und Ihre Waffeln zu bezahlen«, sagte Hamilton, während er aufstand.

Rostnikow nickte als Zeichen seiner Einwilligung und quälte sich langsam und mühevoll von seinem Stuhl hoch. Dabei redete er stumm auf sein verdrehtes Bein ein, um es zu besänftigen.

»Und nun?« fragte Hamilton.

»Ich werde den Grauen Wolf veranlassen, seine Beziehungen spielen zu lassen, wie wir es besprochen haben. Vielleicht statten wir der Frau und dem Bruder von Alexi Porwinowitsch einen unerwarteten Besuch ab.«

Es war bereits früher Nachmittag, als sie das Café verließen. Der Himmel war grau und wolkenverhangen. Ein eisiger Wind wehte.

»So gefällt mir Moskau beinahe am besten«, sagte Rostnikow. Er hatte die Hände in seinen Manteltaschen vergraben und die alte Pelzmütze tief in die Stirn gezogen.

»Das erinnert mich an Chicago«, sagte Hamilton.

»Sie kommen aus Chicago?« fragte Rostnikow.

»Ja«, sagte Hamilton. »Von der West Side.«

»Eine heikle Gegend«, sagte Rostnikow auf Englisch.

»Eine sehr heikle Gegend. Ich habe dieses Wetter nie leiden können. Die Menschen werden streitsüchtig, wenn sie wissen, daß der harte Winter bevorsteht.«

»Seltsam«, sagte Rostnikow, während sie nebeneinander hergingen. »Fast alle Russen lieben den Winter. Wir wünschen uns den Schnee, diese reine Kälte.«

Hamilton zuckte die Achseln und verfiel wieder ins Russische. »Sollen wir ein paar Fäden ziehen und die Welt retten?«

»Ich betrachte den Tag schon als erfolgreich, wenn wir nur ein einziges Leben retten«, erwiderte Rostnikow.

Hamilton musterte den hinkenden Mann mit einem knappen Seitenblick und wußte, daß er die Wahrheit sagte.

»Sie sind also die Schwester von Stanislaw Woschenko?« fragte Karpo die junge Frau, die an einem Tisch im McDonald's auf dem Puschkinplatz saß und eine Scheibe Rinderhack auf einem weichen Brötchen verzehrte.

Die Frau war jung, nicht älter als fünfundzwanzig. Ihr Gesicht war unscheinbar, aber mit klaren Zügen, und die McDonald's-Uniform, die sie trug, zusammen mit der kleinen Mütze, die den größten Teil ihres kurzgeschnittenen dunklen Haars bedeckte, ließ sie ebenso adrett aussehen wie die zwei anderen in derselben Uniform gekleideten jungen Frauen an ihrem Tisch. Das Restaurant war gut besucht, und Gäste mit Tabletts in den Händen drängelten und rempelten einander gelegentlich an. Draußen stand nur eine kurze Menschenschlange und wartete auf Einlaß. Es war fast drei Uhr nachmittags. Eigentlich hätte mehr Betrieb herrschen müssen.

»Ich bin Katerina Woschenko«, sagte die junge Frau.

Karpo zeigte ihr seinen Ausweis.

Eine der uniformierten Frauen neben Katerina stand auf, schlang hastig den Rest ihres Mittagessens hinunter und verschwand eilig in der Gästeschar. Jemand stieß Karpo an und sagte etwas in einer fremden Sprache.

Karpo ließ sich auf dem freien Stuhl nieder. Er war, wie immer, ganz in Schwarz. Er trug einen Sakko, keinen Mantel, und sein Gesichtsausdruck sturer Entschlossenheit weckte in der jungen Frau den Eindruck, daß er vielleicht mehr als nur ein bißchen verrückt war.

»Die meisten Gäste, die herkommen, sind Touristen oder Geschäftsleute«, sagte Katerina Woschenko und nahm eine der langen aufgeweichten Pommes frites vom Teller.

Karpo sah die andere junge Frau am Tisch an, ein hübsches blondes Mädchen mit gesunden, weißen Zähnen. Sie versuchte, seinem Blick auszuweichen, was ihr jedoch nicht gelang. Sie hatte sich das, was sie gerade aß, in eine Backe geschoben.

»Zurück an die Arbeit«, sagte die Blonde nun mit vollem Mund.

Die junge Frau nahm ihre Essensreste und einen Pappbecher mit Strohhalm und stürzte sich in das Gedränge der Menschen, die mit Tabletts in den Händen freie Tische suchten.

»Es riecht wie in einem völlig fremden Land«, stellte Karpo fest.

Katerina Woschenko zuckte die Achseln und sagte: »Amerika. Ich bin daran gewöhnt. Haben Sie schon mal einen Hamburger probiert?«

»Ja, ich war schon einmal hier.«

Die Frau musterte den bleichen, sich sehr gerade haltenden Mann und fragte sich, was jemanden wie ihn dazu brachte, sich in eine Warteschlange einzureihen, um sich einen Big Mac und Pommes frites zu kaufen.

»Alleine?«

»Nein«, erwiderte er.

»Mit einer Frau?« fragte Katerina, während sie von ihren Pommes frites aß.

Ein einzelner Mann in einem dunklen Straßenanzug entdeckte den freien Platz an ihrem Tisch, machte zwei Schritte darauf zu, zögerte jedoch, als sein und Karpos Blick sich trafen, und verlor den Platz an einen sehr großen jungen Mann mit Lederjacke und fast völlig kahlrasiertem Kopf.

»Sind Sie Stanislaw Woschenkos Schwester?« wiederholte Karpo seine Frage.

»Nein«, sagte die junge Frau kauend. »Ich bin seine Tochter. Er hatte eine Schwester, meine Tante, die mich großgezogen hat. Ich sehe meinen Vater nicht oft. Er leugnet, daß er ein Kind hat.«

Die junge Frau sah den jungen Mann mit dem rasierten Schädel an. Er erwiderte ihren Blick, wobei sein Mund sich zu der Andeutung eines Lächelns verzog.

»Ihr Vater sitzt im Gefängnis«, sagte Karpo. Seine Stimme hatte keinerlei Schwierigkeiten, den allgemeinen Lärm zu durchdringen.

»Das überrascht mich nicht«, sagte sie. »Er tut Menschen weh. Er tötet Menschen. Er hat meine Mutter umgebracht. Er hat sie geschlagen. Sie war so zierlich. Manchmal habe ich zusehen müssen. Und dann...« Sie zuckte die Achseln und schob sich mehrere Pommes frites in den Mund. »Eines Tages war sie tot. Es überrascht mich wirklich nicht.«

»Wann haben Sie ihn zum letzten Mal gesehen?« fragte Karpo.

»*Kahk dyeelah?* Wie geht's?« fragte der hochgewachsene junge Mann, der nun an ihrem Tisch saß. Er hatte ein schmales Gesicht, schlechte Zähne und trug unter seiner Lederjacke ein enges blaues T-Shirt, unter dem sich seine Muskeln deutlich abzeichneten.

»*Khaharhsho spahssebah.* Gut, danke«, antwortete Katerina lächelnd.

»Gehen Sie weg«, befahl Karpo dem jungen Mann.

»Wie bitte?«

»Verschwinden Sie«, wiederholte Karpo.

Der junge Mann grinste, mied den Blick des hageren Vampirs und aß weiter. Karpo griff über den Tisch, nahm dem jungen Mann den Hamburger ab und legte ihn auf das Tablett. Der junge Mann wollte aufspringen. Ein paar Leute beobachteten die Szene. Die meisten in der Nähe Sitzenden schafften es, den aufkeimenden Streit zu ignorieren, oder taten zumindest so. Der junge Mann richtete sich nun zu seiner vollen Größe auf und starrte auf Karpo hinunter. Dabei ballte er drohend die Fäuste.

»Dein Essen wird kalt«, sagte Karpo. »Setz dich woanders hin, oder ich mache dich zum Gespött der Leute.«

Der junge Mann neigte den rasierten Schädel auf die Seite wie ein Papagei und erkannte die Entschlossenheit, vielleicht auch den Wahnsinn in den Augen des schlanken Gespenstes. Er wollte sich eigentlich mit Freunden treffen, vielleicht ein Auto stehlen. Er raffte seine Mahlzeit zusammen und tauchte in der Menge unter. Dabei drängte er diejenigen, die ihm im Weg waren, brutal mit den Ellbogen zur Seite und stieß einem Gast sogar das Tablett aus den Händen.

»Wann haben Sie Ihren Vater zum letzten Mal gesehen?« fuhr Karpo fort, als sei nichts geschehen.

Eine Frau in einer Jacke aus Kunstpelz besetzte nun den freien Platz. Sie war um die Siebzig und sah aus, als sei sie daran gewöhnt, sich um ihre eigenen Angelegenheiten zu kümmern.

»Ich habe ihn in der Wohnung meiner Tante gesehen«, antwortete Katerina und blickte in die Richtung, in die der junge Mann verschwunden war. »Vor ein paar Wochen, vielleicht auch einem Monat. Er brauchte einen Schlafplatz. Er war betrunken. Er sagte, er könne nicht in seine Wohnung, nicht in dieser Nacht. Er hat so etwas schon vorher getan, und seine Schwester konnte es ihm einfach nicht abschlagen.«

»Ihr Vater hat eine Tätowierung«, sagte Karpo. »Einen Adler mit einer Bombe in den Klauen.«

Die junge Frau nickte. Sie hatte ihre Pommes frites aufgegessen, und in ihrem Pappbecher befand sich nur noch ein kleiner Rest Coca-Cola.

»Er hat sie uns gezeigt. Er hat sich dazu vollständig ausgezogen«, sagte sie. »Dann erzählte er. Er saß splitternackt da. Früher, als ich noch klein war, sah er aus wie ein großer Bär, über und über mit Haaren bedeckt. Jetzt rasiert er sich immer, um seine Tätowierungen zeigen zu können. Er ist stolz darauf, vor allem auf den Adler und die Bombe.«

»Was hat er darüber gesagt?«

»Das weiß ich nicht mehr«, erwiderte die junge Frau und sah wieder in die Richtung des jungen Mannes in der Lederjacke. »Etwas über einen Adler, der vom Himmel herabstürzt, um sich eine goldene Bombe zu schnappen. Er war betrunken.«

»Er sieht Ihrem Vater ein wenig ähnlich«, sagte Karpo.

»Wer?«

»Der junge Mann in der Lederjacke.«

»Nein«, widersprach sie. »Höchstens ein wenig.«

»Ihr Vater hat doch sicherlich Freunde«, sagte Karpo.

»Leute, die genauso sind wie er«, gab sie zu. »Welcher halbwegs vernünftige Mensch möchte meinen Vater schon zum Freund haben? Ich muß übrigens wieder zurück an meine Arbeit.«

Sie begann, den Becher und die Servietten einzusammeln.

»Namen«, sagte Karpo. »Hat er jemals die Namen von irgendwelchen Freunden genannt?«

»Er war furchtbar betrunken«, sagte sie. »Er wiederholte mehrmals, daß er ein guter Freund von Kuzen sei, daß Kuzen ein Adler sei, daß er schon mehr als einmal zum Essen in Kuzens Wohnung in der Kalininstraße und in seiner Datscha gewesen sei.«

»Hat er auch den Vornamen dieses Kuzen genannt?« fragte Karpo, während die junge Frau sich anschickte aufzustehen.

»Igor«, sagte sie und schien sich dessen ganz sicher zu sein. »Sitzt mein Vater im Gefängnis, weil er jemanden getötet hat?«

»Ja«, sagte Karpo.

Katerina Woschenko stand nun auf und betrachtete ausdruckslos die vorbeigehenden Menschen und die lange Theke, hinter der sie gleich wieder stehen würde.

»Kommt er jemals wieder raus?«

»Ich glaube nicht«, sagte Karpo.

Die junge Frau nickte.

»Igor Kuzen«, wiederholte Karpo. »Hat Ihr Vater sonst noch etwas von ihm erzählt?«

Während Katerina vor ihm stand, konnte Karpo in ihrer Haltung ihren Vater wiedererkennen.

»Er sagte, Igor Kuzen wäre ein berühmter Wissenschaftler. Aber mein Vater war betrunken. Er ist ein notorischer Lügner.«

»Könnte es sein, daß er diesen Igor Kuzen nur erfunden hat?« fragte Karpo und erhob sich ebenfalls.

Zwei Männer entdeckten die beiden frei werdenden Plätze, kamen jedoch nicht näher.

»Mein Vater hat keine Phantasie«, sagte sie. »Das ist eine der Eigenschaften, die ich von ihm geerbt habe, das und zum Teil mein Aussehen. Die Uniform kann das ganz gut verbergen. Manchmal macht es die Männer an. Einige Männer finden es toll, wenn sie erzählen können, sie seien mit einem Mädchen von McDonald's ins Bett gegangen.«

Ihre Blicke suchten den jungen Mann in der Lederjacke. Als sie sich zu dem gespenstischen Detektiv umdrehte, war er verschwunden. Die beiden Geschäftsleute besetzten die freien Stühle, und sie beeilte sich, ihre Essensabfälle in den dafür vorgesehenen Container zu stopfen und wieder an ihren Arbeitsplatz zurückzukehren. Dann sah sie den jungen Mann zwischen den Gästen auf sie zukommen. Er lächelte. Sie erwiderte das Lächeln und sah auf die Uhr. Sie hatte noch etwa eine Minute Zeit, bis sie wieder ihre Schicht antreten mußte. Sie verdrängte den Gedanken, daß dieser junge Mann sie an ihren Vater erinnerte, dann dachte sie ernsthaft darüber nach. Ihr gefiel nicht besonders, was sie sah, aber das hielt sie nicht davon ab, den jungen Mann anzulächeln, der nun direkt vor ihr stand und die Hände an seiner Arbeitsjeans abwischte.

»Geht es dir besser?« fragte Sascha, während sie zu dem heruntergekommenen Mietshaus hinübersahen.

Leute kamen und gingen. Vorwiegend alte Leute, aber auch ein paar halbwüchsige Jungen.

Tkach hatte an der Tür der Schasows gelauscht und nichts Verdächtiges gehört. Nun standen sie schon seit über einer Stunde in diesem Hauseingang. Kein Junge, auf den die Beschreibung von den drei Schasows paßte, war in das Haus hineingegangen oder herausgekommen. Auf den Gegenständen, die Selatsch aus der Wohnung mitgenommen hatte, waren keine brauchbaren Fingerabdrücke gewesen. Daher mußten sie es auf dem schwierigeren Weg versuchen – also dem üblichen.

Sie hatten beschlossen, daß sie das Wohnhaus abwechselnd überwachen wollten. Es war natürlich möglich, daß die Schasow-Jungen den Hintereingang benutzten, aber irgendwann würden sie am Vordereingang erscheinen.

Die Nachtluft wurde merklich kälter. Ein scharfer Wind wehte durch die tristen Häuserschluchten.

Selatsch hatte freiwillig die erste Schicht übernommen, damit Sascha mit seiner Familie zu Abend essen konnte und wenigstens zwei, drei Stunden Schlaf bekam. Sascha hatte versprochen, Selatschs Mutter anzurufen oder genaugenommen die Wohnung des Mannes vom Wasseramt, der am Ende des Flurs wohnte und ein Telefon besaß. Der Mann war stolz auf sein Telefon und hatte irgendwann einmal verlauten lassen, daß er es sehr begrüßte, daß ein Polizist im Hause wohnte.

Sascha versuchte, die Tür hinter ihnen zu öffnen. Die Kälte würde Selatsch für einige Stunden wach halten, doch dann würde sie ihn betäuben und in einen Zustand kältestarrer Lethargie fallen lassen. Die Tür war verschlossen.

Er hatte keine Schwierigkeiten, sie mit seinem Taschenmesser und einer Ausweiskarte zu öffnen. Er trat ein und gab Selatsch ein Zeichen, ihm zu folgen.

Sie befanden sich in einem kleinen, sauberen Hausflur mit einer schmalen Betontreppe, die nach oben führte.

Sascha klopfte an die Tür auf der linken Seite und wartete. Er klopfte erneut. Keine Reaktion. Dann durchquerte er den Flur, hörte eine Stimme hinter der Tür auf der anderen Seite und klopfte.

»Wer ist da?« fragte eine Frau.

»Polizei«, antwortete Sascha.

»Polizei! Es gibt alle möglichen Arten von Polizei«, sagte die Frau. »Und alle möglichen Leute, die behaupten, sie seien von der Polizei.«

»Wir sind von der Polizei«, sagte Sascha und blickte zu Selatsch, der geduldig wartete.

»Was wollen Sie?« fragte die Frau.

»Mich mit Ihnen unterhalten, ohne zu brüllen«, erwiderte Sascha.

»Worüber unterhalten?« kam die Gegenfrage.

»Das erfahren Sie, wenn Sie die Tür öffnen.«

»Ich bin aber nicht so neugierig«, sagte die Frau.

»Dann erfahren Sie es, nachdem wir die Tür aufgebrochen haben«, sagte Sascha.

»Ich rufe jetzt die Polizei«, sagte die Frau entschlossener und mit weniger Furcht in der Stimme, als Sascha erwartet hatte. Er war sich verhältnismäßig sicher, daß sie kein Telefon besaß.

Die Tür war stabil, und die Zeit verstrich. Sascha sah zur Haustür und hoffte, daß die Schasows nicht ausgerechnet in den Minuten auftauchten, die sie hier vergeudeten. Sascha hatte nicht die Absicht, die Tür der Frau aufzubrechen. Es wäre viel einfacher, eine Etage höher zu steigen und es an einer anderen Wohnung zu versuchen. Aber es müßte schnell geschehen.

Er trat von der Tür zurück und wollte schon zur Betontreppe gehen, als die Tür geöffnet wurde und er einer Frau und einem Gewehr gegenüberstand. Das Gewehr war lang. Die Frau war zierlich und um die fünfzig Jahre alt.

»Zeigen Sie her«, sagte sie.

Tkach und Selatsch holten ihre Dienstausweise hervor.

»Die beweisen gar nichts«, sagte sie. »Kommen Sie rein. Und denken Sie daran – ich kann mit diesem Ding umgehen.«

»Es wird uns sicher schwerfallen, das zu vergessen«, sagte Tkach und trat ein. Selatsch folgte seinem Beispiel.

Sascha blickte auf die Fenster der Wohnung. Sie waren vergittert. Durch die Gitter konnte Sascha den Eingang des Mietshauses erkennen, in dem die Schasows wohnten.

»Darf ich die Tür schließen?« fragte Sascha höflich.

Die Frau zögerte einen Moment und musterte Selatsch. Etwas an der Art und Weise, wie die Frau seinen Partner ansah, erinnerte Sascha daran, wie seine Mutter Pulcharia musterte, wenn sie irgendetwas tat, was Lydia besonders süß fand.

»Machen Sie sie zu«, sagte sie schließlich. »Aber leise.«

Selatsch gehorchte. Die Wohnung bestand eigentlich nur aus einem einzigen Zimmer mit einem Bett in einer Ecke, auf dem eine bunte Quiltdecke lag. Eine Nische war in eine Art Küche umgewandelt worden. Außerdem gab es zwei Schränke und drei gleichfarbige Polstersessel, die mit einem abgewetzten grünen Stoff bezogen waren. Ein kleiner Tisch mit zwei Stühlen stand neben dem Bett. Der restliche Platz in dem Zimmer wurde von billigen Bücherregalen in unterschiedlicher Breite und Höhe eingenommen. Ein besonders eindrucksvolles Regal, das bis zur Decke reichte, war vollgestopft mit Büchern.

»Was wollen Sie?« fragte die Frau.

»Uns an Ihr Fenster setzen«, sagte Tkach und blickte durch die Scheibe hinaus. »Wir warten darauf, daß einige Verdächtige das Gebäude auf der anderen Straßenseite betreten.«

Das Gewehr wurde der Frau offenbar allmählich zu schwer. Sie hatte Mühe, es hochzuhalten.

»Die Tiwonows?« fragte sie. »Ziemlich klein, ein fetter Mann und eine Frau, die seine Zwillingsschwester sein könnte?«

Sascha gab darauf keine Antwort.

»Die Jungen«, versuchte sie es erneut. »Sie haben mal versucht hier einzudringen. Ich lasse die Jalousien herunter, wenn es dunkel wird, aber ich bleibe am Fenster sitzen und lese und halte Wache, wenn es geht.«

Tkach wollte noch immer nicht auf ihre Frage antworten und sagte statt dessen: »Wir möchten uns ganz einfach nur abwechselnd an Ihr Fenster setzen. Wir verlangen von Ihnen nichts anderes als Ihr Schweigen. Sie können ruhig mit dem weitermachen, was Sie sonst immer tun.«

»Und wenn sie die ganze Nacht nicht auftauchen? Oder wenn sie sich tagelang nicht blicken lassen?« fragte sie.

Das Gewehr zielte jetzt vor Tkach auf den Fußboden. Die Gefahr, daß sie es rechtzeitig hochreißen und abfeuern könnte, ehe er bei ihr war und es ihr aus der Hand nahm, war relativ gering.

»Mein Partner übernimmt die erste Wache. Ich löse ihn gegen Mitternacht ab. Sie können schlafen, während ich Wache halte.«

»Jemand hat mal versucht, mich zu vergewaltigen«, sagte sie und ließ mißtrauische Blicke zwischen den Männern hin und her wandern.

»Das tut mir leid«, sagte Sascha und verspürte plötzlich eine aufkeimende Ungeduld, die nach seiner Einschätzung durchaus gefährlich werden konnte. »Wir tun Ihnen nichts. Wenn wir hier fertig sind, erhalten Sie ein Anerkennungsschreiben als Dank für Ihre Mithilfe. Der Chefinspektor wird den Brief unterschreiben. Sie können dann immer erzählen, daß Sie bei der Polizei einen Freund haben, der Chefinspektor ist.«

»In dieser Gegend«, sagte sie und ging zur Tür, um das Gewehr gegen ein Bücherregal zu lehnen, »würde ein solches Schreiben meinen Tod bedeuten. Bitte keinen Anerkennungsbrief.«

»Na schön, dann keinen Brief«, sagte Sascha.

»Geld«, sagte die Frau.

»Vielleicht ein wenig, wenn wir sie geschnappt haben.«

»Wie wenig?« fragte die Frau und musterte den jungen Detektiv lauernd.

»Keine Ahnung.«

»Amerikanische Dollar«, sagte sie. »Fünf amerikanische Dollar.«

»Ich kann keine fünf amerikanischen Dollar auftreiben«, sagte Tkach und blickte wieder aus dem Fenster. »Ich werde mal sehen, wieviel Rubel ich loseisen kann.«

Die Frau schüttelte den Kopf und sagte: »Dann habe ich wohl keine andere Wahl.«

»Nein«, bestätigte Sascha.

»Möchten Sie Tee?« fragte sie.

»Ich gehe«, sagte Sascha. »Sie haben kein Telefon. Wo ist der nächste Apparat?«

»Zwei Blocks entfernt. Vor dem ehemaligen Hotel. Das Telefon funktioniert sogar. Wollen Sie auch wissen, warum?«

»Warum?« fragte Sascha müde.

»Weil die Drogenhändler es benutzen, und sie bringen jeden um, der es beschädigt«, sagte sie. »Wenn es die Drogenhändler nicht gäbe, wäre diese Gegend die reinste Hölle. Manchmal braucht die Polizei über eine halbe Stunde, um auf einen Notruf aus dieser Gegend zu reagieren. Wenn man sich an einen Drogenhändler wendet, wird alles schnellstens erledigt. Sie wollen nicht, daß die Polizei hier herumschnüffelt.«

»Ich hätte gerne eine Tasse Tee«, meldete sich Selatsch und ging zum Fenster.

»Die Moskauer Polizei bedankt sich bei Ihnen«, sagte Sascha zu der Frau, die sich in ihre Kochnische begab, um den versprochenen Tee zuzubereiten.

»Ich bin die Witwe eines Polizisten«, sagte sie. »Ihr wart ihm so dankbar, daß ich jetzt eine Pension beziehe, die so gering ist, daß ich kaum davon leben kann und meine Zeit in diesem Gefängnis zubringen muß. Haben Sie Familie?«

»Mein Partner wohnt bei seiner Mutter«, sagte Sascha. »Ich habe ein.... Hm, das ist nicht so wichtig.«

»Für mich schon«, widersprach die Frau. »Und für Ihre Familie. Was geschieht mit Ihrer Frau, wenn Sie während eines Einsatzes auf der Straße erschossen werden? Ich sage es Ihnen: Sie erhält eine Pension, die zum Leben nicht reicht.«

Selatsch stand am Fenster.

»Setzen Sie sich«, forderte die Frau ihn auf.

Selatsch, immer noch im Mantel, setzte sich.

»Ich komme gegen Mitternacht wieder her, wenn sie bis dahin nicht aufgetaucht sind«, sagte Sascha.

Die Frau schüttelte den Kopf und meinte: »Ich habe nur selten Gesellschaft. Einen Mann an meinem Fenster sitzen zu haben, ist vielleicht gar nicht so schlecht.«

Sascha ging hinaus und zog die Wohnungstür hinter sich ins Schloß. Selatsch wußte, was er zu tun hatte. Falls die Jungen zurückkehrten, sollte er Sascha zu Hause anrufen und nichts unternehmen, bis Sascha eintraf, nichts, außer die Tür zu beobachten.

Saschas Sakko war für das Wetter ein wenig zu dünn. Seinen schweren Mantel brauchte er noch nicht. Er marschierte durch die Kälte zur nächsten Metro-Station. Menschen waren in beide Richtungen unterwegs. Sascha versuchte, die Gesichter von drei Jungen herauszufiltern, während er ihnen entgegenging.

Inzwischen war er ausgesprochen schlechter Laune. Er sah sich selbst auf einer Krankenbahre, sein toter Körper schlaff, während Maja auf ihn hinuntersah und sich fragte, wie sie ohne sein Gehalt zurechtkommen sollte. Es war gut, daß er die Schasow-Jungen nicht traf, ehe er die Metro-Station erreichte. Er war sicher, daß, hätte er sie gesehen, wahrscheinlich etwas sehr Dummes und vielleicht Gefährliches passiert wäre.

Alexi Porwinowitsch ging in der ihm zugeteilten Zimmerhälfte auf und ab und dachte über etwas sehr Dummes und vielleicht Gefährliches nach. Er wanderte schon seit Stunden umher. Artiom Solowijow war noch nicht zurückgekehrt. Alexi hatte die Illustrierten durchgeblättert, die man für ihn bereitgelegt hatte. Dabei hatte er immer wieder zu dem schlanken maskierten Mann mit der Maschinenpistole hinübergesehen. Der Mann beobachtete Alexi fortwährend aufmerksam und sagte kein Wort.

Die Schmerzen in seinem Gesicht hatten nachgelassen und waren nun zu einem ständigen dumpfen Pochen abgeflaut, im Spiegel jedoch sah sein Gesicht aus, als litte er unter irgendeiner entsetzlichen, entstellenden Krankheit.

Ehe er etwas Dummes und vielleicht Gefährliches versuchte, legte Alexi sich einen Plan zurecht. Er hatte sein Vermögen damit verdient, daß er bei seinen Verhandlungen mit Bürokraten auf allen Ebenen stets Geduld geübt hatte. Einige waren schlau und zumindest raffiniert gewesen. Einige waren ganz einfach nur dumm. Gewöhnlich war es weitaus schwieriger, mit den Dummköpfen zurechtzukommen, und der Mann auf dem Stuhl auf der anderen Seite des Zimmers sah ganz eindeutig aus wie ein Dummkopf.

»Du kannst die Mütze ruhig abnehmen«, sagte Alexi. »Es muß darunter ziemlich warm sein.«

Der Mann reagierte nicht.

»Du heißt Boris«, sagte Alexi, und das Reden fiel wegen der Schmerzen ziemlich schwer. »Du arbeitest für Solowijow. Ich habe dich schon oft gesehen. Ich erkenne dich mit oder ohne Maske.«

Boris ließ sich das durch den Kopf gehen und blickte zur Tür. Er fragte sich, was Artiom wohl sagen würde, wenn er zurückkam und ihn ohne Mütze antraf. Aber Porwinowitsch hatte recht. Welchen Unterschied machte es? Und die Skimütze machte Boris allmählich verrückt. Er streifte sie ab und legte sie neben den Stuhl auf den Fußboden. Er strich sich das Haar nach hinten, das sich widerspenstig aufrichtete und den Mann in einen strubbeligen Clown mit Maschinenpistole verwandelte.

»Was weißt du von mir?« fragte Alexi ihn.

Boris gab keine Antwort, sah seinen Gefangenen jedoch an. Das war ein kleiner Fortschritt.

»Ich bin sehr reich«, sagte Alexi. »Das weißt du. Deshalb hast du dich mit Solowijow zusammengetan.«

Boris schwieg, beobachtete Alexi aber, der seine Wanderung unterbrochen hatte und nun in einem Sessel saß, den er so gedreht hatte, daß er den Mann mit der Waffe ansehen konnte. Alexi hätte am liebsten seine Geschäftsmiene aufgesetzt, dieses resignierte, verständnisvolle Lächeln, aber er wußte, daß es einfach nur grotesk aussehen würde. Statt dessen wählte er eine entspannte Haltung und schlug lässig die Beine übereinander. Eine Zigarette wäre jetzt ein angemessenes Requisit, vor allem, wenn er sie aus seinem silbernen Etui nehmen könnte, das er immer in der Tasche bei sich trug. Unglücklicherweise war ihm das Etui abgenommen worden.

»Was glaubst du denn, wie reich ich bin?« fragte Alexi leise mit Verschwörerstimme.

Der Mann mit der Pistole reagierte mit etwas, das man als ein Achselzucken hätte auslegen können.

»Wieviel zahlt Solowijow dir dafür, daß du ihm hilfst, Boris?«

Darauf gab Boris keine Antwort.

»Ein paar tausend Rubel? Mehr? Vielleicht hat er dir sogar einige Millionen versprochen«, sagte Alexi im Plauderton. »Die habe ich, und was schadet es ihm, wenn er dir alles mögliche verspricht?«

Er hatte nun das Interesse des Mannes mit der Maschinenpistole geweckt, obgleich er aus seinem Mund noch kein Wort gehört hatte.

»Er wird mich wohl töten müssen, Boris«, sagte Alexi. »Ich weiß, wer er ist. Ich weiß, wer du bist. Würde ich mit dieser Information zur Polizei gehen? Niemals. Ich will nicht, daß die Polizei sich in meine Geschäfte einmischt. Nein, ich würde zu einem Mann gehen, zu einem Mann, der soviel schlimmer ist als du und dein Freund, daß jeder Vergleich einfach lächerlich wäre. Dieser Mann, dem ich eine große Summe Geld zahle, würde seine Freunde zusammenholen, und sie würden euch suchen. Sie würden euch am Ende auch finden, euch die Köpfe abschneiden und sie mir bringen.«

Der Mann auf dem Stuhl hatte den Mund leicht geöffnet und versuchte sich mit dem, was ihm an Phantasie zur Verfügung stand, vorzustellen, wie jemand mühsam seinen Kopf vom Körper trennte.

»Aber«, fuhr Alexi fort, »das wird nicht geschehen, denn Solowijow muß mich töten. Ich weiß das. Du weißt das. Habe ich recht?«

Boris schwieg.

»Ich habe recht«, stellte Alexi mit einem bitteren Seufzer fest. »Er wird mich töten, und er wird dich töten, Boris.«

Der Mann auf dem Stuhl schien etwas sagen zu wollen, doch dann überlegte er es sich anders.

»Er wird dich töten, weil du weißt, daß er ein Kidnapper und ein Mörder ist«, sagte Alexi. »Er wird dich töten, weil er glaubt, daß du zu dumm bist, um den Mund zu halten. Er wird dich töten, weil er dir, wenn du tot bist, nichts zu zahlen und sich keine Sorgen mehr zu machen braucht. Nur ein winziges Gehirn, nicht größer als das einer Krähe, ist nötig, um zu erkennen, daß das, was ich sage, zutrifft.«

»Ich bin nicht dumm«, sagte der Mann mit der Pistole.

Alexi zuckte die Achseln und starrte die Wand an.

»Ich habe auch schon über diese Dinge nachgedacht« –

Boris log eindeutig –, »ich kann ganz gut auf mich aufpassen.«

»Wie?« fragte Alexi und drehte sich wieder zu seinem Bewacher um.

»Ich bin vorsichtig und wachsam«, sagte der Mann. »Außerdem ist Artiom mein Freund. Er würde mir niemals etwas tun.«

»Die Frau verlangt es vielleicht von ihm«, sagte Alexi. »Spricht er von ihr? Weißt du denn nicht, daß er alles tut, was sie von ihm verlangt? Weißt du nicht, daß er kaum schlauer ist als du?«

Der Mann auf dem Stuhl blinzelte und legte sich eine Hand auf die Stirn.

»Schluß mit dem Gerede«, befahl der Mann.

»Natürlich«, sagte Alexi. »Du mußt nachdenken. Aber damit solltest du dich lieber beeilen. Wenn Artiom erst einmal zurückkommt, ist es vielleicht zu spät.«

Boris stand mit der Maschinenpistole in der Hand auf.

»Nicht mehr reden«, sagte er.

Alexi hob abwehrend die Hände. »Schön. Dann wird eben nicht mehr geredet. Es gibt einige Möglichkeiten für dich, aus dieser Sache rauszukommen, aber wenn ich nicht mehr reden darf –«

»Welche Möglichkeiten?« wollte der Mann wissen.

»Du bringst mich aus dieser Wohnung weg, irgendwohin, wo ich den Freund anrufen kann, von dem ich eben erzählt habe.« Alexi flüsterte jetzt hastig. »Mein Freund sucht Artiom, tötet ihn. Du hast immer noch mich. Ich rufe meinen Bruder an und befehle ihm, eine größere Summe Geld an einen Ort deiner Wahl zu bringen. Für dich wird es ein kleines Vermögen sein. Für mich aber nur ein Taschengeld.«

»Und dann lassen Sie mich umbringen«, sagte der Mann.

»Weshalb?« fragte Alexi und hob in einer abwehrenden Geste die Hände. »Weißt du, was dein Schutz und deine Rettung ist? Deine Dummheit und Bedeutungslosigkeit. Du bist es nicht wert, daß ich meine Zeit mit dir vergeude. Ich muß mich um andere kümmern, um diejenigen, die diese Sache mit deinem Freund Artiom, der dich töten wird, inszeniert haben.«

»Wohin könnte ich Sie denn bringen?« fragte der Mann leise.

Alexi zwang sich, nicht zu lächeln, obgleich er bezweifelte, daß man auf seinem geschändeten, blauviolett angelaufenen Gesicht ein Lächeln erkennen konnte.

»Ich kenne einen solchen Ort«, sagte er. »Eine Wohnung, die ich für eine junge Dame gemietet habe. Du verstehst. Sie ist im Augenblick auf dem Land und besucht ihre Großeltern.«

»Ich ...«, begann der Mann.

»Du mußt dich sofort entscheiden«, sagte Alexi. »Wenn Artiom durch diese Tür tritt, ehe wir verschwunden sind, sind wir beide so gut wie tot.«

Nun ging der Mann mit der Maschinenpistole auf und ab, während Alexi saß.

»Ich weiß nicht«, sagte Boris und fuhr sich mit der Hand über den Kopf. »Ich kann nicht richtig nachdenken.«

»Es ist doch ganz einfach und sonnenklar«, sagte Alexi. »Wir verschwinden von hier und bleiben am Leben, und du hast am Ende mehr Geld in der Tasche, als Artiom dir versprochen hat, viel mehr. Du kannst Moskau verlassen oder hierbleiben. Artiom Solowijow wird nicht mehr unter den Lebenden weilen.«

Der Mann mit der Waffe setzte seine Wanderung fort, während Alexi sich entspannt zurücklehnte. Er wußte, daß

Boris, wenn Solowijow das Zimmer nicht in den nächsten Minuten betrat, sich geschlagen geben würde. Alexi wußte, daß er, sollte die Zeit es nur ein kleines bißchen gut mit ihm meinen, am Ende erfolgreich wäre.

Natalja Dokorow trug ein schlichtes schwarzes Trauerkleid mit langen Ärmeln. Es war nicht neu. Rostnikow vermutete, daß die alte Frau auch schwarze Kleidung trug, wenn keiner ihrer Verwandten verstorben war. Der Graue Wolf war schon früh zu einem Empfang beim französischen Botschafter aufgebrochen, und Rostnikow hatte Pankow so lange zugesetzt, bis er ihm das Büro des Obersts für Verhöre zur Verfügung stellte.

»Ich werde die volle Verantwortung übernehmen«, hatte Rostnikow dem kleinen Mann versichert. »Weshalb begeben Sie sich nicht auf die Suche nach dem Oberst? Ich werde ihm dann liebend gern die Situation erklären.«

»Er will nicht gestört werden, außer in dringenden Notfällen«, sagte Pankow.

»Kann von einem Notfall die Rede sein, wenn jemand am Schreibtisch in seinem Büro sitzt?« fragte Rostnikow.

Pankow ließ sich das durch den Kopf gehen. »Gleich morgen früh«, sagte er schließlich, »müssen Sie herkommen und dem Oberst berichten, was Sie getan haben, und Sie müssen ihm auch erzählen, daß Sie nicht auf mich hören wollten, als ich Ihnen verboten habe, was Sie vorhatten.«

»Gleich morgen früh«, versprach Rostnikow.

Und nun hatten sie sich um den Tisch versammelt. Rostnikow auf der einen Seite, Craig Hamilton links von ihm. Elena Timofejewa saß zu seiner Rechten. Und ihnen gegenüber hatte Natalja Dokorow Platz genommen. Das Tribunal hatte begonnen.

»Zuerst einmal«, fing Rostnikow an, »möchte ich Ihnen für den Verlust Ihres Bruders mein Beileid aussprechen.«

Natalja nickte.

»Zweitens«, fuhr Rostnikow fort, »bin ich für die Wiederbeschaffung der Gegenstände verantwortlich, die aus Ihrem Haus gestohlen wurden.«

»Sie gehören mir«, sagte sie, straffte den Rücken und sah Elena an.

»Das ist ein Punkt, über den wir sprechen können, wenn wir die Gegenstände wieder herbeigeschafft haben«, sagte Rostnikow. »Vorher müssen wir sie erst einmal finden. Dann diskutieren wir darüber, wem sie gehören. Das hingegen ist keine Entscheidung, die mir zusteht. Ich habe übrigens etwas für Sie.«

Rostnikow bückte sich. Als er sich wieder aufrichtete, hatte er eine Blume in der Hand. Er betrachtete sie für einen kurzen Moment, dann reichte er sie Natalja Dokorow über den Tisch, die sie annahm und sich dann völlig verwirrt zurücklehnte. Rostnikow erkannte an ihrem ratlosen Gesichtsausdruck, daß ihr noch nie zuvor jemand eine Blume geschenkt hatte. Sie legte sie in ihren Schoß und deckte die rechte Hand darüber, als ob sie sie daran hindern wollte zu flüchten.

»Ich habe alles verbrannt«, sagte Natalja Dokorow.

»Nein«, widersprach Rostnikow, »das haben Sie nicht.«

»Ich…«, begann sie, aber Rostnikow unterbrach sie mit einer raschen Handbewegung.

»Wächter aus zwei verschiedenen Zuständigkeitsbereichen haben jede Tür gesichert«, sagte Rostnikow. »Das Haus steht auf einem Betonfundament. In den Wänden gibt es keinen ausreichenden Platz, um etwas zu verstecken. Der Abstand zu den Gebäuden auf der rechten und auf der linken Seite ist zu groß, um ihn mit einem Laufbrett oder einer Leiter zu überbrücken, und selbst wenn es möglich wäre, dürfte der Lärm ganz sicher die Aufmerksamkeit der Wächter erregt haben. Jemand hat die Idee geäußert, ein Hubschrauber könnte auf dem Dach gelandet sein. Auch das hätte zuviel Lärm verursacht. Schlußfolgerung?«

Natalja schwieg jetzt und umklammerte ihre Blume.

»Zeigen Sie es ihr«, sagte Rostnikow mit einem Seufzen.

Elena griff unter den Tisch und holte ein Stück dunkles Holz hervor. Sie legte das Holzscheit vorsichtig auf den Tisch, damit die Platte keinen Kratzer bekam. Natalja betrachtete das Holz.

»Können Sie uns sagen, was das ist?«

»Es sieht aus wie das Bein von einem Stuhl«, sagte sie, »oder von einem Tisch.«

»Es stammt aus Ihrer Mülltonne«, sagte Rostnikow. »Zahlreiche verbrannte Möbelteile wurden zwischen Ihrem Abfall und in Schränken in Ihrem Haus gefunden. Weshalb verbrennen und verstecken Sie kaputte Möbel? Die Stücke in Ihren Schränken und im Abfall waren nicht viel wert.«

»Ich bin nun mal ein wenig seltsam«, sagte die alte Frau.

Rostnikow nickte Elena zu, die prompt reagierte: »Natalja, Sie haben während der ganzen Nacht billige Möbel verbrannt, um den Eindruck zu erwecken, Sie zerstörten die Sammlung Ihres Bruders. Ich glaube nicht, daß Sie auch nur ein einziges der Objekte, die Ihr Bruder gesammelt hat, beschädigen könnten. Sie haben mir erzählt, daß die Sessel in Ihrem Wohnzimmer Katharina der Großen gehört hätten. Wir glauben, daß jedes Stück in Ihrem Haus, jedes Gemälde, jeder Tisch eine Antiquität von hohem Wert ist, und daß das, was Sie vernichtet haben, nur billige Alltagsmöbel waren.«

Natalja enthielt sich jeden Kommentars.

»Der Schmuck, die Bücher und Gemälde, das ist eine ganz andere Geschichte«, sagte Rostnikow. »Würden Sie uns bitte verraten, was Sie damit getan haben?«

»Ich habe alles verbrannt.«

»Nein«, wiederholte Rostnikow leise.

Natalja sagte nichts.

»Man wird Sie betrügen, Natalja Dokorow«, sagte Rostnikow.

»Niemand wird mich betrügen«, widersprach sie.

»Sie meinen, wenn jemand Sie betrügt, dann würden Sie uns ganz einfach erzählen, wer es ist, oder dem Betreffenden damit drohen«, sagte Rostnikow. »Wenn ich Ihr Komplize und ein Krimineller wäre, würde ich Ihnen nur sehr wenig anbieten, weitaus weniger, als Sie erwartet hätten, aber genug, daß Sie es annehmen würden. Ich würde dafür sorgen, daß Sie gar keine andere Wahl hätten, als auf mein Angebot einzugehen.«

Natalja schwieg wieder und drehte den Blumenstengel zwischen den Fingern.

»Aber sehen Sie, Natalja«, fuhr Rostnikow fort. »Wir glauben, daß jeder, der Ihnen ein solches Angebot machen würde, Ihre Entschlossenheit, Ihren Glauben an die Rechtmäßigkeit Ihres Anspruchs völlig falsch einschätzen würde. Ich glaube, Sie würden ihn oder sie anzeigen.«

Die alte Frau sah den Chefinspektor an, und ihr konzentrierter Gesichtsausdruck bestätigte seine Vermutung.

»Stellen Sie die Blume möglichst hinter einem Fenster nach Osten ins Wasser«, sagte Rostnikow. »Dann hält sie sich länger.«

»Sind Sie mit mir fertig?« fragte Natalja verwirrt.

Rostnikow nickte, und sie stand auf und umklammerte den Blumenstengel mit der rechten Faust. Elena stand ebenfalls auf und ging zur Tür.

Rostnikow stellte dem FBI-Mann auf Englisch eine Frage über einen Mann namens Ed McBain. Wonach er fragte, überstieg Nataljas beschränkte Englischkenntnisse. Elena öffnete die Tür zum Vorzimmer und sah vier Männer vor sich. Für einen kurzen Moment erkannte sie sie nicht. Sie trugen Freizeitkleidung, nicht die Uniformen, die sie an jenem Abend getragen hatten.

Sie alle sahen sie an, doch sie achtete darauf, daß sie keinem der vier in die Augen blickte.

Elena schloß die Tür und drehte sich zu Rostnikow und Hamilton um, die verstummten und hörten, wie sie sagte: »Orlow und Terhekin.«

»Sie waren …?« fragte Rostnikow.

»An der Hintertür«, sagte Elena. »Darf ich Sie etwas fragen?«

»Ja«, sagte Rostnikow und versuchte, sein Bein in eine etwas bequemere Lage zu bringen.

»Weshalb haben Sie ihr die Blume gegeben?«

»Weil sie sie nötig hatte«, sagte Rostnikow.

Acht

Nachtfahrten

»Das übersteigt mein Begriffsvermögen«, sagte der große, gutgebaute junge Mann.

Er hieß Sergei Orlow. Er war Sergeant bei der Steuerpolizei. Sein blonder Schnurrbart konnte sein extrem jungenhaftes Aussehen nicht verbergen. Er saß betont gerade auf dem Stuhl vor Rostnikow, Hamilton und Elena Timofejewa. Sein Blick richtete sich immer auf denjenigen, der ihn gerade befragte, und er antwortete mit beherrschter und ein wenig hoher Stimme.

Neben ihm saß Polizist Konstantin Terhekin, ein Angehöriger des Polizeireviers in Distrikt 9. Er sah noch jünger aus als Orlow und nicht halb so selbstsicher. Seine hellblauen Augen wichen denen aus, die ihn befragten. Er wirkte ein wenig rundlich und saß nicht ganz so steif da wie Orlow.

»Demnach haben Sie und Polizist Terhekin nicht zugelassen, daß die Objekte durch den Hinterausgang des Dokorow-Hauses hinausgebracht wurden?«

»Absolut nicht«, sagte Orlow.

»Terhekin?«

»Absolut nicht«, antwortete Terhekin, ohne eine der Personen auf der anderen Seite des Tisches direkt anzusehen.

»Und Sie beide sind sich bis zu der Nacht dieses Vorfalls noch nie begegnet?« fuhr Rostnikow fort.

»Nein«, sagte Orlow.

Terhekin nickte zustimmend.

»Worüber haben Sie sich während der langen Nacht unterhalten?«

»Unterhalten?« wiederholte Orlow.

»Ja.«

»Wir haben nur sehr wenig miteinander gesprochen«, sagte Orlow. »Ich erwähnte, daß ich einen Bruder habe, der vor ein paar Monaten von den Tschetschenen gefangengenommen worden ist, und er erzählte, daß er in Afghanistan war.«

»Das dauerte etwa eine Minute«, sagte Rostnikow. »Die restliche Nacht standen Sie demnach schweigend auf Ihrem Posten. Trifft das zu, Polizist Terhekin?«

»Da«, sagte der rundliche junge Mann. Er veränderte kaum merklich seine Position auf dem Holzstuhl.

»Und im Laufe der Nacht hörten Sie nichts innerhalb des Hauses. Keine Bewegung. Nichts.«

»Wir haben die alte Frau umhergehen gehört«, sagte Orlow. »Dann nahmen wir Brandgeruch wahr.«

»Brandgeruch. Und Sie sind nicht sofort reingegangen, um nachzusehen, was es sein könnte?« fragte Rostnikow.

»Die Nacht war kalt«, sagte Orlow. »Wir nahmen an ...«

»Glauben Sie an Magie?« fragte Rostnikow.

»Nein«, antworteten beide Männer.

»Ich gebe es zu«, sagte Rostnikow und schob seinen Stuhl zurück in der Hoffnung, wenigstens die Andeutung eines Gefühls in seinem Bein wiederherstellen zu können, »ich glaube an so etwas wie Magie. Ich habe gesehen, wie sie in Sibirien von einem Schamanen praktiziert wurde. Aber in diesem Fall stimme ich mit Ihnen überein. Keine Wunder. Polizistin Timofejewa?«

Elena setzte sich noch ein wenig aufrechter hin und sah auf ihre Notizen. Normalerweise hätte man erwarten können, daß beide Männer die hübsche, mit deutlichen Rundungen ausgestattete junge Frau auf der anderen Tischseite gemustert hätten, aber Orlows Blick war jetzt wie gebannt auf das Gesicht von Chefinspektor Rostnikow gerichtet.

»War Ihnen bewußt, daß die Posten an der Vordertür, die Polizisten Skitischwili und Romanow, die ganze Nacht hindurch durch Angehörige der Militärpolizei überwacht wurden?« fragte Elena.

»Nein«, sagte Orlow.

Terhekin schüttelte ebenfalls verneinend den Kopf.

»Sind Sie verheiratet?« fragte sie.

Beide Männer bejahten.

»Kinder?«

»Einen Jungen, zwei Jahre alt«, sagte Orlow.

»Ein Mädchen, sechs Monate«, antwortete Terhekin.

»Haben Sie Fotos von ihnen«, fragte Rostnikow unvermittelt.

Beide Beamten holten ihre Brieftaschen hervor und reichten sie Rostnikow, der die Fotos Hamilton und Elena Timofejewa zeigte. Dann gab Rostnikow Hamilton einen aufmunternden Rippenstoß. Der Schwarze holte ebenfalls seine Brieftasche hervor, nahm ein Foto heraus und reichte es den Beamten über den Tisch. Die Männer nickten anerkennend. Terhekin lächelte gequält. Fotos und Brieftaschen wanderten an ihren Aufbewahrungsort zurück. Rostnikow nickte Elena zu, sie solle ruhig weitermachen.

»Als Gegenleistung für ein volles Geständnis«, sagte sie, »mit detaillierten Angaben darüber, wo die gestohlenen Gegenstände gefunden werden können, können wir veranlassen, daß Sie beide Anerkennungsschreiben erhalten, in denen lobend darauf hingewiesen wird, daß Sie maßgeblich dazu beigetragen haben, Schätze von großem Wert für den Staat wiederzufinden und zu schützen. Vielleicht wurde Ihnen beiden etwas Warmes zu trinken angeboten, und Sie sind eingeschlafen. Vielleicht haben Sie sich irgendein Detail gemerkt, das uns helfen könnte, den Lastwagen aufzuspüren.«

»Sollten Sie sich nicht kooperationswillig zeigen«, fuhr Elena fort, »werden Sie wegen betrügerischer Verschwörung gegen das russische Volk und wegen Diebstahls von Regierungseigentum angeklagt. Sie werden unehrenhaft aus dem Dienst entlassen, vor Gericht gestellt und verurteilt. Anschließend werden Sie den Rest Ihres Lebens im Gefängnis verbringen.«

Sie blickte von ihren Notizen hoch und gab sich Mühe, ihr Unbehagen nicht zu zeigen. Weshalb hatte Rostnikow die jungen Männer gebeten, ihm Bilder von ihren Kindern zu zeigen? Elena kannte mittlerweile das System gut genug, um zu wissen, daß jeder Mann versuchte, innerhalb seiner eigenen Organisation ein Geschäft zu machen. Andernfalls würden sie einen Prozeß riskieren, ihre Unschuld beteuern und möglicherweise am Ende sogar freigesprochen. Falls, dachte sie, überhaupt ein Verbrechen begangen wurde. Nach Elenas Auffassung gehörte ohnehin der gesamte Schatz Natalja Dokorow.

»Ich würde mich gerne mit Polizist Terhekin unter vier Augen beraten«, erklärte Orlow.

»Unglücklicherweise«, sagte Rostnikow, »habe ich, wie Sie vielleicht bemerkt haben, ein lädiertes Bein, das mich in meiner Bewegungsfreiheit stark einschränkt. Wenn Sie vielleicht das Kabinett in der Ecke dort drüben benutzen und sich im Flüsterton unterhalten würden...«

»Das Kabinett«, sagte Orlow und erhob sich.

Terhekin stand ein wenig langsamer auf, und die beiden begaben sich zum Kabinett hinter Oberst Snitkonois ausladendem Schreibtisch. Sie schlossen die Tür hinter sich.

»Nun?« fragte Rostnikow. Er war aufgestanden und stützte sich auf die Lehne seines Stuhls.

»Können Sie ihnen vielleicht einen solchen Handel anbieten?« fragte Hamilton.

»Wir können anbieten, was wir wollen«, antwortete Rostnikow. »Ich habe jedoch als Gegenleistung für das Vertrauen von Kriminellen nur sehr wenig anzubieten. Daher ist mein Wort immer gut. Ich kann nur hoffen, daß genügend Kriminelle und Angehörige der Ermittlungsbehörden das wissen. Sagen Sie mal, haben Sie schon mal Alligatorfleisch gegessen?«

»Alligator?« fragte Hamilton entgeistert.

»Ja«, sagte Rostnikow.

»Ich schon«, warf Elena ein. »In Florida.«

»Schmeckt es wie Hühnerfleisch? Die Amerikaner denken doch, daß alles wie Hühnerfleisch schmeckt«, sagte Rostnikow. »Klapperschlangen, Alligatoren, Leguane.«

»Es schmeckt wie Fisch«, sagte die Frau.

Rostnikow nickte und meinte: »Ich würde das alles sehr gerne probieren – Klapperschlangen, Alligatoren, Eidechsen. Die Amerikaner essen alles.«

»Aber keine Fischköpfe und die Gehirne von Hummern«, widersprach Hamilton.

»Ich für meinen Teil habe für Fischköpfe auch nicht viel übrig«, sagte Rostnikow. »Was die Gehirne von Hummern angeht, so hatte ich nie die Gelegenheit, sie zu kosten.«

Die Tür des Kabinetts öffnete sich, und die beiden jungen Beamten kamen heraus. Terhekin war ausgesprochen blaß. Orlow hielt sich gerade und hatte eine entschlossene Miene aufgesetzt. Sie nahmen wieder Platz, und Orlow ergriff das Wort. »Wir haben nichts getan. Wir haben unserer Aussage nichts hinzuzufügen. Wir möchten zuerst mit unseren Vorgesetzten sprechen.«

»Sind Sie damit einverstanden, Terhekin?« fragte Rostnikow.

Terhekin nickte mit feuchten Augen. *»Da.«*

»Sie werden sicherlich mit mir Nachsicht üben«, sagte Rostnikow. Er öffnete eine Schreibtischschublade. »Ich kenne mich mit diesen neuen elektronischen Apparaten noch nicht so gut aus.«

Rostnikow drückte auf einen Knopf, und das Gerät erzeugte einen schmerzhaft grellen Pfeifton. Hamilton streckte die Hand aus, drückte auf einen anderen Knopf, um das Gerät anzuhalten. Er fragte: »Welche Nummer?«

»Ich glaube, es ist Nummer zwei«, sagte Rostnikow.

Hamiltons dunkle Finger tanzten über die Knöpfe. Ein Surren erklang, und dann waren leise Stimmen zu hören. Hamilton drehte die Lautstärke auf, und die fünf Menschen im Raum lauschten.

Terhekin: Sie wissen alles.

Orlow: Sie wissen nichts.

Terhekin: Welchen Unterschied macht das? Sie können diese Sache jedem anhängen. Wenn das Waschfaß uns beschuldigen will, dann sind wir es, die büßen müssen. Du hast ihn gehört.

Orlow: Er blufft.

Terhekin: Und wenn nicht, dann wandern wir ins Gefängnis. Ich habe gehört, was mit Polizeibeamten geschieht, die ins Gefängnis kommen. Und woher sollen wir wissen, daß die alte Frau unseren Frauen den versprochenen Anteil gibt?

Orlow: Sonst reden wir. Das weiß sie. Sieh dir doch deinen Verdienst an – kann davon ein Mensch leben? Seine Familie ernähren, sich auch mal Fleisch gönnen?

Terhekin (lachte bitter): Fleisch? Was ist das?

Orlow: Wenn wir reden, landen wir im Knast.

Terhekin: Aber das Waschfaß hat doch gesagt...

Orlow: Ich glaube ihm nicht, und selbst wenn ich ihm glaubte und wir den Mund aufmachen würden, wäre es das Ende unserer Hoffnungen auf ein wenig Wohlstand. Jeden Tag sehen wir Männer und Frauen, die durch Erpressung, Mord, Diebstahl reich werden. Das ist ein Rußland des Wahnsinns. Verstehst du? (Pause) Gut.

Danach hörten alle, wie eine Tür geöffnet und wieder geschlossen wurde. Hamilton schaltete das Gerät aus. Rostnikow dankte ihm mit einem Kopfnicken und schob die Schublade wieder zu.

»Sogar die Toiletten sind verwanzt«, sagte Rostnikow. »Alles wird durch Stimmen aktiviert. Oberst Snitkonoi möchte, daß jedes Wort, das in diesem Büro gesprochen wird, aufgezeichnet wird. Der Oberst«, damit wandte Rostnikow sich an Hamilton – »ist ein großer Bewunderer Ihres Richard Nixon, der das gleiche getan hat. Unser Oberst hofft jedoch auf bessere Ergebnisse und darauf, daß er irgendwann mal den Amerikanern oder den Franzosen ein Buch anbieten kann.«

Das war tatsächlich das erste Mal, daß Elena von den versteckten Mikrofonen erfahren hatte. Sie fing an, in Gedanken alle Unterhaltungen und Gespräche durchzugehen, an denen sie hier beteiligt gewesen war. Es gab nicht viele, aber war irgendetwas Kompromittierendes dabei gewesen? Ein paar Wochen, nachdem sie zum Dezernat versetzt worden war, hatte Major Gregorowitsch sie massiv bedrängt, engstens mit ihnen zusammenzuarbeiten, aber sie hatte ihn höflich abgewiesen. Gab es vielleicht sonst noch etwas?

»Meine Herren«, sagte Rostnikow. »Sollen wir Sie verhaften, das Büro des Staatsanwalts benachrichtigen und den Prozeß abwarten?«

Terhekin schwieg und starrte zu Boden. Schließlich fragte Orlow: »Erhalten wir Belobigungen?«

»Die schönsten, die es gibt, inklusive Rahmen«, sagte Rostnikow. »Vorausgesetzt –«

»Einen prozentualen Anteil von dem, was geborgen wird?« fragte Orlow weiter.

Hamilton bekam einen Hustenanfall und bemühte sich erfolgreich, sein Lachen zu unterdrücken.

»Ich fürchte, das zu entscheiden liegt nicht in meiner Macht«, sagte Rostnikow. »Darüber müßte man mit meinen Vorgesetzten reden.«

»Zwei Lastwagen«, sagte Orlow. »Die alte Frau hatte alles arrangiert. Eine Garage in der Nähe der Kazankirche. Das ist alles, was wir wissen. Sie können ja Razzien in allen Garagen im Umkreis der Kazankirche veranstalten. Wir sind bei der Steuerpolizei. So etwas machen wir ständig.«

»Wir danken Ihnen für diesen fachmännischen Rat«, sagte Rostnikow. »Inspektor Timofejewa, würden Sie Natalja Dokorow wieder hereinholen?«

Elena öffnete die äußere Tür und bat die wartende alte Dame herein. Als sie das Zimmer betrat, wobei sie immer noch ihre Blume festhielt, schaute sie zu den beiden jungen Männern, die es vermieden, sie direkt anzusehen.

»Einen weiteren Stuhl, Inspektor Timofejewa«, sagte Rostnikow.

Elena holte den gewünschten Stuhl und stellte ihn neben Orlow. Die Frau setzte sich.

»Ich habe nichts mehr zu sagen«, erklärte sie.

»Agent Hamilton, würden Sie vielleicht weitermachen?« fragte Rostnikow und lehnte sich in seinem Sessel gemütlich zurück.

Hamilton faltete die Hände, sah jeden der drei Sünder eindringlich an und begann mit leiser, aber fester Stimme: »In der vergangenen Nacht wandte Natalja Dokorow sich an diese beiden Beamten und forderte sie auf, ihr dabei zu helfen, die Antiquitäten- und Schmucksammlung ihres Bruders zu stehlen. Mit der Begründung, daß sie ein gesetzliches Anrecht auf die Besitztümer ihres Bruders hätte, bot Natalja Dokorow ihnen als Belohnung eine beträchtliche Geldsumme an, die sie wahrscheinlich durch den Verkauf einiger Gegenstände aufbringen wollte. Sie unterhielten sich darüber, diskutierten und erklärten sich am Ende einverstanden. Sie gestatteten daraufhin der alten Frau, von einem öffentlichen Münzfernsprecher jemanden anzurufen, mit dem ihr Bruder in der Vergangenheit öfter zusammengearbeitet hat. Während sie auf die Lastwagen warteten, zerstörte Natalja Dokorow, möglicherweise sogar mit Unterstützung dieser beiden Männer, einen großen Teil ihrer alten Möbel im Haus. Schließlich trafen die Lastwagen ein, leise und unbemerkt. Sergeant Orlow begab sich zur Vorderseite des Hauses, um zu gewährleisten, daß die beiden dort postierten Männer nicht auf die Idee kamen, der Rückseite des Hauses einen Besuch abzustatten. Das wurde von den dortigen Posten berichtet. Das Beladen der Lastwagen erfolgte schnell, vielleicht ein wenig nachlässig, aber leise. Wahrscheinlich sind die Lastwagen erst kurz vor Tagesanbruch wieder weggefahren.«

»Natalja Dokorow«, ergriff nun Rostnikow das Wort. Er sprach leise und hatte ebenfalls die Hände gefaltet vor sich auf die Tischplatte gelegt. »Es ist spät. Ich habe Hunger. Ich möchte zu meiner Frau und den beiden kleinen Mädchen, die wir aufgenommen haben. Bitte nennen Sie uns den Namen und die Adresse der Garage, oder ich muß die ganze Nacht auf den Beinen bleiben und das gesamte Viertel in der Umgebung der Kazankirche durchkämmen.«

Die alte Frau starrte die beiden Beamten, die sie verraten hatten, wütend an. Sie blickte auf ihre Blume und schleuderte sie zu Rostnikow, dessen Hand schnell hochfuhr und sie auffing. Er legte sie vor sich auf den Tisch.

»Natalja«, sagte Elena sanft. »Erzählen Sie es dem Chefinspektor. Dies ist ein völlig neues Rußland. Sie können sich Anwälte nehmen, Leute, die Ihnen helfen, die die Gerichte dazu bringen, daß man Ihnen zuhört.«

»Verräterin«, zischte die alte Frau und funkelte Elena wütend an. »Ich habe Ihnen meine Mithilfe versprochen, und Sie bringen mich in eine solche Situation.«

»Ich habe geglaubt, Sie seien unschuldig«, wehrte Elena sich.

»Das einzige, was man mir vorwerfen kann, ist, daß ich mein Eigentum von einem unsicheren Ort an einen sicheren Ort habe transportieren lassen«, sagte die alte Frau. »Ich habe mein Haus mit all diesen Leuten in Uniform, die gebrüllt, mich bedroht und alles durchstöbert haben, nicht mehr für sicher gehalten. Und das ist doch wohl kein schweres Verbrechen, oder?«

»Die Adresse der Garage«, beharrte Rostnikow.

»Dann würde ich diejenigen verraten, die mir geholfen haben«, sagte die alte Frau.

»Sie haben sie doch nur damit beauftragt, mit den Lastwagen vor Ihrer Hintertür vorzufahren und eine umfangreiche Ladung irgendwelcher Gegenstände abzuholen«, sagte Hamilton. »Ich bezweifle, daß sie irgendeine Ahnung hatten, was dort stattfand.«

»Das stimmt«, gab Natalja zu.

Orlow atmete seufzend aus, und Terhekin gab einen Laut von sich, der wie ein Schluchzen klang. Natalja fixierte Rostnikow, der die Blütenblätter der Blume glattstrich und den Blick der alten Frau ignorierte.

»Na schön«, sagte sie. »Ich erzähle Ihnen alles, aber nur unter zwei Bedingungen.«

»Und die wären?« fragte Elena.

»Zuerst will ich einen Anwalt sprechen, und zwar den besten in ganz Moskau«, sagte die alte Frau.

»Und zweitens?« fragte Elena.

Die alte Frau stand auf und streckte Rostnikow fordernd die Hand entgegen. Er gab die Blume zurück. Sie kannte zwar die Adresse der Garage nicht, aber sie wußte den Namen. Sie nannte ihn den drei Kriminalbeamten, die vor ihr am Tisch saßen.

»Pulcharia hat mich beschimpft«, kreischte Tkachs Mutter in dem Moment, als Sascha seine Wohnung betrat. »Aber ich hab's ihr verziehen.«

Maja, dunkel, hübsch und ohne sichtbares Zeichen, daß sie bereits zwei Kinder geboren hatte, bürstete ihr Haar, kam auf ihren Mann zu und küßte ihn zärtlich. Maja und Sascha tauschten einen kurzen, schicksalsergebenen Blick aus.

»Möchtest du hören, wie sie mich genannt hat?« fragte Saschas Mutter, eine elfenhaft zarte, alte Frau, und riß sich von den Fernsehnachrichten los. Sie saß nur ein paar Schritte vom Fernseher entfernt, damit die Lautstärke auf ein erträgliches Maß gedrosselt werden konnte, aber der Apparat war immer noch sehr laut.

»Ich wüßte nicht, was mich glücklicher machen könnte«, sagte Sascha ernsthaft, zog sein Jackett aus und hängte es an die Garderobe neben der Wohnungstür.

»Diesen Sarkasmus hat er von seinem Vater geerbt«, schrie Lydia.

Die Kinder im anderen Zimmer hatten es im Laufe der Zeit gelernt, mit dem Geschrei und dem Schnarchen ihrer Großmutter zu leben. Sie schliefen mit ihr im selben Zimmer.

Lydias durchdringende Stimme war die Folge einer Hörschwäche, die sie nicht zugeben wollte. Mit jedem Jahr war sie schlimmer geworden.

Für Sascha war der Tisch gedeckt – eine kalte Platte mit etwas, das aussah wie Wurst, ein großes Stück Brot und ein paar Scheiben rohe Gurke und Zwiebeln.

»Es gibt Suppe«, sagte Maja, ging zum Herd in der Ecke und schaltete ihn ein. »Wir haben erst spät gegessen.«

»Ist sie noch warm?« fragte Sascha und warf sich mit einer Kopfbewegung das Haar aus der Stirn, während er sich an den Tisch setzte.

»Ja«, sagte Maja.

»Du brauchst sie nicht noch einmal anzuwärmen«, meinte er und brach sich ein Stück Brot ab. »Ich brauche ein paar Stunden Schlaf, ich muß nämlich Selatsch um Mitternacht ablösen. Wir führen zur Zeit eine Überwachung durch.«

Maja seufzte traurig – ihre übliche Reaktion auf solche Ankündigungen. Sie streichelte seine Hand.

»Was bin ich? Ein Stück Holz? Ein ausgestopftes Huhn?« fragte Lydia und setzte sich zu ihrem Sohn.

Maja nutzte die Gelegenheit und schaltete schnell den Fernseher aus.

»Ich würde meinen, ein ausgestopftes Huhn«, sagte Sascha, »wenn das meine einzigen Alternativen sind.«

»Du bist nicht besonders witzig«, schimpfte Lydia. »Überhaupt nicht witzig. Genauso wie dein toter Vater. Er glaubte auch immer, daß er witzig wäre. Ich passe den ganzen Tag auf die Kinder auf, bis Maja von der Arbeit kommt. Ich erwarte ein wenig Respekt.«

Sascha hielt mit einer Gabel voll Wurst inne und sah seine Mutter ernst an. »Wie hat Pulcharia dich genannt?«

»Pahnoss«, platzte Lydia heraus und verschränkte beleidigt die Arme. »Dünnschiß!«

Sascha untersuchte die Schüssel mit der dünnen, braunen Suppe, die seine Frau neben seinen Teller gestellt hatte.

»Weshalb?« fragte Sascha.

»Ich habe ihr gesagt, sie solle auf die Toilette gehen«, berichtete Lydia. »Als sie von ihrem Mittagsschlaf aufwachte, während das Baby und ich uns die Sendung mit dem Clown angeschaut haben. Ich sagte zu ihr ›Geh zur Toilette‹. Daraufhin nannte sie mich ›Dünnschiß‹.«

»Vielleicht wollte sie dir nur sagen, daß sie ... können wir diese Diskussion nicht verschieben, bis ich gegessen habe?«

»Ich kenne den Unterschied, ob ein Kind mir erklären will, daß es Probleme mit der Verdauung hat, oder ob es mich beschimpft«, sagte Lydia und ignorierte die Bitte ihres Sohnes.

»Sie ist erst drei Jahre alt«, sagte Sascha.

»Das ist keine Entschuldigung. Das habe ich bei dir nie geduldet«, sagte Lydia und sah Maja vielsagend an. »Er durfte niemals irgendwelche Entschuldigungen vorbringen. Immer nur die Wahrheit. Habe ich recht?«

Obgleich Lydia alles andere als recht hatte, sagte Sascha: »Meine Mutter hat recht.«

»Und Maja hat sich geweigert, sie zu bestrafen«, fuhr Lydia triumphierend fort.

»Ich fand nicht, daß sie irgendetwas getan hat, weshalb ich sie hätte bestrafen müssen«, sagte Maja und setzte sich ebenfalls an den kleinen Tisch.

»Es tut richtig gut, wieder zu Hause zu sein«, stellte Sascha fest und legte seine Hand auf die seiner Frau. Majas Hände waren weich. Vielleicht wenn er ein paarmal gähnte und seine Mutter daran erinnerte, daß er in ein paar Stunden wieder zur Arbeit fahren müsse, würde sie sich mit den Kindern in ihr Zimmer zurückziehen und ein Buch lesen. Vielleicht könnten er und Maja dann die Schlafcouch ausziehen, das Licht ausknipsen und sich lieben und immer noch Zeit für ein Schläfchen haben.

»Was wirst du jetzt tun?« beharrte Lydia.

»Ich verprügle sie mit dem Gürtel, wenn ich morgen früh nach Hause komme«, sagte er. »Oder vielleicht sollte ich es jetzt gleich erledigen und sie aus dem Bett holen, um sie zu versohlen. Das dürfte sie nicht so bald vergessen.«

Er kostete von der Suppe. Bohnen. Immer noch warm. Die Suppe war gut. Er tunkte sein Brot ein.

»Du wirst dieses reizende Kind nicht schlagen«, sagte Lydia entrüstet. »Ich habe dich auch nicht gezüchtigt, als du noch ein Kind warst. Ebensowenig hat dein Vater dich geschlagen.«

Sascha staunte über das selektive Erinnerungsvermögen seiner Mutter.

»Sie muß eine Woche hungern«, sagte Sascha. »Maja, für eine Woche bekommt Pulcharia nichts zu essen. Schreib dir einen Zettel.«

»Halt«, befahl Lydia. »Du hast doch wohl nicht ernsthaft die Absicht, so etwas zu tun!«

»Na schön, Mutter, dann schlag mir was anderes vor. Sag mal, Maja, was ist in der Wurst?«

»Keine Ahnung«, sagte Maja. »Aber sie ist doch nicht schlecht.«

Sascha gab ihr recht. Er aß einfach nur nicht gerne etwas Unbekanntes.

»Verbiete ihr das Fernsehen«, sagte Lydia. »Für zwei Tage.«

Da Pulcharia nur selten vor dem Fernseher saß, war Sascha einverstanden.

»Ich möchte jedoch wissen, weshalb sie dich beschimpft hat«, sagte er.

»Pahnoss«, erinnerte sie ihn, während er ein weiteres Stück von der nicht identifizierbaren Wurst verzehrte.

»Ich werde mit ihr über dieses schlimme Vergehen sprechen, sobald ich sie sehe«, sagte Sascha. »Nach dem Essen jedoch würde ich gerne schlafen gehen.«

»Du kannst das Schlafzimmer benutzen«, sagte Lydia. »Maja kann aufräumen, sich mit mir ein wenig unterhalten und sich das Fernsehprogramm ansehen. Wir wecken dich dann.«

»Das tut ihr ganz bestimmt«, sagte Sascha. »Aber ich möchte mich rasieren, möchte aus meinen Kleidern raus, duschen und hier im Zimmer schlafen, neben meiner Frau, die schon früh zur Arbeit muß.«

»Du willst nur mit ihr schlafen«, sagte Lydia mißbilligend.

»Das wäre keine schlechte Idee«, meinte Sascha und grinste seine Frau an.

»Du beraubst mich meiner letzten Würde und lachst auch noch«, sagte Lydia mit einem tiefen Seufzer.

»Mein tiefer und aufrichtiger Respekt gilt ganz alleine dir«, sagte Sascha.

»Ich habe die Suppe gekocht«, sagte Lydia und blickte vielsagend auf die Schüssel, aus der ihr Sohn gerade trank.

»Köstlich«, lobte Sascha.

Lydia redete. Sascha und Maja hörten zu. Als er seine Mahlzeit beendet hatte, räumte Maja den Tisch ab. Lydia war wieder bei ihrem Lieblingsthema angelangt – Boris Jelzin und seine Kumpane, die alles noch schlechter gemacht hatten statt besser.

»Ich will nicht behaupten, daß ich in allem mit Schirinowski übereinstimme«, sagte sie. »Aber er hat in vielem nicht ganz unrecht. Und Jelzin ist ein Säufer, der überhaupt nicht weiß, was er tut. Wenn es nicht die Amerikaner und ihr Geld gäbe, würde Jelzin nicht diese gebügelten Anzüge und Designerkrawatten tragen. Wißt ihr, wo er wäre?«

»Nein«, sagte Sascha.

»Mit einer großen Flasche in einer winzigen Wohnung.«

Sascha hatte schon früher diesen Ansichten widersprochen. Diesmal nickte er nur und gähnte.

»Das ist kein echtes Gähnen«, sagte seine Mutter. »Das ist ein Gähnen, das sagen will, ›Mutter, geh ins Bett‹. Schön. Ich habe Bücher. Es ist noch früh, aber ich habe Bücher. Du hast mich noch nicht gefragt, wie ich mich heute fühle.«

»Wie fühlst du dich heute?«

»*Toot bahlyeet*, hier habe ich leichte Schmerzen«, sagte sie und deutete auf ihren Bauch. »Und ein bißchen *pahnoss*.«

Sascha lächelte nicht.

»Ein guter Grund, um ins Bett zu gehen und sich ein wenig auszuruhen«, sagte Sascha, streckte die Hand aus und legte sie auf den mageren Arm seiner Mutter. Sie legte ihre Hand auf seine und lächelte.

Nachdem er geduscht und sich rasiert hatte, kam Sascha aus dem Badezimmer. Er trug ein viel zu großes amerikanisches T-Shirt mit der groben Zeichnung eines gelbhaarigen Jungen und einer Inschrift, die, wie Maja ihm erklärt hatte, soviel hieß wie »Vergaff dich nie in eine Kuh«.

Der Witz und die Bedeutung waren stets an Lydia vorbeigegangen, die schließlich mit einem in einen Schutzumschlag aus Papier gehüllten dicken Buch im Schlafzimmer verschwand. Maja lag bereits im Bett. Sie trug ein blauweißes langärmeliges Nachthemd, das am Hals zugebunden wurde. Als die Schlafzimmertür zugefallen war, schlüpfte sie aus dem Nachthemd und ließ sich von ihm betrachten und streicheln. Dann streckte sie die Hand aus und löschte das Licht. Sie liebten sich, während Lydia unter der Dusche ein Schlaflied kreischte.

»Mit einer großen Flasche in einer winzigen Wohnung«, sagte Lydia triumphierend.

»Wie romantisch«, flüsterte Sascha.

»Wie lustig«, erwiderte sie.

Er drehte sie auf den Bauch und drang von hinten in sie ein.

»Gut so?« fragte er.

Sie hob ihr Gesäß und kniete sich hin. Unter der Dusche

kreischte Lydia: »In diesem Haus gibt es niemals Seife, wenn man sie braucht.«

Emil Karpo saß an seinem Schreibtisch und verzehrte ein Sandwich, das er an einer Bude in der Nähe des Bahnhofs Belorusskaja gekauft hatte. Die Brotscheiben waren dünn, die rosa-weiße Scheibe, die den Schinken darstellen sollte, war noch dünner, und von Butter war fast nichts zu sehen. Eine Flasche Wasser stand neben dem Sandwich, das auf einem Bogen Papier lag.

Karpo unterbrach die Lektüre seiner Notizen von Zeit zu Zeit, um ein Stück von seinem Sandwich abzubeißen und einen Schluck Wasser zu trinken. Es war Donnerstagabend, der Abend, den er normalerweise mit Mathilde zusammen verbringen würde. Er setzte seine Suche fort. Im Verzeichnis wurden mehrere Igor Kuzens aufgeführt, und das Computersystem des MVD hatte einen möglichen Igor Kuzen ausgeworfen, einen Medikamentendieb großen Kalibers, doch der saß im Gefängnis. Der Name war Karpo auf Anhieb bekannt vorgekommen. Er hatte ihn irgendwo schon einmal geschrieben gesehen, und nun ging er methodisch seine Verzeichnisse auf der Suche nach irgendeinem Hinweis durch. Alle in seinen Büchern aufgeführten Namen waren mit Kreuz- und Querverweisen versehen.

Er konnte ihn nicht finden.

Karpo lehnte sich zurück, um sein Sandwich aufzuessen. Vor ihm stand eine Tischlampe, und in der Ecke brannte eine Stehlampe. Mathilde hatte ein Gemälde von ein paar Leuten bei einem Picknick an eine Wand gehängt, ein Bild von einer großen roten Blume an eine andere. Sie hatte für seine Pritsche eine gemusterte Decke besorgt und hatte ihn schon fast soweit gehabt, daß er sich ein richtiges Bett kaufte. Sie hatte Emil Karpo erfüllt. Der Kommunismus war sein Sinn gewesen, aber Mathilde hatte das Leben mitgebracht. Nun war sie tot. Ein Querschläger aus einer Maschinenpistole. Die Ursache war eine Schießerei zwischen zwei Banden. Warum? Um neue Einflußgebiete? Oder um Kernwaffen?

Emil Karpo versuchte Zorn heraufzubeschwören, aber er konnte es nicht. Diese Emotion war nur gering entwickelt, als er noch ein Kind war, doch jetzt, da er erwachsen war, war sie überhaupt nicht mehr vorhanden. Er empfand Bedauern über die enorme Verschwendung von menschlichem Leben, die er sah – ein ermordetes Kind, eine vergewaltigte und anschließend getötete Frau, ein junger Mann, dem jemand einen Fleischerhaken durch den Körper getrieben hatte. Er hatte all diese Dinge und noch viel mehr gesehen, und es hatte in ihm den Entschluß reifen lassen, diejenigen zur Strecke zu bringen, die solche Grausamkeiten begingen.

Nun war Mathilde gestorben, und er wollte etwas anderes empfinden. Es war Donnerstag. Er wollte wütend sein, in Rage geraten, aber alles, was er spürte, war eine unendliche Leere. Er hatte alles verloren, alles bis auf seine Arbeit, und er begann sich schon zu fragen, welchen Sinn sie überhaupt hatte.

»Schreibweise«, murmelte er und blätterte den Registerband durch, wo jeder Eintrag in seiner präzisen, sauberen Handschrift aufgeführt war. Er ging gerade den Buchstaben C durch, als er fand, was er suchte. Igor Cuzen. Ein einziger Verweis. Juli 1986. Verhört im Zusammenhang mit der Mißhandlung und dem Tod einer Frau, die neben ihm in der benachbarten Wohnung lebte. Der Mann hatte als Beruf Physiker angegeben. Er hatte erklärt, am Abend des Mordes keine Kampfgeräusche gehört zu haben, obgleich er die ganze Zeit zu Hause gewesen war. Die Wände waren nicht sehr dick, und die Frau mußte sich heftig gewehrt haben. Cuzen blieb dabei, daß er total in seine Arbeit vertieft gewesen und außerdem im Fernsehen ein Eishockeyspiel übertragen worden sei. Igor Cuzens Personenbeschreibung: Alter, vierzig Jahre, Körpergröße ungefähr eins siebzig, Gewicht 155 Pfund. Kräftiges braunes Haar und ein rosiges, jugendliches Gesicht. Eine Brille mit dicken Gläsern. Keinerlei Nervosität. Kein Zeichen des Bedauerns über die Ermordung einer Nachbarin. Keine Angst. Sehr kooperativ. Tut mir aufrichtig leid, daß ich Ihnen nicht weiterhelfen kann. Er lächelte in einem fort, als gäbe ihm die Welt ständig Anlaß, sich zu amüsieren, oder als befände er sich an der Schwelle zur Idiotie.

Karpo wählte die Telefonnummer des Mannes. Die Person, die abnahm, erklärte, daß niemand namens Cuzen oder Kuzen dort lebte. Dann wählte Karpo die Privatnummer von Paulinin. Keine Antwort. Er rief Paulinins Labor im zweiten Untergeschoß der Petrowka an.

»Was ist?« antwortet Paulinin.

»Karpo.«

»Ich habe keine neuen Informationen für Sie«, sagte Paulinin. »Was ich hingegen habe, ist eine neue Leiche, eine Zigeunerin, keine eindeutig ersichtliche Todesursache. Ich habe eine ganz bestimmte Theorie.«

»Kennen Sie einen Physiker namens Igor Kuzen?«

»Kuzen? Igor Kuzen.« Eine lange Pause, dann: »Ja, ich such's mal raus. Igor Kuzen. Kein Physiker.

Naturwissenschaftliche Ausbildung. Er schrieb ein paar Artikel vor fünf oder zehn Jahren. Irgendeinen Unsinn über die Auswirkungen von Kernexplosionen auf die Entwicklung von Pflanzen, Veränderungen im Genbestand, erworbene Eigenschaften, die weitervererbt werden könnten. Er lag nicht völlig daneben, er war lediglich ein absoluter Ignorant. Ich könnte die Artikel heraussuchen, wenn Sie dranbleiben wollen.«

»Was ist aus Kuzen geworden?« fragte Karpo.

»Er arbeitete für einen ausländischen Pharma-Betrieb«, sagte Paulinin. »Er fing in der Forschung an und rutschte dann immer weiter ab, bis er in der Qualitätskontrolle landete. Das ist das letzte, was ich von ihm gehört habe.«

»Welche ausländische Firma?«

»Eine tschechische. Jansco Pharmazeuticals. Sie stellen einen billigen Abklatsch des amerikanischen Prozac her. Sie nennen es Prinsco. Es verkauft sich wie verrückt, weil mittlerweile fast jeder glaubt, er sei verrückt. Darf ich jetzt wieder zu meinen Leichen zurückkehren?«

»Ich danke Ihnen«, sagte Karpo.

»Sie haben doch sicher mal einen Abend Zeit, um essen zu gehen, oder?« schlug Paulinin vor.

»Vielleicht«, sagte Karpo. »Aber wir essen nicht in Ihrem Labor.«

»Nein, draußen, wo Sie wollen.«

»Ja«, sagte Karpo. »Wenn ich das abgeschlossen habe, woran ich im Augenblick arbeite.«

Als nächstes rief er im Büro von Jansco Pharmazeuticals in der Nähe der äußeren Ringstraße an. Er landete bei einem Anrufbeantworter und bekam eine Nummer genannt, die im Notfall angerufen werden konnte. Er wählte sie. Eine müde Frauenstimme meldete sich. Karpo fragte sie, wie er Igor Kuzen finden könne. Sie gab den Hörer an einen Mann weiter.

»Was haben Sie so Dringendes, daß Sie Kuzen suchen?« fragte der Mann ziemlich ungehalten.

»Polizei«, sagte Karpo.

»Das wundert mich nicht«, sagte der Mann. »Ich habe ihn vor mehr als acht Monaten rausgeworfen.«

»Weshalb?«

»Weil er chemische Formeln an die Chinesen weitergegeben hat.«

»Wo wohnt er?«

»Ich bin im Augenblick zu Hause. Wie soll ich wissen, wo ein ehemaliger Angestellter wohnt? Ich könnte morgen früh nachschauen.«

»Ich bin in einer Stunde in Ihrem Büro«, sagte Karpo.

»Es ist fast Mitternacht«, stöhnte der Mann.

»In einer Stunde.«

»Einen Moment noch«, sagte der Mann.

Der Moment verstrich. Karpo konnte die Frau schimpfen hören, die den Hörer abgenommen hatte. Der Mann meldete sich wieder.

»Die letzte Adresse von Igor Kuzen, die ich habe, ist Lermontow Prospekt zweihundertvierunddreißig. Wollen Sie auch die Telefonnummer?«

»Nein«, sagte Karpo und legte auf.

Er verzehrte die Reste seines Abendbrotes, trank den letzten Schluck Wasser, zog sein Jackett an und hielt dann für einen Moment inne, um das Gemälde mit den Leuten im Park zu betrachten. Er knipste das Licht aus. Er klebte drei Haare, die er sich ausgerissen hatte, an drei bestimmten Stellen seiner Tür fest, wo nur er sie auf Anhieb finden würde. Sollte jemand in seine Wohnung eindringen oder es im Laufe der Nacht versuchen, würden die Haare bewegt, und selbst wenn der Betroffene ein Experte wäre, hätte er

Probleme, die Haare zu finden und wieder an Ort und Stelle zu befestigen.

Karpo überprüfte die Pistole im Schulterhalfter unter seinem Jackett, eine Browning mit einem Magazin für dreizehn Patronen, und trat hinaus in die Nacht. Im Gegensatz zu vielen anderen im neuen demokratischen Rußland hatte Emil Karpo keine Angst vor der Nacht. Er befürchtete jedoch zunehmend, daß er vor der Einsamkeit Angst hatte.

Neun

Nacht

»Was suchst du?« fragte das kleine Mädchen.

Sie mußte eigentlich schon längst im Bett liegen, aber nach dem Abendessen hatte Sarah ihm erzählt, bei den Karenskows im vierten Stock sei unter ihrem Waschbecken im Badezimmer ein Rohr undicht.

Laura löcherte ihn mit Fragen.

Laura und ihre achtjährige Schwester wirkten beide zerbrechlich und hatten kurzes dunkelbraunes Haar. Sie sahen ihrer Großmutter überhaupt nicht ähnlich, die im Gefängnis saß, weil sie den Leiter eines staatlichen Lebensmittelladens erschossen hatte. Die Großmutter hatte die Kinder großgezogen, da ihre Tochter verschwunden war und nur einen Brief hinterlassen hatte, daß sie eines Tages, vielleicht, zurückkehren würde. Der Vater der Mädchen war längst verschwunden, und es gab keine Tanten oder Onkel. Die Rostnikows hatten die Mädchen aufgenommen, und nach und nach, ganz langsam und vorsichtig, waren die Mädchen aus ihrem Schockzustand aufgewacht. Nun bekundete die Elfjährige ein ernsthaftes Interesse an Rostnikows Aktivitäten.

Er lag auf dem Rücken unter dem Waschbecken der Karenskows, seinen kupferfarbenen Werkzeugsatz neben sich. Das Mädchen kniete im Nachthemd neben ihm.

»Ich suche nach der undichten Stelle«, sagte Rostnikow.

»Du machst dich schmutzig«, sagte Laura.

»Die Wasserleitungen sind uralt«, erklärte er. »Sie verrosten, sie werden undicht, sie verursachen Geräusche wie der Wind oder Maschinengewehre. Reich mir mal die Rohrzange – das große Stahlding mit den Backen.«

Sie fand die Zange und hielt sie in die Dunkelheit unter dem Waschbecken. Rostnikow zerrte, drehte, knurrte und hämmerte. Rost rieselte ins Gesicht, und er schloß die Augen.

»Es hat keinen Sinn«, sagte er und rutschte schwerfällig zurück.

Das Mädchen lächelte, als er sich aufrichtete. Sein Gesicht war mit roten Rostflecken bedeckt. In der Hand hielt er ein völlig verdrecktes Rohrende.

»Ich amüsiere dich, nicht wahr?« fragte er. »Gut. Jetzt reich mir mal dieses Rohrstück. Nein, das kleinere.«

Sie gab ihm ein kurzes Stück Plastikrohr, das er mitgebracht hatte.

»Die Rohre sind allesamt um die vierzig Jahre alt und wurden aus schlechtem, feuerverzinktem Stahl hergestellt«, sagte er. »Sie fangen von innen an zu rosten. Kleine Löcher entstehen in den Rohren. Sie können für eine Weile mit Klebeband abgedichtet werden, aber am Ende müssen alle Rohre ersetzt werden, so wie ich jetzt dieses Stück austausche.«

Die Karenskows saßen im Nebenzimmer vor dem Fernseher. Rostnikow und das Mädchen konnten die fröhlichen Stimmen eines Mannes und einer Frau im Fernsehen hören.

»Die Rohrleitungen in diesem Gebäude, wie in den meisten Gebäuden in Moskau, ähneln unserer Regierung«, sagte Rostnikow, legte das verrostete Rohrstück beiseite und untersuchte die Rohre aus schwarzem Plastikmaterial, die das Mädchen ihm gegeben hatte. »Es ist verrostet und verrottet. Bald … ist es überall undicht. Das System bricht auseinander. Es muß ersetzt werden, aber die Kosten sind hoch. Nehmen die neuen Klempner Reparaturen mit Plastikrohren vor?« Er hielt das schwarze Rohrstück hoch. »Oder tauschen sie das gesamte System aus, wie sie es versprochen haben, was sie sich aber gar nicht leisten können?«

Das Mädchen hörte konzentriert zu.

»Das verstehst du nicht, oder?« fragte er und streckte die Hand aus, um ihre Wange zu streicheln.

»Ein wenig«, sagte sie.

Als er die Hand von ihrer Wange zurückzog, sah er, daß er einen Handabdruck aus Rost und Staub hinterlassen hatte. Er legte die beiden Rohrenden nebeneinander auf den Fußboden. Das schwarze Plastikrohr war länger.

»Säge und Zwinge«, sagte er und deutete auf die Werkzeuge.

Das Mädchen reichte ihm beides und sagte: »Es ist ein bißchen so, als wäre man eine Krankenschwester.«

»Ein bißchen«, gab Rostnikow ihr lächelnd recht. »Was möchtest du denn sein – eine Ärztin oder eine Krankenschwester?«

Das Mädchen dachte darüber nach, während Rostnikow seinen Körper verdrehte, sich auf die Unterlippe biß, um die Schmerzen in seinem Bein unter Kontrolle zu halten, und die Zwinge und die schwarze Rohrleitung am Beckenrand zusammen fügte.

»Nein«, sagte sie, »ich möchte gerne Verkehrspolizistin werden. Dann trage ich eine Uniform und stehe auf der Straße und zeige den Wagen, wann sie weiterfahren und wann sie anhalten müssen. Oder ich bin ganz oben in einer dieser kleinen Verkehrskanzeln.«

»Ein nobler Beruf«, sagte Rostnikow, während er aufstand und begann, das schwarze Plastikrohr auf die Länge des verrosteten zurechtzuschneiden. »Und das kannst du durchaus erreichen.«

»Du bist Polizist«, sagte sie.

»Das bin ich«, antwortete er und sägte weiter.

»Du hast meine Großmutter ins Gefängnis gesteckt.«

Es war das erste Mal, daß das Mädchen von ihrer Großmutter sprach, obgleich sowohl Sarah wie auch Porfirij Petrowitsch den Mädchen immer wieder Grüße von ihr bestellt hatten.

»Ich habe sie zu den Richtern gebracht, die sie ins Gefängnis gesteckt haben«, sagte Rostnikow, ohne von seiner Sägearbeit aufzusehen. »Ich versuche sie herauszuholen. Du weißt, was sie getan hat?«

»Ja«, sagte Mädchen, das nun ebenfalls aufgestanden war und voller Interesse zusah, wie Rostnikow sägte. »Sie hat einen bösen Mann erschossen, der ihr für mich und meine Schwester kein Brot geben wollte.«

»Das ist grundsätzlich richtig«, sagte Rostnikow, während er das Plastikstück endgültig durchsägte und das kürzere Ende zu Boden fiel.

Das Mädchen hob das zehn Zentimeter lange Plastikstück auf und fragte: »Darf ich das behalten?«

»Ja«, sagte Rostnikow, löste die Zwinge und begann weiter seinen mühevollen, schmerzhaften Abstieg unter das Waschbecken.

»Es gibt sicherlich irgendwas, was ich damit anfangen kann«, sagte sie und drehte das Rohrende hin und her.

»Nun«, sagte er, während sein Oberkörper noch immer unter dem Waschbecken versteckt war, »reich mir bitte diese kleine Dose Öl. Es ist die blaue.«

Sie tat es, und nach einer Minute gab er sie wieder nach draußen zurück.

»Jetzt die größere, die aussieht wie eine kleine Trommel.«

Sie reichte sie ihm ebenfalls. Es dauerte nicht lange, bis er auch diese Dose wieder zurückgab.

»Zum Schluß die Flasche«, sagte er. »Es ist ein Lösungsmittel. Geh vorsichtig damit um, und wenn du mutig genug bist, dann schraub die Kappe ab.«

Vorsichtig schraubte sie die Flasche auf. Das Lösungsmittel stank erbärmlich. Sie reichte ihm die Flasche und lauschte dann seinem Stöhnen und Knurren. Das Mädchen betrachtete Rostnikows lädiertes Bein und sagte: »Tut das Bein die ganze Zeit weh?«

»Fast die ganze Zeit«, antwortete er mit einem weiteren Stöhnen aus der Dunkelheit. »So.«

Mit noch mehr Schmutz und Rost bedeckt, kam Rostnikow unter dem Waschbecken hervor und griff wieder darunter, um einen Putzlumpen, einen Spachtel und ein anderes kleines Werkzeug hervorzuholen. Er mußte das Waschbecken umklammern, um aufzustehen, und schließlich blieb er einige Sekunden bewegungslos stehen, bis der Schmerz ein wenig nachließ.

»Die Stahlspirale«, sagte er und deutete auf seinen Abflußreiniger, der vielleicht sein wertvollstes Werkzeug war.

Laura reichte sie ihm, und er begann die spiralförmig gewundene stählerne Schlange in den Beckenabfluß einzuführen und durch das neue Rohrstück zu schieben. Laura beugte sich über das Waschbecken und verfolgte, wie die Spirale nach und nach verschwand, während Rostnikow das Werkzeug tiefer und tiefer in die Rohrleitung hineinstieß. Schließlich sah nur noch ein kurzes Stück mit Griff heraus. Rostnikow drehte, zerrte und stieß mehrmals und zog dann die metallene Schlange vorsichtig aus dem Abflußrohr heraus.

»Nun, das wäre geschafft«, stellte er zufrieden fest und streckte die rechte Hand aus. Das Mädchen ergriff die große Hand, und sie besiegelten ihren Erfolg.

»Weshalb machst du das so gerne?« fragte das Mädchen, während sie das Werkzeug wegräumten und ihren Arbeitsplatz so gut es ging säuberten.

»Das ist etwas sehr Einfaches. Die Arbeit als Polizist hingegen ist kompliziert«, antwortete er.

»Weshalb?«

»Weil ich mich dabei mit Menschen beschäftigen muß, und Menschen sind nur sehr selten einfach gut oder schlecht. Ein Polizist schafft es nicht sehr oft, ein Problem zu lösen. Ein Problem schafft oft ein neues. Es hört niemals auf, und wenn doch, dann ist das Ende nicht unbedingt einfach, und das System funktioniert keinen Deut besser. Verstehst du das?«

»Ein wenig«, sagte sie. »Es ist genauso wie das, was mit meiner Großmutter passiert ist.«

»Ja«, sagte Rostnikow. »Wenn ich etwas an den Wasserrohren repariere, dann suche ich das Problem, finde es, repariere es und erhalte den Dank derer, die mit diesem System leben. Wie bei dieser undichten Stelle gerade.«

Er raffte sein Werkzeug zusammen, faßte die Hand des Mädchens und ging hinaus, um den Karenskows die erfolgreiche Reparatur zu melden. Das Ehepaar war noch jung, ungefähr Anfang Dreißig, und die Frau war schwanger. Er arbeitete in der Moskauer Filiale von Pizza Hut.

»Alles erledigt«, sagte Rostnikow. »Aber benutzen Sie das Becken möglichst nicht vor morgen früh.«

»Vielen Dank«, sagte der Mann und ergriff Rostnikows schmutzige Hand.

»Ja«, sagte die schwangere Frau erleichtert. »Haben Sie vielen Dank.«

»Bitte nehmen Sie das«, meinte daraufhin der Mann. »Ich weiß, daß Sie kein Geld wollen.«

Tatsächlich hatte Rostnikow schon darüber nachgedacht, ob er nicht doch ein paar Kopeken annehmen sollte, um wenigstens das verbrauchte Material ersetzen zu können. Das Geld war knapp, und sein Gehalt ziemlich niedrig. Mit seinem und Sarahs Einkommen, die ihre Arbeit im Musikladen wiederaufgenommen hatte, schafften sie es jeden Monat, halbwegs über die Runden zu kommen, übrig blieb jedoch nichts. Für einen Polizisten war es im allgemeinen nicht schwer, an Geld heranzukommen, aber Rostnikow hatte niemals ernsthaft in Erwägung gezogen, sich zu verkaufen. Sobald er auch nur ein paar Kopeken von einem Verdächtigen oder einem Kriminellen annähme, hätte er seine gesamte Verantwortung gegenüber dem Gesetz geopfert. Es gab eine Grenze, und die würde er niemals überschreiten.

Er konnte jedoch die vier Zettel annehmen, die Karenskow ihm in die Hand drückte.

Als sie wieder zu ihrer Wohnung hinuntergingen, fragte das Mädchen: »Was hat er dir gegeben?«

Rostnikow griff in die Tasche und reichte dem Kind die vier Stücke Papier.

»Was steht da drauf?« fragte sie. »Sie sind in ...«

»In Englisch«, erklärte Rostnikow. »Darauf steht, daß wir vier Pizzas gratis essen können.«

»Pizzas. Wie im Fernsehen.«

»Besser«, sagte Rostnikow. »Viel besser.«

Als sie die Tür zu Rostnikows Wohnung öffneten, saß Sarah am Tisch vor dem Fenster und trank Tee mit Major Gregorowitsch. Der Polizeioffizier trug einen offensichtlich neuen dunkelgrauen Straßenanzug. Gregorowitsch erhob sich, musterte Rostnikow und seinen Werkzeugkasten mit unverhohlenem Mißfallen und sagte: »Oberst Snitkonoi möchte Sie sofort sehen.« Der zufriedene Tonfall in Gregorowitschs Stimme war unüberhörbar.

»Ich wasche mich erst einmal«, sagte Rostnikow und ging auf das Schlafzimmer zu, wo das andere Kind schlief.

»Der Oberst hat ausdrücklich ›sofort‹ gesagt«, beharrte Gregorowitsch.

Sarah hob die Schultern, und Rostnikow seufzte. Er ließ die Hand des Mädchens los. »Dann lassen Sie uns schnellstens losfahren.«

»Danke für den Tee«, meinte Gregorowitsch.

»Es war mir ein Vergnügen, Major«, sagte Sarah.

»Und für den Keks«, fügte er hinzu.

»Auch das war nur eine Kleinigkeit«, sagte sie. Sie griff nach Lauras Hand.

»Warte nicht auf mich«, bat Rostnikow.

»Das tue ich ganz bestimmt nicht«, versprach Sarah. »Ich muß schon früh aufstehen, um die Mädchen für die Schule fertig zu machen.«

Porfirij Petrowitsch und Sarah wußten genau, daß sie wach sein würde, wenn er zurückkam.

»Haben Sie einen Wagen?« erkundigte Rostnikow sich, während Gregorowitsch vor ihm durch den Flur eilte.

»Natürlich«, sagte der Major.

»Ich fürchte, ich werde den Wagen wohl ein wenig beschmutzen«, sagte Rostnikow.

»Das kann man nicht ändern.«

»Major, ganz gleich, wie dringend der Befehl des Obersts war, ich kann wirklich nicht schneller gehen. Sie müssen also entweder schon vorgehen oder sich meinem Tempo anpassen.«

Gregorowitsch verlangsamte seinen Schritt, und Rostnikow klopfte ihm dankbar auf den Rücken. Dabei hinterließ er einen großen dunklen Handabdruck auf dem neuen Anzug des Majors.

Bakunin sprang Elena an, noch bevor sie die Tür vollständig geöffnet hatte. Früher war der Kater mal schlank und kräftig gewesen, und er war hoch und häufig gesprungen. Nun, da Baku alt und schwerfällig geworden war, fanden seine Sprünge erheblich seltener statt und reichten nie bis in Elenas Arme.

Anna Timofejewa saß in ihrem Sessel am Fenster und hatte ein Buch auf dem Schoß. Sie trug eine besonders häßliche braune lange Hose und eine farblich nicht ganz dazu passende langärmelige Bluse. Sie war eine schwergewichtige Frau mit kurzem, grauem Haar und einem mißtrauischen Ausdruck, der sich in ihrem Gesicht schon lange vor dem Herzinfarkt eingenistet hatte, der ihre Karriere beendete. Sie hatte als Assistentin bei einem der Kommissare von Leningrad angefangen, der für die Transport- und Produktionsvorgaben verantwortlich war. Sie hatte kein juristisches Studium absolviert und keine besondere Ausbildung für den Posten der Staatsanwältin genossen, sondern war nach mehr als zwanzig Jahren Dienst in Leningrad mit dieser Position belohnt worden, und sie hatte sich mit dem gleichen Eifer in diese neue Aufgabe gestürzt, mit dem sie Spediteure und Fabrikanten verfolgt hatte. Während ihres zweiten zehnjährigen Dienstabschnittes als Staatsanwältin in Moskau hatte ihr Herz die Geschichte der Revolution nachgespielt. Zuerst beklagte es sich, und sie ignorierte es. Dann folgte der offene Protest, woraufhin Anna Timofejewa so tat, als hörte sie ihn nicht. Schließlich rebellierte es, und Anna suchte den Arzt auf. Dort wurde ihr geraten, mit ihrem Herzen Frieden zu schließen. Auch das ignorierte sie und arbeitete weiterhin vierzehn Stunden am Tag und frönte ihrem einzigen Laster – kaltem Tee. Dann brach die Revolution aus – ein Herzinfarkt – und sie hatte keine andere Wahl, als zu kapitulieren. Nun, im Alter von siebenundfünfzig, war Anna seit mehr als drei Jahren pensioniert.

Elena trat zum Sessel ihrer Tante und gab ihr einen Kuß auf die warme Wange. »Bist du heute spazierengegangen?« fragte Elena. In einer Hand trug sie eine kleine Tasche, den alten Aktenkoffer ihrer Tante in der anderen. Sie stellte beides ab.

»Spazierengegangen?« wiederholte Anna. »Ich bin in die frische, kalte Luft hinausgestürmt und gerannt wie der Wind. Die Nachbarn haben geglotzt. Touristen staunten und waren begeistert beim Anblick eines Sacks Kartoffeln, der im blauen Trainingsanzug durch die Straßen trabte.«

»Bist du spazierengegangen?« fragte Elena erneut und begann die kleine Tasche mit den Lebensmitteln auszuräumen.

Es hatte Elena zwei Stunden und vier Besuche bei Schwarzmarkthändlern gekostet, um die drei Dosen Suppe, zwei Zwiebeln, vier Kartoffeln, einen großen Becher Joghurt und ein Stück Fleisch zu ergattern, von dem der ernste Litauer, der es anbot, behauptete, es stamme von den besten Rindern, die in den weiten Pampas von Argentinien weiden.

»Ich bin gegangen«, sagte Anna Timofejewa und machte Anstalten aufzustehen.

»Hast du auch etwas gegessen?«

»Nun, Baku und ich hatten ein wenig Brot, Käse und Tee. Ich glaube, ich habe ein wenig abgenommen.«

Elena nickte. Bakunin rieb sich an ihrem Bein.

»Ich mache uns etwas«, sagte Elena.

»Ja«, sagte Anna.

Da sie ihre geringen Kochkenntnisse von ihrer berufstätigen Mutter übernommen hatte, war Elena eine schlechte Köchin. Ihre Tante war, wie sie beide wußten, darin noch schlechter. Sie hatte keine Ahnung von Zutaten und Gewürzen und ließ das Essen entweder beinahe anbrennen oder servierte es lange bevor es gar war.

»Hattest du einen schönen Tag?« fragte Elena und schleuderte ihre Schuhe von den Füßen in Richtung Wohnungstür.

»Ich schon«, sagte Anna. »Seit über drei Wochen beobachte ich jetzt schon, wie die magere Mutter mit dem fetten Jungen die anderen Mütter auf dem Hof bestiehlt. Sie ist mittlerweile so gut darin, daß sie wahrscheinlich eher als professionelle Diebin denn als verantwortungsvolle Mutter etwas taugt.«

Elena suchte sich einen Topf, spülte ihn unter fließendem Wasser aus, öffnete eine Suppendose und schüttete den Inhalt in den Topf. Danach füllte sie die Suppendose mit Wasser aus dem Hahn. Das Wasser sah heute ein wenig brauner aus als sonst. Während sie die Suppe langsam bis zum Siedepunkt erwärmte und dabei Wasser und einige Gewürze und sonstige Zutaten hinzufügte, entnahm Elena dem ungewöhnlich beharrlichen Schweigen ihrer Tante, daß die ältere Frau etwas Wichtiges zu sagen hatte.

»Nun?« fragte Elena, während sie ihrer Tante den Rücken zuwandte. Sie streute eine Prise Basilikum in den Topf und rührte behutsam um.

»Porfirij Petrowitsch hat angerufen«, sagte Anna.

Elena rührte weiter und schwieg.

»Er hat gefragt, wie es mir geht, und versprach, mich bald zu besuchen«, fuhr Anna fort. »Nächste Woche will er irgendwann herkommen. Er ist ein Mann, der zu seinem Wort steht.«

Ihrer Tante immer noch den Rücken zuwendend, fügte Elena nun eine Prise Pfeffer hinzu und lachte leise.

»Er hat auch über dich gesprochen«, sagte Anna.

»Und was hat er gesagt?«

»Daß du verärgert bist und daß er schon bald mit dir darüber sprechen will. Ich habe ihm angeboten, es für ihn zu übernehmen.«

»Ich habe mich nicht geärgert«, sagte Elena, umfaßte den Kochlöffel ein wenig fester und schob Bakunin sanft mit dem Fuß weg.

»Du verbirgst deine Gefühle nicht sehr gut, Elena«, sagte Anna.

»Ich arbeite daran. Ich habe meinen Posten schließlich noch nicht einmal ein ganzes Jahr.«

»Dann gib dir doch ein wenig mehr Mühe«, riet Anna. »Es geht wohl um eine alte Frau und den Diebstahl wertvoller Gegenstände.«

»Er hat mir den Fall übergeben«, sagte Elena. Sie drehte sich mit dem Kochlöffel in der Hand um. Ihre Stimme klang verhältnismäßig gelassen und ruhig. Elena neigte normalerweise dazu, die Stimme zu erheben, wenn sie sich aufregte.

»Und dann?« fragte Anna, während sie die zweite Lampe im Zimmer anknipste.

»Dann hat er ihn mir wieder abgenommen – er hat die alte Frau hereingerufen, sie eingeschüchtert, er hat die Wächter unter Druck gesetzt und mir gestattet, ein paar zuvor abgesprochene Fragen zu stellen.«

»Mit deiner Hilfe hat er die Antiquitäten gefunden und die Diebe gefaßt«, sagte Anna und kam zum Herd, wo der Teekessel leise zu summen begann. Sie nahm den Kessel von der Kochplatte, ehe er sein schrilles Pfeifen von sich gab, das den Kater stets unter das Bett im Nebenzimmer scheuchte.

»Ja.« Elena schaltete die Kochplatte aus und griff nach einem anderen Gewürz. Ihre Auswahl war nicht sehr umfangreich, aber ihr Bedürfnis, sich mit irgendetwas zu beschäftigen, war in diesem Moment wichtiger als das Aroma der Suppe.

»Wenn er deine Ermittlungen abgewartet hätte, was wäre dann geschehen?« fragte Anna. Sie bereitete drei Tassen Tee zu.

»Was geschehen wäre? Ich hätte irgendwann das Vertrauen der Frau errungen. Sie hätte –«

»Wo wären denn inzwischen die wertvollen Bücher und Antiquitäten geblieben?«

Elena zuckte die Achseln und fuhr fort, die Suppe zu verderben.

»Sie wären unter Sammlern und Händlern verteilt worden. Der Staat hätte das Nachsehen gehabt, und du hättest dich noch immer um das Vertrauen der Frau bemüht.«

»Vielleicht«, gab Elena zu.

»Porfirij Petrowitsch hat eine ganze Menge Druck von oben bekommen«, sagte Anna. »Er ist es, den man dafür verantwortlich gemacht hätte, wenn das Verbrechen nicht schnell aufgeklärt worden wäre.«

»Er hätte mit mir sprechen können«, wandte Elena ein, blickte auf die dunkle, köchelnde Suppe und fragte sich für einen kurzen Moment, woraus sie wohl bestehen mochte. Plötzlich fiel es ihr wieder ein, und sie nahm den Topf von der Kochplatte.

Als sie sich umdrehte, hatte ihre Tante bereits den Tisch gedeckt, die Teetassen hingestellt und dicke Brotscheiben abgeschnitten. Baku saß auf dem dritten Stuhl.

»Er hat mit mir gesprochen. Und ich spreche mit dir. Dein Job ist es, das zu tun, was Porfirij Petrowitsch dir befiehlt«, sagte Anna und schenkte Tee für drei ein.

»Und wenn es mir nicht gefällt?« fragte Elena. Sie setzte sich mit verkniffener Miene auf ihren Stuhl.

»Sehr oft war Porfirij Petrowitsch mit meinen Anweisungen nicht einverstanden«, sagte Anna lächelnd und stellte eine Tasse Tee vor Bakunins Stuhl.

»Aber er hat getan, was von ihm verlangt wurde«, sagte Elena müde.

»Nein, er tat, was er für richtig hielt, wenn er damit durchkommen konnte«, sagte Anna. »Und obgleich ich mich oft schrecklich über ihn geärgert habe, erreichte er gewöhnlich auf seine Art und Weise sein Ziel. Es gibt keine absolut richtige Methode, um an einen Fall heranzugehen, und die Forderungen von oben sind stets dringend und stehen in Konflikt zueinander.«

»Also«, begann Elena und verteilte die Suppe, »soll ich ignorieren, was mein Vorgesetzter mir sagt? Weniger als ein Jahr im Job, die einzige Frau im Dezernat, und ich soll meinen Vorgesetzten ignorieren?«

»Nein«, sagte Anna. Sie hielt mit erhobenem Löffel inne und betrachtete mißtrauisch die dunkle Brühe in der Schüssel vor ihr. »Du sollst tun, was er dir aufträgt. Du sollst von ihm lernen. Ich würde sagen, du bist noch ein oder zwei Jahre davon entfernt, ihn zu übergehen. Denk jedoch daran, wenn du dich entschließt, ihn zu übergehen, dann mach es still und unauffällig, und vergewissere dich, daß du richtig handelst, zumindest in den meisten Fällen.«

»Ich werde meinen Job verlieren«, sagte Elena und kostete von der Suppe. Sie schmeckte nicht schlecht.

»Das glaube ich nicht«, sagte Anna.

»Tante Anna«, sagte Elena und nahm sich ein Stück Brot, »wenn du immer noch Staatsanwältin wärst und jemand dich bäte, mich zu beurteilen, was würdest du in deinen Bericht schreiben? Sei aber bitte ehrlich.«

Anna aß weiter, warf einen Blick auf den Kater, um sich zu vergewissern, daß er von dem Tee getrunken hatte. Während sie antwortete, füllte sie für den Kater Suppe in eine Schüssel und blies darauf, damit sie abkühlte.

»Größe eins fünfundsechzig, Gewicht hundertvierzig Pfund. Ein wenig mollig, aber wohlproportioniert. Ziemlich große feste Brüste. Haare hellbraun, kurz geschnitten. Sehr dunkle, braune Augen. Reine Haut, hell. Gerade Nase. Hübsches Gesicht mit leicht asiatischem Einschlag.«

»Vielen Dank«, sagte Elena.

»Es ist nicht geschmeichelt. Es ist eine genaue Beschreibung. Soll ich genauso weitermachen?«

»Warum nicht.«

»Die Suppe ist eßbar, aber nicht sehr gut.«

»Das ist der Preis, den wir für unser Zusammenleben bezahlen«, sagte Elena. »Baku schmeckt es.«

»Bakus Charme«, sagte Anna und schaute den Kater, der sich über seine Schüssel beugte, liebevoll an, »ist seine Unberechenbarkeit. Es gibt Tage, da springt er schon morgens auf meinen Schoß und schläft. Und dann gibt es Tage, da faucht er mich an und zeigt mir die kalte Schulter.«

Elena sah ihre Tante an und hielt mit halb zum Mund geführten Löffel inne. »Was meinst du damit?«

»Was ich meine? Das, was ich gesagt habe«, erwiderte Anna. Sie war noch nicht soweit, ihre Suppe weiterzuessen, doch dann verstand sie. Anna war erfahren im Aufgreifen unerwarteter Reaktionen bei einem Tatverdächtigen.

»Wer?« fragte sie.

»Wer?« wiederholte Elena, nahm einen raschen Schluck Tee und griff nach einer weiteren Scheibe Brot.

»Der Mann, der an einem Tag Interesse zeigt und am anderen gleichgültig erscheint«, sagte Anna. »Der Mann, der dich dazu bringt, mir Fragen nach deinem Aussehen zu stellen.«

»Niemand«, sagte Elena.

»Niemand?« fragte Anna.

»Es hat nichts mit meiner Arbeit zu tun«, sagte Elena.

»Ich habe auch nichts anderes behauptet«, sagte Anna. »Es könnte jedoch deinen Zorn auf Porfirij Petrowitsch beeinflußt haben.«

»Aha«, sagte Elena und schlug mit dem Löffel auf den Tisch. »Weil du annimmst, daß ich mich für seinen Sohn interessiere, meinst du, daß ich meine Arbeit nicht bewältige, weil ich eine liebeshungrige Frau bin –«

»Die Männer sind sehr viel schlimmer«, fiel Anna ihr ins Wort, »aber sie haben gelernt, es besser zu kaschieren.«

»Jetzt spielst du wieder die Psychiaterin«, sagte Elena sarkastisch.

»Ich bin ehemalige stellvertretende Oberstaatsanwältin, bekleidete den höchsten Rang, den bisher eine Frau im

Büro des russischen Generalstaatsanwalts erreicht hat. Und wahrscheinlich bin ich die einzige, seit das System zerschlagen wurde. Das ist viel besser, als Psychiaterin zu sein.«

»Ich bin müde«, sagte Elena.

»Dann geh ins Bett. Ich spüle das Geschirr.«

»Wenn es dir recht ist, würde ich gerne vorher noch eine Partie Schach spielen«, erklärte Elena, während sie aufstand.

»Eine gute Schachpartie erfordert Siegeswillen, Geist und Herz«, sagte Anna und erhob sich ebenfalls. »Ich glaube nicht, daß du mir heute abend irgendetwas davon bieten kannst.«

Elena schlief seit einiger Zeit im kleinen Schlafzimmer, während Anna und Baku das Sofa benutzten. Anna war es lieber so. Sie stand häufig nachts auf und las oder hörte Radio oder beides. Außerdem befand sich aus Gründen, die nur dem bekannt waren, der diesen einstöckigen Betonbau um einen betonierten Hof errichtet hatte, die Toilette nicht neben dem Schlafzimmer, sondern in einer Ecke des nur unwesentlich größeren Wohnzimmers. Annas Toilettengänge waren in dem Jahr, in dem sie mit der Tochter des Bruders zusammenlebte, zahlreicher geworden.

Anna kehrte in ihren Sessel zurück.

»Vergiß nicht deine Übungen!« rief Elena und holte ein langes Nachthemd aus dem Wäscheschrank.

»Ich mache Sit-ups, Liegestützen und Kniebeugen«, sagte Anna. »Wenn wir genug Geld haben, kannst du mir ja Hanteln kaufen. Und in einem Jahr bin ich stärker als Porfirij Petrowitsch.«

»Nur die Sit-ups!« rief Elena. »Und nicht die dummen Witze.«

»Vielen Dank, daß du wenigstens meine Versuche erkannt hast, humorvoll zu sein«, sagte Anna.

Baku sprang auf ihren Schoß und schnurrte, als Anna ihn sanft kraulte.

Es war verrückt, dachte Elena, während sie sich aufs Zubettgehen vorbereitete, obgleich sie gar nicht müde war. Sie müßte sich etwas zu lesen suchen, irgendetwas, das sie ablenkte. Josef Rostnikow hatte sie seit zwei Wochen nicht mehr angerufen – genaugenommen seit zwei Wochen und einem Tag. Er hatte sie verfolgt. Sie hatte ihm widerstanden. Sie hatten zweimal miteinander geschlafen, beide Male war es sehr schön gewesen, wenn auch nicht allzu gefühlsbetont. Vielleicht war er zu Trina zurückgekehrt. Elena hatte Trina einmal kennengelernt. Sie war eine schlanke, sehr junge dunkle Schönheit, die bei ihm im Theater arbeitete. Und Trina war sehr nett gewesen.

Wußte Porfirij Petrowitsch Bescheid? Elena mußte immer wieder daran denken, wie es mit Josef, der mehr seiner Mutter glich als seinem Vater, im Bett gewesen war. Josef war ein heller Typ und größer als seine beiden Eltern. Sie wünschte sich seine nackte Brust neben ihrer, wünschte sich die Berührung seiner Lippen auf ihrem Mund. Sie wollte ihn anrufen. Sie versuchte vergeblich, im Bett zu liegen und in Gedanken seine Mängel aufzuzählen.

Fühlte er sich trotz allem noch von ihr angezogen? Sie hatte Hinweise auf Josefs Verhalten gegenüber Frauen aus den gelegentlichen Bemerkungen und ironischen Andeutungen von Schauspielern und anderen Leuten entnommen, die mit ihm im Theater arbeiteten. Sie war zweimal hingegangen, um ihm bei den Proben in dem kleinen Theater zuzusehen, das früher eine Kirche gewesen war.

Morgen, dachte sie, *morgen höre ich mit diesem Unsinn*

auf. Morgen werde ich dem jungen Bullen von Sergeant, der die Morgenschicht der Wachmannschaft der Petrowska anführt, andeuten, daß ich mit ihm essen gehen werde. Er schien recht nett zu sein, war offenbar nicht gerade dumm, ganz bestimmt stark, sah gut aus und war ledig. Sie knipste das Licht an und hoffte, daß der Sergeant, wenn er seine Uniform auszog, nicht zu behaart war.

Im Nebenzimmer schaltete Anna das Radio ein. Ihr Gehör funktionierte noch hervorragend, und die Musik war leise, trotzdem konnte Elena sie durch die dünne Tür hören. Sie drehte sich auf die Seite, fand ihre Gummistöpsel in der Nachttischschublade und steckte sie sich in die Ohren.

Der Graue Wolf saß in vollständiger Uniform in seinem Büro. Er hielt sich betont gerade und hatte die Hände vor sich auf die auf Hochglanz polierte Platte seines Schreibtisches gelegt. Rostnikow kam es so vor, als sitze er Modell für einen Porträtmaler.

»Chefinspektor«, sagte der Graue Wolf, »Sie sind schmutzig.«

»Major Gregorowitsch erklärte, mir bliebe keine Zeit zum Waschen und Umziehen.«

Major Gregorowitsch stand neben Rostnikow und schien diese Konfrontation ausgiebig zu genießen.

»Major«, sagte der Oberst, »Sie können gehen. Warten Sie draußen.«

Gregorowitsch nickte und marschierte hinaus. Der Graue Wolf entdeckte den Handabdruck auf dem Rücken des Majors und wandte sich an Rostnikow, nachdem Gregorowitsch die Tür hinter sich geschlossen hatte.

»Weshalb sind Sie so verdreckt?«

»Ich habe eine Klempnerarbeit erledigt«, antwortete Rostnikow. »Das ist mein Hobby.«

»Wasserleitungen?«

»Ja, Wasserleitungen.«

Dem Oberst fielen die ratternden Geräusche in seinen Wasserrohren zu Hause ein, aber er schob den Gedanken rasch beiseite. Er mußte einerseits den Chefinspektor seine Autorität spüren lassen und andererseits mit ihm über ein Problem diskutieren. Seine Stimme war ein wohltuender Bariton. »Mit Ihrer Zustimmung verfolgt Emil Karpo eine Bande, die mit gestohlenem, radioaktivem Material handelt, Material, das sie einer ausländischen Regierung verkaufen will.«

»Möglich, daß an diesen Gerüchten nichts dran ist«, sagte Rostnikow.

»Es könnte aber sein«, konterte Oberst Snitkonoi. »Und ich hätte darüber informiert werden müssen.«

»Das hatte ich auch vor, sobald wir ausreichend Beweise in Händen gehabt hätten, daß tatsächlich radioaktives Material gestohlen wurde.«

Der Oberst erhob sich aus seinem Sessel und beugte sich vor, wobei er die Hände auf den Tisch stützte. »Es ist von äußerster Wichtigkeit, daß ich informiert werde«, sagte er.

»Sie wurden informiert«, sagte Rostnikow.

»Ja, aber nicht von Ihnen. Von einer ausländischen Regierung, von den Amerikanern, vom FBI.«

»Hamilton«, sagte Rostnikow.

»Es war Hamiltons Vorgesetzter, der mit mir gesprochen hat«, sagte der Oberst. »Agent Hamilton leitet jetzt diese Untersuchung. Er wird eng mit Ihnen und Karpo zusammenarbeiten. Er ist in solchen Dingen ein Experte. Deshalb ist er hier. Porfirij Petrowitsch, wir können es uns nicht leisten, die Amerikaner zu einem solchen wichtigen Zeitpunkt, an dem unsere Regierung deren finanzielle Unterstützung und investigative Erfahrung dringend braucht, unnötig zu verärgern. Ist das klar?«

»Völlig«, sagte Rostnikow.

»Betrachten Sie sich als gemaßregelt«, sagte der Oberst ernst.

»Muß ich jetzt unbezahlten Urlaub nehmen?«

Snitkonoi schüttelte den Kopf. Seine perfekt frisierte weiße Mähne vibrierte mißbilligend. »Sie und ich wissen, daß Sie für mich viel zu wertvoll sind, um Sie vom Dienst zu suspendieren. Ich bitte Sie nur, mit Rücksicht auf meine Stellung in Zukunft etwas umsichtiger vorzugehen.«

»Ich werde mich bemühen«, sagte Rostnikow.

Snitkonoi setzte sich wieder und sah seinen Chefermittler an. »Irgendwo in meinem Haus gibt es ein Wasserrohr, das einen fürchterlichen Lärm veranstaltet, wenn ich einen Hahn aufdrehe«, sagte der Oberst. »Können Sie so etwas in Ordnung bringen?«

»Ja«, sagte Rostnikow.

»Waschen Sie sich, schlafen Sie sich aus, und seien Sie morgen früh wieder im Büro. Wir unterhalten uns morgen über meine laute Wasserleitung. Gehen Sie jetzt.«

Rostnikow ging zur Tür, so schnell es sein Bein erlaubte.

»Und schicken Sie auf dem Weg nach draußen Pankow zu mir.«

Wenige Sekunden nachdem Rostnikow gegangen war, betrat das winzige Bündel vor Angst zitternder Nerven namens Pankow das Büro.

»Rostnikow hat hier eine breite Schmutzspur hinterlassen. Sorgen Sie dafür, daß hier vor morgen früh anständig geputzt wird. Überwachen Sie das persönlich.«

»Jawohl, Oberst«, sagte Pankow, wohl wissend, daß er keinen Hausmeister auftreiben würde, der bereit wäre, das Büro zu reinigen. Pankow würde es wohl selbst tun müssen. »Sonst noch etwas?«

»Bestellen Sie Major Gregorowitsch, daß er gehen kann und daß ich gesagt habe, er habe seine Sache gut gemacht.«

»Ja«, sagte Pankow.

Als Pankow das Büro verlassen hatte, trat der Oberst ans Fenster, um zum eisigen Nachthimmel emporzuschauen. Dann lenkte er seinen Blick auf den einzigen blühenden Busch im Garten. Im hellen Schein der Straßenbeleuchtung schien er heute viel weniger Blüten zu tragen.

Zehn

Schritte

Es war kurz vor Mitternacht. Die Straße war leer. Irgendwo über ihm in einem der Räume eines Gebäudes hustete jemand. Sascha konnte nicht sagen, ob es ein Mann oder eine Frau war. Das Husten klang zweifellos krank.

Ein frischer Wind war aufgekommen. Saschas Hände waren in den Taschen seines Jacketts vergraben. Er hoffte, daß die Polizistenwitwe Kaffee hatte. Sonst würde es schwierig werden, die ganze Nacht wach zu bleiben. Es war ihm nicht gelungen, zu Hause ein paar Stunden Schlaf zu finden. Nachdem Lydia ihre Dusche beendet hatte, hatten er und Maja sich leise unterhalten und gelauscht, bis Lydia zu schnarchen begann. Dann warteten sie, ob Pulcharia herauskommen würde, um sich über das Schnarchen ihrer Großmutter zu beschweren. Sie warteten zwanzig Minuten. Das Mädchen kam nicht aus dem Schlafzimmer.

Und dann, in nahezu völliger Dunkelheit, beim Schein einer einzigen Kerze, die sie aus diesem Anlaß angezündet hatten, liebten sie sich ein zweites Mal. Das letzte Mal, daß sie das getan hatten, war lange vor der Geburt des Babys gewesen. Sascha war voller Leidenschaft gewesen, was ihn überrascht hatte. Er hatte schließlich einen langen Tag hinter sich und mußte schon bald wieder aufstehen. Dennoch hatte er sich stark gefühlt, und sie war ihm lustvoll entgegengekommen.

Sie nahmen sich viel Zeit, und dann wollte Maja noch ein

wenig reden. Er konnte sich nicht einfach auf die Seite drehen und einschlafen.

»Ich finde, wir sollten jemanden engagieren«, sagte sie.

»Das können wir uns nicht leisten«, meinte Sascha und betrachtete sie. Kerzenschein tanzte über das dunkle Gesicht seiner Frau, und ihre halbbedeckten Brüste schimmerten.

»Ich weiß nicht, wie lange ich es noch mit ihr aushalten kann«, sagte Maja leise. »Und ich weiß nicht, wie lange die Kinder es noch können.«

»Ich verstehe das ja«, sagte er. »Aber wir können uns niemanden leisten, der auf die Kinder aufpaßt. Und sie würde kein Wort mehr mit uns sprechen, wenn wir sie wegschickten und danach eine Frau einstellten, die bei den Kindern bleibt.«

»Du könntest sie überreden«, meinte Maja. »Ihr klarmachen, daß sie wieder arbeiten gehen, wieder etwas mehr Privatsphäre und Freiheit haben könnte. Formulier es so, als täten wir es für sie.«

»Sie würde es nicht glauben«, sagte er.

»Ich weiß«, murmelte Maja und kaute auf ihrem Daumen herum. Dabei dachte sie über einen neuen Vorstoß nach, um nicht ihren Verstand zu verlieren und Lydia loszuwerden.

Die Diskussion dauerte fast eine Stunde lang und endete damit, daß Sascha sich damit einverstanden erklärte, während des Tages durchzurechnen, wieviel Geld sie zur Verfügung hatten, und zu überlegen, was sich tun ließ. Als sie endlich ihre Diskussion beendet hatten, mußte Sascha aufstehen, sich anziehen und Selatsch ablösen. Noch bevor er die Wohnungstür öffnete, war Maja schon eingeschlafen. Sie war wirklich erstaunlich. Sie konnte praktisch auf

Befehl einschlafen und war schon beim leisesten Laut von einem ihrer Kinder wieder hellwach. Sascha hatte Probleme mit dem Einschlafen, aber wenn er einmal schlief, hörte er absolut nichts mehr.

Und nun schlurfte er müde durch die dunkle Straße, die Schritte ein wenig ungleichmäßig und darüber nachgrübelnd, wie er mehr Geld verdienen könnte. Der einzige Weg, es ohne große Mühe zu tun, war, die Schmiergelder anzunehmen, die ihm manchmal geboten wurden. Es waren gewöhnlich Bestechungsgelder von Kleinkriminellen. Er war schon einmal in Versuchung geraten, und zweimal hatte er »Geschenke« von dankbaren Ladeninhabern angenommen, deren gestohlene Waren er wiederbeschafft hatte. Er konnte wahrscheinlich erheblich mehr Geld verdienen, wenn er seine Dienste als Informant einer der Moskauer Mafia-Organisationen anbot. Er konnte sich durchaus vorstellen, etwas Illegales zu tun, wenn das Leben Majas oder der Kinder auf dem Spiel stand. Was war schließlich aus dem ganzen Staat geworden? Wo ist, wie Gorkij die Hauptperson in seinem Stück *Mutter* vor Gericht ausrufen ließ, die Gerechtigkeit?

Bis zu dem Haus, in dem Selatsch am Fenster saß, konnte es nicht mehr allzuweit sein. Er blickte über die Straße, wobei er nicht erwartete, die drei Jungen oder überhaupt etwas zu sehen.

Ganz sicher rechnete er nicht mit dem plötzlichen, heftigen Schmerz in seinem Kopf, einem Schmerz, der Sascha auf die Knie sinken ließ. Hatte er etwa einen Schlaganfall erlitten? Er war ein junger Mann. Aber sein Vater war an einem Schlaganfall gestorben. Ein weiterer Schlag traf ihn, und diesmal wurde er von dem Geschmack von Blut und dem Klang leiser Stimmen begleitet.

»Noch einmal, Boris, noch einmal.«

Sascha hob einen Arm und spürte, wie der nächste Schlag gegen seinen Ellenbogen krachte. Eine Gestalt erschien vor Sascha, die vagen Umrisse eines Jungen, der ihn ansah und wahrscheinlich überlegte, was noch nötig wäre, um dieses widerspenstige Geschöpf zu töten.

»Noch einmal, Boris«, sagte der Junge vor ihm.

Nun, während er sich über den Gehsteig wälzte, versuchte er sich zu einer Kugel zusammenzurollen und an die Pistole unter all seinen Kleidern heranzukommen. Er konnte drei Kinder sehen, alles Jungen, einer mit einer Holzlatte in den Händen, der, der vor ihm gestanden hatte, mit den Händen in den Taschen, und der dritte, der jüngste, mit einem drohend erhobenen Ziegelstein.

Tkach wollte schreien, und vielleicht tat er es auch. Er wollte sich hochkämpfen auf die Knie, da er sicher war, daß die Jungen ihn töten wollten. Er blinzelte, um das Blut aus seinen Augen verschwinden zu lassen, und stützte sich auf einen Ellenbogen, während er nach der Waffe griff. Über ihm holte der Junge mit dem Ziegelstein aus und starrte ohne eine Gefühlsregung auf Sascha hinunter. Sascha wußte, daß er die Pistole nicht rechtzeitig herausreißen könnte. Sein zweiter Gedanke galt Maja, die jetzt für immer mit Lydia leben mußte.

Sascha schloß die Augen. Füße scharrten. Der Schlag kam nicht, oder vielleicht war Sascha auch längst zu betäubt, um ihn zu spüren. Nun erklang ein heftigeres Scharren, dazu das Keuchen eines Mannes und kurz darauf das schmerzerfüllte, hohe, wütende Ächzen eines Kindes.

Sascha schlug die Augen auf. Ein Mann, Selatsch, trat nach dem Jungen mit der Holzlatte. Der jüngste, der sich mit einem Ziegelstein über Sascha gebeugt hatte, kauerte nun vor der Hauswand. Der Ziegelstein war nicht mehr zu sehen. Der Junge hielt sich den Kopf. Selatschs Tritt saß. Er erwischte den anderen Jungen in der Magengrube. Der Junge ließ die Latte fallen und sackte auf die Knie. Der letzte Junge, der Boris befohlen hatte, Sascha erneut zu schlagen, rannte auf das Mietshaus zu, das die beiden Polizisten beobachtet hatten. Selatsch schaute zu Sascha, der es mittlerweile geschafft hatte, seine Pistole freizubekommen. Sascha nickte, und Selatsch rannte hinter dem flüchtigen Jungen her, der einen beachtlichen Vorsprung hatte.

Die nächsten fünf Sekunden grenzten an ein Wunder. Der gewöhnlich träge daherschlurfende, vor kurzem noch kranke Selatsch schnappte den Jungen, ehe er durch die Tür ins Mietshaus gelangen konnte. Er packte ihn im Nacken und brachte ihn über die Straße zurück, wo die beiden anderen Jungen ihre Wunden pflegten und keine Anstalten machten wegzulaufen.

Sorgfältig fesselte Selatsch den Jungen, den er eingefangen hatte, an denjenigen, der Sascha mit der Latte geschlagen hatte. Dann streckte Selatsch Sascha die Hand entgegen, der ihm in seiner Verwirrung die Pistole reichte.

»Nein, Sascha«, sagte Selatsch leise. »Deine Handschellen, ich hol sie mir schon.«

Selatsch griff unter Saschas Jackett und fischte die Handschellen seines gestürzten Kollegen heraus. Wenige Sekunden später waren die drei Jungen in einem Kreis um einen Laternenpfahl aneinandergekettet.

»Bist du halbwegs in Ordnung?« fragte Selatsch und ging vor Sascha in die Knie.

»Ich weiß es nicht«, sagte Sascha, war sich jedoch einigermaßen sicher, daß die Worte so leise herauskamen, daß Selatsch sie nicht hören konnte.

Selatsch legte kurz eine Hand auf den Arm seines Partners und sagte: »Ich bin sofort wieder zurück.«

Sascha versuchte zu nicken und sah die Jungen an. Kleine Kinder mit wütenden Gesichtern. Die beiden älteren starrten Sascha haßerfüllt an, und der älteste fragte: »Weshalb haben Sie nicht gesagt, daß Sie ein Polizist sind?«

Darauf gab Sascha keine Antwort. Er verrenkte sich, um seine Waffe wieder ins Holster zurückzustecken, und glaubte, es geschafft zu haben. Er spürte, wie er das Bewußtsein verlor.

»Die Witwe ruft einen Krankenwagen«, sagte Selatsch, als er zu Sascha zurückkehrte. Dieser nickte mit geschlossenen Augen.

»Er stirbt«, sagte der älteste Junge.

Mittlerweile erschienen die ersten Gesichter an den Fenstern. Leute blickten aus ihren dunklen kleinen Höhlen auf das Geschehen unten auf der Straße.

Selatsch richtete sich auf, ging zu den drei Jungen und schlug dem ältesten mit dem Handrücken mitten ins Gesicht. Die Nase des Jungen begann zu bluten, und dunkelrotes Blut sickerte zwischen seinen Zähnen hervor. Er sah aus wie ein bleicher Vampir. Das Schlimmste jedoch war, daß er nicht weinte. Er sah noch nicht einmal zornig aus. Er blickte den Polizisten gleichmütig an, der überlegte, ob er ihn noch einmal schlagen sollte, es sich dann jedoch anders überlegte. Die ersten Schläge gegen die Kinder waren zu Saschas Schutz gewesen. Dieser Schlag war ein Ausdruck der Wut. Selatsch brachte es nicht über sich, noch einmal zuzuschlagen, außerdem war er sich inzwischen sicher, daß Schläge sowieso nichts nützen würden.

»Bleib wach, Sascha Tkach«, verlangte Selatsch und eilte

zu seinem am Boden liegenden Freund. »Ich glaube, ich höre schon einen Polizeiwagen kommen. Bleib wach.«

Sascha versuchte es.

Es gelang ihm nicht.

Karpo machte einen Abstecher zu seinem Büro, was sich als Fehler erwies. Eigentlich hätte dabei nichts passieren dürfen. Es war schon weit nach Mitternacht. Die Lampen im Dezernat für Sondermitteilungen waren gelöscht, doch ehe sein Finger den Schalter ganz herumgelegt hatten, wußte Karpo, daß er nicht alleine war, daß jemand in der Dunkelheit wartete.

Der Mann saß an Karpos Schreibtisch. Es war Hamilton, der schwarze FBI-Agent. Er war schon für den Tag gekleidet. Der Anzug war frisch gebügelt, er war glattrasiert und duftete dezent nach Rasierwasser.

Karpo blieb vor dem Mann stehen, der ihm einen versiegelten Umschlag reichte. Karpo öffnete den Umschlag und las die Nachricht, die Chefinspektor Rostnikows und Oberst Snitkonois Unterschrift trug. Die Nachricht war kurz. Karpo erhielt den Befehl, dem FBI-Agenten alle Informationen über eine Bande namens die Bestien und die möglichen Händler für radioaktives Material zu übergeben. Danach sollte er sämtliche Befehle Hamiltons im Zusammenhang mit diesem Fall befolgen. Kurz gesagt, er sollte bei der Suche nach den Mördern Mathildes für den Amerikaner arbeiten.

Hamilton deutete auf den Stuhl neben dem Schreibtisch.

»Befehlen Sie mir, mich zu setzen?«

»Nein«, sagte Hamilton. »Ich lade Sie ein.«

»Ich lehne die Einladung ab.«

Hamilton akzeptierte das mit einem Kopfnicken, holte

einen kleinen Kassettenrecorder aus der Tasche und sagte: »Wie ich hörte, unterhielten Sie mit der ermordeten Frau eine enge Beziehung.«

Karpo gab keine Antwort. Ihm war keine Frage gestellt worden, und er verspürte nicht die Bereitschaft zur Kooperation, obgleich er stets tat, was Rostnikow befahl.

»Ich habe mit dem Mann gesprochen, dem Sie den Daumen gebrochen haben«, sagte Hamilton. »Ich nehme an, er war es, der Ihnen den Finger gebrochen hat.«

Karpo sagte nichts.

»Wenn er jemals aus dem Gefängnis kommt, wird er auf Sie Jagd machen.«

Karpo nahm nicht an, daß der Mann jemals lebendig das Gefängnis verlassen würde, sagte aber noch immer nichts.

»Angenommen, Sie finden eine oder mehrere Personen, die Sie für den oder die Täter halten, was würden Sie mit ihnen tun? Ihnen die Daumen brechen?«

»Nein«, sagte Karpo, der fast in Habachtstellung dastand. »Ich würde sie hinrichten.«

Hamilton schüttelte den Kopf. »Nein. Sie werden sie nicht hinrichten.«

Karpo sagte nichts.

»Sie werden sie nicht hinrichten«, wiederholte Hamilton. »Das ist ein Befehl.«

Karpo gab darauf keine Antwort. Er hatte wenig Phantasie, aber ihm wurde plötzlich klar, daß ein russischer Polizeibeamter unter dem direkten Befehl eines amerikanischen FBI-Agenten stand, der nicht mehr der Feind schlechthin war, sondern nun sogar sein Vorgesetzter.

Hamilton drückte auf einen Knopf seines Kassettenrecorders und sagte: »Erzählen Sie mir alles über den Fall, was Sie wissen.«

Es war ein schlechter Tag für Artiom Solowijow gewesen, und es sollte eine noch viel schlechtere Nacht für ihn werden. Vor ein paar Wochen war er noch ein einfacher Automechaniker mit einem kleinen, aber erfolgreichen Betrieb gewesen. Er hatte, zusammen mit Boris, seinem einzigen Helfer, für die Neureichen gearbeitet, vorwiegend die tschetschenische Mafia und ihre Partner, die ihn weiterempfohlen hatten. Die Geschäfte gingen immer besser, und einer seiner Kunden, der aussah wie ein Indianer, sagte zu ihm, falls er jemals spezielle Ersatzteile brauche, könne er ihm behilflich sein.

Artiom arbeitete jeden Tag. Er liebte Autos. Die Autos schienen diese Liebe zu erwidern. Abends kehrte er nach Hause zurück, zog seinen schmuddeligen Overall aus, duschte und putzte sich heraus. Artiom ging gerne aus. Er hatte ein paar Lieblingsbars, kannte ein paar Frauen. Manchmal blieb er jedoch lieber zu Hause und saß barfuß und nur mit seinem Bademantel bekleidet vor dem Fernseher. Er war ein glücklicher, ein wenig übergewichtiger, dunkler Mann mit einem müden, attraktiven, jedoch leicht dümmlichen Gesicht, das im Prinzip, aber nicht ausschließlich, die Folge der Vererbung war. Es war ebendiese Kombination aus offenem, dunklem, gutem Aussehen und Dummheit, die seine Kunden veranlaßte, ihm zu vertrauen.

Von Zeit zu Zeit fiel ihm eine Kundin besonders ins Auge, die ihn anlächelte. Bisher hatte sich nie etwas daraus entwickelt, was nicht weiter schlimm war. Und dann kam *sie*, Anna Porwinowitsch. Es hatte ihn völlig unvorbereitet getroffen.

Er war gerade von der Arbeit nach Hause gekommen, duschte und sang dazu einen amerikanischen Schlager über einen purpurfarbenen Himmel, als er ein lautes Klopfen an der Tür hörte. Er drehte die Dusche zu, schlüpfte in seinen Bademantel und schüttelte das Wasser von seinen großen Füßen auf den Teppichboden, während er zur Tür ging. Er hatte zuerst durch seinen Spion geschaut und konnte nur feststellen, daß es sich um eine Frau handelte. Er öffnete die Tür und trat zurück. Dabei versuchte er, sich das Haar mit den Fingern nach hinten zu streichen.

Sie hatte, wie er sich erinnerte, ein rot-weißes und sehr enges Kleid getragen, und das Rot ihrer Lippen entsprach der roten Farbe des Kleides. Sie roch nach Vanille und nach etwas, das er nicht erkennen konnte. Sie drückte die Tür hinter sich zu, betrachtete die Unordnung im Zimmer und drehte sich zu ihm um. Nur wenige Schritte vor ihm stehend, schien sie ein wenig älter zu sein, als er vorhin in der Werkstatt, als sie auf Wagenlänge von ihm entfernt gewesen war, geschätzt hatte. Tatsächlich war Artiom ganz sicher, daß sie älter war als er, was ihm, anstatt ihn zu beunruhigen, eine Erektion bescherte.

Sie betrachtete die Ausbuchtung in seinem Bademantel, lächelte und griff nach unten, um sie zu berühren. Er wich zurück, und sie folgte ihm.

»Ich sehe sehr wohl, wie du mich anschaust«, sagte sie.

Artiom sagte nichts.

»Und du«, fuhr sie fort, »siehst, wie ich dich anschaue.«

»Wie haben Sie mich gefunden?« fragte er.

Sie schüttelte den Kopf, als wäre er ein dummer kleiner Junge. Dann öffnete sie den Reißverschluß ihres Kleides und schleuderte die Schuhe von den Füßen. Sie war atemberaubend. Sie streifte Büstenhalter und Slip ab und kam auf ihn zu, um seinen Bademantel zu öffnen.

Sie schmeckte nach Hitze, Vanille und Rauch. Sie liebten

sich auf dem Fußboden hinter der Wohnungstür, und als sie fertig waren, erweckte sie ihn mit dem Mund wieder zum Leben, und sie taten es erneut. Sie lächelte und gab leise, singende Laute von sich. Nach weniger als einer halben Stunde, die ihm wie eine Ewigkeit vorkam, erhob sie sich und begann sich anzuziehen. Er stand auf, schwankte leicht als Folge dessen, was er soeben erlebt hatte. Sie schlüpfte in ihre Schuhe und küßte ihn, wobei sie seine Zunge mit ihrer kitzelte. Dann war sie verschwunden.

Artiom hob seinen Bademantel auf, blickte auf die Tür und sah sich dann im Zimmer um. Er fragte sich, ob er das alles nur geträumt hatte. Artiom verfügte über nicht allzuviel Phantasie, und er nahm keine Drogen, die eine solche lebhafte Vision hätten hervorrufen können. Er roch im Zimmer und an seinem Körper immer noch ihren Duft. Er dachte nicht entfernt daran, unter die Dusche zurückzukehren.

Ein paar Tage später war sie mit ihrem Wagen in der Werkstatt erschienen. Sie höre irgendein Geräusch, sagte sie, wahrscheinlich sei der Schalldämpfer defekt. Sie trug ein elegantes schwarzes Kostüm und einen kleinen Hut. Während er die Reparatur ausführte, rauchte sie eine lange Zigarette und äußerte sich mit keinem Wort zu ihrem Besuch in seiner Wohnung. Als er fertig war, bedankte sie sich, reichte ihm die Hand und bezahlte bar. An diesem Tag duftete sie nicht nach Vanille, sondern nach etwas Fremdartigem, Bittersüßem.

Am gleichen Abend kam sie wieder in seine Wohnung. Diesmal liebten sie sich in seinem Bett, das, wie er sich erinnerte, dringend frische Bettwäsche brauchte. Die schmuddeligen Laken schienen ihr nichts auszumachen. Diesmal rauchte sie anschließend eine ihrer langen Zigaretten, und sie unterhielten sich. Oder eigentlich erzählte nur sie – von ihrem Leben, ihrem Ehemann, ihrem Reichtum und von Artiom, zu dem sie sich hingezogen fühle, weil er so stark und unkompliziert sei.

Sie konnte ihm nicht sagen, wann sie das nächste Mal zu ihm kommen würde, daher hatte er sich angewöhnt, zu Hause zu bleiben und seine Zeit barfuß und im Bademantel vor dem Fernseher zu verbringen. Er hatte eine Frau engagiert, die seine Wohnung säuberte und für frische Bettwäsche sorgte. Also saß er da und wartete. Vier Tage verstrichen, ehe Anna Porwinowitsch wieder erschien. Sie sah traurig aus, warf sich in seine Arme und drängte sich leidenschaftlich an ihn.

Weniger als zwei Wochen nachdem sie das erste Mal zu ihm gekommen war, erklärte Artiom sich bereit, ihren Mann zu entführen und zu töten. Sie nannte den Zeitpunkt und den Ort, wohin er gebracht und wie das Unternehmen durchgeführt werden sollte, und obgleich er ziemlich ablehnend reagierte, als sie von Entführung und Mord zu reden begann, konnte sie ihn überreden.

Die Waffen besorgte er ohne Schwierigkeiten von einem seiner Mafia-Kunden. Er konnte außerdem seinen Helfer, Boris, mit dem Versprechen auf eine Menge Geld für den Plan gewinnen und träumte fortan von einem Leben mit Anna in Reichtum und Nichtstun.

Die Entführung klappte verhältnismäßig gut, und der Plan schien perfekt zu sein. Aber alles war sehr schnell kompliziert geworden, als Porwinowitsch begriff, was mit ihm geschah und wer sich das ausgedacht hatte. Porwinowitschs Angebot anzunehmen, kam überhaupt nicht in Frage. Er hatte es für Anna getan. Aber das schien nun nebensächlich zu sein, da die Polizei offenbar über seine Beteiligung an dem Verbrechen Bescheid wußte. Jetzt hatte er nur noch Visionen von düsteren Gefängniszellen.

Vergewaltigung durch andere Häftlinge und durchweinte Nächte. Er hoffte, daß er für das, was er getan hatte, nicht verurteilt und hingerichtet würde. Schlimmer noch, Artiom hatte Gerüchte gehört, daß die Polizei Kriminelle einfach auf der Straße erschoß und dem Opfer eine billige Pistole in die Hand drückte, damit es so aussah, als hätte es sich der Verhaftung widersetzt.

All das ging Artiom durch den Kopf, als er den Schlüssel in das Schloß seiner Wohnungstür steckte und überlegte, ob er etwas gegen seine Kopfschmerzen im Haus hatte.

Etwas kam ihm seltsam vor. Artiom drückte die Tür hinter sich zu. Das Licht brannte. Porwinowitsch saß der Tür halb zugewandt am anderen Ende des Zimmers in einem Sessel. Er reagierte nicht auf Artioms Erscheinen. Artiom sah zu Boris, der ebenfalls in einem Sessel saß. Er hatte die Skimütze abgenommen und blickte Artiom mit einem hilflosen, flehenden Ausdruck in den Augen an.

Für einen kurzen Moment blieb Artiom an der Tür stehen und ließ den Blick zwischen beiden Männern hin und her springen. Dann erkannte er, daß sein Helfer keine Waffe in der Hand hielt. Auch auf seinem Schoß oder auf dem Fußboden neben ihm war nichts von einer Maschinenpistole zu sehen. Er bemerkte außerdem, daß Boris' Hände sich auf seinem Rücken befanden.

Artiom erstarrte. Boris stieß ein leises Schluchzen aus. Porwinowitsch erhob sich aus seinem Sessel. In seiner Hand funkelte matt die Maschinenpistole. Er lächelte.

»Du kommst spät«, sagte Porwinowitsch. Durch das zerschlagene, geschwollene Gesicht klangen seine Worte ein wenig undeutlich.

»Die Dinge ... die Polizei weiß Bescheid ... ich wollte Sie befreien.«

Porwinowitsch lächelte erneut.

»Ich stelle dir eine Frage. Und du beantwortest sie knapp und wahrheitsgemäß.«

Artiom machte in die Hose. Er nickte.

»Das Ganze war die Idee meiner Frau, nicht wahr?«

»Ja«, sagte Artiom. »Es war ihre Idee.«

»Sie hat ein paarmal mit dir geschlafen, und du warst bereit, ihren Mann zu töten«, sagte Porwinowitsch.

Das Schluchzen des Mannes im anderen Sessel wurde lauter.

»Ich sollte Sie entführen«, sagte Artiom. »Nicht ermord-«

Von einem scharfen Geräusch der Waffe in Porwinowitschs Händen wurde ihm das Wort abgeschnitten. Artiom schloß die Augen und schlug sie wieder auf. Er war sich ziemlich sicher, daß nicht auf ihn geschossen worden war. Er sah Porwinowitsch an, der mit einem Kopfnicken auf Boris deutete. Der Helfer war jetzt nach vorne gesackt und wurde nur durch den Strick gehalten, der um seine Hände hinter der Sessellehne geschlungen war. Blut tropfte aus einer Wunde in seiner Brust, und noch mehr Blut strömte aus seinem Gesicht. Er war offensichtlich tot.

»Sie haben ihn getötet«, sagte Artiom anklagend.

»Du hast gelogen.«

»Ich ...«

»Du wolltest mich töten. Sie hat es von dir verlangt.«

»Ja«, sagte Artiom. Er konnte den Blick nicht von dem blutenden Mann losreißen. »Ich habe noch nie jemanden getötet. Sie –«

»Ich glaube dir«, sagte Porwinowitsch.

Artiom verspürte keine Erleichterung.

»Die Nachbarn«, sagte Artiom verzweifelt. »Einige haben sicher die Schüsse gehört.«

»Zwei Schüsse. Ein Wagen auf der Straße hatte eine Fehlzündung. Glühbirnen sind auf den Boden gefallen«, sagte Porwinowitsch. »Sie kümmern sich um ihre eigenen Angelegenheiten. Ich nehme an, sie hat diesen Ort ausgesucht.«

»Ja«, sagte Artiom. »Darf ich mich hinsetzen? Ich fühle mich nicht ...«

Porwinowitsch deutete mit dem Lauf der Waffe auf den Sessel, aus dem er aufgestanden war. Artiom, schweißüberströmt und mit bohrender Übelkeit im Magen, taumelte zu dem Sessel hinüber und ließ sich hineinfallen. Porwinowitsch trat ein paar Schritte zurück.

»Hast du meinen Bruder kennengelernt?« fragte Porwinowitsch.

»Nein«, sagte Artiom und umklammerte die Armlehnen des Sessels, um sein Zittern zu unterdrücken.

»Ich hatte den ganzen Tag Zeit nachzudenken, Solowijow«, sagte Porwinowitsch. »Den ganzen Tag. Ich bin ein kluger Mann, der mit einer intriganten Frau geschlagen ist, die für mich ebensowenig übrig hat wie für dich. Ich bin sicher, daß Jewgenij ihr noch viel weniger wert ist.«

»Jew –«

»Mein Bruder, den sie, da bin ich mir sicher, von seiner Impotenz geheilt hat. Ohne Jewgenij, der nicht besonders helle ist – frag mich nicht, wie es kommt, daß einige Gene nur auf ein Kind und nicht auf ein anderes übergehen –, kann sie mein Geschäft nicht führen. Ich glaube außerdem, daß sie es mit ihm auch nicht kann. Wenn du nur ein wenig mehr Grips hättest, würdest du begreifen, daß du in ihren

Zukunftsplänen keine Rolle spielst. Ich vermute, daß sie schon jetzt Vorbereitungen für deinen in Kürze bevorstehenden Tod getroffen hat. Und daß sie es wohl selbst tun muß. Jewgenij ist weder zu komplizierten Gedankengängen noch zu direkten Aktionen fähig.«

Porwinowitsch hielt inne, und Artiom nickte.

»Möchtest du wissen, was als nächstes geschieht, Artiom Solowijow?«

Artiom war sich nicht ganz sicher, ob er das wirklich wollte. Er widerstand dem plötzlichen, zwingenden Drang, den Kopf zu drehen und seinen toten Helfer zu betrachten.

»Ich werde es dir erklären«, sagte Porwinowitsch und lehnte sich an die Wand. »Ich fürchte, die Ereignisse des Tages haben mich vorübergehend den Verstand verlieren lassen, vor allem als ich entdeckte, daß du meine Frau und meinen Bruder ermordet hast.«

»Ihre Frau und ...?«

»Du bist gerade hereingekommen und hast mir mitgeteilt, du hättest meine Frau und meinen Bruder getötet«, sagte Porwinowitsch. »Ich geriet in Raserei. Ich habe mich auf dich gestürzt, dich überrumpelt. Du hast geschossen und deinen Komplizen getroffen. Ich habe dir die Waffe entrissen, und du hast mich angegriffen. Daraufhin habe ich dich erschossen.«

»Aber Ihre Frau ist nicht tot«, sagte Artiom und starrte in die blaugeschlagene Fratze des Wahnsinns.

»Nein«, gab Porwinowitsch zu. »Aber bald wird sie es sein.«

Diesmal war es ein Feuerstoß aus der Maschinenpistole, nicht nur zwei Schüsse. Artioms erste Reaktion war Überraschung und dann Erleichterung, daß er nicht erschossen worden war. Plötzlich setzte der Schmerz ein. In seinem Bauch. Er starrte nach unten. Drei, vielleicht vier Löcher dicht beieinander, aus denen sich ein dicker Blutstrom ergoß.

»Sterbe ich?« fragte Artiom.

»Das hoffe ich doch«, antwortete Porwinowitsch und schoß erneut.

Diesmal spürte Artiom nichts.

Elvira Schasow traf kurz vor dem Krankenwagen der Polizei ein. Ein Nachbar hatte aus einer Regung, die man für Mitgefühl hätte halten können, die aber in Wirklichkeit tiefe Befriedigung war, an ihre Tür geklopft und ihr gemeldet, daß ihre Söhne auf der Straße gleich vor dem Haus verhaftet wurden.

Elvira hatte ihr Baby auf den Arm genommen und war an dem Nachbarn vorbeigerannt. Auf der anderen Straßenseite sah sie einen Mann auf dem Pflaster liegen und einen anderen, der neben ihm kniete. Die neugierige Witwe aus dem ersten Stock des gegenüberliegenden Hauses stand im Hauseingang. Andere blickten aus dunklen Zimmern auf die Straße hinunter.

Ihre Söhne bildeten einen Kreis um einen Laternenpfahl. Sie waren gefesselt.

»Meine Babys«, kreischte sie.

Der schlaksige Mann auf Knien erhob sich und ging ihr entgegen. Zwei Männer sprangen aus dem Krankenwagen und rannten zu dem Gestürzten hinüber.

Kurz bevor sie ihre Söhne erreichte, trat Selatsch ihr in den Weg.

»Sie bluten«, jammerte sie. »Sehen Sie sie an. Babys. Sie haben meine Babys geschlagen.«

Die drei Jungen schauten zu ihrer Mutter. Sie schämten sich, daß sie erwischt worden waren. Nun begann das Baby auf dem Arm der Frau zu weinen.

»Ich muß mich um meine Babys kümmern«, beharrte die Frau.

»Sie sind verhaftet«, erklärte Selatsch.

»Meine kleinen Lieblinge?«

»Die versucht haben, einen Polizeibeamten zu berauben und zu ermorden«, sagte Selatsch.

»Sie würden niemals einen Polizisten angreifen. Sie würden nie irgend jemandem etwas zuleide tun«, sagte sie. »Will uns denn keiner helfen?«

Das Baby schrie. Sascha Tkach wurde auf eine Bahre gehoben und zum Krankenwagen getragen. Als die Bahre an den gefesselten Jungen vorbeigetragen wurde, betrachteten sie den bewußtlosen Polizisten mit einem Ausdruck minimaler Neugier.

In diesem Moment hielt ein Streifenwagen – es war einer der »neuen« BMW, die bereits über zweihunderttausend Kilometer auf dem Buckel hatten – mit zuckendem Blaulicht am Bordstein. Zwei junge Polizisten stiegen aus.

»Helft mir«, heulte Elvira Schasow und hielt ihr schreiendes Baby den beiden Polizisten hin, die sie völlig gleichgültig ansahen.

»Die drei«, sagte Selatsch, während er dem ersten Beamten die Handschellenschlüssel reichte. »Körperverletzung und versuchter Mord an einem Polizeibeamten. Laßt sie ja nicht flüchten.«

Der Beamte nickte. Die Mutter streckte eine Hand aus, um ihn festzuhalten.

»Meine Babys würden niemals so etwas tun. Es war jemand anderer. Nicht wahr?«

»Jemand anderer«, bestätigte Alexi Schasow. »Wir kamen gerade nach Hause. Wir sahen dort den Mann liegen. Wir wollten ihm helfen. Dann kam dieser Kerl da vorne und hat auf uns eingeschlagen.«

»So war es«, sagten Boris und Mark.

Der junge Polizist hatte die Jungen vom Laternenpfahl losgemacht und brachte sie zum Streifenwagen.

Elvira wollte hinter ihnen herlaufen. Selatsch versperrte ihr den Weg.

»Was geschieht jetzt mit meinen armen Kindern?« klagte sie. »Was geschieht mit mir? Ich habe kein Geld.«

»Was geschieht mit meinem Partner?« fragte Selatsch.

Die Türen des Streifenwagens wurden zugeschlagen. Selatsch wandte der Frau den Rücken zu und gab dem Polizisten, der am Lenkrad des Streifenwagens saß, ein Zeichen. Selatsch schob sich auf den Rücksitz und drängte die Jungen rücksichtslos zusammen. Es war genug Platz für alle da. Die Brüder waren noch klein.

»Setzen Sie mich am Krankenhaus ab«, sagte Selatsch. »Dann bringen Sie diese drei in eine Arrestzelle. Ich komme später vorbei, um einen Bericht zu schreiben.«

Der Wagen fuhr los. Der Beamte auf dem Beifahrersitz machte sich eine Notiz auf dem Block auf seinem Schreibbrett. Elvira Schasow tauchte am Fenster des Streifenwagens auf und übertönte mit ihrem Kreischen das schreiende Baby. »Wohin bringt ihr meine Lieblinge? Sagt es mir. Ich habe das Recht, es zu erfahren. Das ist hier jetzt eine Demokratie.«

»Das ist eher ein Irrenhaus«, sagte der junge Polizist auf dem Beifahrersitz.

Der Streifenwagen entfernte sich. Elvira sah sich um. Die Witwe war wieder ins Haus zurückgekehrt. An den Fenstern waren keine Gesichter mehr zu sehen. Niemand kam heraus, und niemand rief etwas zu ihr hinunter.

Sie hörte auf zu jammern und strich dem Baby sanft über den Kopf, während sie zum Bürgersteig gegenüber ihrem Wohnhaus schlurfte. Die Straßenbeleuchtung war nicht sehr hell, aber sie konnte das Blut des Polizisten auf der Hauswand und dem Bürgersteig erkennen. Es war eine Menge Blut.

Elvira schüttelte den Kopf. Das Baby weinte nur noch leise. Sie hatte das fast nackte Kind aus dem Bettchen gerissen und war mit ihm in die eisige Nacht hinausgelaufen. Elvira überquerte die Straße und flüsterte dem Baby tröstende Worte ins Ohr. Sie würde das Kind ins Bett legen und noch ein wenig schlafen. Die nächsten Tage und Nächte würden für sie die reinste Hölle werden. Sie brauchte ihre Ruhe, und wenn auch nur für ein paar Stunden. Dies ist eine neue Welt, dachte sie. Es gibt immer noch Hoffnung.

Jewgenij Porwinowitsch lag im Bett seines Bruders, während die Frau seines Bruders dabei war, ihn zum Höhepunkt zu streicheln und zu massieren, obgleich er zu einer Erektion nicht fähig war. Dieses Mal war Jewgenij besonders schwerfällig. Anna rieb ihre nackten Brüste an seinen Beinen, rutschte nach oben und kitzelte ihn sacht. Jewgenij, der immer erklärt hatte, er würde über Sex nicht einmal nachdenken, stöhnte.

Anna Porwinowitsch war ausgesprochen geduldig. Es war nur ein geringer Preis, den sie zahlen mußte, und es war etwas, mit dem sie sofort aufhören konnte, sobald sie die trauernde Witwe war. Jewgenijs Hauptinteresse in dem Komplott, seinen Bruder zu töten, galt dem Geschäft. Er hatte ausreichende Kenntnisse vom Geschäft und war überzeugt, daß er es mit Annas Hilfe und Ansporn bewältigen könnte. Vielleicht wäre er nicht ganz so erfolgreich wie Alexi, aber alles war bereits im Fluß, die Abmachungen mit der Polizei und der Mafia waren getroffen. Es gäbe nicht mehr viel zu tun.

»Gefällt dir das?« fragte sie in der Dunkelheit.

»Ja«, sagte er.

Ihre Brüste hingen jetzt zwischen seinen gespreizten Beinen, und sie spürte, wie ihr Schwager sich allmählich verhärtete.

»Die Polizei weiß Bescheid«, sagte er.

»Das tut sie nicht«, flüsterte sie. »Pssst.«

»Sie wissen es«, beharrte er und richtete sich auf.

Sie seufzte, knipste die Lampe auf dem Tisch neben dem Bett an und griff nach ihren Zigaretten. Sie tätschelte seine Schulter. Jewgenij war schon schrecklich in der Dunkelheit. Bei Licht betrachtet war er noch schlimmer. Nun, da er zu jammern begann, dachte sie darüber nach, ihre Pläne ein wenig zu ändern. Jewgenij würde sterben müssen. Vielleicht durch einen Unfall. Vielleicht durch Selbstmord, weil er ohne seinen einzigen geliebten Bruder nicht mehr weiterleben konnte. Es müßte bald geschehen. Sie konnte ihn nicht länger ertragen.

Sie zündete sich mit dem goldenen Feuerzeug eine Zigarette an und betrachtete Jewgenij, in dessen Augen die nackte Angst flackerte.

»Es wird alles gutgehen«, versicherte sie ihm, aber ihre Gedanken waren ganz woanders.

Sie brauchte einen Mann, der das Geschäft führte oder zumindest den Eindruck erweckte, als täte er es. Nach einer angemessenen Wartezeit nach dem Tod ihres Mannes und Jewgenijs würde sie sich einen würdigen Nachfolger aussuchen, einen jüngeren Nachfolger, einen jüngeren, gutaussehenden, nicht besonders intelligenten Nachfolger wie zum Beispiel Artiom, der bis dahin längst tot wäre. Es wäre ein Vorteil, einen verheirateten Nachfolger auszusuchen, damit sie nicht soviel Zeit mit ihm bei irgendwelchen Sexspielen würde vergeuden müssen. Allmählich wurde sie diese Spiele leid.

»Schlaf, Jewgenij«, sagte sie und drückte ihn sanft wieder nach hinten. »Du wirst dich gleich besser fühlen. Ich bin ja bei dir.«

Er ließ sich nach hinten sinken und schloß die Augen. Für Anna sah er in dieser Haltung aus wie ein Toter. Sie nahm an, daß ihr Mann längst nicht mehr unter den Lebenden weilte. Ihre Auswahl bei Männern war ziemlich unglücklich gewesen. Artiom Solowijow hatte sich als weitaus weniger entschlossen und fähig erwiesen, als sie erwartet hatte. Er hatte Alexi mittlerweile bestimmt getötet. Sie hoffte, daß er nicht so dumm war und sie noch einmal anrief.

Sie stand aus dem Bett auf, klemmte die Zigarette zwischen die Zähne, schlüpfte in ihren Art-déco-Morgenmantel aus grüner Seide und knipste das Licht aus. Im Nebenzimmer stand ein Bett. Sie würde dort schlafen, mit einer Tür zwischen ihr und Jewgenijs unvermeidlichem Schnarchen.

ELF

Müde Männer

Weit nach Mitternacht hatte Rostnikow sich unter die kalte Dusche gestellt. Daß das Wasser kalt war, hatte allerdings nicht seinen Wünschen entsprochen. Zuerst hatte er sich ausgezogen und seine Kleider auf einen Stuhl gelegt, wobei er sorgsam darauf geachtet hatte, daß die Mädchen nicht geweckt wurden. Der Wasserstrahl war nicht mehr als ein mickriges Tröpfeln, aber Rostnikow war daran gewöhnt und auch an die rauhe chinesische Seife, die wahre Wunder wirkte, wenn es darum ging, sich von Fett, Rost und Schmutz zu befreien, die jedoch nichts Positives für den Zustand der Haut bewirkte.

Nackt, mit Schmerzen im Bein und nicht gerade bester Stimmung, nachdem Oberst Snitkonoi ihn gründlich abgekanzelt hatte, war Porfirij Petrowitsch so leise wie möglich durch die Dunkelheit geschlichen und in sein Bett geschlüpft. Die Decke war kühl, fast kalt, so wie er es mochte. Sarah drehte sich halb um und fragte schläfrig: »Wie spät ist es?«

Rostnikow warf einen Blick auf das beleuchtete Zifferblatt der Uhr auf dem Nachttisch und antwortete: »Kurz vor zwei.«

»Was wollte er?« fragte sie, halbwach.

Sie rutschte in seine Arme.

»Er hat behauptet, ich sei ein unartiges Kind und würde meinen Vorgesetzten Geheimnisse verschweigen.«

»Hast du?« fragte sie.

»Geheimnisse für mich behalten? Des öfteren. Gregorowitsch ist der Zuträger von Klamkin im Innenministerium. Und wer weiß, was unser Grauer Wolf denen erzählt, bei denen er Meldung machen und die Illusion von Kameradschaft aufrechterhalten muß.«

»Die Mädchen hatten Angst, du würdest weggebracht wie ihre Großmutter«, sagte Sarah.

»Ich rede mit ihnen. Ich sage ihnen, daß ich die Polizei bin, der klempnernde Polizist, den niemand mitnimmt oder wegbringt, daß ich es bin, der Leute mitnimmt, daß... ich jetzt schlafen muß.«

»Ich habe auf dich gewartet«, sagte sie.

»Das wußte ich«, sagte er und drückte sie an sich. Ihr Haar strich über sein Gesicht. Es war seit der Operation, die sie beinahe ihr Leben und ihre geistigen Fähigkeiten gekostet hatte, wieder vollständig nachgewachsen.

»Morgen abend«, sagte er und massierte sanft ihren Rücken in der Dunkelheit. »Morgen abend schlafen wir miteinander. Enttäuscht?«

»Morgen abend«, sagte sie und küßte ihn auf die Wange. »Du bist ja rasiert.«

»Das habe ich unter der Dusche gemacht.«

»Morgen abend bist du vielleicht noch erschöpfter«, sagte sie und fuhr mit der Hand über seine Brust. »Und weshalb sollte man eine perfekte Rasur und einen frisch geschrubbten Körper vergeuden?«

Es war Monate her, seit Sarah irgendwelche sexuellen Kontakte angeregt hatte – Monate der Genesung. Zweimal im Laufe der vergangenen Woche hatte Rostnikow sie auf eine Weise in den Arm genommen, die ihr klarmachte, daß er sie wollte. Sie war ihm freudig entgegengekommen.

Aber dies war das erste Mal, daß die Initiative von ihr ausging. Er konnte nicht ablehnen.

Als er nachher auf die Uhr sah, war es fast drei. Dann schlief er, bis das Telefon ihn um kurz nach fünf weckte. Es war noch immer dunkel. Rostnikow setzte sich auf und nahm den Hörer noch vor dem zweiten Klingeln von der Gabel. Er lauschte, flüsterte »Ja« und legte auf. Zehn Minuten später war er angezogen und hatte das Haar gekämmt. Der schwierigste Teil beim Anziehen war, eine Socke und den Schuh an den linken Fuß zu bekommen. Das deformierte Bein zu beugen, war eine Qual. Gewöhnlich half Sarah ihm dabei, aber im Laufe ihrer langen Krankheit hatte er sich an die Schmerzen gewöhnt. Beim trüben Schein einer Nachtlampe in der Nähe des Bettes, in dem die beiden Mädchen lagen, fand er eine Kanne mit kaltem Kaffee und einen halben Laib Brot. Er trank den Kaffee direkt aus der Kanne, leerte sie. Er aß ein Stück Brot, während er für Sarah eine Nachricht schrieb.

»Du bist zurück«, erklang die Stimme eines Mädchens aus dem Bett.

»Pssst«, flüsterte Rostnikow. »Deine Schwester schläft.«

»Haben sie dich dorthin gebracht, wo Großmutter ist?«

»Nein«, flüsterte er. »Mein Oberst hatte ein dringendes Problem mit seiner Wasserleitung. Er brauchte den klempnernden Polizisten.«

Das Mädchen kicherte.

»Schlaf wieder ein«, flüsterte er und ging mit einem Stück Brot in der Hand zur Tür. »Du mußt nachher in die Schule, und ich brauche meinen Klempnergesellen stets ausgeruht für Notfälle.«

Sie kicherte wieder und ließ den Kopf aufs Kissen zurücksinken.

Am Bordstein wartete ein Wagen auf Rostnikow. Es war ein kleiner weißer Lada. Gefahren wurde er von einer Frau in Uniform und Mütze. Rostnikow setzte sich auf den Rücksitz und schloß die Tür. Der Wagen rollte an und fuhr der ersten Andeutung des Sonnenaufgangs entgegen.

»Haben Sie schon gegessen?« erkundigte Rostnikow sich.

»Ja, Chefinspektor«, antwortete sie. »Ich habe Nachtschicht.«

Rostnikow nickte und lehnte sich zurück, um in Ruhe sein Brot aufzuessen. Er brach immer nur kleine Stückchen davon ab, damit er es länger genießen konnte. Er hatte den kalten Kaffee zu schnell getrunken. Jedes Schlagloch im Asphalt – und es gab zahlreiche kleine und weniger kleine Löcher – ließ seinen Magen revoltieren.

Bei dem geringen Verkehr um diese frühe Morgenstunde erreichten sie das Krankenhaus schon nach zehn Minuten.

»Sie können wieder fahren«, sagte Rostnikow, während er mit der üblichen Schwerfälligkeit aus dem Wagen stieg.

»Ich habe bis neun Uhr Dienst«, sagte die Fahrerin. »Ich bin Ihnen auf ausdrücklichen Befehl von Oberst Snitkonoi persönlich zugeteilt worden.«

»Dann«, sagte Rostnikow, »komme ich gleich wieder herunter.«

Rostnikow ging zum Empfang. Er kannte mehrere Angehörige der Tag- und der Nachtschicht im Krankenhaus. Er war schon sehr oft hier gewesen, aber der Mann, der an diesem Morgen hinter dem Pult saß, musterte ihn ohne ein Zeichen des Erkennens. Rostnikow holte seinen Dienstausweis heraus und fragte: »Tkach, welches Zimmer?«

Der Mann in Weiß suchte die Zimmernummer heraus.

Rostnikow bedankte sich und humpelte durch den Flur zum Fahrstuhl. An der Tür hing ein Schild mit der Aufschrift AUSSER BETRIEB.

Rostnikow seufzte traurig, suchte die Treppe und quälte sich mühsam zum dritten Stock hinauf. In der Station am Ende des Korridors blieb eine Krankenschwester stehen, während er auf sie zuhumpelte. So leise wie möglich, um schlafende Patienten nicht zu wecken, sagte er: »Tkach.«

Sie war sehr jung, sehr schlank und hatte ein völlig unscheinbares Gesicht. Sie trug eine Brille mit großen Gläsern und eine Tracht, die mindestens eine Nummer zu groß für sie war. Sie nannte ihm die Zimmernummer und bat ihn, nicht zu lange zu bleiben.

Er bedankte sich lächelnd, ging zu Tkachs Zimmer und trat ein. Es war ein Doppelzimmer, was auch für Moskau einen unerhörten Luxus bedeutete. Sogar Sarah hatte, als sie nicht sicher sein konnten, daß sie ihren Gehirntumor überleben würde, das Zimmer mit drei anderen Frauen teilen müssen. Eine der Frauen hatte nächtelang stöhnend in ihrem Bett gelegen.

Im Licht der Morgendämmerung, die durch das Fenster hereindrang, sah Rostnikow zuerst Oberst Snitkonoi. Er stand beinahe in Habachtstellung, die Hände auf dem Rücken verschränkt, neben dem ersten Bett. Er sah wieder einmal makellos sauber, perfekt und gebügelt und kein bißchen müde aus, obgleich er nicht viel mehr Schlaf als Rostnikow gehabt haben konnte.

»Oberst«, sagte Rostnikow, trat an die andere Seite des Bettes und sah auf den schlafenden Tkach hinunter. Saschas Kopf war mit einem turbanähnlichen weißen Verband umwickelt, auf dem ein großer roter Blutfleck zu sehen war.

»Chefinspektor«, begrüßte der Graue Wolf ihn leise. »Er hat eine schwere Gehirnerschütterung und einen kleinen Riß in der Schädeldecke davongetragen. Offenbar ist kein Blut durch den Riß ausgetreten, und das Gehirn ist höchstwahrscheinlich nicht beschädigt worden. Hinzu kommt ein langer Riß am Hinterkopf, der mit zweiundvierzig Stichen genäht werden mußte. Der Arzt, den ich ganz gut kenne, meint, daß er in ein oder zwei Tagen schon wieder aufstehen kann. Allerdings wird er ziemliche Schmerzen haben. Und er dürfte noch ein wenig benommen sein.«

»Was ist denn passiert?« wollte Rostnikow wissen.

»Die Jungen, die er gesucht hat, haben ihn zuerst gefunden. Polizist Selatsch hat Inspektor Tkach offensichtlich das Leben gerettet und die Jungen festgenommen. In besseren Zeiten würde ich Selatsch für einen Orden vorschlagen. Aber jetzt...« Der Graue Wolf warf einen Blick auf die Orden an seiner Uniform. »Ich werde ihm ein Anerkennungsschreiben überreichen, eingerahmt und hinter Glas.«

»Darüber freut er sich bestimmt«, sagte Rostnikow. »Weiß Tkachs Familie Bescheid? Seine Frau und seine Mutter?«

Der Oberst sah auf die Uhr.

»Als ich erfuhr, daß keine Lebensgefahr besteht, dachte ich, man sollte sie lieber in Ruhe schlafen lassen. Ich fahre jetzt in seine Wohnung und informiere sie«, sagte der Oberst und strich ein widerspenstiges Haar hinter seinem linken Ohr glatt. »Ich werde sie außerdem davon unterrichten, daß Sie ihn bereits besucht haben.«

Obgleich er Stiefel trug, schaffte es der Oberst, leise durch die Tür hinauszugehen.

»Ist er weg?« fragte Tkach. Er hatte immer noch die Augen geschlossen.

»Ja«, antwortete Rostnikow.

»Gut«, sagte Tkach und schlug die Augen auf.

Er blickte in Rostnikows Richtung, entdeckte ihn und versuchte den Kopf zu ihm zu drehen. Es schien ihm Schmerzen zu bereiten, und er schloß die Augen wieder.

»Ich wußte nicht, was ich zu ihm sagen sollte«, meinte Tkach. »Ich konnte einfach keine Unterhaltung anfangen.«

»Das ist doch wohl verständlich«, sagte Rostnikow.

Tkachs Arme lagen auf der dünnen orangefarbenen Decke, die über ihn gebreitet war. Eine Hand wanderte zu seinem Kopf. Tkachs Gesicht war schmerzverzerrt. Rostnikow fing Tkachs Hand auf und legte sie behutsam auf die Decke zurück.

»Mein Kopf«, stöhnte Tkach.

»Ich bitte den Arzt, Ihnen etwas gegen die Schmerzen zu geben«, versprach Rostnikow und bemerkte, daß er immer noch die Hand des jungen Mannes festhielt.

»Das wäre nett«, seufzte Tkach mit geschlossenen Augen. »Selatsch ist gerade gegangen. Er hat mir das Leben gerettet.«

»Der Oberst hat es mir gerade erzählt.«

Tkach versuchte den Kopf leicht zu schütteln, was aber wegen der Schmerzen nahezu unmöglich war. Also entspannte er sich wieder und befeuchtete seine Lippen mit der Zunge.

»Ich glaube, ich sollte jetzt lieber schlafen«, entschied Tkach. »Ich hab' in der vergangenen Nacht kaum ein Auge zugemacht.«

»Ich komme später wieder her«, versprach Rostnikow.

»Das ist nicht nötig«, murmelte Tkach schläfrig.

»Ich komme trotzdem«, sagte Rostnikow, dann ging er hinaus.

Im Korridor ging er zum Tisch, hinter dem die unscheinbare Schwester mit den großen Brillengläsern saß, und meldete ihr, daß Tkach starke Schmerzen habe. Sie versprach, einen Arzt zu suchen, der ihm etwas zur Linderung geben würde.

Der Morgen graute, als Rostnikow das Krankenhaus verließ. Es war zwar noch nicht so kalt, wie es sicherlich in einem Monat sein würde, aber es war *Nahyahbr*, November, und schon kalt genug für den ersten Schnee. Das war Rostnikows Lieblingswetter. Sein Bein schmerzte dann nicht mehr so heftig, und manchmal wurde es für kurze Zeit im Winter sogar richtig taub und damit angenehm gefühllos.

Er stieg in den Wagen und sah auf die Uhr. Es war kurz nach sechs, eigentlich eine unzumutbare Zeit für einen Hausbesuch. Er nannte der Fahrerin die Adresse von Porwinowitschs Wohnhaus und lehnte sich zurück, um sich ein paar Minuten Ruhe zu gönnen, während der Wagen sich in den Verkehrsstrom einfädelte.

Emil Karpo erkannte das Gebäude in der Wotschdwischenkastraße, der Straße der Kreuzeserhöhung, die, neben der Noviy Arbat, der Neuen Arbat, immer noch von den meisten Moskowitern Kalinin Prospekt genannt wurde, zu Ehren von Michael Kalinin, einem der wenigen alten Bolschewiken, der die Säuberungen Stalins überlebt hatte und 1946 als geachteter alter Mann starb. Das Apartmenthaus, einen Block weit vom Restaurant Praga entfernt, war um die Jahrhundertwende erbaut worden und daher viel solider und gediegener als die neuen Wolkenkratzer, die nach dem Krieg gegen die Nazis errichtet worden waren. Ursprünglich, wenn auch nur für kurze Zeit, hatte es geräumige Wohnungen für die Angestellten in den zaristischen Ministerien beherbergt. Dann hatten, bis vor kurzem, Kabinettsmitglieder des Präsidenten und hochrangige Angehörige des Politbüros sowie einige Bankiers darin gewohnt. Nun fand man dort die Neureichen und die Wichtigen, also Männer wie Igor Kuzen.

Hamilton betrachtete das Gebäude bewundernd, während sie darauf zugingen. Sie hatten den dunklen Ford des FBI-Agenten im Halteverbot abgestellt und die Standarte im Heckfenster aufgestellt, die auf einen polizeilichen Sondereinsatz hinwies.

Es war wenige Minuten nach sechs Uhr morgens.

Vor der verschlossenen Haustür hielt ein Mann Wache. Er trug einen dunklen Anzug mit Krawatte, und sein Boxergesicht sah furchterregend aus. Karpo zeigte seinen Ausweis vor. Hamilton präsentierte seinen mit Paßfoto versehenen FBI-Ausweis. Der Mann mit dem Boxergesicht öffnete offensichtlich widerstrebend die Tür.

»Igor Kuzen«, sagte Hamilton.

Der Mann war nicht an Schwarze gewöhnt, vor allem wenn sie Ausweise besaßen und derart selbstsicher auftraten. Der Polizist in seiner Begleitung war ein furchteinflößendes bleiches Mitglied der menschlichen Rasse, wie er noch nie eins gesehen hatte, und er war in seinem Leben schon an den schlimmsten Orten gewesen.

»Wahrscheinlich ist er noch gar nicht wach«, sagte der Mann. »Er steht nur selten vor acht oder neun auf.«

»Das ist Pech«, sagte Hamilton. »Dann müssen wir seine Gewohnheiten eben ein wenig stören. Welche Nummer hat seine Wohnung?«

Der Mann mit dem Boxergesicht war verwirrt. Er sah in die Halle, in der ein hochgewachsener Mann auftauchte. Der hünenhafte Mann trug schwarze Hosen und Schuhe und einen langärmeligen, weißen Rollkragenpullover unter seinem Jackett. Er war völlig kahl.

»Gibt es ein Problem, Georgi?« erkundigte sich der Mann im Rollkragenpulli.

Er war groß, geradezu riesig, und Karpo konnte erkennen, daß beide Handrücken mit Tätowierungen bedeckt waren.

»Diese Männer wollen zu Igor Kuzen«, antwortete der Türwächter. »Sie sind von der Polizei.«

Diese Information schien den Hünen nicht sonderlich zu beeindrucken.

»Sie werden später wiederkommen müssen«, sagte der Mann. »Igor Kuzen ist noch nicht auf. Lassen Sie Ihre Namen und Telefonnummern hier, und ich bitte ihn, Sie anzurufen, sobald er aufgestanden ist.«

»Wir möchten ihn aber jetzt gleich sprechen«, sagte Hamilton.

»Kommt gar nicht in Frage«, gab der große Mann zurück und baute sich jetzt direkt vor Hamilton auf.

»Ich muß Sie bitten, uns Platz zu machen, sonst müssen wir Sie wegen Behinderung einer kriminalpolizeilichen Ermittlung verhaften«, sagte Hamilton und schaute dem Mann in die Augen.

Der große Mann lächelte.

Hamiltons linker Fuß schoß vor und hakte sich hinter das linke Knie des Mannes, der zu Boden sackte, während er in sein Jackett griff. Hamiltons rechte Hand bog den Arm des Mannes zurück. Mit der anderen Hand griff er nun ins Jackett des Knienden und holte eine Pistole heraus, die er Karpo reichte, der das Geschehen scheinbar gleichgültig verfolgt hatte.

»In welcher Wohnung ist Mr. Kuzen anzutreffen?« fragte Hamilton, ließ das Handgelenk des am Boden knienden Mannes los und zog seine Krawatte gerade.

Der Mann mit dem Boxergesicht sah auf den großen Mann hinab, aber der war ihm keine Hilfe. Er hatte genug mit seinem lädierten Knie und einer völlig gefühllosen rechten Hand zu tun.

»Dreiundsechzig«, sagte das Boxergesicht.

Der massige Mann im weißen Rollkragenpulli und ohne Pistole versuchte aufzustehen, aber sein linkes Bein wollte ihm nicht gehorchen.

»Beeindruckend«, sagte Karpo zu Hamilton, während sie zum offenen Fahrstuhl gingen und der Türwächter dem gefallenen Riesen zu Hilfe eilte.

»Danke«, sagte Hamilton, der nicht wußte, ob Karpo überhaupt Sinn für Ironie besaß. »Was hätten Sie denn getan?«

»Ich hätte ihm blitzschnell mit der Handfläche auf die Nase geschlagen«, sagte Karpo, während er die Liftkabine betrat.

»Sie könnten ihm damit das gebrochene Nasenbein bis ins Gehirn treiben«, sagte Hamilton.

»Das wäre eine Möglichkeit«, gab Karpo zu, während die Fahrstuhltüren zuglitten.

Die Tür von Apartment 63 öffnete sich bereits, als sie davor eintrafen. Das Boxergesicht hatte Kuzen offensichtlich von der Ankunft der ungebetenen Besucher informiert.

»Es ist noch ziemlich früh«, sagte der verschlafene Mann, der in der Türöffnung stand.

Er war um die fünfzig Jahre alt, klein, mit leichtem

Bauchansatz und schütterem, grauem Haar, das von der Nacht ziemlich zerzaust aussah. Er trug eine Brille mit dicken Gläsern und einen grünen Pyjama, wahrscheinlich aus Seide. Er trat zurück und bat die Männer herein.

»Georgi hat mir erzählt, Sie hätten Karano verletzt«, sagte er und schloß die Tür.

Weder Hamilton noch Karpo äußerten sich dazu.

Sie befanden sich in einem Vorraum mit weißen Wänden und goldenen Fußleisten. Ein Gemälde hing über einem alten Telefontischchen.

»Hier entlang«, sagte der Mann und ging durch den Korridor zu einem Zimmer auf der rechten Seite. »Möchten Sie Kaffee? Tee? Oder etwas zu essen?«

»Nein«, sagte Hamilton.

Sie folgten dem Mann in ein geräumiges Zimmer mit einem breiten Fenster, das auf die Innenstadt hinausging. Über den Dächern der deutlich sichtbaren Basiliuskathedrale war inzwischen die Sonne aufgegangen.

Das Zimmer war mit eleganten Möbeln im Stil der Jahrhundertwende ausgestattet, die Karpo mit geübtem Blick alle als echt erkannte.

»Ich habe die Kaffeemaschine eingeschaltet, als Georgi mich weckte«, sagte der Mann. »Ich brauche immer sofort eine Tasse, sobald ich wach bin.«

»Sind Sie Igor Kuzen?« fragte Hamilton.

»Der bin ich«, erwiderte er. »Und ich wirke viel eindrucksvoller, wenn ich vollständig angezogen bin. Setzen Sie sich. Mich müssen Sie für einen kurzen Moment entschuldigen.«

Die beiden Männer zogen es vor stehenzubleiben.

»Weshalb tun Sie das, was Sie tun?« fragte Karpo und betrachtete die Möbel.

»Weshalb ich …? Um meine Familie zu ernähren. Weil ich es für wichtig halte, meiner Regierung zu dienen und sie zu beschützen«, sagte Hamilton.

»Den Kapitalismus?« fragte Karpo und studierte eingehend einen Polstersessel mit wundervoll geschnitzten Ebenholzbeinen.

»Auch den Kapitalismus«, gab Hamilton bereitwillig zu. »Und die Demokratie.«

»Kapitalismus und Demokratie scheinen mein Vaterland zu zerstören«, sagte Karpo. »Dieser Sessel gehörte eigentlich in ein Museum.«

»Weshalb tun Sie es?« fragte Hamilton.

»Weil ich an den Kommunismus geglaubt habe«, sagte Karpo. »Ich glaube noch immer daran. Es waren nur die schwachen, dummen, korrupten Führer, deren Eintreten für unser System reine Lippenbekenntnisse waren und die am Ende die Sowjetunion zerstört und den Kommunismus verraten haben.«

Karpo betrachtete weiterhin eingehend die Möbel und wußte, daß er sich vorwiegend nur deshalb mit dem FBI-Agenten unterhielt, um den Drang im Zaum zu halten, alles, was sich in dem Zimmer befand, zu zerstören.

»Demnach tun Sie Ihre Arbeit in der Hoffnung, daß der Kommunismus eines Tages zurückkehren wird«, bemerkte Hamilton und beobachtete ihn aufmerksam.

»Nein«, sagte Karpo. »Wenn er zurückkehrt, dann ist er entweder derselbe oder schlechter. Es ist zu spät. Ich arbeite nur deshalb weiter, weil ich nichts anderes kann und weil ich es ganz gut beherrsche. Das Gefühl der Befriedigung ist weniger geworden, während das Verbrechen zugenommen hat. Ich bin zu einem Müllsammler geworden, der den Dreck wegschafft, der sich ständig neu über uns ergießt und mich am Ende vielleicht sogar vernichtet.«

Da er Karpo nicht kannte, war Hamilton über Karpos Offenheit bei weitem nicht so verblüfft, wie seine Kollegen im Dezernat für Sonderermittlungen es gewesen wären. Karpo fiel es heute viel leichter, mit einem Fremden zu reden, der ihm in vieler Hinsicht sehr ähnlich war.

»Und die Frau?« fragte Hamilton. »Mathilde Verson?«

Karpo wandte den Kopf, sah den FBI-Agenten an, und dieses Mal sagte er nichts. Die Frage paßte ihm eindeutig nicht. Die Spannung löste sich, als Igor Kuzen mit einer Tasse Kaffee auf einer Untertasse zurückkehrte. Tasse und Untertasse trugen ein sehr feines, elegantes Blumenmuster. Kuzen hatte sich außerdem Zeit genommen, sich die Haare zu kämmen und in einen Hausmantel zu schlüpfen, der genau die gleiche Farbe wie sein Pyjama hatte. Er ließ sich auf einem der eher streng wirkenden Stücke alter Möbeltischlerkunst nieder und trank seinen Kaffee.

»Wollen Sie sich nicht setzen?« fragte er.

»Nein«, sagte Hamilton.

»Wie Sie wünschen«, sagte Kuzen.

»Interessiert es Sie nicht, weshalb wir hergekommen sind?« fragte Hamilton.

»Ja, das schon«, gab Kuzen zu. »Aber ich nehme an, Sie werden es mir bald verraten. Ich habe gesehen, wie Sie die Möbel bewundert haben.«

»Und den Ausblick«, fügte Hamilton hinzu.

Kuzen lächelte und trank einen weiteren Schluck Kaffee.

»Sie sind also Wissenschaftler?«

»Das ist richtig«, sagte Kuzen.

»Offensichtlich ein wohlhabender Wissenschaftler«, stellte Hamilton fest.

»Es geht mir gut«, gab Kuzen zu und sah zu Karpo, der ihm eindeutig Unbehagen bereitete.

»Sie haben in einem Regierungsbüro zu Regierungsbezügen gearbeitet«, sagte Hamilton. »Fünfzig Dollar im Monat, vielleicht auch ein wenig mehr.«

»Ein wenig mehr war es schon«, sagte Kuzen. »Ich bin ein guter Physiker.«

»Sie waren in der Kernforschung tätig«, setzte Hamilton seine Aufzählung fort.

»In der Demontage von Kernwaffen und der Entsorgung von radioaktivem Abfall«, sagte Kuzen. »Mehr als das, das wird Ihr Kollege Ihnen bestätigen, kann ich darüber nicht verlauten lassen.«

»Sie haben gekündigt«, sagte Hamilton.

»Um in der Privatindustrie zu arbeiten«, sagte Kuzen, trank den restlichen Kaffee und stellte Tasse und Untertasse auf einen reichverzierten Metalluntersetzer vor ihm auf den Tisch.

»Die Privatindustrie scheint Ihre Fähigkeiten gebührend zu honorieren«, sagte Hamilton und sah sich anerkennend um.

»Der Kapitalismus hat es gut mit mir gemeint«, erklärte Kuzen und faltete zufrieden die Hände.

»Für welche Firma arbeiten Sie zur Zeit?« fragte Hamilton. »Wir konnten nichts darüber in Ihren Akten finden.«

»Ich bin Berater mehrerer Firmen«, sagte Kuzen. »Sowohl ausländischer wie auch einheimischer.«

»Kennen Sie Michael Siwak?« fragte Karpo.

»Ich habe ihn mal kennengelernt«, sagte Kuzen. »Ich habe ihn und einige seiner Partner engagiert, um Waren für eine Firma zu transportieren, für die ich gelegentlich tätig bin.«

»Wissen Sie, daß Siwak tot ist?« fragte Hamilton.

»Darüber wurde ich informiert«, sagte Kuzen, den die seltsam bedrohliche Anwesenheit des hageren, in Schwarz gekleideten Polizisten zunehmend nervös zu machen schien.

»Eine Schießerei«, sagte Karpo. »Zwischen rivalisierenden Banden. Eine Unbeteiligte geriet dabei ins Kreuzfeuer und wurde tödlich getroffen.«

»Das tut mir leid«, sagte Kuzen und rückte seine Brille zurecht.

»Siwak war Mitglied einer Mafia«, sagte Hamilton. »Eine straff organisierte Bande, die hauptsächlich aus ehemaligen Strafgefangenen bestand, die Bestien, von denen viele ihre Strafe in der Strafkolonie Nummer Neunzehn abgesessen haben.«

»Und?« sagte Kuzen und sah Hamilton fragend an.

»Und Angehörige dieser Mafia können anhand einer Gefängnistätowierung identifiziert werden – an einem Adler, der einen Atomgefechtskopf umklammert«, sagte Hamilton.

»Eine solche Tätowierung habe ich bei Siwak oder einem seiner Freunde nie gesehen«, sagte Kuzen.

Die beiden Polizisten waren langsam näher gekommen und sahen jetzt auf Kuzen herab.

»Die Tätowierungen befinden sich gewöhnlich an Stellen, die nicht zu sehen sind, wenn der Betreffende vollständig bekleidet ist«, sagte Hamilton.

»Interessant«, sagte Kuzen.

»Vor einigen Jahren wurde der Versuch unternommen, radioaktives Material nach Deutschland zu schmuggeln«, sagte Hamilton. »Ist das auch interessant?«

»Ja«, sagte Kuzen.

»Sie haben von diesen Versuchen schon gehört?« fragte Hamilton.

Kuzen schwitzte auf einmal, wollte sich jedoch die Stirn aus zwei Gründen nicht abwischen. Erstens, die Polizisten würden es sehen. Und zweitens, es könnte Flecken auf seinem Seidenmantel oder seinem Pyjama hinterlassen.

»Andeutungsweise«, gab Kuzen zu, »als ich für die Regierung gearbeitet habe.«

»Wie sicher sind Kernwaffen in Rußland?« fragte Hamilton. »Wie sicher bestenfalls?«

»Nicht sehr sicher, würde ich meinen«, sagte Kuzen.

»Waffenlager werden nur von wenigen, schlecht ausgebildeten Soldaten und einem Stacheldrahtzaun bewacht«, sagte Hamilton.

»Davon weiß ich nichts«, sagte Kuzen, schaute hoch und ließ seinen Blick zwischen den Männern hin und her wandern. Er lehnte sich dabei zurück so weit er konnte.

»Wie schwierig wäre es denn, spaltbares Material, vielleicht sogar Kurzstreckengefechtsköpfe, zu stehlen?«

»Darüber möchte ich lieber nicht nachdenken«, sagte Kuzen.

»Die Mafia, für die Sie arbeiten«, sagte Karpo, »ist bereits – mit Ihrer Hilfe – im Besitz von spaltbarem Material. Sie plant zur Zeit einen umfangreichen Diebstahl von Atomwaffen. Diese sollen mit Hilfe von Mitgliedern aus italienischen kriminellen Kreisen aus Rußland herausgeschmuggelt und an Nordkorea, den Iran und China verkauft werden.«

»Ich?« fragte Kuzen und deutete auf sich selbst.

»Sie«, sagte Hamilton. Er fragte sich, woher Karpo diese offenbar zutreffenden Informationen hatte.

»Die Frau, die bei der Straßenschlacht der beiden Banden ums Leben kam, war eine persönliche Freundin von Inspektor Karpo«, sagte Hamilton.

Kuzen schaute in das ausdruckslose, bleiche Gesicht. Die Männer, die vor ihm standen, sahen aus wie Schachfiguren – eine schwarze, eine weiße, rächende Springer, die aus verschiedenen Richtungen zuschlagen konnten.

»Inspektor Karpo hat einem Mitglied der Bande, über die wir hier reden, bereits einen Besuch abgestattet«, sagte Hamilton. »Er war bei einem Gefangenen namens Woschenko. Kennen Sie Woschenko?«

»Woschenko? Woschenko?« wiederholte Kuzen und schaffte es nicht mehr, das Zittern in seiner Stimme zu unterdrücken. »Der Name ist –«

»Ein sehr großer Mann«, sagte Hamilton. »Größer als der Mann unten, dessen Knie ich unglücklicherweise ausgekugelt habe.«

»Ein großer Mann. Woschenko. Ja. Schon möglich«, sagte Kuzen.

»Inspektor Karpo hat ihm beide Daumen gebrochen«, sagte Hamilton. »Das war auch ein Unfall. So etwas kann jedem zustoßen. Ich könnte zum Beispiel nach nebenan gehen, mir eine Tasse suchen und sie mit Kaffee füllen und gemütlich trinken. Plötzlich höre ich Glas klirren, etwas zerschellt, und wenn ich in dieses Zimmer zurückkomme, ist vielleicht das Fenster zerbrochen, und Sie sind nicht mehr da. Haben Sie Familie, Igor Kuzen?« fragte Hamilton.

»Eine Frau und zwei Töchter«, sagte er, und seine Stimme klang jetzt brüchig. »Sie… wir wohnen in einer Datscha außerhalb der Stadt.«

»Zwingen Ihre Geschäfte Sie, die meiste Zeit dieses Apartment zu benutzen?« fragte Hamilton.

»Ja«, sagte Kuzen. »Hören Sie, bitte, ich habe keine

Ahnung von diesen Bandengeschichten oder den Schießereien und den Morden oder von einem Diebstahl radioaktiver Stoffe. Ich habe ein paar Dinge getan, die vielleicht nicht ganz legal waren. Wer weiß denn noch, was legal ist und was nicht? Aber Morde, Atomwaffen, *Nyet.*«

»Ich brauche eine Tasse Kaffee«, sagte Hamilton.

Kuzen starrte den FBI-Agenten in panischer Angst an und griff nach seinem Arm.

»Nein, bitte.«

»Ich gehe mir nur eine Tasse Kaffee holen«, meinte Hamilton ruhig und lächelte.

»Sie haben noch keine Gefechtsköpfe, keine Waffen«, sagte Kuzen.

»Spaltbares Material?« fragte Hamilton.

Kuzen zuckte die Achseln.

»Wir haben Ihre Vergangenheit sorgfältig durchleuchtet, Kuzen«, sagte Hamilton. »Wir sind zu dem Schluß gelangt, daß Sie nicht die erforderlichen Fähigkeiten haben, um eine funktionierende Atombombe zu bauen. Was meinen Sie, wie lange es dauert, bis die Bestien ebenfalls dahinterkommen?«

»Ich verstehe nicht«, sagte Kuzen. »Das wissen sie bereits. Ich bin nur Lockvogel. Ich weiß genug, um mit Begriffen aus der Kernwaffentechnik um mich zu werfen und mit den Leuten verhandeln zu können, die von den Nordkoreanern oder den Iranern hergeschickt werden.«

»Demnach haben die Bestien gar nicht die Absicht, echte Waffen zu liefern?« fragte Hamilton.

»Noch nicht«, sagte Kuzen. »Dieser Deutsche, den sie im Café getötet haben, Kirst hieß er wohl. Er stellte fest, daß ich ein Schwindler bin. Er wollte es dem Käufer melden und …« Kuzen zuckte die Achseln.

»Weshalb gestehen Sie jetzt so bereitwillig?« fragte Hamilton.

»Weil«, sagte Kuzen, »wenn Sie weggehen, ohne mich mitzunehmen, dann kommen sie und stellen mir Fragen. Ich bin kein besonders mutiger Mann. Sie werden annehmen, daß ich geredet habe oder sicher bald reden werde.«

»Sie geben mir die Namen aller Mitglieder der Mafia, für die Sie arbeiten«, sagte Karpo.

Kuzen lachte nervös.

»Und«, fuhr Hamilton fort, »wir bekommen Ihre Zeugenaussage und alle Informationen über illegale Aktivitäten, über die Sie verfügen.«

Kuzen hörte auf zu lachen, schnappte nach Luft und keuchte: »Dann bin ich ein toter Mann. Es gäbe keinen Ort mehr, an den Sie mich bringen könnten und wo ich sicher wäre. Sie würden in jedem Gefängnis an mich herankommen.«

»Wie wäre es denn mit den Vereinigten Staaten?« fragte Hamilton.

»Ich weiß nicht«, sagte Kuzen. »Was meinen Sie?«

»Ich meine, daß Sie gegen diese Mafia aussagen werden und daß ich dafür sorge, daß Sie umgehend in den Vereinigten Staaten politisches Asyl erhalten. Ich kann außerdem arrangieren, daß Sie bei uns in der Entsorgung radioaktiver Abfälle beschäftigt werden.«

»Amerika?« sagte Kuzen. »Meine Frau? Meine Töchter? Wenn sie hierbleiben…«

»Ihre Frau und Ihre Töchter ebenfalls«, sagte Hamilton.

»Das geht alles so schnell«, sagte Kuzen. »Ich brauche Zeit, um… Sie kommen einfach in mein Haus…« Er deutete auf das Zimmer und seine Besitztümer. »Sie nehmen mir alles weg.«

»Eines Tages«, sagte Hamilton, »wird Ihre Mafia feststellen, daß Ihre Informationen zu alt und zu unergiebig sind. Dann kaufen sie sich einen anderen Experten und eliminieren Sie. Wie kann jemand mit Ihrer Intelligenz nur so blind sein und das nicht erkennen?«

»Ich ...«, begann Kuzen, beendete den Satz jedoch nicht.

Die Wohnungstür flog mit einem lauten Krachen auf. Der kahlköpfige Mann aus der Halle humpelte mit einer Pistole in der rechten Faust herein. Karpo und Hamilton zogen ihre Waffen, während der humpelnde Mann, die Zähne entweder vor Schmerz oder zu einem Grinsen gefletscht, zu feuern begann.

Die Kugel aus Hamiltons Pistole ließ den Mann nach vorne auf die Knie sacken, während der Schuß aus Karpos Waffe den Mann in die Stirn traf und seinen Kopf nach hinten schleuderte.

»Sind Sie getroffen?« fragte Hamilton und bewegte sich vorsichtig auf den Killer zu, ohne sich zu Karpo umzudrehen.

»Nein«, sagte Karpo.

»Wie konnte er danebenschießen?« fragte Hamilton und entfernte die Waffe mit einem Fußtritt von dem Toten.

»Hat er nicht«, erwiderte Karpo und schaute auf Kuzen hinab, dessen dicker Seidenmantel und Pyjama mit Blut getränkt waren. »Er wollte ihn zuerst töten.«

Hamilton betrachtete Kuzens Leiche, dann die feine Kaffeetasse und Untertasse, die unversehrt geblieben waren. Er spürte, wie er zu zittern begann. Er kämpfte dagegen an. Er hatte noch nie jemanden erschossen, hatte niemals einen Grund gehabt, auch nur die Waffe zu ziehen, und nun wäre er beinahe getötet worden. Wenn der Tote auf dem Fußboden es anders gewollt hätte, hätte er zuerst Hamilton oder Karpo oder sogar sie beide töten können.

Hamilton hatte angenommen, der Tote sei abkommandiert worden, um Kuzen zu schützen. Nun war jedoch klar, daß der tote Mann die Aufgabe gehabt hatte, dafür zu sorgen, daß Kuzen nicht mit der Polizei redete.

»In der Ecke am Fenster steht ein Telefon«, sagte Hamilton. »Unser Mörder hat vielleicht Verstärkung angefordert, oder der Türsteher tut es gerade. Ich schlage vor, wir machen's genauso.«

Der FBI-Mann achtete darauf, sein Zittern unter Kontrolle zu halten. Er umklammerte seine Waffe mit beiden Händen und beobachtete aufmerksam die Wohnungstür, durch die der Killer hereingekommen war. Karpo verstaute seine Waffe wieder im Holster unter seinem Jackett. Er ignorierte Hamiltons Vorschlag.

»Ich schlage vor, Sie wählen die Nummer der Polizei«, sagte Karpo. »Sie werden sich bemühen, ihnen zu erklären, in welchem Stadtteil wir uns befinden. Innerhalb von zehn Minuten nach Ihrem Anruf kommen bewaffnete Beamte angerauscht. Mittlerweile wird jemand die Angehörigen der Mafia, die für diesen Zwischenfall verantwortlich ist, benachrichtigt haben, falls der Türsteher es nicht schon längst getan hat. Ich bin zur Zeit der rangälteste russische Beamte am Tatort. Ich schlage vor, wir durchsuchen die Wohnung, während wir auf Hilfe warten. Wenn die Verstärkung eintrifft, könnten Beweisstücke verschwinden.«

»Sie sind vielleicht ein zynischer Bursche«, sagte Hamilton bewundernd.

»Das Anerkennen der Realität in einer Welt des politischen Chaos ist kein Zynismus, sondern praktische Vernunft«, sagte Karpo.

»Zitieren Sie immer Lenin?« fragte Hamilton und steckte seine Waffe ein, ließ das Jackett aber offen.

»Erkennen Sie es immer, wenn jemand Lenin zitiert?« stellte Karpo die Gegenfrage und ging auf ein Zimmer zu, das aussah wie ein Büro. Die Tür war offen, und ein Computer stand auf dem Schreibtisch.

»Nicht immer«, sagte Hamilton. »Aber es macht doch Eindruck, wenn ich es tue, nicht wahr?«

Hamilton blieb vor Kuzens Leiche stehen, legte einen Finger auf die Halsschlagader des Mannes, um den Puls zu suchen. Er spürte nichts, wie erwartet. Er ging zum Telefon und forderte bei der Polizei schnellstens Verstärkung an und nannte dabei des öfteren Oberst Snitkonois Namen.

»Wir haben zehn Minuten Zeit, um zu suchen«, sagte Hamilton, ging zur Wohnungstür und drückte sie zu. Das Schloß war aufgebrochen worden, trotzdem ließ sich die Tür noch schließen.

»Zehn Minuten reichen völlig aus«, sagte Karpo. Hamilton konnte ihn nirgends sehen.

Obgleich der Mann auf dem Fußboden ein Einschußloch auf der Stirn direkt über dem linken Auge hatte, ging Hamilton neben ihm in die Knie, um sich zu vergewissern, daß er tot war. Als er das Büro betrat, blätterte Karpo gerade die Papiere durch, die in ordentlichen Holzfächern auf dem Tisch neben dem Schreibtisch aufbewahrt wurden. Die Wände des Zimmers schienen nur aus Büchern zu bestehen. Ein Stapel Schnellhefter lag säuberlich ausgerichtet neben dem Computer. Auf der anderen Seite standen Behälter mit Floppydisks.

»Meine Computerkenntnisse sind ausreichend, aber nicht unbedingt erschöpfend«, sagte Karpo und schaltete den Computer ein. »Ich nehme an, Sie kennen sich da ein wenig besser aus.«

Hamilton nahm hinter dem Schreibtisch Platz und ging die Verzeichnis- und Dateinamen auf dem Bildschirm durch. Karpo setzte die Kontrolle der Briefumschläge und Ablagefächer fort.

»Ich bezweifle, daß er irgendwelches belastendes Material ausgerechnet hier, mitten auf seinem Schreibtisch, zurückgelassen hat«, sagte Hamilton.

Von seinem Platz aus konnte Hamilton die beiden Leichen im Nebenzimmer sehen. Das war ein Arrangement, das ihm gefiel.

Karpo untersuchte nun die Ablagefächer. Jedes war mit einem mit schwarzer Tinte beschrifteten weißen Schildchen versehen. Die Fächer schienen keinerlei Ordnung zu haben, weder eine alphabetische noch eine objektbezogene. Es gab fünfzehn Fächer mit Bezeichnungen wie FAMILIE, MÄRKTE, WITZE, KATZEN, KLEIDUNG, PENSION.

»Ein ordentlicher Mensch«, sagte Hamilton. »Die Dateien sind geordnet. Sie sind nach Thema, Titel und Speicherdatum aufgelistet.«

Hamilton öffnete willkürlich eine Datei und schüttelte den Kopf.

»Kein Wort zuviel, unser Kuzen. Sehr effizient.«

Vor Karpo standen die nicht ganz so ordentlich gefüllten Ablagefächer. Er betrachtete sie nachdenklich, während der FBI-Agent den Inhalt der Computerfestplatte durchsuchte.

»Jede Menge Daten«, stellte Hamilton fest. »Es würde Stunden dauern, alles unter die Lupe zu nehmen. Es sieht so aus, als sei alles zusätzlich noch auf Disketten gesichert und abgelegt. Ich überprüf' das mal. Dann schlage ich vor, daß wir uns die Disketten vornehmen, wenn wir etwas mehr Zeit haben. Jetzt bleiben uns nur noch sieben Minuten.«

»Ich suche weiter«, sagte Karpo und blätterte in einem Stapel Briefe und Notizen aus dem Fach mit der Aufschrift STEUERN.

»Es ist Ihr Land«, sagte Hamilton und ließ die Dateien über den Bildschirm rollen.

»Das war es«, sagte Karpo.

»Wir werden das nicht rechtzeitig schaffen«, sagte Hamilton, schob die Sicherungsdisketten zusammen und schaute sich im Zimmer um.

»Er hat ganz bestimmt nichts herumliegen lassen«, sagte Karpo.

»Wonach suchen wir denn dann?« fragte Hamilton, während er den Computer ausschaltete. »Es könnte sein, daß Dateien auf der Festplatte oder auf den Disketten versteckt sind, die sich nur mit einem Zugriffscode öffnen lassen. Der Mann war Wissenschaftler. Außerdem ein Pedant. Sehen Sie sich doch um. Es sieht hier aus, als wäre erst vor fünf Minuten eine ganze Putzkolonne hier gewesen. Außer ...«

Sie richteten die Blicke auf das Durcheinander in den Ablagefächern.

»Ein Ausrutscher«, sagte Hamilton.

Karpo schüttelte verneinend den Kopf.

»Was dann?« fragte Hamilton. Er stand auf und fühlte sich gleich viel wohler, weil er nun leichter seine Waffe ziehen konnte.

»Wäre es nicht möglich, daß das Durcheinander in den Unterlagen und die wahllose Aufteilung der Fächer ganz bewußt erfolgt sind?« sagte Karpo.

»Was meinen Sie damit?«

»Wenn jemand in einem Regal gekramt und sich den Inhalt angesehen hätte, während Kuzen nicht hier war, hätte er es sofort bemerkt.«

»Weshalb sollte es für ihn wichtig gewesen sein, daß...?« begann Hamilton und verstummte dann.

»Irgend etwas ist hier versteckt«, sagte Karpo.

Er fuhr mit den Fingern tastend über die Holzrippen zwischen den Ablagefächern. Er berührte sie ganz sacht und fixierte sie aufmerksam. Plötzlich hielt er inne.

Ein Fetzen Papier, die Ecke einer Zeitung oder einer Buchseite, flatterte auf den Tisch.

»Welches Fach?« fragte Hamilton.

»Dieses«, sagte Karpo und deutete auf das Fach, das mit RECHNUNGEN beschriftet war.

Wenn jemand die Unterlagen auch nur leicht verrutschte, mußte das scheinbar völlig unwichtige Stückchen Papier herunterfallen. Die Person, die den Papierstapel angestoßen hatte, konnte es ignorieren, es in den Papierkorb werfen, es in die Tasche stecken oder versuchen, es wieder an seinen Platz in dem Papierstapel zurückzulegen. Aber wohin? Zwischen welche Schriftstücke?

»Ein sehr vorsichtiger Mann«, sagte Hamilton.

»Seine Vorsicht hat aber nicht ausgereicht, ihm das Leben zu retten«, sagte Karpo und holte den Stapel Rechnungen aus dem Fach, teilte ihn und drückte dem FBI-Agenten eine Hälfte in die Hand.

Zwei Minuten später hatten sie den kleinen Stapel durchforstet.

»Wir können doch alles mitnehmen und eingehend überprüfen«, sagte Hamilton und legte den Stapel Rechnungen zu den Disketten.

Karpo entfernte den Einlegeboden auf dem nun leeren Fach. Der Boden war ein schmales Holzbrett, das in eine Nut paßte, genau wie beim Rest der offenen Fächer. Nichts war an dem Brettchen festgeklebt, nichts klebte an der Rückwand des Fachs.

»Nur noch zwei Minuten«, verkündete Hamilton nach einem Blick auf die Uhr.

Karpo fuhr mit den Fingern an der Kante des Holzbrettchens entlang. Als er sanft über eine Seite des Brettchens strich, hielt er plötzlich inne und untersuchte die Stelle.

»Wie dünn kann eine Diskette sein?« fragte er.

Hamilton zuckte die Achseln. »Papierdünn. Weshalb?«

»Unsere Zeit ist um«, sagte Karpo und machte Anstalten, das Brettchen wieder an seinen Platz zu schieben. »Ich telefoniere noch einmal. Sie können schnell noch die anderen Zimmer überprüfen.«

»In Ordnung«, sagte Hamilton und entfernte sich in Richtung Wohnzimmer.

Mit einer Hand nahm Karpo den Telefonhörer ab und wählte die Nummer der Petrowka. Mit der anderen zog er das Brettchen wieder heraus, fand die Stelle, die ihn interessierte, und drückte den Daumennagel in den fast papierdünnen, etwa zweieinhalb Zentimeter langen Schlitz aus Knetmasse, die genauso gefärbt worden war wie das dünne Holzbrett. Er forderte noch einmal dringend Unterstützung an, legte auf und lauschte auf Hamiltons Schritte im Nebenzimmer. Karpo entfernte schnell die Knetmasse und drehte das Holzbrettchen um. Ein runder, glänzender Metallring fiel in seine Handfläche. Er steckte das Metallteil in die Tasche, schob das Brettchen wieder in die Nut und stopfte die »Rechnungen« zurück ins Ablagefach. Sorgfältig entfernte er die Knetmassenreste von seinen Fingern und verstaute sie in einer anderen Tasche.

Fünfzehn Minuten später standen vier Polizisten in Uniform, die Waffen schußbereit in den Händen, im Zimmer vor den Leichen der beiden Männer, während ein sehr schwarzer Mann in einem sehr eleganten Anzug und eine hochgewachsene, hagere Gestalt, die sie als Karpo, den Vampir, erkannten, Fragen ihres Vorgesetzten, eines jungen Polizeihauptmanns, der bereits die ersten Haare verlor und einen deutlichen Bauchansatz hatte, beantworteten. Der junge Hauptmann sah müde aus. Die beiden Leichen interessierten ihn kaum.

»Mafia«, stellte er mit einem resignierenden Seufzen fest.

»Ja«, sagte Hamilton und erklärte, wer vor einer halben Stunde wen getötet hatte.

Kuzens tote Augen waren weit geöffnet. Karpo betrachtete sie. Der Tote hatte nicht nur sein Leben verloren, sondern auch sein Geheimnis.

Zwölf

Lügen

Akardi Selatsch hatte Kopfschmerzen. Er war sich nicht sicher, ob sie aus seiner alten Verletzung resultierten, der Tatsache, daß er seit vierundzwanzig Stunden kein Auge mehr zugetan hatte, oder ob die keifende Frau, auf deren Schulter ein Baby schlief, die Schuld dafür trug.

Oberst Snitkonoi hatte persönlich angerufen, um ihm zu gratulieren, weil er Sascha Tkach das Leben gerettet und alle drei Mordkinder verhaftet hatte. Porfirij Petrowitsch hatte sich ebenfalls bei ihm gemeldet und gemeint, er solle den Papierkram liegenlassen und nach Hause gehen, um sich seinen wohlverdienten Schlaf zu gönnen.

Selatsch hatte schon zum drittenmal mit seiner Mutter telefoniert. Am Abend vorher hatte er sie kurz angerufen, um ihr Bescheid zu sagen, daß er kurz nach Mitternacht nach Hause komme. Dann hatte er sie angerufen, um ihr mitzuteilen, daß Sascha Tkach verwundet worden sei und daß er noch einige Stunden würde weiterarbeiten müssen. Anschließend war Selatsch ins Krankenhaus gefahren, um sich zu vergewissern, daß Sascha nichts Schlimmes passiert war, und danach war er ins Revier zurückgekehrt, wo die drei Jungen festgehalten wurden. Ihre Mutter erwartete ihn bereits in Begleitung eines hageren Mannes mit lockigem, schwarzem Haar und einem bleichen Raubtiergesicht mit langen Zähnen. Der Mann hieß, wie er erfuhr, Lermonow. Lermonow war Anwalt und Vertreter einer neuen, heranwachsenden Spezies, die genau wußte, daß es kein anwendbares schriftlich fixiertes Strafrecht mehr gab. Lermonow und andere Vertreter dieser Brut sprangen dort ein, wo das Parlament nicht tätig werden wollte. Diese neuen Anwälte verwiesen auf Präzedenzfälle, auf alte Gesetze, neue Gesetze und erfundene Gesetze. Jede der mehreren hundert Mafia-Organisationen hatte ihren eigenen Anwalt, wenn nicht sogar gleich zwei oder drei dieser Art. Lermonow war von seinem bevorstehenden Aufstieg überzeugt. Irgendwann würde ein Geschäftsmann mit guten Beziehungen oder ein hochrangiges Mafiamitglied seine Fähigkeiten erkennen und ihn in eine einflußreiche Position hieven. Unterdessen machte er das Beste aus der augenblicklichen Lage, vertrat, wer immer seine Dienste wünschte, die er mittels Visitenkarten in den Briefkästen der zahlreichen Straßen des Viertels anbot, wo die Schasows und anderes Gesindel wohnten, die mit der Polizei in Konflikt geraten könnten. Die fünfhundert Visitenkarten hatten ihn keine Kopeke gekostet. Sie waren der Preis dafür, daß er einen Drucker namens Holkow vertreten hatte, der ohne Erlaubnis der Polizei oder der örtlichen Mafia einen Druckereibetrieb in einem Kellergeschoß in der Gorkijstraße aufgezogen hatte. Lermonow hatte einfach dem für Holkow zuständigen Polizeisergeant eine bescheidene Bestechungssumme gezahlt und ihm einen prozentualen Anteil an Holkows Einnahmen aus Aufträgen der Mafia in Aussicht gestellt, woraufhin der Sergeant versprochen hatte, ihm Kunden zu beschaffen.

Es war eine dieser Visitenkarten gewesen, die Elvira Schasow in seinem kleinen Wohnbüro hatte anrufen lassen. Er nahm alle Fälle an, solange eine Vorauszahlung geleistet wurde. Elvira, ein Kind im Arm und hochschwanger, hatte ihn angefleht, die Vertretung für ihre Kinder im Namen der Gnade und des Anstands anzunehmen. Elvira war eine Betrügerin. Lermonow durchschaute sie auf Anhieb und verlangte Bargeld oder Sachwerte. Elvira hatte sich für Bargeld entschieden, und nun saßen Lermonow und seine Klientin Selatsch in seinem geräumigen Büro gegenüber. Selatsch hatte Kopfschmerzen. Er brauchte Hilfe. Papierkram, keifende Mütter und beharrliche Anwälte, das war zuviel für seine Nerven. Er saß ganz ruhig da, kerzengerade, und sagte nur sehr wenig.

»Die Jungen, die Sie festhalten, sind vollkommen unschuldig«, sagte Lermonow. »In Wirklichkeit sind es sogar kleine Helden. Kurz bevor Sie sie attackierten, hatten Madame Schasows Jungen zwei ältere Halbwüchsige in die Flucht geschlagen, die den Polizisten verprügeln wollten. Die Schasows vertrieben sie und leisteten dem Polizisten erste Hilfe, bis Sie erschienen, auf sie einschlugen und sie mit Handschellen fesselten.«

»Nein«, widersprach Selatsch, entschlossen, keine Unsicherheit zu zeigen. Das gelang ihm, indem er an Tkach dachte, wie er auf dem Pflaster gelegen hatte und wie einer der Jungen im Begriff gewesen war, ihn mit einem Ziegelstein zu erschlagen. »Sie waren es ganz eindeutig.«

Elvira Schasow brach in schrilles Geheul aus, das von den kahlen Wänden des Verhörzimmers, die dringend eines frischen Farbanstrichs bedurften, hallend zurückgeworfen wurde. Das Geheul weckte das Baby in ihren Armen, das nun zu schreien begann.

Selatsch wehrte sich gegen den Impuls, sich die Hände auf die Ohren zu pressen. Er sah dem Anwalt in die Augen.

»Wie können Sie sich so sicher sein?« fragte der Anwalt.

»Ich sah sie vor ihm stehen. Niemand sonst war auf der

Straße zu sehen. Sasch... der verwundete Beamte erklärte, sie hätten ihn angegriffen.«

Lermonow seufzte geduldig und erhob seine Stimme über das Geheul der Frau und das Babygeschrei.

»Er wurde von hinten niedergeschlagen. Er sah drei kleine Jungen, die mit Knüppeln und Steinen bewaffnet waren, drei kleine Jungen, die die Angreifer vertrieben haben. Helden. Sie sollten dafür ausgezeichnet werden.«

»Sie haben es getan«, wiederholte Selatsch, »und sie haben es schon früher getan.«

»Dem wird das Gericht nicht zustimmen«, sagte Lermonow und erhob sich. »Ich verlange, daß Sie die Kinder in die Obhut ihrer Mutter entlassen. Sie sind die einzige Quelle für ihren Lebensunterhalt.«

»Nein«, wiederholte Selatsch noch einmal.

»Dafür werden Sie Ihren Job verlieren«, sagte Lermonow und richtete drohend einen Finger auf den müde und leicht verwirrt wirkenden Detektiv.

»Ich bin müde. Ich muß einen Bericht schreiben, und ich habe keine Lust mehr, noch weiter mit Ihnen zu reden«, sagte Selatsch und konnte nicht verhindern, daß eine Hand über seine schmerzende Stirn strich.

»Das ist –«, begann Lermonow, wurde aber von Selatsch zum Schweigen gebracht, als dieser aufsprang, woraufhin sein Stuhl polternd umkippte.

»Raus«, sagte er. »Sofort. Alle beide.«

»Nazi«, rief Elvira Schasow. »Kommunist. Hund.«

»Raus«, wiederholte Selatsch und machte Anstalten, um den Tisch herum nach vorne zu kommen.

Lermonow packte Elvira Schasows Arm und zog sie zur Tür, während Selatsch den ersten schlurfenden Schritt machte. Das Baby schrie. Elvira Schasow drohte Selatsch mit der Faust und stieß wüste Flüche aus. Lermonow sagte etwas, was Selatsch nicht verstehen konnte.

Dann fiel die Tür hinter ihnen zu. Selatschs Kopfschmerzen waren zwar immer noch vorhanden, aber wenigstens waren die Quälgeister nicht mehr direkt vor seinen Augen. Er wartete ein paar Minuten, ehe er das Zimmer verließ, um sich ein Aspirin zu besorgen.

Natalja Dokorow saß mit gefalteten Händen da. Neben ihr stand eine große Einkaufstasche. Sie hörte der Frau im Kostüm zu, die ihr erklärte, sie habe keine Möglichkeit mehr, die Entscheidung anzufechten. Die Schätze, die ihr Bruder angesammelt hatte, würden nicht zurückgegeben, und sie würde, das sei so gut wie sicher, lediglich einen Ersatz in Form einer Aufbesserung ihrer Pension erhalten.

Natalja beklagte ihr Schicksal und das Unrecht, das dem Lebenswerk ihres Bruders widerfahre, aber die junge Frau hinter dem Schreibtisch blieb unerbittlich.

»Sie dürfen jetzt gehen, Natalja Dokorow«, sagte die Frau. »Sollte sich noch irgendetwas Wichtiges ergeben, werden wir es Ihnen mitteilen.«

Natalja erhob sich. Sie war erschöpft von ihren Bemühungen und überzeugt, daß sie verloren hatte. Sie hob ihre Einkaufstasche hoch und murmelte ein leises »Vergelt's Gott«, während sie zur Tür ging. In vier Tagen war sie in Deutschland. Einen Tag später in England. Sie hatte schon vor dem Tod ihres Bruders Vorbereitungen für diesen Zeitpunkt getroffen. Sie hatte eine Anzahl Gegenstände aus dem Saal entwendet – ausschließlich Gegenstände, die in ihre Einkaufstasche paßten –, und hatte sie in die Wohnung ihres Vetters gebracht, der die Gegenstände für billigen Kitsch hielt.

Für einen der Gegenstände, die sie im Augenblick in der Einkaufstasche bei sich trug, hatte ein englischer Antiquitätenhändler ein kleines Vermögen geboten. Natalja hatte mit dem Mann Verbindung aufgenommen, als er vor einiger Zeit in Moskau gewesen war. Der Mann hatte mit Hilfe eines Dolmetschers erklärt, daß viele wertvolle Objekte in der Ukraine, in Estland und in Rußland zutage gefördert worden seien, Objekte, für die Amerikaner, Araber und Japaner sehr viel Geld zahlen würden.

Das Manuskript in ihrer Einkaufstasche war, wie der Mann aus London erklärt hatte, wahrscheinlich das wertvollste Objekt von allen. Sie hatte es offen bei ihrem Vetter herumliegen lassen, nachdem sie es mit einer neuen Titelseite versehen hatte. Auf dem Umschlag des Manuskripts stand nun »Die Geschichte der Kardows von Natalja Dokorow«. Das war ein Titel, der auch den Neugierigsten dazu bringen würde, sich desinteressiert abzuwenden.

Die echte Titelseite war irgendwo zwischen den vielen Seiten des Manuskripts versteckt, das ihr Bruder von einer Frau gekauft hatte, die behauptete, ihre Mutter habe kurz vor seinem Tod für den großen Dichter Gogol gearbeitet. Die Mutter der Frau hatte erzählt, daß Gogol dieses Manuskript nur wenige Tage vor seinem Tod ins Feuer geworfen hätte, ehe er das Zimmer verließ. Die Mutter der Frau hatte in die Flammen gegriffen und das Manuskript gerettet. Es war ein wenig angesengt, aber die Frau hatte gemeint, daß etwas von Gogol doch einen gewissen Wert haben müßte. Die Frau hatte dem alten Dokorow das Manuskript für den Gegenwert einer neuen Garderobe für ihre Tochter verkauft.

Dokorow wußte, daß das Manuskript echt war, hatte aber zur Sicherheit eine einzige Seite einem Literaturprofessor an der Staatlichen Moskauer Universität gezeigt. Dokorow hatte den Mann bezahlt und ihm erklärt, dies sei die einzige Seite, die er habe. Der Mann hatte sofort ihre Echtheit bestätigt.

»Ist Ihnen eigentlich klar, was Sie da besitzen?« hatte der Professor gefragt.

»Nein«, hatte Iwan erwidert.

»Die einzige noch verbliebene Seite des Manuskripts von Gogols Fortsetzung von *Tote Seelen*. Was haben Sie damit vor?«

»Sie aufbewahren und wie einen Schatz hüten«, hatte Iwan erwidert. »Ich liebe die Literatur mehr als mein Leben.«

Es gab auch noch andere Gegenstände – ein kleines, nahezu unbezahlbares chinesisches Glas, das Natalja mit einem billigen Parfüm gefüllt hatte, wie sie es auch mit dem ebenso wertvollen Gegenstück zu diesem Glas getan hatte, das sie nun zu holen gedachte, falls die Polizei es nicht schon gefunden hatte. Das wertvollste Stück jedoch, das sie dem Händler in London anbieten würde, war ein etwas größeres, mit Brillanten besetztes Fabergé-Ei, in dem sich ein Minikarussell drehte, wenn man es mit einem winzigen Schlüssel aufzog. Sie hatte das Ei mit einem Klebstoff versiegelt, der einfach zu entfernen war, und den Aufkleber eines Spielwarenladens darauf gepappt. Auch die anderen Gegenstände waren auf ähnliche Art und Weise getarnt worden.

Obgleich sie eine belastbare Frau war, hatten die Verhandlungen im Laufe des Tages und das Gewicht der Tasche sie derart erschöpft, daß sie sich dem Ausgang schleppenden Schrittes näherte. Dort erwartete sie die Polizistin.

»Warten Sie, ich helfe Ihnen«, sagte Elena und nahm Natalja die Einkaufstasche aus der Hand. »Können wir reden? Nur für einen kurzen Moment.«

Natalja nickte zustimmend und stellte sich erschöpfter, als sie sich in Wirklichkeit fühlte.

Das Haus war fast völlig leer, jeder Gegenstand, der einen gewissen Wert zu besitzen schien, war herausgeholt worden. Nun standen nur noch drei grüne Stühle und ein grün gestrichener Tisch in der Küche.

Elena folgte der alten Frau und stellte die Tasche auf den Tisch.

»Wollen Sie Tee?« fragte Natalja und ließ sich auf einen der Stühle sinken.

Elena zog einen der anderen Stühle ein Stück vor und stellte ihn direkt vor die Frau. Dann setzte sie sich und ergriff eine von Nataljas Händen.

»Es tut mir aufrichtig leid, Natalja Dokorow«, sagte Elena ernst. »Ich versprach Ihnen, ich würde Ihnen helfen und...«

Elena schaute sich um.

Natalja legte ihre freie Hand auf die Schulter der jungen Frau.

»Es ist schon in Ordnung. Kommen Sie.«

Sie erhob sich, und Elena folgte ihr in ein kleines Badezimmer, wo Natalja das Licht anknipste. Toilette. Waschbecken. Eine winzige Badewanne. Ein Medizinschrank. Natalja öffnete den Schrank, griff an der Tube Crest Zahncreme vorbei und nahm eine von mehreren kleinen Flaschen heraus.

»Ich möchte Ihnen das schenken«, sagte Natalja.

»Vielen Dank«, sagte Elena lächelnd.

»Machen Sie sich keine allzu großen Sorgen. Ich komme schon zurecht. Aber ich muß mich jetzt ausruhen.«

Natalja brachte Elena zur Haustür und öffnete sie.

»Vielen Dank, daß Sie vorbeigeschaut haben«, sagte die alte Frau. »Das war sehr nett von Ihnen.«

»Und vielen Dank für das Geschenk«, erwiderte Elena und trat hinaus auf die Straße.

Elena betrachtete die Flasche in ihrer Hand. Sie war eindeutig asiatischen Ursprungs und mit wunderschönen winzigen Blumen in einem Garten verziert. Die Farben waren hell und lebhaft. Elena öffnete den Verschluß des Glases und roch an dem billigen Parfüm. Wenn sie in die Petrowka zurückkam, würde sie das Gläschen ausleeren und ausspülen und es als Briefbeschwerer auf ihren Schreibtisch stellen.

Anna Porwinowitsch erinnerte Porfirij Petrowitsch auf seltsame Art und Weise an Oberst Snitkonoi.

Er betrachtete sie aus einer Ecke des Zimmers in ihrem strengen schwarzen Strickkleid. Das dunkle Haar war zurückgekämmt, und kein Härchen war in Unordnung. Die Ohrringe waren aus schlichtem, schwarzem Onyx. Sie bewegte sich, als befände sie sich in einem alten Film – langsam, nachdenklich, steif. Sie blieb vor ihm stehen und ließ zu, daß er sie eingehend musterte. In ihrem Gesicht lag ein wissendes, besorgtes Lächeln.

Sie war, entschied Rostnikow, ein gepflegter Dobermann und kein Wolfshund.

Jewgenij Porwinowitsch hatte den Polizisten hereingelassen. Jewgenij trug eine graue Sporthose und Hosenträger über einem weißen Oberhemd. Er hatte sich sofort erkundigt, ob die Polizei seinen Bruder gefunden oder die Entführer identifiziert hatte. Der Mann war ein grauenhaft schlechter Schauspieler. Rostnikow war klar, daß der Mann sich sehnlichst wünschte, seine Antwort würde negativ ausfallen. Rostnikow antwortete: »Wir glauben zu wissen, wer der Kidnapper ist.«

Jewgenij war leicht ins Schwanken geraten und hatte kaum ein »Gut« herausgebracht, als Anna Porwinowitsch ihren dramatische Auftritt inszenierte und stumm auf ihn zuging. Sie deutete lässig auf Sessel und Sofa. Rostnikow nickte zum Zeichen des Dankes und ließ sich so bequem wie möglich auf einem der hochlehnigen Sessel nieder. Erst als er saß, nahm sie ihren eigenen Platz auf dem Sofa ein. Sie überprüfte ihr Kleid auf nicht vorhandene Falten, strich eine unsichtbare glatt und legte einen Arm auf die Sofalehne. Jewgenij setzte sich in einen Sessel, der genauso aussah wie der, in dem Rostnikow saß.

»Tee?« fragte die Frau.

»Tee«, erwiderte Rostnikow. Er hatte sein Jackett aufgeknöpft, es aber nicht ausgezogen. In ein oder zwei Tagen würde er einen Hut tragen müssen. Wenn möglich, würde er seine Lieblingskopfbedeckung nehmen, eine braune Tuchmütze mit einem schmalen Schirm und Ohrenklappen. Seine Frau sagte, mit der Mütze sähe er aus wie ein Komiker in einer amerikanischen Komödie. Noch häufiger trug er eine schwarze Pelzmütze, von der Sarah meinte, daß er darin einem Diplomaten glich.

Jewgenij eilte hinaus, um Tee zu holen.

»Haben Sie Neuigkeiten?« fragte Anna.

»Eine Theorie«, sagte Rostnikow. »Ihr Mann wurde von einem Mann namens Artiom Solowijow und einem bisher unbekannten Komplizen, wahrscheinlich seinem Werkstatthelfer, entführt.«

»Artiom Solowijow«, wiederholte sie, als versuchte sie, den Namen irgendwo unterzubringen. »Der große

Mann, bei dem wir unseren Wagen haben reparieren lassen?«

»Ja«, sagte Rostnikow und öffnete seine Jacke etwas weiter. »Sie erinnern sich nur vage an ihn, obgleich Sie gestern mit ihm telefoniert haben?«

»Ach ja«, sagte sie und beugte sich vor, um eine Zigarette aus dem Kästchen zu nehmen, das auf dem Tisch zwischen ihnen stand. »Jetzt fällt es mir wieder ein. Es ist soviel passiert. Alexi... so viel.«

Sie spielte mit der Zigarette und betrachtete sie sinnend.

»Wir glauben, daß Sie und Artiom Solowijow die Entführung Ihres Mannes geplant haben.«

Sie blickte plötzlich auf, wachsam, die Kiefermuskeln angespannt. Kein Hund, dachte Rostnikow, eine Siamkatze mit roten Krallen.

»Haben Sie dazu nichts zu sagen?« fragte Rostnikow.

»Das ist mir viel zu absurd, um darauf zu antworten«, sagte sie und schob sich die Zigarette zwischen die Lippen.

Ihr Zittern war leicht, kaum wahrnehmbar, aber Rostnikow hatte bereits darauf gewartet. Sie zündete die Zigarette an, wodurch sie Zeit gewann, um ihre Verteidigungsposition einzunehmen. Sie musterte ihn mit einem geübten Blick, welcher sagte: Wie können Sie so etwas nur von mir halten? Jewgenij kam mit einem Tablett zurück, auf dem sich drei Tassen, Löffel, Zucker und Milch sowie eine weiße Teekanne befanden. Er hatte das Zimmer zur Hälfte durchquert, als Rostnikow meinte: »Ich habe Ihrer Schwägerin soeben erklärt, daß wir annehmen, daß sie für die Entführung Ihres Bruders verantwortlich ist. Sie und ein Automechaniker namens Solowijow.«

Jewgenij ließ das Tablett zwar nicht fallen, blieb jedoch

ziemlich abrupt stehen, so daß die Tassen auf eine Seite des Tabletts rutschten. Jewgenij starrte Anna an.

»Setz das Tablett ab«, sagte sie ruhig.

Jewgenij gehorchte.

»Soweit ich mich erinnere«, sagte sie dann, »nehmen Sie Zucker und Milch.«

»Ja«, sagte Rostnikow.

»Setz dich, Jewgenij«, verlangte sie und bereitete den Tee für den Polizisten.

Jewgenij setzte sich, holte tief Luft und stieß hervor: »Absurd!«

»Es kommt darauf an, wie man es betrachtet«, sagte Rostnikow und nahm die Tasse, die Anna Porwinowitsch ihm entgegenhielt. »Als ich gerade zur Polizei gekommen war, war ich häufig verblüfft über die Absurdität der meisten Verbrechen, mit denen ich konfrontiert wurde. Nach und nach wurde für mich das Absurde zum absolut Normalen.«

Er trank einen Schluck Tee und fixierte Jewgenij.

»Wir sind keine Polizisten«, sagte er.

»Ich weiß«, erwiderte Rostnikow. »Sie sind Kidnapper und, möglicherweise, an einem Mord beteiligt.«

»Wir...?« Jewgenij sah erneut zu Anna, wo er keinerlei Hilfe erhielt.

»Ja«, sagte Rostnikow und nahm sich ein weiteres Stück Zucker. Diese Aktion tat seinem lädierten Bein gar nicht gut. Es protestierte heftig, während Rostnikow seinen Tee süßte.

»Der Tee ist schon ein wenig abgekühlt«, sagte Anna und trank einen Schluck. »Es tut mir leid.«

»Es ist ein hervorragender Tee«, widersprach Rostnikow.

»Haben Sie die Absicht, uns zu verhaften?« erkundigte sich Anna Porwinowitsch gelassen.

»Noch nicht, es sei denn, Sie legen ein Geständnis ab und verraten uns, wo Ihr Mann jetzt ist.«

»Das kann ich nicht«, sagte sie. »Ich weiß es nicht. Ich weiß auch nichts über Alexis Entführung.«

»Nun«, sagte Rostnikow und leerte seine Teetasse. Wir werden uns die Information von Solowijow holen. Ich muß jetzt gehen.«

Rostnikow erhob sich und stützte sich auf die Armlehne des Sessels, um eine halbwegs aufrechte Haltung einnehmen zu können.

»Ist es sehr schmerzhaft, mit einem solchen verkrüppelten Bein herumzulaufen?« fragte Anna Porwinowitsch.

»Ja«, sagte Rostnikow. »Aber mein Bein und ich haben ein Abkommen getroffen. Ich beschimpfe es nicht mehr, und dafür kooperiert es wenigstens ein bißchen.«

»Wenn Sie gehen«, sagte sie, »hat man den Eindruck, als litten Sie Schmerzen.«

Rostnikow betrachtete die Frau, die ihn anlächelte. Es war ein sehr oberflächliches, verlogen mitfühlendes Lächeln.

»Wenn ich die Wahl hätte«, sagte er, »würde ich lieber mit Schmerzen als mit einer Schuld leben.«

»Sie haben aber keine Wahl«, sagte sie und sah auf sein Bein.

»Ich komme schon bald wieder zurück«, sagte Rostnikow und knöpfte seine Jacke zu. »Vielen Dank für den Tee und Ihr Mitgefühl.«

Sie blieb sitzen, hielt elegant die Tasse in der einen Hand und die Zigarette in der anderen. Jewgenij stand auf und ging vor Rostnikow zur Tür.

»Ich versichere Ihnen, Inspektor«, sagte Jewgenij, »wir sind entsetzt über das, was meinem Bruder zugestoßen ist. Anna und ich haben mit dieser Entführung nichts zu tun. Wir wünschen uns nur, daß er heil zurückkommt. Wir werden jeden Preis zahlen. Ich würde alles geben, um ihn durch diese Tür dort hereinkommen zu sehen.«

Ein Klicken erklang von der Tür vor Jewgenij und Porfirij Petrowitsch. Die Tür schwang auf, und dort stand ein Mann, einen Schlüssel in der einen, ein Kissen in der anderen Hand. Der Mann war ungefähr einsachtzig groß, eher ein wenig kleiner. Er trug einen völlig zerknautschten Anzug und keine Krawatte. Sein Haar war ungekämmt, und er hatte braune und graue Bartstoppeln in seinem grotesk verzerrten und angeschwollenen blauvioletten Gesicht.

»Alexi?« sagte Jewgenij.

Noch immer in der Türöffnung stehend, ließ der Mann das Kissen fallen und entblößte die Maschinenpistole in seiner Hand. Er sagte nichts, sondern deutete mit dem Lauf in die Wohnung. Rostnikow und Jewgenij wichen zurück, während Alexi seinen Schlüssel einsteckte und die Tür schloß.

»Sie«, sagte er zu Rostnikow und deutete mit der Waffe auf ihn. »Wer sind Sie?«

»Ein Polizist«, sagte Rostnikow.

»Alexi, ich bin ja so –« begann Jewgenij, wurde jedoch abrupt durch einen brutalen Schlag mit der Waffe ins Gesicht zum Schweigen gebracht.

»Halt die Schnauze«, sagte Alexi Porwinowitsch.

Jewgenij blutete aus einem häßlichen Riß, der quer über seine Nase und seine linke Wange verlief. Er sah aus, als würde er gleich in Tränen ausbrechen.

»Beweg dich«, befahl Alexi.

Jewgenij preßte eine Hand auf sein Gesicht, um den Blutstrom zu stoppen. Rostnikow stand neben ihm. Sie gingen langsam in das geräumige Wohnzimmer.

Anna drehte sich um und erstarrte beim Anblick ihres bewaffneten Ehemannes. Sie setzte die Teetasse ab und legte die Zigarette in den Aschenbecher.

»Freust du dich, mich zu sehen?« fragte Alexi.

Sie sagte nichts. Musterte ihn. Zeigte keine Furcht.

»Nun, ich bin froh, wieder bei meiner Familie zu sein«, sagte Alexi mit einem entsetzlichen Grinsen. »Ich habe einen ziemlich schwierigen Tag hinter mir. Setzt euch doch.«

Anna folgte der Aufforderung, und Jewgenij und Porfirij Petrowitsch kehrten zu den Sesseln zurück, in denen sie vorher schon gesessen hatten. Alexi war von den drei Menschen etwa einen Meter weit entfernt, also viel zu weit für Rostnikow, um ihn anzuspringen, selbst wenn er zu einer solchen Aktion fähig gewesen wäre.

»Möchtet ihr wissen, was ich habe durchmachen müssen, seit wir uns das letzte Mal sahen?« fragte Alexi. »Ich habe eine Nacht lang schreckliche Angst gehabt und damit gerechnet, daß ich sterben muß. Ich verbrachte die Nacht mit der Gewißheit, daß meine Frau und mein Bruder meine Ermordung geplant hatten. Und dann entwickelte ich einen Plan und holte mir diese Waffe von einem der Idioten, die mich entführt haben. Ich fesselte ihn und wartete auf euren Freund, Artiom. Dann hatten wir eine nette Unterhaltung, und anschließend habe ich beide getötet. Ich scheine in einer richtig mordlustigen Stimmung zu sein.«

»Du bist verrückt«, stöhnte Jewgenij schmerzerfüllt, während er eine Serviette auf seine Wange drückte. Die Serviette war bereits mit Blut durchtränkt.

»Genau«, sagte Alexi. »Ich bin verrückt. Ich hoffe, daß dies nur ein vorübergehender Zustand ist, daß ich, nachdem ich dich und Anna getötet habe, irgendwann wieder normal werde. So etwas passiert doch gelegentlich, nicht wahr, Polizist?«

»Chefinspektor Porfirij Petrowitsch Rostnikow«, stellte Rostnikow sich vor.

»Glauben Sie, daß ich den Verstand verloren habe?« fragte Alexi und deutete mit der Waffe auf seine Frau.

»Ja«, sagte Rostnikow. »Aber es ist kompliziert. Sie sind beeinträchtigt durch das, was Ihnen widerfahren ist, glauben aber, Sie seien es nicht. Sie denken, daß Sie nur den Verrückten spielen, damit man Sie für die Ermordung Ihrer Frau und Ihres Bruders nicht zur Verantwortung ziehen kann.«

»So oder so bin ich verrückt«, sagte Alexi grinsend.

»Stimmt«, gab Rostnikow zu, »aber wir haben ein seltsames Rechtssystem. Ich habe erlebt, wie angeblich wahnsinnige Mörder zum Tode oder zu langjährigen Gefängnisstrafen verurteilt wurden, während geistig völlig normale Mörder für verrückt erklärt wurden.«

»Aber hatten sie das gleiche durchgemacht wie ich?« rief Alexi.

»Meine Frau und ich kümmern uns um zwei kleine Mädchen«, sagte Rostnikow und knöpfte seine Jacke auf. »Ihre Großmutter, bei der sie lebten, konnte sie kaum ernähren. Sie schoß auf den Chef eines Lebensmittelladens, tötete ihn und setzte sich dann auf einen kleinen Hocker. Was sie erlebt hatte, hatte sie um den Verstand gebracht. Sie sitzt jetzt im Gefängnis und wird wohl für den Rest ihres Lebens dort bleiben müssen. Möchten Sie noch ein anderes Beispiel hören?«

»Nein«, lehnte Alexi ab. »Ich habe immer noch vor, die beiden zu töten.«

»Alexi«, sagte seine Frau, »es tut mir leid.«

»Es tut dir leid«, wiederholte Alexi schnaubend. »Erwartest du etwa, daß ich das glaube?«

»Nein«, sagte sie. »Du mißverstehst mich. Es tut mir leid, daß du davongekommen bist. Es tut mir leid, daß Artiom, dieser Idiot, dich nicht getötet hat. Ich bedaure, daß der Plan nicht funktioniert hat, ein so einfacher Plan, und dann solche Idioten. Manchmal frage ich mich, weshalb ich immer wieder an Männer gerate, die Idioten sind.«

»Bin ich ein Idiot, Anna?« fragte Alexi, während sein Bruder sich eine frische Serviette nahm und zu schluchzen begann.

»Ein schlauer Idiot«, sagte sie und verschränkte die Arme.

»Hast du Angst, Anna?« fragte Alexi.

»Nein«, antwortete sie. »Ich weiß, daß du dir genau das wünschst, aber ich habe keine Angst. Ich bin euch alle so leid.«

Sie wandte ihrem Mann den Rücken zu und ging zum Fenster.

»War ich so schlecht zu dir?« rief Alexi.

»Ja«, sagte sie leise und schloß die Augen.

»Wie?« wollte er wissen. »Was habe ich getan, daß ich den Tod verdient habe?«

Sie zuckte die Achseln. »Kleine Dinge, große Dinge. Ich werde dir keine lange Liste aufzählen. Die Art, wie du lachst, schnarchst, prahlst. Die Geschichten von deinen Geschäften, die du immer wieder erzählst. Dein armseliger Sex. Es gibt noch viel mehr. Aber welchen Unterschied macht es? Du wirst mich sowieso gleich umbringen.«

»Wenn Sie die Waffe weglegen«, schaltete Rostnikow sich ein, »dann verhafte ich die beiden wegen Entführung. Und wenn sie aus dem Gefängnis herauskommen, sind sie alt. Sie haben dann ihr Leben versäumt, während Sie die Möglichkeit haben, ein neues Leben ohne sie zu beginnen. Ist das nicht besser, als sie zu töten?«

»Ist es das?« fragte Alexi.

»Ja«, platzte Jewgenij beschwörend heraus.

Anna, die immer noch mit dem Rücken zu ihnen am Fenster stand, hob nur die Schultern.

»Ich möchte nicht ins Gefängnis«, sagte sie. »Lieber würde ich in meinen eigenen vier Wänden sterben.«

Alexi schüttelte den Kopf und fuhr sich mit den Fingern über die Bartstoppeln in seinem schmerzverzerrten Gesicht. »Ich habe ein Recht auf Genugtuung«, sagte er. »Ich habe es verdient, daß ihr versucht, mich davon abzubringen, euch zu töten. Ich habe es verdient, daß du genauso jammerst wie Jewgenij, wenn ich dich töte.«

Jewgenij lehnte sich in seinem nun mit Blut besudelten Sessel steif nach hinten. Er schaute Rostnikow hilfesuchend an.

»Ich werde dir keine Genugtuung geben«, sagte sie und blickte weiterhin aus dem Fenster.

»Nehmen Sie sie fest«, sagte Alexi Porwinowitsch mit hängendem Kopf und senkte die Waffe. »Machen Sie schnell.«

Er ließ sich ein wenig benommen auf das Sofa sinken und legte die Waffe in seinen Schoß.

Rostnikow erhob sich, indem er sich auf beide Armlehnen seines Sessels stützte, und verkündete: »Jewgenij Porwinowitsch, Anna Porwinowitsch, ich verhafte Sie beide wegen Entführung und versuchten Mordes. Andere Beschuldigungen dürften sich aus den weiteren Ermittlungen ergeben.« Rostnikow umrundete den Tisch und streckte die Hand nach Alexi Porwinowitschs Maschinenpistole aus. Alexi machte keinerlei Anstalten, ihn daran zu hindern. Er starrte geradeaus ins Leere.

Anna wandte sich vom Fenster ab und sagte: »Den Tuchmantel, Jewgenij. Der Pelzmantel würde nur von der Polizei gestohlen, und du könntest ihn mit Blut besudeln.«

»Ich brauche einen Arzt«, sagte Jewgenij.

»Den werden Sie schon bekommen«, sagte Rostnikow. »Gehen wir.«

Sie setzten sich in Bewegung.

»Wo sind die beiden toten Männer?« fragte Rostnikow.

Alexi erklärte es ihm.

»Ich komme zurück. Trinken Sie eine Tasse Tee. Schlafen Sie sich aus«, riet Rostnikow ihm.

Alexi nickte und griff nach Annas mit Lippenstift beschmierter Tasse und trank den Rest Tee, der noch darin war.

Im Flur ließ Rostnikow die Waffe sinken und ging hinter den beiden Gefangenen her. Jewgenij hielt sich die Serviette gegen die Wange und sah aus, als würde er jeden Moment umkippen.

»Ich habe meine Zweifel, ob einer von uns beiden im Gefängnis landen wird«, sagte Anna Porwinowitsch zu Jewgenij. »Hör auf zu flennen. Selbst wenn wir ins Gefängnis müssen, bezweifle ich, daß es für sehr lange Zeit sein wird. Stimmt's nicht, Inspektor?«

»Wahrscheinlich«, sagte Rostnikow und überlegte, wie er die beiden auf schnellstem Weg zum Stadtteilrevier schaffen könnte. Er hatte von der Wohnung aus keinen Streifenwagen anfordern wollen. Er wollte sie so schnell wie möglich nach draußen bringen, falls Alexi doch noch seine Meinung änderte und seine Waffe benutzte.

»Wir haben gut zusammengearbeitet«, sagte Anna und drehte sich lächelnd zu ihm um.

»Sagen wir mal so, Ihre Darbietung war hervorragend«, sagte Rostnikow. »Sie haben das arme Opfer um seine Rache gebracht.«

»Während Sie«, sagte sie, »ihm eine Bestrafung derer versprochen haben, die ihm so übel mitgespielt haben, eine Bestrafung, die Sie gar nicht garantieren können.«

»Wir waren wirklich exzellent«, sagte Rostnikow.

Anna lächelte über seine ironische Bemerkung. Es war ein Lächeln voller blitzender schneeweißer Zähne. In Rostnikows Augen war sie eine seltene Mischung aus verführerischem Äußeren und hoher Intelligenz, mit mehr als nur einer kleinen Prise Wahnsinn.

»Wenn wir endlich dort sind, wo Sie uns hinbringen«, sagte sie, »möchte ich gerne einige Telefongespräche führen. Und ich möchte, daß Sie zurückkommen und Alexi verhaften, weil er gedroht hat, mich zu ermorden. Jewgenij und ich hatten überhaupt nichts mit Alexis Entführung zu tun. Sie haben nun, da dieser Solowijow tot ist, keine Zeugen außer meinem rachsüchtigen und leicht verstörten Ehemann.«

Sie befanden sich jetzt im Fahrstuhl. Jewgenij, dessen Gesicht noch immer heftig blutete, lehnte sich nach hinten, bis sein Kopf gegen die Wand stieß.

»Vielleicht«, fuhr Anna fort, »hat dieser Artiom sich die Geschichte von meiner Mitwirkung an dem Verbrechen ausgedacht. Er hatte gewisse Andeutungen gemacht – er wollte sich an mich heranmachen –, die ich zurückgewiesen habe. Er hat sich Alexi vielleicht nur aus Rache geholt und ihm erzählt, ich sei seine Komplizin, um meinen armen Ehemann zu quälen.«

»Sie dürften wohl die gefährlichste Frau sein, die ich je kennengelernt habe«, stellte Rostnikow fest.

»Nicht der gefährlichste Mensch überhaupt?« fragte sie und sah ihm in die Augen.

»Der gefährlichste Mensch, den ich je gekannt habe, ermordete völlig sinnlos mindestens zweiundvierzig Menschen«, sagte Rostnikow.

»Wenn ich mir daraus einen Vorteil erhoffen würde, würde ich versuchen, Sie zu verführen«, sagte sie, als der Fahrstuhl im Erdgeschoß anhielt.

Diesmal schlug Jewgenij mit Absicht den Kopf gegen die Wand.

»Keinerlei Vorteile«, versicherte Rostnikow ihr.

Sie verließen das Gebäude. Ein paar Meter entfernt stand ein freies Taxi. Der Fahrer warf einen Blick auf die drei, vor allem auf den massigen Mann mit der Maschinenpistole und auf den Mann mit dem blutenden Gesicht, und jagte mit quietschenden Reifen die Straße hinunter.

»Was nun?« fragte Anna.

Sie war nun nahe genug, so daß Rostnikow sie erreichen konnte. Er hoffte, sie würde sich wieder von ihm entfernen. Er hoffte, daß sie aufhörte zu reden. Er hoffte außerdem, daß er bald eine Telefonzelle finden würde.

Dreizehn

Nacht

Karpo hatte nur wenig Ahnung von Computern. Deshalb saß er in seinem Büro und las die Handbücher, die er von Oberst Snitkonois kleinem Pankow geholt hatte, der selbst einen Computer auf seinem Schreibtisch stehen hatte. Es gab eine ganze Reihe Leute, die er fragen konnte, wie man eine Diskette einsteckt und sie liest, aber das würde er nicht tun.

Zuerst las er alleine. Dann kehrte Elena Timofejewa zurück und kam auf dem Weg zu ihrem Büro an seinem vorbei. Sie hatte eine kleine Glasflasche in der Hand. Als sie stehenblieb, sah er auf.

»Darf ich?« fragte er und deutete mit einem Kopfnicken auf ihre Hand.

»Ja«, sagte sie und reichte ihm die Flasche. »Das mit Mathilde tut mir schrecklich leid. Meine Tante bat mich, Ihnen ihr Beileid auszurichten, und ich soll Ihnen bestellen, wenn Ihnen unsere Küche zusagt, würden wir Sie gerne einmal zum Abendessen einladen –«

»Woher haben Sie das?« fragte er.

»Die Flasche? Von Natalja Dokorow.«

Karpo betrachtete die Flasche eingehend.

»Was hat sie Ihnen dazu gesagt?«

»Nichts«, sagte Elena. »Das Parfüm soll ein kleines Geschenk als Dank dafür sein, daß ich ihr geholfen habe. Möchten Sie die Flasche haben?«

»Nein«, sagte er und gab sie ihr zurück. »Darf ich Ihnen den Rat geben, sehr gut auf die Flasche aufzupassen?«

Elena nahm die Flasche entgegen. Sie starrte für einen Moment in Karpos Gesicht, dann kehrte ihr Blick zur Flasche zurück.

»Sie meinen ...?«

»Ich meine, es ist etwas, auf das Sie sehr gut achtgeben sollten«, sagte er.

Elena hatte plötzlich Angst, daß sie die kleine Flasche fallen ließ. Sie verstaute sie so tief wie möglich in ihrer Manteltasche.

»Vielen Dank«, sagte sie.

Für einen kurzen Moment hatte Elena die Absicht, weiterzugehen, aber sie hatte das Gefühl, daß Karpo ihr noch mehr zu sagen hatte.

»Was wissen Sie über Computer?«

»Ich habe zwei Kurse besucht«, antwortete sie und fragte sich, worauf er mit dieser Frage hinauswollte. »Ich würde sagen, daß ich ein wenig Ahnung davon habe.«

Karpo deutete auf die glänzende kleine Metallscheibe auf seinem ansonsten leeren Schreibtisch. Elena hatte sie vorher gar nicht bemerkt.

»Können Sie die in einen Computer schieben, so daß ich sie lesen kann?« fragte er.

»Ja«, sagte sie.

»Es wäre mir allerdings lieber, wenn nur ich den Inhalt zu Gesicht bekäme.«

»Natürlich.«

Karpo reichte ihr die Scheibe und fragte: »Wie lange?«

»Wenn ich finden kann, was ich brauche, dürfte ich in weniger als einer Stunde eine lesbare Diskette zur Verfügung haben. Die Informationen auf der Diskette könnten jedoch gesichert sein. Wenn Sie wollen, kann ich mal nachschauen. Ich kann einiges versuchen, um sie zugänglich zu machen, aber dafür müßte ich mir wenigstens einen winzigen Teil der Informationen ansehen.«

Karpo nickte. »In Ordnung, eine Stunde.«

»Ungefähr«, sagte sie und tastete in der Tasche nach der Glasflasche.

»Danke«, sagte er. »Ein Abendessen mit Ihnen und Anna Timofejewa wäre mir ein Vergnügen.«

Elena nickte und lächelte. Ihr Herz schlug schneller, und sie fragte sich, was sie mit der kleinen Flasche tun sollte, ob sie ihrer Tante davon erzählen sollte oder nicht, ob man sie schätzen lassen könnte, ohne daß sie gestohlen würde, und ob es nicht ihre Pflicht wäre, sie ihren Vorgesetzten zu übergeben. Im Augenblick war sie kein bißchen neugierig, was sich auf Karpos Diskette befinden mochte.

Nachdem Rostnikow die Gefangenen im Revier des Stadtviertels abgeliefert und ihnen die Anschuldigungen genannt hatte, gab er dem ernsten, übergewichtigen Major die Adresse, wo er zwei Leichen finden könnte.

»Das ist nicht mein Distrikt«, sagte der Major.

»Sie haben meine Genehmigung, direkt aus der Petrowka, direkt aus dem Sonderdezernat für Spezialermittlungen, direkt von Oberst Snitkonoi, die Wohnung aufzusuchen, den Tatort zu untersuchen und die Leichen mitzunehmen. Wenn es Ihnen lieber ist, können Sie den Distriktchef benachrichtigen, damit er die Wohnung überprüft. So verrückt das auch klingen mag«, sagte Rostnikow müde, »vielleicht könnten Sie sogar eine Zusammenarbeit in Erwägung ziehen.«

Der Major nickte zwar, machte jedoch gleichzeitig klar,

daß die »Zusammenarbeit« mit einem anderen Distrikt völlig außer Frage stand. Der Major, entschied Rostnikow, wollte offenbar das Mißfallen des Kommandierenden des Distrikts, in dem sich die Wohnung befand, riskieren und die Ermittlungen selbst aufnehmen. Punkte bei der Petrowka und der Abteilung des Grauen Wolfs zu erringen, wäre durchaus ein paar zusätzliche Spannungen zwischen den einzelnen Distrikten wert.

Vom Revier aus rief Rostnikow den Vetter seiner Frau an. Sarahs Vetter war Chirurg, und sie hatten einen ziemlich engen Kontakt. Mit einigen Schwierigkeiten erreichte Rostnikow den Vetter und bat ihn um Namen und Adresse eines guten Psychologen. Der Vetter nannte zwei Namen von Leuten, die versuchten, die Praxis der Psychotherapie im neuen demokratischen Rußland populär zu machen. Rostnikow setzte sich mit einem der Therapeuten in Verbindung und erzählte ihm von Porwinowitsch.

»Ich schlage vor, Sie fahren sofort da hin«, sagte Rostnikow und gab dem Mann die Adresse, nachdem er ihm alles Notwendige erzählt hatte.

»Ich komme im Augenblick nicht so einfach von hier weg«, sagte der Mann.

»Porwinowitsch ist ein sehr reicher Mann«, sagte Rostnikow.

»Ich bin schon unterwegs«, versprach der Mann.

Danach rief Rostnikow in Porwinowitschs Wohnung an. Das Telefon klingelte zweiundzwanzigmal, ehe Porwinowitsch den Hörer abnahm. Rostnikow gab ihm durch, jemand sei zu ihm unterwegs, um ihm zu helfen.

»Ich werde das mit den beiden Toten regeln«, sagte er. »Aber nur unter der Bedingung, daß Sie sich mit dem Mann unterhalten, der gleich zu Ihnen kommt.«

Keine Antwort.

»Ich brauche jetzt eine Zusage«, sagte Rostnikow.

»Da«, sagte Porwinowitsch und legte den Hörer auf.

Anschließend wählte Rostnikow die Nummer des Krankenhauses und erfuhr von einer mürrischen Krankenschwester, daß Sascha Tkach gerade schlief und daß er sich, wenn man die Schwere seiner Verletzungen bedachte, erstaunlich schnell erhole.

Das war es dann. Es wurde spät, und sein Bein riet ihm, nach Hause zu fahren, eine Kleinigkeit zu essen und zu Bett zu gehen. Er würde seine Gymnastik und sein Krafttraining absolvieren, wenn er wieder aufstand. Rostnikow brachte den Major dazu, ihm einen der Streifenwagen des Distrikts zur Verfügung zu stellen, der ihn nach Hause brachte. Der Fahrer war zum Glück überhaupt nicht redselig, wofür Rostnikow aufrichtig dankbar war.

Die sechs Treppenabschnitte seines Mietshauses in der Krasikowstraße waren an diesem Abend besonders strapaziös. Er sollte sein Bein trainieren, so oft wie möglich zu Fuß gehen, laufen, soviel er konnte, und Treppen steigen. An diesem Tag verweigerte sein Bein seine Mitarbeit wie ein störrisches Kind. Als Rostnikow vor seiner Wohnung eintraf, Jacke und Hut in der Hand, war er völlig erschöpft. Er schob den Schlüssel ins Schloß, trat ein und sah sich einem Frauenquartett gegenüber: die beiden kleinen Mädchen, die, so dachte er, schon längst in der Schule sein mußten, bis ihm klar wurde, daß die Schule vorbei war; Sarah wirkte ausgesprochen erleichtert, ihn zu sehen, und Lydia Tkach loderte fast vor Zorn.

»Porfirij Petrowitsch Rostnikow«, rief Lydia und richtete drohend den Finger auf ihn. »Ich klage Sie an.«

Im Laufe der Jahre, die er sie kannte, hatte Rostnikow

festgestellt, daß sie immer lauter schrie, je schwerhöriger sie wurde. Man mußte seine Antworten ebenfalls laut rufen. Aber Lydia Tkach weigerte sich, ihre Schwerhörigkeit zu akzeptieren.

»Ich fühle mich angeklagt«, sagte Rostnikow und hängte müde den Mantel an die Garderobe neben der Wohnungstür.

»Mein Sohn, mein einziges Kind«, keifte Lydia und kam auf Rostnikow zu. »Er liegt im Krankenhaus und ringt mit dem Tode.«

»Ich habe gerade mit dem Krankenhaus telefoniert. Er erholt sich bestens.«

»Bestens?« rief Lydia. Sie drehte sich zu Sarah um und wiederholte ihre Anklage. »›Bestens‹, sagt er. Eine Kopfwunde. Völlig verprügelt. Er hätte getötet werden können.«

Rostnikow griff nach ihrer Hand. Sie entzog sie ihm.

»Porfirij«, sagte Sarah, »ich wärme dir etwas zu essen auf.«

»Kinder«, sagte Rostnikow zu den beiden Mädchen, »geht ins andere Zimmer und tut so, als würdet ihr eure Schularbeiten machen. Ihr könnt von dort aus zuhören.«

Die Mädchen kamen zu ihm, um ihn zu umarmen. Er hob jedes Mädchen hoch, drückte es an sich und stellte es wieder auf den Boden. Die Mädchen verschwanden im Schlafzimmer. Er setzte sich an den Tisch, wo ein halber Laib Brot neben seinem Teller lag. Sarah legte ihm die Hände auf die Schultern und massierte ihn sanft, nachdem er sich hingesetzt hatte. Lydia thronte ihm gegenüber. Rostnikow schnitt sich eine Scheibe Brot ab und begann zu essen.

»Wir haben miteinander gesprochen«, sagte Lydia. »Sie haben es versprochen. Erinnern Sie sich?«

»Wir haben uns unterhalten«, gab Rostnikow zu, »aber ich konnte Ihnen das Versprechen, um das Sie mich baten, nicht geben. Wie kann ich garantieren, daß ein Polizist in Ausübung seines Dienstes niemals verwundet wird?«

»Sie sagten«, fuhr Lydia fort, »daß Sie mit ihm darüber reden würden, daß er den Dienst quittiert und sich eine andere Arbeit sucht. Es gibt heutzutage viele Möglichkeiten für Leute mit Saschas Talent.«

»Legale Möglichkeiten?« fragte Rostnikow. »Oder Möglichkeiten, die noch gefährlicher sind als der Job eines Polizisten?«

»Eine Bürotätigkeit. Im Ministerium«, sagte Lydia.

»Sascha würde so etwas niemals akzeptieren, selbst wenn ich es schaffen würde, ihn auf eine Bürostelle versetzen zu lassen. Er möchte Polizist sein. Er ist ein ganz hervorragender Beamter. Wer weiß, wenn er so alt ist wie wir, könnte er der Chef aller Polizisten sein.«

»Machen Sie sich ja nicht über mich lustig«, sagte Lydia. »Meine Hörkraft mag zwar nachlassen, aber mein Geist ist noch ganz in Ordnung.«

Ein Fortschritt, dachte Rostnikow. Sie gibt endlich zu, daß sie schwerhörig ist. Rostnikow berührte die Hand seiner Frau. Sarah strich ihm über die Wange und entfernte sich, um sein Essen zu holen.

»Ich esse, nachdem unser Gast gegangen ist«, sagte Rostnikow mit normaler Stimme.

»Ich verstehe«, sagte Sarah und setzte sich.

Sarah sah müde aus. Vielleicht war es nach ihrer Genesung doch noch zu früh für sie gewesen, wieder ihre Arbeit aufzunehmen, auch wenn es nur halbtags war.

»Also«, sagte Lydia. »Was wollen Sie tun?«

»Ich habe mit Sascha gesprochen«, rief Rostnikow. »Er

ist ein erwachsener Mann mit einer Frau und zwei Kindern. Ich kann ihm nicht befehlen, wegen eines sicheren Jobs zu kündigen, wenn er es nicht will.«

»Sie können ihn hinauswerfen«, sagte Lydia.

»Das tue ich nicht.«

Lydia funkelte Rostnikow wütend an, erhob sich von ihrem Stuhl und richtete wieder den Finger auf ihn, als wollte sie ihn aufspießen.

»Ich klage Sie an«, sagte sie.

»Das haben Sie bereits getan«, erwiderte Rostnikow und erhob sich ebenfalls.

»Dann ... dann«, stotterte Lydia, und ihre Stimme wurde um einige Dezibel leiser.

Rostnikow kam um den Tisch herum und blieb vor Lydia stehen, die ihn weiterhin wütend fixierte.

Rostnikow breitete die Arme aus, und Lydia Tkach warf sich sofort an seine Brust und begann hemmungslos zu schluchzen.

»Inspektor Tkach«, sagte der Polizist, der neben Saschas Bett stand, »sind dies die drei Kinder, die Sie überfallen haben?«

Der Polizist fühlte sich ausgesprochen unbehaglich, denn der Mann, der vor ihm im Bett lag, war sein Vorgesetzter. Aber Juri Pokow hatte fast fünfzig Jahre überstanden, weil er einfach nur das tat, was von ihm verlangt wurde – nicht mehr und nicht weniger. Diese Haltung hatte ihm kaum Chancen zu einer Beförderung verschafft und noch weniger Chancen, um Kritik zu üben. Er unterdrückte den Impuls, sich mit der Hand über den frisch rasierten Schädel zu fahren.

Im Flur vor dem Krankenzimmer warteten mehrere

Leute, darunter auch der Rechtsanwalt, den Elvira Schasow engagiert hatte. Für Juri Pokow, der sich für einen einfachen, erfahrenen Menschen hielt, wurden die Dinge langsam zu kompliziert. Neuerdings gab es Anwälte, Gerichtsverfahren über Personen, die man früher einfach verprügelt und dann laufengelassen hätte, Beschwerden wegen Mißhandlungen, Anordnungen, sich Bürgern gegenüber anständig zu verhalten.

Sascha, den Kopf immer noch von Verbänden umhüllt und mit seinen eigenen Shorts und einem T-Shirt bekleidet, stützte sich auf einen Ellbogen und betrachtete die drei Jungen neben seinem Bett. »Nein«, sagte Sascha. »Das sind sie nicht.« Er ließ sich wieder aufs Kissen zurückfallen und schloß die Augen.

»Sind Sie ganz sicher?« fragte Juri Pokow. »Schauen Sie sich die drei lieber noch einmal genau an.«

Sascha schlug die Augen auf. Diese Jungen waren älter als die, die ihn überfallen hatten. Außerdem waren sie größer und viel schwerer gebaut.

»Ich kann ihnen auch noch Mützen aufsetzen«, sagte Juri.

»Nein«, Sascha war sich ganz sicher. »Sie sind es nicht.«

Juri nickte und scheuchte die drei Jungen hinaus in den Flur. Er hatte mit Genehmigung seines Vorgesetzten, Sergeant Knitsow, jedem hundert Kopeken versprochen.

»Nun?« fragte Lermonow, der Anwalt.

»Er sagte, das seien nicht die Jungen, die ihn angegriffen haben«, sagte Pokow.

Pokow ließ den Blick über die Versammlung im Flur wandern und wünschte sich, daß Sergeant Knitsow diese Angelegenheit selbst in die Hand genommen hätte. Pokow zahlte die drei Jungen aus, die soeben Tkachs Zimmer verlassen hatten, und winkte die nächsten drei Jungen herein. Er öffnete die Tür und führte die Jungen ins Krankenzimmer. Saschas Kopf lag wieder auf dem Kissen. Die Arme bedeckten seine Augen.

Es war ein für diese Jahreszeit seltener Sonnentag, und die Jalousien waren hochgezogen. Draußen war die Temperatur auf – 5° Celsius gefallen.

»Waren es die?« fragte Pokow.

Sascha drehte sich um und versuchte etwas zu erkennen. Er hatte seit dem Schlag auf den Kopf Schwierigkeiten, scharf zu sehen. Er deutete sofort auf Alexi Schasow.

»Der da. Nicht die anderen beiden«, sagte er.

Alexi Schasow blieb stehen, während die anderen sich umdrehten. Er starrte Sascha wütend an, während er von Juri Pokow hinausgebracht wurde.

Zu den nächsten drei Jungen gehörten Boris und Mark Schasow und ein Junge, dem Juris Sergeant versprochen hatte, eine gegen ihn gerichtete Anklage wegen Taschendiebstahls fallenzulassen, wenn er mit ihm ins Krankenhaus fahre und bei der Gegenüberstellung mitmache. Der Junge war einverstanden gewesen. Der Sergeant hatte ohnehin vorgehabt, den Jungen laufenzulassen.

»Diese beiden«, sagte Sascha und zeigte auf Boris und Mark. »Der andere nicht.«

Boris lächelte, ehe er kehrtmachte. Mark sah sich im Zimmer um. Juri Pokow fragte sich, ob sich wieder dieses Ding in seinem Magen bildete, das Problem, mit dem er sich schon vor fünf Jahren herumgeschlagen hatte. Es fühlte sich eindeutig genauso an. Vielleicht lag das aber auch nur an der Krankenhausumgebung.

»Positive Identifizierung«, sagte Juri zu dem Rechtsanwalt.

»Ich möchte ihn sprechen«, sagte Lermonow.

Juri Pokow schüttelte den Kopf und ließ die Jungen im Flur stehen. Er hatte keine Angst, daß sie flüchteten. Wo sollten sie sich verstecken? Außerdem stand ein bewaffneter Beamter in Uniform nur ein Dutzend Schritte von ihnen entfernt und schien sich ausreichend zu langweilen, um auf die Kinder oder gar den Anwalt zu schießen, falls sie ihm irgendwelchen Verdruß bereiten sollten.

Juri kehrte ins Krankenzimmer zurück. Diesmal nahm Sascha den Arm nicht vom Gesicht.

»Der Anwalt will mit Ihnen reden«, sagte Pokow.

»Nein«, erwiderte Sascha.

Pokow nickte und ging in den Flur zurück. Er schloß leise die Tür hinter sich und sah Lermonow kopfschüttelnd an.

Die drei Schasow-Brüder hielten sich ein wenig abseits von den anderen Jungen und lehnten an der Wand.

»Diese Jungen sind unschuldig«, sagte Lermonow.

»Das glaube ich ganz bestimmt«, sagte Pokow und musterte die Schasows. Pokow mochte keine Kinder, auch wenn sie keine Kriminellen waren, die Polizisten angriffen und Betrunkene ermordeten.

»Ich muß aber mit dem Beamten sprechen, der die Verhaftungen vorgenommen hat«, beharrte Lermonow.

»Inspektor Tkach möchte nicht mit Ihnen reden«, sagte Pokow. »Wir gehen jetzt.«

»Aber…« setzte Lermonow an.

Pokow deutete auf den bewaffneten Polizisten.

»Meine Befehle lauten, die Gefangenen wieder in Gewahrsam zu nehmen, sie zurückzubringen und mich ansonsten ausschließlich nach den Wünschen von Inspektor

Tkach zu richten. Und er möchte nicht mit Ihnen sprechen.«

»Dann soll es wohl so sein«, gab Lermonow sich mit einem Achselzucken geschlagen und bedeutete den drei Jungen mit einer Handbewegung, sie sollten den anderen folgen. »Dann soll es so geschehen.«

Sascha hatte im Laufe des Tages einen ganzen Strom an Besuchern empfangen. An einige erinnerte er sich am nächsten Tag kaum mehr. Er war sicher, daß Maja gekommen war, ihn geküßt und ihm etwas gesagt hatte, während sie seine Hand hielt. Er war sicher, daß sie geweint hatte. Absolut sicher war er, daß seine Mutter gekommen war, jedoch kein Wort gesagt hatte. Rostnikow schien plötzlich aufgetaucht zu sein und ihn betrachtet zu haben. Als Sascha die Augen aufgeschlagen hatte, hatte Rostnikow nichts gesagt. Er hatte nur gelächelt. Irgendwann nach Einbruch der Dunkelheit war Sascha wieder aufgewacht und hatte Selatsch gesehen, der auf einem Stuhl neben dem Bett saß. Er hatte die Hände gefaltet im Schoß liegen und sah ihn an.

»Geh nach Hause, Selatsch. Leg dich schlafen. Mir geht es gut«, krächzte Sascha mit trockener Kehle.

Selatsch erhob sich.

»Ich könnte jetzt ein Glas Wasser gebrauchen«, sagte Sascha, und Selatsch führte den Auftrag bereitwillig aus. Er verließ das Zimmer und kam wenig später mit einer Wasserkaraffe und einem Trinkglas zurück.

Nach einiger Zeit, die Beleuchtung war bereits gedrosselt worden und die anderen Patienten auf der Station schliefen schon, kam Elena Timofejewa zu ihm. Er sah zu ihr hoch. Sie hatte eine einzelne Blume in der Hand. Sie stellte sie in das Wasserglas.

»Rostnikow hat sie mir gegeben«, sagte sie. »Sie stammt von dem Busch im Hof der Petrowka. Er sagte, er bewundere seine Fähigkeit zu blühen, während andere Bäume und Büsche mit dem Winter kahl und grau geworden sind.

Sascha nickte.

Elena fühlte sich unbehaglich. Sie und Tkach waren zwar Partner gewesen, hatten aber niemals besonders gut zusammengearbeitet. Er war zu launisch, schnell beleidigt, dachte ständig über familiäre Probleme nach und war sicherlich in hohem Maße das, was die Amerikaner sexistisch nannten. Sie empfand keine Abneigung gegen ihn. Im Gegenteil, sie fühlte mit ihm und unterstützte ihn im Geiste in seinem ständigen Bemühen darum, die Welt, in der er sich bewegte, zu akzeptieren, wie sie war. Er sah auf eine jungenhafte Art und Weise attraktiv aus, selbst in diesem Moment, als er bleich und mit einem weißen Verband um seinen Kopf im Bett lag.

»Kann ich Ihnen irgendetwas besorgen?« fragte sie.

Sascha schüttelte den Kopf leicht, nein.

»Der Arzt sagt, daß Sie gute Fortschritte machen.«

Sascha versuchte zu lächeln. Es wurde aber nur eine gequälte Grimasse daraus.

In diesem Moment ging die Tür auf, und ein weiterer Besucher trat ein, bewegte sich durch die Schatten und blieb neben dem Bett und Elena stehen. Der neue Besucher sah sie an, aber sie wandte sich ab.

»Ich sage es Ihnen ganz ehrlich, Tkach«, sagte Josef Rostnikow und beugte sich vor, um zu flüstern. »Sie sehen aus wie ein Dummkopf mit einer Narrenkappe.«

Sascha grinste.

Josef war größer als sein Vater und gebaut wie ein Fußballspieler, mit kräftigen Beinen, einem schlanken Körper und soliden, breiten Schultern. Von seiner Mutter hatte er das reizvolle Gesicht und das rötlich-braune Haar geerbt. Er trug einen Schal und eine Jacke über seinen Jeans und ein rot-schwarzes Flanellhemd.

Josef hielt Saschas Arm mit der rechten Hand. Sein Griff war fest. Sascha streckte die Hand aus, um die Hand des Sohnes seines Chefs zu tätscheln.

»Was ist mit Ihrem Stück?« fragte Sascha.

»Mein Stück«, sagte Josef seufzend und sah Elena an. »Was soll ich dazu sagen? Es hat in drei Tagen Premiere. Und nach drei Tagen wird es wegen Zuschauermangels wieder von der Bühne verschwinden. Ich bin wohl dazu verdammt, immer neben dem öffentlichen Geschmack zu liegen. Ich schreibe ein Stück über Afghanistan, und niemand kommt. Ich schreibe eine Tragödie. Niemand weint. Ich schreibe eine Komödie und bin sicher, daß niemand lachen wird. Ich gelange immer mehr zu der Überzeugung, daß ein Leben im und für das Theater wohl doch nichts für mich ist.«

»Wenn es noch gespielt wird, wenn ich hier rauskomme«, sagte Sascha krächzend, »dann werden Maja und ich hinkommen. Ich verspreche, daß wir auch lachen werden, zumindest aus Höflichkeit.«

»Es ist zu spät«, sagte Josef. »Ich habe mich bereits um eine Stelle bei der Polizei beworben. Niemand möchte mehr Polizist sein, daher ist es recht einfach hineinzukommen. Außerdem denke ich, daß ich es in den Genen habe.«

Sascha lächelte wieder und schloß die Augen. Josef löste seinen Griff und klopfte dem Polizisten sanft auf die Schulter.

»Ich komme wieder«, sagte Josef.

Er wandte sich um, sah Elena an und lud sie mit einem

Kopfnicken ein, ihn nach draußen zu begleiten. Sie folgte ihm durch die Tür auf den Korridor.

»Gute Nacht, Josef«, sagte sie und streckte ihm die rechte Hand entgegen.

Er ergriff sie und hielt sie fest.

»Verzeih mir«, sagte er.

»Weswegen?«

»Daß ich dich nicht angerufen habe«, antwortete er.

»Du warst mir keinen Anruf schuldig«, sagte sie.

Er schaute ihr tief in die Augen. Im Licht der Flurbeleuchtung konnte sie erkennen, daß er abgenommen hatte.

»Ich habe keine plausible Entschuldigung, weshalb ich nicht zu dem Anruf kam, den ich dir nicht schuldig war«, sagte er lächelnd. »Ich habe hart an dem Stück gearbeitet – habe geschrieben, Regie geführt, Kulissen gebaut, um Requisiten und Geld gebettelt, meinen Text gelernt und Entscheidungen getroffen.«

»Du warst mir keinen Anruf schuldig«, wiederholte sie, »und du brauchst dich nicht zu rechtfertigen.«

»Du ärgerst dich über mich und fühlst dich in meiner Gegenwart unwohl«, stellte er fest.

»Nein«, entgegnete sie.

»Du verbirgst es sehr gut«, sagte er. »Aber ich erkenne sofort, wenn jemand schauspielert. Mit zwei Dingen kenne ich mich aus. Erstens, wie man mit allen möglichen Waffen schießt, denn ich war Soldat, und zweitens weiß ich, wenn Leute sich verstellen, denn ich bin selbst Schauspieler gewesen. Ich habe drei große Hoffnungen. Möchtest du sie hören?«

Elena zuckte die Achseln. Sie waren stehengeblieben und standen sich nun unweit des Fahrstuhls gegenüber. Sie sprachen mit gedämpfter Stimme. Ein Mann, der eine

Bahre vor sich herschob und eine Melodie summte, die nach Mozart klang, eilte an ihnen vorüber.

»Ich hoffe, daß ich ein besserer Polizist bin als Soldat, Bühnenautor oder Schauspieler«, sagte er. »Das ist die eine Hoffnung. Zweitens, ich hoffe, daß meine Eltern immer gesund sind und ihnen nichts passiert.«

»Und drittens?« fragte sie und schob eine Haarsträhne zurück, die über ihre Wange gefallen war.

»Drittens«, sagte er, »und wohl am schwierigsten zu schaffen: Ich hoffe, daß du mich heiratest.«

Elena schüttelte den Kopf, als hätte sie einen Komiker vor sich, der für den Abend einen Witz zuviel erzählt hatte.

»Wir sind erst dreimal miteinander ausgegangen«, sagte sie.

»Viermal«, korrigierte er sie. »Ich zähle die Geburtstagsparty mit.«

»Viermal«, gab sie zu. »Wir sind viermal miteinander ausgegangen. Wir sind uns ... nähergekommen. Dann höre ich fast einen ganzen Monat nichts von dir, und jetzt kommst du mit einem Heiratsantrag?«

»Das ist seltsam, nicht wahr?« sagte Josef. »Aber das macht ihn keinen Deut weniger ernsthaft und aufrichtig.«

»Du mußt dich rasieren«, erwiderte Elena.

Josef strich über seine Wange und sagte: »Ich liebte dich von dem Moment an, als ich dich bei der Geburtstagsparty in der Wohnung meiner Eltern sah. Du kamst durch das Zimmer, hast einen Kräcker gegessen, hast dir das Haar genauso wie gerade aus dem Gesicht gestrichen, und ich liebte dich.«

»Bist du verrückt, Josef?«

»Nein«, sagte er. »Ich finde seit zwei Tagen keinen Schlaf mehr, und ich bin sicherlich ein wenig seltsam, aber das ändert nichts an der Tatsache, daß ich dich heiraten möchte.«

»Leg dich erst mal schlafen«, riet sie ihm und betrat den Fahrstuhl, der endlich angekommen war und die Türen geöffnet hatte.

Eine fette Frau mit einem Tablett voller Medizin stieg aus, und Elena stellte sich in die Mitte der Fahrstuhlkabine. Josef sprang in den Fahrstuhl, während sich die Türen bereits schlossen. Sie starrten beide geradeaus und vermieden es, einander anzusehen.

»Kommst du am Freitag zur Premiere?« fragte er.

»Vielleicht«, antwortete sie, »vielleicht auch nicht.«

»Wir können anschließend eine Tasse Kaffee trinken«, sagte er. »Wenn du es möchtest, dann verspreche ich, dir an diesem Abend keinen Antrag zu machen.«

»Josef«, sagte sie, während der Fahrstuhl langsam nach unten sank. »Du weißt viel zuwenig über mich. Ich weiß nicht genug über dich. Wenn ich deine Eltern nicht kennen würde, würde ich sagen, daß du völlig verrückt bist.«

»Ich habe drei Jahre in der Armee damit verbracht, völlig verrückt zu sein und Menschen zu töten, die mir genauso verrückt vorkamen«, sagte er. »Nach und nach scheine ich wieder normal zu werden. Langsam zwar, aber es kommt zurück. Sei bitte zur Premiere da.«

Die Fahrstuhltür öffnete sich. Ein Mann und zwei Frauen stiegen ein. Sie diskutierten über jemanden namens Eichen.

»Ich komme«, versprach Elena.

Josef und Elena stiegen aus dem Fahrstuhl. Sie waren im Begriff, die kleine Vorhalle des Krankenhauses zu durchqueren. Eine furchteinflößend aussehende Frau Mitte Fünfzig saß hinter dem Empfangspult und hatte alles scharf im Auge. Josef ergriff Elenas Hand und hielt sie zurück. Sie drehte sich um und sah ihn an.

»Es ist vielleicht der falsche Moment für meinen Vorschlag, da er aus dem Munde eines todmüden Narren kommt«, sagte er, »aber meine Worte sind aufrichtig. Meine Gefühle sind echt. Das einzige, was zwischen uns steht, ist das, was du von mir hältst.«

»Ich versuche noch immer, mir darüber klarzuwerden«, sagte Elena und spürte den Blick der Empfangsdame beinahe körperlich.

»Gut«, sagte er. »Wie kommst du nach Hause?«

»Mit der Metro«, antwortete sie.

»Ich habe den Wagen eines Freundes hier«, sagte er.

Elena nahm die Einladung mit einem Kopfnicken an. Die lange Phase seiner scheinbaren Gleichgültigkeit hatte sie zutiefst deprimiert. Nun überfiel er sie regelrecht und redete von Heirat. Sie war sich ziemlich sicher, daß sie das nicht wollte, nicht zu diesem Zeitpunkt jedenfalls. Sie müßte über eine ganze Reihe Dinge nachdenken.

Vierzehn

Gerechtigkeit

Der Mann, der Karpo seit zwei Tagen folgte, war sehr gut. Es gab viele Gründe, weshalb Karpo verfolgt werden könnte, aber der nächstliegende war, daß es mit den Informationen auf der Computerdiskette zu tun hatte, die Karpo in der Tasche hatte, und dem Ausdruck des Disketteninhalts in seiner Hand. Karpo vermutete, daß der Mann beim militärischen Abschirmdienst, beim KGB oder im Zentralbüro des Innenministeriums tätig gewesen war. Er vermutete außerdem, daß der Mann nun für die Mafia arbeitete und für den Tod von Mathilde Verson verantwortlich war.

Der Mann hatte auf ihn gewartet, als Karpo am frühen Morgen aus der Petrowka herausgekommen war. Er unterhielt sich auf der anderen Seite der Petrowkastraße mit einem fliegenden Händler und trank etwas aus einem Pappbecher. Der Mann trug einen blauen Kolani und eine schwarze Strickmütze. Er sah Karpo nicht an. Als Karpo die Metrostation erreichte, sah er den Mann nicht, aber er war sicher, daß er weiterhin beobachtet wurde und daß der Verfolger ihm auf den Fersen bleiben würde.

Als Karpo an der Oktabraschkojestation ausstieg, entdeckte er den Mann im Strom der Arbeiter, die ihren Arbeitsplätzen im Distrikt entgegeneilten. Karpo ging die Dimitrowstraße hinunter und an der französischen Botschaft im Haus Nr. 43 vorbei. Die Franzosen hatten das ursprüngliche Igumnow-Haus bezogen, ein roter Ziegelbau aus dem späten achtzehnten Jahrhundert, und in den 80er Jahren daneben ein modernes Gebäude errichtet. Moskau ist, genauso wie die französische Botschaft, eine bizarre Mischung aus Baustilen, einem Rest alter Architektur, neuer Bauwerke und bröckeligem, sowjetischem Beton. Karpo kannte jede Straße.

Er ging langsam zur Statue von Georgi Dimitrow, einem Helden der bulgarischen Arbeiterbewegung. Dimitrow stand über ihm und rief wahrscheinlich seine Zuhörer dazu auf, sich der mittlerweile hingeschiedenen Revolution anzuschließen. Als junger Polizist von Anfang Zwanzig war Karpo bei der Enthüllung der Statue dabei gewesen. Es war eine der zahlreichen Bestätigungen in seinem Leben, daß die Revolution trotz ihrer Mängel und der Korruption ihrer Bürokraten am Ende erfolgreich sein würde – groß, leidenschaftlich, solide. Niemand außer den Touristen achtete noch auf die Statue.

Karpo bog in die *Ulitsa Bolskaja Polijank*, die Große Polijankastraße, ein und überquerte die Malij Kamennij Most, die kleine Steinbrücke über den Obwodnijkanal. Der Mann mußte nun dicht hinter Karpo sein, nur wenige Leute überquerten die Brücke. Der Mann hatte keine andere Wahl, als die Brücke ebenfalls zu überqueren, wenn er seine Beute nicht verlieren wollte.

Karpo blickte zum Udarnik-Kino links von ihm, traf auf den Platz zu seiner Rechten und ging schnurstracks zu einem Garten, der an die Lavruschinskijstraße grenzte. Unter der Statue des Künstlers Ilya Repin stand eine Bank. Karpo setzte sich und schaute zu erstenmal den Mann, der ihn verfolgte, direkt an. Der Mann war gute fünfzig Meter entfernt und tat so, als lese er in einem Buch, nachdem er auf die Uhr gesehen und die Straße nach einem imaginären

Autobus abgesucht hatte. Als der Mann in Karpos Richtung schaute, sah er, wie der bleiche Polizist in Schwarz seinen Blick erwiderte. Der Mann tat so, als bemerkte er es nicht, und vertiefte sich wieder in sein Buch. Als er das nächste Mal zu dem Mann auf der Bank hinübersah, winkte Karpo ihm zu, er solle ruhig kommen.

Der Mann ließ sich nur für einen Augenblick aus der Ruhe bringen. Er war ein Profi. Er war beim KGB gewesen und hatte Hunderte von Stunden damit verbracht, Leute zu verfolgen. Er klemmte sich das Buch unter den Arm und ging zu Karpo hinüber. Er blieb vor dem Detektiv kurz stehen, dann setzte er sich.

»Was lesen Sie?« erkundigte Karpo sich.

»Ein ziemlich schlechtes Buch über ein paar Schwachsinnige, die in Deutschland einen Eisenbahnzug entführen«, sagte der Mann.

Der Mann war mindestens fünfzig Jahre alt und hatte eine stämmige Figur und ein flaches, kantiges Gesicht.

»Haben Sie mir etwas zu sagen?« fragte der Mann.

»Ich habe dem Mann oder den Männern etwas zu sagen, die Ihre Dienste in Anspruch nehmen«, meinte Karpo. »Ich möchte mit ihnen ein Geschäft machen.«

Karpo holte den Ausdruck des Disketteninhalts aus seinem Leinenbeutel und reichte ihn dem Mann. Dieser nahm ihn entgegen und las die erste Seite. Danach gab er ihn Karpo zurück.

»Das hat Igor Kuzen vorbereitet, der gestern ermordet wurde«, sagte Karpo.

Der Mann nickte verstehend und stand auf, um sich auf die Suche nach einem Münzfernsprecher zu begeben. Fünf Minuten später kam er zurück und setzte sich wieder neben Karpo.

»In fünf Minuten kommt ein Auto«, sagte er.

Karpo nickte. Es wurde nichts mehr gesagt, nicht einmal, nachdem ein schwarzer Buick mit dunkel getönten Scheiben am Bordstein hielt. Karpo folgte dem Mann und setzte sich auf den Rücksitz. Der Fahrer schaute stur geradeaus. Er war mit einer grünen Schlange tätowiert, die sich um seinen Hals ringelte.

Der Wagen stoppte vor dem Restaurant Sofia gegenüber dem Peking-Hotel. Auf dem Bürgersteig spielte trotz der Kälte ein Mann Akkordeon, während ein zweiter ihn auf einer Violine begleitete. Sie hatten eine Mütze für mildtätige Gaben vor sich auf den Asphalt gelegt. Karpo und der Mann, der ihm gefolgt war, verließen den Wagen. Dieser entfernte sich sofort wieder.

Das Musikerduo spielte einen russischen Tanz. Sechs Leute waren stehengeblieben und hörten zu. Der Mann, der Karpo verfolgt hatte, ging zu dem Restaurant, öffnete die Tür und trat zurück, damit Karpo eintreten konnte. Kein Kellner war zu sehen, und die Tische waren nicht gedeckt. Bis zum Öffnen des Restaurants würden noch Stunden vergehen. Am Ende des Raums, der lediglich von einer einzigen Lampenreihe beleuchtet wurde, saß ein Mann an einem Tisch, rauchte und sah Karpo an.

Der Mann, der ihn verfolgt hatte, gab Karpo ein Zeichen, zum Ende des Gastraums zu gehen. Karpo ging auf den Mann am Tisch zu. Der Mann, der ihn verfolgt hatte, begleitete den Detektiv nicht.

Als er sich dem Tisch näherte, deutete der sitzende Mann auf den Stuhl ihm gegenüber. Karpo nahm Platz und legte den Computerausdruck auf den Tisch.

»Etwas zu trinken?« fragte der Mann und beugte sich vor. »Kaffee, Tee, Saft oder einen Sherry?«

Der Mann, der ihm gegenübersaß, war gekleidet wie ein Geschäftsmann – er trug einen sorgfältig gebügelten Anzug mit einer farbenfrohen italienischen Krawatte. Der Mann war groß, breitschultrig und hatte ein freundliches, leicht rosiges Gesicht und langes Haar, das er zu einem Pferdeschwanz zusammengebunden hatte. Er sog gierig an seiner Zigarette und hielt nur inne, um aus einem großen Becher Tee zu trinken. Als der Mann nach dem Becher griff, bemerkte Karpo die Tätowierungen, die sich über seine Unterarme und beide Handrücken erstreckten.

»Wissen Sie, wer ich bin?« fragte der Mann.

»Ich nehme an, Sie sind Lew Semjonow«, sagte Karpo.

»Und wie kommen Sie zu der Annahme?« wollte Semjonow wissen.

Karpo blickte auf den umfangreichen Computerausdruck. Semjonow griff danach, zog den Papierstapel zu sich herüber und begann zu lesen. Sein Name stand ganz oben. Am Ende der Seite brach er die Lektüre ab und begann die restlichen Seiten flüchtig durchzublättern. Er war sehr schnell damit fertig und schob das Manuskript zu Karpo zurück.

»Ich hab's gelesen«, sagte Semjonow. »Es scheint, als hätte Igor Kuzen, der verstorbene Igor Kuzen, mich am Ende doch noch ausgetrickst. Er sagte, daß er diese Diskette besitze und daß er eine Kopie an einen Freund zusammen mit der Anweisung geschickt hätte, sie dem Innenminister persönlich zukommen zu lassen, falls Kuzen sich drei Tage nicht melde. Er nannte uns natürlich nicht den Namen des Freundes. Wir brauchten fünf Tage, um jeden zu identifizieren, mit dem Kuzen seit seiner Kindheit engeren Kontakt gehabt hatte. Am fünften Tag stießen wir auf Katerina Molenskija, eine Cousine Kuzens, die in

Minsk lebt. Sie gestand sofort und übergab uns die Diskette. Sie starb am Schock und einer Kugel.«

»Wir haben außerdem Kuzens Festplatte gelöscht«, fuhr Semjonow fort. »Aber es scheint, als hätte noch eine weitere Kopie existiert. Möglicherweise gibt es sogar noch mehr Exemplare.«

»Was genau ist vor drei Tagen passiert – bei der Schießerei auf der Straße?« fragte Karpo.

»Nun«, sagte der Mann, »wie Sie aus diesem Bericht Kuzens haben entnehmen können, besitzen wir weder irgendwelche Kernwaffen noch radioaktives Material. Wir haben bereits sehr viel Geld aus Nordkorea erhalten, um Waffen und Material zu liefern, über das wir gar nicht verfügen und von dem wir nicht wissen, ob wir es jemals beschaffen können.«

»Was passierte am Dienstag morgen?« fragte Karpo.

Semjonow lachte, es war ein abgehacktes, bitteres Lachen. »Der Deutsche arbeitete für die Nordkoreaner. Er war eine Art Mittelsmann, in etwa das gleiche wie unser Igor Kuzen, aber viel, viel besser. Ich konnte in seinem Gesicht sehen, daß er nach dem Treffen mit Kuzen genau wußte, daß wir nichts hatten. Wir folgten ihm zu dem Café, wo er die Prostituierte traf, und wir töteten ihn, ehe er die Informationen über unseren unfähigen Wissenschaftler weitergeben konnte. Ich bedaure, daß Ihre Freundin dabei getötet wurde, aber... sehen Sie, es ist ziemlich früh. Ich habe uns eine Kleinigkeit zu essen bestellt.«

»Die Kugeln, die Mathilde Verson getötet haben, stammten nicht aus der Waffe, die neben der Leiche von Michael Siwak gefunden wurde«, sagte Karpo.

»Dann aus der anderen Maschinenpistole«, meinte Semjonow mit einem Achselzucken.

»Es gab keine andere Waffe am Tatort außer der des Deutschen«, sagte Karpo.

Ein Mann mit einem Tablett erschien am Tisch. Darauf befanden sich Brötchen, Butter, eine Kanne Kaffee und zwei Tassen. Er stellte das Tablett auf den Tisch und zog sich sofort wieder zurück.

»Dafür habe ich keine Erklärung«, sagte Semjonow.

»Eine Frage noch«, sagte Karpo, während Semjonow sich eine Tasse Kaffee einschenkte. »Weshalb erzählen Sie mir das alles?«

»Ach«, sagte Semjonow und legte seine Zigarette in den Aschenbecher. »Ich bin sicher, daß Sie von der Diskette weitere Kopien gezogen haben. Darauf befinden sich nicht nur Informationen über unseren Atombombencoup, sondern auch über die Verbrechen fast aller wichtigen Mitglieder der Organisation. Es würde nichts bringen, jetzt auch noch einen Polizisten zu töten. Sie haben eine Namensliste, aber eine Namensliste bedeutet gar nichts.«

Semjonow reichte Karpo die Kaffeetasse. Karpo nahm sie entgegen. Semjonows Hand blieb ausgestreckt. Karpo übergab ihm die Kopie der Diskette.

»Sehen Sie?« sagte Semjonow, während er die Diskette in die Tasche steckte. »Wenn dies Ihre einzige Kopie wäre, hätten Sie sie mir nicht so bereitwillig ausgehändigt.«

»Und nun?« fragte Karpo.

»Und nun?« wiederholte Semjonow und schenkte sich selbst eine Tasse Kaffee ein. »Müssen wir Mittel und Wege finden, diese Informationen wertlos zu machen.«

Karpo nickte. »Bestechung? Erpressung? Drohungen?«

»Tatsächlich«, sagte Semjonow, »haben Sie uns einen großen Gefallen getan. Sie haben uns zu genügend Zeit verholfen, aktiv zu werden, anstatt uns mit einer Serie von

Verhaftungen zu überrumpeln. Oder unseren nordkoreanischen Partnern Gelegenheit zu geben, hinter den Betrug zu kommen. Nehmen Sie ein Brötchen. Sie sind ganz frisch. Riechen Sie daran.«

Semjonow atmete genußvoll den Duft eines Brötchens ein, brach es auf und bestrich es mit Butter. Er bot es Karpo an, der jedoch ablehnte.

»Sie wäre noch am Leben, wenn Sie den Deutschen nicht umgebracht hätten«, sagte Karpo.

»O ja, ich verstehe, was Sie meinen«, sagte Semjonow, nahm einen Bissen von dem Brötchen und kaute einige Sekunden lang. »Aber viel mehr können Sie nicht tun. Sie haben die Diskette kassiert. Wollen Sie uns alle umbringen? Wir sind mehr als achtzig Leute«, sagte er und klopfte auf den Computerausdruck. »Und Sie kennen noch nicht einmal die wichtigsten Namen. Kuzen kannte sie auch nicht. Betrachten Sie es doch einmal so – wäre unser System nicht zusammengebrochen, gäbe es uns gar nicht. Wenn es uns nicht gäbe, dann wäre Ihre … wie lautete ihr Name?«

»Mathilde Verson.«

»Mathilde Verson«, wiederholte Semjonow mit einer wegwerfenden Geste. »Dann wäre sie noch am Leben. Geben Sie Jelzin die Schuld. Erschießen Sie ihn. Oder wenn Ihre verdammte Revolution nicht von Irren wie Stalin und den fetten Dieben und Säufern, die ihn abgelöst haben, korrumpiert worden wäre, hätte keine Notwendigkeit bestanden, den Kommunismus zu beseitigen. Graben Sie Stalin und Breschnew aus und … verstehen Sie, was ich meine?«

»Ich verstehe«, sage Karpo. »Jeder ist verantwortlich.«

Semjonow nickte zustimmend und kaute genußvoll.

»Und nun müssen Sie mich entschuldigen«, sagte Semjonow, »denn ich habe noch eine Menge zu tun, um alles Nötige in die Wege zu leiten. Ich bin nicht dumm genug, Ihnen Geld anzubieten oder Ihnen zu drohen. Sie haben sich mit mir beschäftigt. Ich habe eine Menge über Sie erfahren.«

»Die Verantwortung liegt bei dem, der die Tat begeht, und dem, der sie befohlen hat«, sagte Karpo.

»Ist das ein Zitat?« fragte Semjonow und nahm sich ein zweites Brötchen.

»Lenin«, sagte Karpo.

Semjonow schüttelte traurig den Kopf.

»Ja, ich habe gehört, daß Sie einer von denen sind. Als ich im Gefängnis saß, habe ich sie alle gelesen – Lenin, Marx, Engels, Gorkij, Dostojewskij, Tolstoi, Gogol, Molière, Shakespeare, Nietzsche. Ich habe viel gelesen. Und lange nachgedacht. Und wissen Sie, zu welchem Schluß ich gekommen bin?«

»Woher soll ich das wissen?« fragte Karpo.

Semjonow wedelte mit dem frischen Brötchen vor Karpos Nase herum. »Ich kam zu dem Schluß, daß ich keine Macht hatte und daß Macht das einzig Wichtige für mich war. Sie war für mich so wichtig wie das Blut in meinen Adern. Ich erkannte, daß das Leben kurz und bedeutungslos ist und daß ein Mord weder Verdammnis über mich brachte, noch irgendein Gefühl des Bedauerns in mir erzeugte. Keine Frauen, kein großes Haus, keine erlesenen Speisen. Nur Macht. Menschen Befehle zu geben und von ihnen zu verlangen, daß sie sie ohne Widerspruch ausführen. Es gibt im Leben nichts Wertvolleres. Alles andere sind Lügen, um das System zu erhalten.«

»Obgleich sie das nicht so geschliffen ausdrücken können«, sagte Karpo, »ist dies genau, was die meisten Kriminellen, die wir verhören, ebenfalls glauben.«

»Ja«, sagte Semjonow lächelnd. »Aber sie begreifen nicht, weshalb sie das wollen oder wie sehr dieses Bedürfnis die Geschicke der Menschen bestimmt. Ich begreife es.«

»Und deshalb«, sagte Karpo, »sind Sie noch viel gefährlicher.«

»Genau«, sagte Semjonow.

Sie schwiegen eine Zeitlang, während Semjonow aß und trank und den Detektiv über den Tisch hinweg nachdenklich betrachtete.

»Ich habe es mir anders überlegt mit Ihnen«, sagte Semjonow. »Ich glaube, ich sollte Sie lieber töten lassen. Sie sind doch fest entschlossen, mich zu töten. Oder?«

»Sie haben recht«, bestätigte Karpo.

»Es gibt Eingeborenenstämme, vor allem in Neuguinea, die glauben, daß die Kraft des Kriegers, den man tötet, in einen einströmt, vor allem dann, wenn man sein Herz und seine Leber verzehrt. Vielleicht werde ich Ihr Herz und Ihre Leber ebenfalls aufessen, obgleich beides, wie ich annehme, ziemlich bitter schmecken dürfte. Gehen Sie jetzt. Sie verderben mir die Laune.«

Karpo wandte sich um und sah sich dem Mann gegenüber, der ihn verfolgt hatte. Der Mann schüttelte den Kopf, nein.

»Wissen Sie, was dieses Kopfschütteln bedeutet?« fragte Semjonow. »Es bedeutet, daß niemand außer Panuschkin Ihnen gefolgt ist. Und dessen ist Panuschkin sich ganz sicher, denn es würde ihn das Leben kosten, wenn es nicht so wäre.«

Semjonow legte eine Pistole auf den Tisch, eine Pistole,

die wahrscheinlich während ihres ganzen Gesprächs in seinem Schoß gelegen hatte.

Karpo griff langsam nach dem Revers seines Jacketts und klappte es um. Eine Metallnadel mit einem Knopf, nicht größer als eine Kopeke, war auf der Rückseite des Revers eingesteckt.

Semjonow schüttelte lächelnd den Kopf.

»Wie überheblich«, sagte er. »Dieses Gefühl der Macht läßt Sie andere Dinge völlig übersehen. Wer hat denn mitgehört, worüber wir geredet haben?«

»Ist das wichtig?« fragte Karpo.

Semjonow zuckte die Achseln und zündete sich eine neue Zigarette an. »Wenn dies hier immer noch vertraulich ist, können wir immer noch verhandeln.«

»Es gab niemals etwas zu verhandeln«, sagte Karpo.

Die Tür des Restaurants ging hinter Karpo auf. Der Mann, der ihn verfolgt hatte, fuhr herum, und zwei Männer traten aus dem Dunkel der Küche.

»Wir haben es«, sagte Craig Hamilton ruhig.

Die Männer, die aus dem Dunkel gekommen waren, hoben die Hände über den Kopf. Karpo sah zu dem FBI-Agenten und sechs weiteren schwerbewaffneten Männern in Zivil.

»Karpo!« rief Hamilton plötzlich und starrte an Emil vorbei auf Semjonow.

Plötzlich war Karpos Waffe draußen, er drehte sich in halb geduckter Haltung um, zielte auf Semjonow und schoß. Die Pistole lag immer noch vor dem erschrockenen Gangster, der danach hatte greifen wollen, als Karpos Kugel seine Brust durchbohrte.

Die Hände der anderen Gangster reckten sich noch höher.

»Er wollte nach der Pistole greifen«, sagte Hamilton hinter Karpo.

Semjonow war auf seinem Stuhl nach hinten gestoßen worden und war dann vornübergesackt. Dabei hatte er Kaffee, Brötchen, Butter und einen vollen Aschenbecher vom Tisch gewischt. Hamilton, eine Automatik in der Faust, eilte zum Tisch und legte einen Finger auf Semjonows Hals.

»Tot«, stellte er fest.

Karpo verstaute seine Waffe unter der Jacke und nickte dem schwarzen FBI-Mann zu, der sagte: »Er wollte ganz eindeutig zur Waffe greifen.«

Karpo verspürte kein Gefühl der Macht. Kein Gefühl der Gerechtigkeit. Er empfand eigentlich überhaupt nichts. Ein Mann war gestorben. Mathilde war tot. Karpo machte kehrt, drängte sich an dem Mann vorbei, der ihn noch vor einer Stunde verfolgt hatte, ging zur Tür des Restaurants und trat hinaus in den frühen Winter.

In diesem Raum des Gerichtsgebäudes waren für den Tag siebenundzwanzig Anhörungen angesetzt. Das bedeutete, daß die Jury etwa eine Viertelstunde Zeit hatte, um zu entscheiden, ob der jeweilige Fall vor Gericht zu kommen hatte. In elf Fällen ging es um Mord. Die ersten Fälle wurden von drei Richtern verhandelt, von denen keiner eine juristische Ausbildung genossen hatte. Bis zum Nachmittag verringerte sich die Anzahl der Richter aufgrund von Müdigkeit und Erschöpfung auf einen oder zwei. Der Raum war kaum größer als ein Wandschrank.

Die echte Anhörung fand kurz vor Mittag statt. Die Jury bestand aus zwei Männern und einer Frau. Die Männer waren ungefähr sechzig Jahre alt. Der eine hatte einen krummen Rücken und war ziemlich groß. Der andere war klein und schlank und saß halbwegs aufrecht. Die Frau war viel jünger, etwa dreißig bis fünfunddreißig. Sie trug ein Kostüm, das sich farblich von den Anzügen ihrer Kollegen, die neben ihr saßen, kaum unterschied. Obgleich er sie nicht deutlich erkennen konnte, hatte Sascha den Eindruck, daß sie recht gut aussah. Sie war ein dunkler Typ und für seinen Geschmack ein wenig zu dünn.

Saschas Mund war ausgetrocknet. Auf Anraten der Staatsanwaltschaft hatte er sich umgezogen, seinen Kopfverband jedoch nicht gewechselt. Ein deutlicher Blutfleck war zu sehen, und es war für jeden, der ihn ansah, deutlich zu erkennen, daß der gutaussehende junge Mann mit dem Verband Schwierigkeiten hatte, seine Umgebung genau zu erkennen.

»Bist du soweit in Ordnung?« fragte Selatsch, der neben ihm im Anhörungssaal saß, in dem sich außerdem noch einige Polizisten und die Beschuldigten aufhielten.

»Nein«, sagte Tkach, »aber ich werde es schon schaffen.«

Drei Fälle wurden aufgerufen, nachdem Sascha eingetroffen war. Sie wurden schnell abgehandelt. Zwei endeten damit, daß gegen die Beschuldigten Anklage wegen Körperverletzung und Autodiebstahl erhoben wurde. Der dritte Fall, eine junge Frau, die des Diebstahls und der Prostitution beschuldigt wurde, durfte den Gerichtssaal unbehelligt verlassen, weil es keine anderen Beweise gegen sie gab als die Aussage des Polizisten. Das Opfer hatte darauf verzichtet zu erscheinen. Früher hätte das Wort eines Polizisten für einen Schuldspruch ausgereicht. Die Zeiten hatten sich grundlegend geändert.

Die Schasows wurden aufgerufen. Sie trugen alle die

gleichen schweren braunen Hosen, weiße Oberhemden und schlichte braune Pullover. Ihre Haare waren geschnitten, und sie standen in einer Reihe nebeneinander und hoben die Köpfe, um die Frau am Richtertisch anzusehen. Ihre Gesichter waren sauber. Hinter den drei Jungen standen der Anwalt Lermonow und Elvira Schasow. Ihre Schwangerschaft war nicht zu übersehen, und sie trug ein kleines, schlafendes Kind auf dem Arm.

»Zeugen?« fragte die Richterin und warf einen flüchtigen Blick auf die Klageschrift, die vor ihr lag. Ihre Kollegen taten das gleiche mit wenig Interesse oder Enthusiasmus.

»Zwei«, sagte der Mann mit dem krummen Rücken. »Die Beamten Selatsch und Tkach.«

»Treten Sie vor«, sagte die Frau.

Selatsch half Sascha beim Aufstehen und blieb mit ihm neben den drei Jungen stehen, die die Richterin fixierten.

»Reden Sie«, sagte die Frau.

»Darf ich mich setzen?« fragte Tkach.

Die Richterin nickte, und Selatsch brachte einen Stuhl herbei.

»Danke. Wir beobachteten das Haus, in dem die Schasow-Jungen wohnen. Wir hatten berechtigte Gründe zu der Annahme, daß sie zwei … nein, drei Tage vorher einen Mann ausgeraubt und ermordet hatten. Wir hatten außerdem Grund zu der Annahme, daß dies nicht ihre einzige Tat war, sondern daß sie ähnliches schon früher getan hatten.«

Die Richter schauten zu den Schasows und ihrer Mutter und wandte dann ihre Aufmerksamkeit wieder dem Polizisten im Zeugenstand zu.

»Mein Partner hatte in einer Wohnung auf der anderen

Straßenseite Posten bezogen«, fuhr Tkach krächzend fort. »Es war Mitternacht, und ich wollte ihn ablösen. Während ich gerade im Begriff war, das Mietshaus zu betreten, von dem aus er durch das Fenster einer Bewohnerin das gegenüberliegende Wohnhaus überwachte, wurde ich von diesen drei Jungen angegriffen.« Sascha deutete auf die Schasow-Jungen.

»Sie haben das gesehen?« fragte die Frau hinter dem Richtertisch.

»Ich sah zwei Jungen vor mir. Der andere schlug mich mit einem Gegenstand nieder. Ich drehte mich um. Der Junge hielt ein Stück Holz in der Hand. Es war mit Blut beschmiert, meinem Blut. Dann wurde ich erneut getroffen. Ich versuchte, meine Pistole herauszuziehen, brach jedoch zusammen und war für ungefähr eine Minute bewußtlos.«

»So«, sagte die Frau, »haben Sie genau gesehen, daß der Junge Sie geschlagen hat?«

»Dort war sonst niemand außer dem Jungen, der einen blutigen Holzknüppel in der Hand hielt.«

»Und dann?«

»Als ich die Augen aufschlug, waren die Jungen mit Handschellen um einen Laternenpfahl gefesselt, und ich hörte, wie ein Krankenwagen kam.«

»Polizist Selatsch, was genau haben Sie gesehen und getan?«

Selatsch bemühte sich, nicht das Gewicht von einem auf den anderen Fuß zu verlagern, während er die Blicke der drei Richter erwiderte. Es kostete ihn einige Anstrengung, aber er schaffte es. Er schaffte es auch, außerordentlich nervös zu erscheinen.

»Ich hörte Stimmen vor dem Fenster, hinter dem ich auf die Rückkehr der Schasows wartete. Ich hörte Inspektor

Tkachs Stimme. Ich rannte so schnell ich konnte nach draußen. Dieser Junge...«

Selatsch deutete auf Boris.

»Dieser Junge hielt einen Stein in der Hand und war gerade im Begriff, ihn Inspektor Tkach auf den Kopf zu schlagen, der auf dem Pflaster lag. Der andere Junge hielt ein blutbeschmiertes Stück Holz in der Hand.«

»Haben Sie außer Ihrem Partner und den drei Jungen noch jemand anderen gesehen?« fragte die Frau.

»Nein«, antwortete Selatsch.

»Und was haben Sie getan?« fragte sie.

»Ich... ich habe sie niedergeschlagen. Dann fesselte ich sie an den Laternenpfahl.«

Im Anhörungssaal herrschte ständige Unruhe. Jeder dachte nur über seinen eigenen Fall nach, überlegte sich, wie er den Fall vortragen oder sich verteidigen konnte.

»Polizist Selatsch«, sagte der Mann mit dem krummen Rücken. »Sie sind ein großer, starker Mann. Viel größer als diese Jungen. Weshalb mußten Sie sie schlagen, um sie an ihrem Tun zu hindern? Jeder Junge hat Prellungen davongetragen. Sogar der kleinste.«

»Ich habe versucht, Sascha Tkach zu beschützen«, sagte Selatsch.

»Aber«, sagte der kleinwüchsige Richter, der kerzengerade auf seinem Platz saß und mit einem Bleistift auf Selatsch zielte, als wollte er ihn damit aufspießen, »sie haben Inspektor Tkach doch nicht geschlagen, als Sie eintrafen, oder?«

»Nein«, gab Selatsch zu. »Aber ich konnte erkennen, daß sie im Begriff waren, ihn erneut zu schlagen.«

»Sie haben also auf sie eingeprügelt und sie getreten?« fragte die Frau.

»Ich...« stammelte Selatsch.

»Sie haben Ihren Partner nicht beschützt«, stellte die Frau fest. »Sie haben Ihre Wut an den Jungen ausgelassen, von denen Sie glaubten, daß sie ihm etwas getan hatten.«

»Ich... sie hätten Sascha Tkach beinahe getötet. Ich war –«

»Wütend? Außer sich?« fragte die Frau. »Haben Sie die Jungen gefragt, was passiert war, ehe Sie sich auf sie gestürzt haben?«

»Nein«, sagte Selatsch.

»Alexi Schasow«, sagte die Frau und richtete ihren Blick auf den größten und ältesten der drei Beschuldigten. »Habt ihr, du und deine Brüder, Inspektor Tkach niedergeschlagen?«

»Nein«, antwortete Alexi und schüttelte heftig den Kopf.

»Wer war es denn?« fragte der Richter mit dem krummen Rücken.

»Zwei ältere Jungen«, sagte Alexi. »Ich hab' sie noch nie gesehen. Wir sahen, wie sie diesen Mann von hinten niederschlugen und sind hingerannt, um zu helfen. Einen der Jungen habe ich mit einer Holzlatte erwischt, so daß er zu bluten begann. Mein Bruder Boris hob einen Stein auf und drohte, ihn zu werfen. Die beiden Jungen verschwanden in dem Gebäude direkt hinter uns. Dann erschien dieser große Polizist und fing an, uns zu verprügeln und mit Fußtritten zu bearbeiten. Wir versuchten, ihm von den beiden anderen Jungen in dem Gebäude zu erzählen. Wir dachten, daß er sie vielleicht noch erwischen könnte, aber er wollte nicht zuhören.«

»Mark Schasow«, fragte die Richterin, »hat es sich so zugetragen?«

»Ja«, antwortete der jüngste und kleinste der Brüder,

dessen Gesicht so heftig geschrubbt worden war, daß es rot leuchtete.

Lermonow klopfte Mark auf die Schulter, und Tkach war trotz seiner Benommenheit sicher, daß zwischen dem Anwalt und der Richterin ein fast unmerkliches Kopfnicken ausgetauscht wurde.

»Gibt es noch andere Zeugen? Weitere Beweisstücke?« fragte die Richterin.

»Wir sind arme, aber gute Menschen«, sagte Elvira Schasow und wiegte ihr schlafendes Kind. »Dieser Polizist wäre tot, wenn meine Jungen ihm nicht zu Hilfe geeilt wären. Sie haben es mit Mördern aufgenommen, die viel größer waren als sie. Anstatt daß man sich bei ihnen bedankt, werden sie mißhandelt und vor Gericht gestellt.«

»Das ist keine Gerichtsverhandlung«, erklärte die Richterin. »Dies ist lediglich eine Anhörung, um zu entscheiden, ob überhaupt ein Prozeß stattfinden soll.«

Die Frau wandte sich an die anderen Richter, die ihr etwas ins Ohr flüsterten. Sie schrieb etwas auf die Anklageschrift, ehe sie aufsah.

»Es gibt keinen Grund, die Kinder wegen eines Überfalls auf Inspektor Tkach weiter in Gewahrsam zu behalten. Polizist Selatsch wird einen Tadel in seine Personalakte wegen seiner gedankenlosen Attacke auf die Kinder hinnehmen müssen. Es gibt berechtigten Grund anzunehmen, daß diese Kinder in Wahrheit dem Inspektor das Leben gerettet haben. Anstatt zu verlangen, daß sie bestraft werden, sollte er sich bei ihnen bedanken.«

Sascha war sich nicht ganz sicher, ob er seinen Augen trauen konnte, aber er glaubte einen vielsagenden Blick zwischen dem Anwalt und der Richterin gesehen zu haben.

»Euer Ehren«, sagte Sascha und stand auf. »Dies sind die Jungen, die mich niedergeschlagen haben. Diese Jungen haben außerdem nur einen Tag zuvor einen Mann ermordet. Sie sind jetzt frei, um –«

»Der Fall wurde vorgetragen, und eine Entscheidung wurde gefällt. Sie verstoßen gegen die Gerichtsordnung, Inspektor, aber das Gericht läßt wegen Ihres derzeitigen Zustands Milde walten. Alexi, Boris und Mark Schasow sind sofort in die Freiheit zu entlassen«, fuhr die Frau fort. »Die Richter empfehlen ihrer Mutter mit allem Nachdruck, dafür zu sorgen, daß die Jungen sich bis spätestens zehn Uhr abends zu Hause einfinden, um sie vor weiteren Gefahren zu schützen.«

»Das werde ich tun«, erwiderte Elvira ernst.

»Der nächste Fall«, sagte die Richterin.

Selatsch schaute verwirrt auf Sascha hinunter. Sascha versuchte, die Schasows anzusehen, als sie an ihm vorbeigingen. Auf den Gesichtern der Jungen lag die Andeutung eines Lächelns. Der Anwalt grinste, und die Mutter blieb mit dem Baby im Arm stehen und flüsterte Sascha etwas zu.

Die Richter verlasen bereits die Anklageschrift des nächsten Falles, während Selatsch seinem Kollegen beim Aufstehen behilflich war.

»Was hat sie gesagt?« fragte Selatsch und schaute der davoneilenden Mutter der Schasows hinterher.

»Sie hat mir nur meine Adresse zugeflüstert«, sagte Sascha.

Die einundzwanzigste Anhörung des Tages fand am späten Nachmittag statt. Sie war erheblich kürzer, und im Raum waren nur ein einzelner Richter und eine Handvoll Leute zugegen.

Der Richter war ein stämmiger, bulliger Mann um die Vierzig mit einem militärisch kurzen Haarschnitt. Er trug einen braunen Anzug und eine Krawatte, die überhaupt nicht zueinander paßten.

Anna Porwinowitsch und Jewgenij Porwinowitsch standen rechts vom Tisch. Annas dunkle Augen fingen den Blick des Richters auf, und er sah weg. Rostnikow stand links vom Tisch. Alexi Porwinowitsch, neben ihm, schien, dank der Hilfe des Therapeuten und starker Beruhigungsmittel, die ihm von Sarahs Vetter verabreicht worden waren, halbwegs gesammelt und gefaßt. Er war einwandfrei gekleidet, und sein Haar war tadellos frisiert. Sein Gesicht sah ein wenig verquollen aus, und sein gebrochener Kiefer war mit einem Draht fixiert worden, so daß er nur undeutlich zwischen den Zähnen hervorsprechen konnte.

»Vor mir stehen die falschen Leute, die eines Verbrechens beschuldigt werden«, sagte der Richter. »Die Fakten: Zwei Männer entführen Alexi Porwinowitsch am hellichten Tag und bringen ihn in eine Wohnung. Die beiden Männer arbeiten in der Autowerkstatt, in die die Porwinowitschs immer ihr Automobil zur Reparatur bringen. Einer der beiden Männer behauptet laut Aussage des stark in Mitleidenschaft gezogenen Opfers, die Entführung sei von der Frau und dem Bruder des Opfers geplant worden, und daß er der Geliebte der Ehefrau sei. Hat der Entführer vielleicht gelogen, um sein Opfer zu quälen? Das wissen wir nicht. Hat das Opfer sich die Geschichte von dem Komplott seines Automechanikers, seines Bruders und seiner Frau nur ausgedacht? Wir können uns einzig und allein auf das Wort des Opfers stützen, da er es geschafft hatte, einen der Entführer zu entwaffnen und zu erschießen und, nach seinen eigenen Worten, mehr oder weniger ruhig auf die Rückkehr des anderen Entführers zu warten, um ihn dann ebenfalls zu erschießen. Als nächstes kehrte er in einem Zustand zeitweiliger geistiger Umnachtung nach Hause zurück. Wäre nicht zufällig ein Polizeiinspektor zugegen gewesen, hätte er wahrscheinlich auch seine Frau und seinen Bruder getötet. Wir haben es hier mit einer sehr unglücklichen Situation zu tun. Soweit ich weiß, befindet sich Alexi Porwinowitsch in psychiatrischer Behandlung, die er offensichtlich dringend nötig hat. Es gibt also keinen Fall, der vor einem Gericht zu verhandeln wäre. Alle Personen, die in irgendeiner Weise mit diesen unglücklichen Umständen in Verbindung stehen, sind ab sofort in die Freiheit zu entlassen.«

Alexi Porwinowitsch preßte ein bitteres Lachen zwischen den Zähnen hervor, als seine Frau und sein Bruder an ihm und Rostnikow vorbeigingen.

»Porwinowitsch«, flüsterte Rostnikow.

Porwinowitsch konnte nicht aufhören zu lachen.

Rostnikow ergriff seinen Arm.

»Da sehen Sie, wie gut sie von mir gelernt haben«, sagte Porwinowitsch und versuchte, sein Lachen unter Kontrolle zu bekommen, wobei seine Lippen sich kaum bewegten. »Sie haben eben die richtigen Leute bestochen.«

Der Richter blickte von seinen Papieren hoch und funkelte Porwinowitsch wütend an.

»Verlassen Sie den Anhörungssaal«, befahl der Richter.

Rostnikow führte Porwinowitsch hinaus.

»Sie haben mir Gerechtigkeit versprochen«, sagte Porwinowitsch.

»Ich habe mich geirrt«, gab Rostnikow zu.

»Ich hätte sie erschießen können, aber Sie haben mich daran gehindert«, sagte Porwinowitsch.

Rostnikow hatte das Tonband von Anna Porwinowitschs Gespräch mit Artiom Solowijow tags zuvor dem Gericht übergeben. Er hatte außerdem darauf hingewiesen, daß er und der FBI-Mann jederzeit zu einer Zeugenaussage zur Verfügung stünden. Der Richter erwähnte das Tonband nicht, noch fragte er nach Rostnikows oder Hamiltons Zeugenaussage.

Es fiel schwer, Porwinowitschs Vorwurf der Bestechung zu ignorieren, trotzdem konnte man dem Richter unrecht tun, denn er könnte durchaus den Eindruck gewonnen haben, daß wirklich kein konkreter Fall vorlag, den man hätte vor Gericht bringen können, und daß Rostnikows und Hamiltons Aussage und das Tonband die ohnehin schon chaotische Justiz noch mehr lähmen würden.

Im Flur vor dem Anhörungssaal wartete Anna Porwinowitsch. Jewgenij stand nervös neben ihr. Ein gutaussehender hochgewachsener Mann mit Zähnen so perfekt wie die eines amerikanischen Hollywoodstars stand auf der anderen Seite. Rostnikow mußte insgeheim zugeben, daß sie in diesem Augenblick ihres Triumphs besonders schön aussah.

»Alexi Porwinowitsch«, sagte der gutaussehende Mann, »Sie haben genau zwei Tage Zeit, um Ihre persönliche Habe aus der Wohnung, in der Sie und Ihre Frau gewohnt haben, zu entfernen. Sie wird so lange in ein Hotel ziehen, für dessen Kosten Sie aufzukommen haben. Anna Iwanowna Porwinowitsch hat die Scheidung eingereicht, und wir haben eine einstweilige Verfügung erwirkt, die Ihnen verbietet, sich Ihrer Frau oder Ihrem Bruder auf weniger als hundert Meter zu nähern.«

Der Mann reichte dem verwirrten Porwinowitsch einen

Schnellhefter mit einem beträchtlichen Stapel Schriftstücke.

»Haben Sie das verstanden?« fragte der Mann.

Alexi schaute zu seiner Frau, deren Gesicht keine Regung zeigte. Sein Bruder senkte den Blick.

Alexi begann wieder zu lachen und hielt den Schnellhefter hoch.

Der gutaussehende Mann geleitete Anna durch die Schar der Schaulustigen. Jewgenij folgte mit wenigen Schritten Abstand.

Die Leute betrachteten den lachenden Alexi, aber niemand blieb stehen.

»Alexi Porwinowitsch«, sagte Rostnikow mit Nachdruck.

»Ah«, sagte Porwinowitsch, und in seinen Augen standen Tränen vor Lachen. »Zuerst versuchen sie mich umzubringen, und dann nimmt sie mir alles weg. Ich habe sie immer unterschätzt.«

»Kommen Sie, wir gehen lieber«, sagte Rostnikow und schob Porwinowitsch in Richtung Ausgang. »Wir trinken eine Tasse Tee und unterhalten uns über Eigenarten der russischen Gerechtigkeit. Damit dürften wir ein- oder zweihundert Jahre lang beschäftigt sein.«

»Es wird ihnen nicht viel nützen«, sagte Porwinowitsch und beruhigte sich allmählich.

»Weshalb?« fragte Rostnikow und wünschte sich im stillen, er könnte sich endlich hinsetzen, egal wo.

»Weil ich die Absicht habe, sie töten zu lassen«, flüsterte Porwinowitsch.

Und Rostnikow wußte, daß der Mann – wahnsinnig oder nicht – durchaus meinte, was er sagte.

Über den letzten Fall des Tages wurde von dem Richter mit dem krummen Rücken entschieden, der kaum mehr die Augen offenhalten konnte. Weder die Anwälte noch die streitenden Parteien hatten sich an den Richter gewandt, um eine für sie günstige Entscheidung herbeizuführen. Es waren arme Leute, die sich darum stritten, wer die Schlägerei begonnen hatte, die darin gegipfelt hatte, daß beide verhaftet wurden, weil sie auf einander losgegangen waren. Die Frauen schrien einander vor dem Richter an, während der auf die Uhr schaute und entschied, daß dieser Arbeitstag zu Ende war. Er erklärte den Frauen – beide schon über sechzig –, daß sie ja beide fast die gleichen Verletzungen davongetragen hatten und daß nicht mehr festgestellt werden könne, worum sich der Streit überhaupt gedreht hätte. Es gäbe keine prozessuale Klärung, und sie dürften nicht mehr miteinander reden oder sich einander auf weniger als hundert Meter nähern. Obgleich die Frauen Schwestern waren und in einem Haus auf dem gleichen Flur einander gegenüber wohnten, nickten sie gehorsam und verließen schnell den Gerichtssaal.

Der Richter stand auf. Vom Flur konnte er hören, wie die beiden Frauen miteinander diskutierten, während sie sich entfernten. Die wenigen Zuschauer gingen hinaus. Der Richter nahm seine Brille ab und beugte sich vor, um die handgeschriebenen Entscheidungen des Tages zu überfliegen. Von den siebenundzwanzig Anhörungen waren zweiundzwanzig abgewiesen worden. Vier hatten zu einem Schuldbekenntnis geführt, und einer, ein Verrückter, der mit einem Fleischermesser auf dem Roten Platz Amok gelaufen war und Touristen angegriffen hatte, war verhaftet worden und wartete nun auf seinen Prozeß.

An einer Kaffeebude in der Nähe des Gerichtsgebäudes

reichte Rostnikow Alexi Porwinowitsch einen Becher mit etwas Heißem, Dunklem darin, das er mit gierigen, wütenden Schlucken trank.

»In den sechziger Jahren des neunzehnten Jahrhunderts«, erklärte Rostnikow und entfernte sich zusammen mit Porwinowitsch von der Bude, damit andere sich an heißem Wasser mit einer Spur Tee oder Kaffee darin erfrischen konnten, »hat Zar Nikolaus der Erste die Leibeigenen befreit und die Gerichte reformiert. Es wurden keine Urteile mehr von Richtern gefällt, die selbst zum niederen Adel gehörten. Es gab unterschiedlich umfangreiche Jurys, die aus den nun freien und des Lesens und Schreibens nicht mächtigen Leibeigenen und Kaufleuten bestanden, die man aus Büros, von Märkten und aus Kaufläden holte. Die Verhandlungen waren das reinste Tollhaus. Richter brüllten Fragen über die Familie des Beschuldigten und nach seinen politischen Ansichten. Zuschauer johlten oder lachten, und die Richter führten die Geschworenen, wenn möglich, behutsam zu richtigen Entscheidungen.«

Porwinowitsch schien überhaupt nicht zuzuhören, aber Rostnikow fuhr fort.

»Das System brach am Ende aufgrund seiner eigenen Korruptheit zusammen, um von einem Rechtssystem abgelöst zu werden, das genauso korrupt war. Und später kamen die Sowjets, und alles schien genauso zu sein wie um 1860. Nun... es ist alles ein großer Kreislauf. Sie wurden im falschen Jahrhundert geboren, Alexi Porwinowitsch.«

»Ich hätte die Justiz noch mehr bestechen sollen, als ich es ohnehin schon getan habe«, sagte Porwinowitsch.

»Sie sind immerhin mit Mord davongekommen«, sagte Rostnikow.

»Exekution, Vergeltung«, sagte Porwinowitsch wütend. »Aber wo bleibt die Gerechtigkeit?«

Rostnikow kannte die Antwort, aber er wollte sie diesem Mann, der nicht zuhören konnte, nicht geben.

FÜNFZEHN

Familie

»Möchtet ihr noch ein Stück?« fragte Sarah die beiden Mädchen.

Sie nickten: ja. Rostnikow winkte dem Kellner in der lächerlichen Pizza-Hut-Uniform. Er kam an den Tisch.

»Was bekomme ich noch für meine Gutscheine?«

»Zwei Pizzas«, sagte der Kellner. »Und eine Pepsi.«

»Schön«, sagte Rostnikow und sah zu Hamilton, der fachgerecht zwei Stücke Pizza verteilt hatte.

Der Kellner eilte davon. Die Mädchen knabberten an Krustenstücken und kicherten miteinander. Am Ende des Tisches verzehrten Elena und Josef die letzten Reste ihrer Pizza und unterhielten sich leise. Elena lächelte, als hüte sie ein besonders schönes Geheimnis.

»Wir müssen ein Stück für Anna Timofejewa aufheben«, sagte Sarah.

Rostnikow hatte gehofft, daß es reichen würde, um auch den Tkachs ein Stück kostenlose amerikanische Pizza zu bringen, aber das war nicht möglich. Er würde wohl eine Pizza kaufen müssen.

Sarah nickte und tätschelte die Hand ihres Mannes. Sie hatten Karpo eingeladen, ja beinahe bedrängt, sie zu begleiten, aber er hatte abgelehnt wie auch Selatsch und seine Mutter.

Sie waren sehr früh gekommen, vor den Amerikanern, den Franzosen, den Deutschen und, seit kurzem, auch reichen Kriminellen, die das populäre Restaurant zahlreich besuchten. Doch nun füllte sich der Gastraum, und die Kellner hielten Ausschau nach freien Tischen.

»Ich habe eine Pizza für Inspektor Tkachs Familie bestellt«, sagte Hamilton. »Mit den besten Empfehlungen der amerikanischen Regierung.«

»Vielen Dank«, sagte Rostnikow.

»Ich habe heute morgen mit meiner Frau und den Kindern gesprochen«, erzählte Hamilton. »Sie klangen, als befänden sie sich auf einem anderen Planeten.«

»Amerika ist ein anderer Planet«, stellte Sarah fest. »Ich habe Porfirij Petrowitsch zu überreden versucht, dorthin zu gehen, aber ... jetzt ist es zu spät. Hier ist unser Planet.«

Die nächsten beiden Pizzas wurden serviert. Der Kellner stellte an jedes Tischende eine. Rostnikow streckte die Hand aus, unterdrückte die Schmerzen in seinem Bein und nahm sich ein weiteres Stück.

Emil Karpo saß auf dem Stuhl neben Paulinins Schreibtisch. Sie tranken starken Kaffee, den Paulinin aufgegossen und in zwei Tassen gefüllt hatte, die er sonst zu wer weiß was brauchte. Paulinin trank einen Schluck, wischte sich die Hände an seinem schmuddeligen Laborkittel ab und warf einen Blick auf seine Notizen.

»Die Ballistiker haben zur Abwechslung mal recht gehabt«, sagte er. »Die Kugeln, die sie getötet haben, kamen nicht aus der Pistole des toten Mannes mit den Tätowierungen. Er hatte eine moderne Waffe. Die, die sie getötet hat ...«

Karpo nippte an seinem Kaffee.

»Wollen Sie wirklich, daß ich weitermache?« fragte Paulinin.

Karpo nickte.

»Die Trottel, die die Autopsie vorgenommen haben, haben noch nicht einmal nach Schußwunden oder gar Kugeln gesucht«, sagte Paulinin. »Sehr schlampig. Selbst zur Zeit der Zaren war man besser. Die Leute damals hatten wenigstens noch so etwas wie Berufsethos. Und es wurde keine zweite Waffe gefunden?«

»Nein«, antwortete Karpo. »Weder in den Händen noch in der Nähe der Toten.«

Paulinin zuckte die Achseln.

»Haben Sie sich um ...« begann Karpo.

»Ich erhalte die Asche in ein paar Tagen«, versprach Paulinin.

Karpo nickte.

»Möchten Sie mal eine doppelte Niere sehen?« fragte Paulinin. »Ich habe gerade –«

Karpo schüttelte ablehnend den Kopf.

Etwas blubberte leise in der Dunkelheit des Labors im zweiten Kellergeschoß unter der Erdoberfläche. Etwas knarrte. Und etwas roch streng. Es gab viele Gerüche.

»Wann haben Sie das letzte Mal etwas gegessen, Karpo?« erkundigte sich Paulinin.

Karpo betrachtete den kleinen Mann mit neuem Interesse. Paulinin machte sich aufrichtig Sorgen um ihn.

»Ich esse später«, sagte Karpo.

»Ich habe noch ein halbes Hähnchen, einen Kohlkopf und eine fast volle Flasche Wein in meinem Zimmer«, sagte Paulinin.

»Ich habe keine besonderen Ansprüche«, sagte Karpo.

»Aber ich«, sagte Paulinin. »Und ich bin müde. Ich habe Hunger, und Sie sind die einzige Gesellschaft, die ich ertrage und genieße. Kommen Sie, wir essen das Hähnchen, und ich erzähle Ihnen von den interessantesten Leichen, an denen ich gearbeitet habe.«

»Wer könnte ein solches Angebot abschlagen?« fragte Karpo.

»Trotz Ihrer Niedergeschlagenheit entwickeln Sie tatsächlich so etwas wie Humor«, sagte Paulinin.

Sie stand ganz hinten in ihrem Wandschrank. Irina Smetenowa hatte die Tasche nicht geöffnet, seit sie sie in ihre Wohnung gebracht hatte. Der Hund hatte an der Schranktür geschnüffelt, und Irina erinnerte sich an die einzelne Orange, die in der Tasche lag. Eine Orange, zwei Kartoffeln, die wahrscheinlich längst grüne Keime hatten, und ein Glas Marmelade.

Irina hatte einen schwachen Rücken, verkrüppelte Knie, eine kleine Pension und einen hungrigen Hund. Ihr Leben bestand aus einer endlosen Folge von schmerzerfüllten Ausflügen in den Park mit Dolgi und den Gängen zu den Läden, um zu kaufen, was sie sich leisten konnte. Sie verkehrte wenig mit ihren Nachbarn, die sie mit dem gleichen Mißtrauen betrachteten, mit dem sie sie betrachtete. Es war keine sehr gute Wohngegend, und sie wurde immer schlimmer. Bei Sofia Workowna, die im Parterre wohnte, hatten zwei Männer eingebrochen und sie anschließend halbtot geschlagen. Ihr Portemonnaie und ihr Fernsehapparat waren mitgenommen worden sowie ihre Messer und Gabeln und ein paar billige Kuriositäten, die die alte Frau gesammelt hatte. Es war keine schöne Nachbarschaft mehr.

Irina ging zum Schrank, und Dolgi folgte ihr schwanzwedelnd.

Es waren schwere Zeiten, und es gab niemanden, der ihr

hätte helfen können. Irinas einziges Kind war selbst Mutter und lebte mit ihrer fast erwachsenen Tochter in Estland. Irinas Schwester war schon lange tot. Es gab nur noch sie und Dolgi.

Daher war sie, als sie auf dem Weg in den Park die Schüsse auf der anderen Straßenseite hörte, auf die Knie gefallen, hatte den Hund in die Arme genommen und an sich gedrückt. Wie gebannt hatte sie beobachtet, wie der kahlköpfige Mann mit den Tätowierungen ins Restaurantfenster geschossen hatte. Sie sah, wie der Mann neben ihr mit irgendeiner Waffe nach draußen schoß. Sie sah den tätowierten Mann nach hinten stolpern, als er getroffen wurde, sah den Wagen mit quietschenden Reifen wegfahren, sah, wie die Scheiben durch wilde Schüsse des Mannes im Café zerbarsten.

Die Schüsse verstummten. Menschen sprangen auf. Viele rannten weg, wollten nicht als Zeugen zurückbleiben. Einige kamen langsam herbei. Irina hatte mittlerweile die Straße überquert, in einem Arm den Hund, die Einkaufstasche in der anderen Hand.

Irina war neben dem tätowierten Mann auf der Straße in die Knie gegangen. Er war noch nicht ganz tot. Er versuchte zu sprechen, schloß dann die Augen, und sein Kopf fiel zur Seite. Irina hob auf, was neben ihm lag, und steckte es in ihre Einkaufstasche. Ihre Knie schmerzten, als sie wieder aufstand. Der Hund witterte den Geruch des Todes und winselte.

Irina blickte zu der rothaarigen Frau, aber sie wußte, daß sie tot war.

Und dann ließ die Sirene eines Streifenwagens die Plünderer durch die zerborstenen Fenster und die Tür flüchten.

Irina hatte sich unter die Schaulustigen gemischt, als der

Streifenwagen eintraf – sie war nicht mehr als eine alte Frau, die ihren Hund und ihre Einkaufstasche krampfhaft festhielt.

Jetzt, zwei Tage später, öffnete sie den Schrank und holte die Einkaufstasche heraus. Die Orange roch durchdringend und begann bereits zu faulen. Die Kartoffeln waren weich, aber immer noch eßbar, und die Pistole glänzte noch immer und war viel leichter, als sie erwartet hatte. Sie hatte sie aufgehoben ohne nachzudenken, und nun hielt sie sie mit einem Gefühl der Angst und der Erregung in der Hand. Dolgi jaulte und rannte zu der alten Couch hinüber.

Irina hielt die Waffe so, wie sie es im Fernsehen immer gesehen hatte. Es war kein schlechtes Gefühl. Im Gegenteil, es war ein gutes, ein sehr beruhigendes Gefühl. Ihre Tür war stabil. Falls Diebe bei ihr einzubrechen versuchten, würden sie sie nicht schlagen, wie sie es mit Sofia Workowna gemacht hatten, und sie würden auch Dolgi nicht weh tun und ihr Eigentum stehlen. Sie war nicht länger eine hilflose alte Frau mit verkrüppelten Knien. Sie würde mit der Waffe in ihrem kleinen Bett in der Ecke schlafen. Und sie würde viel weniger Angst haben als in den vielen, vielen Monaten vorher.

Emil Karpo kehrte gegen Mitternacht in seine Wohnung zurück. Paulinin war ziemlich betrunken gewesen und hatte darauf bestanden, seine schwierigsten Fälle zu schildern. Er hatte sogar von seinem Vater, der noch lebte, einer Schwester mit zwei oder drei Kindern und von den Jahren erzählt, die er als Verkäufer hinter der Theke in der Apotheke seiner Eltern in Minsk gestanden hatte. Schließlich war er eingeschlafen, und Karpo war gegangen. Er hatte keinen Alkohol getrunken, und er hatte auch kein Bedürfnis danach verspürt. Dann war er die knapp fünf Kilometer durch den heulenden Wind und den ersten richtigen Schnee dieses Winters zu seiner Wohnung gewandert.

An der Tür blieb Karpo stehen. Die Haare befanden sich nicht an Ort und Stelle. Jemand war in seine Wohnung eingedrungen. Er holte die Pistole aus dem Holster und ging schnell zum Ende des Flurs, wo er den Schalter umlegte, der den Flur in Dunkelheit versinken ließ. Er schob sich an der Wand entlang bis zu seiner Wohnungstür. Er wußte, daß es schwierig würde, mit seinem gebrochenen Finger den Schlüssel ins Schloß zu schieben und die Tür zu öffnen, aber er mußte die Pistole in der rechten Hand behalten.

Er öffnete die Tür so leise er konnte und betrat die Einzimmerwohnung in geduckter Haltung.

Die kleine Lampe auf dem Schreibtisch brannte. Das Zimmer war leer. Karpo verriegelte die Tür hinter sich und ging zum Schreibtisch. Dort lag eine Nachricht im Lichtkegel der Lampe. Immer noch die Pistole festhaltend, hob Karpo den Zettel hoch und las: »Emil, entschuldigen Sie bitte mein Eindringen. Sarah und ich meinten, Sie sollten es haben.« Die Nachricht war mit »Porfirij Petrowitsch« unterschrieben. Karpo steckte die Pistole wieder ins Holster und fragte sich, was »es« wohl sein mochte. Er knipste die restlichen Lampen im Zimmer an und sah sofort das Gemälde, das an der Wand über seinem Bett hing. Es war der einzige Platz, der noch nicht von Mathildes Gemälden bedeckt wurde, und nun hing dort ein weiteres.

Karpo zog die Jacke aus, legte das Holster ab, setzte sich auf das Bett und betrachtete das Gemälde, das Mathilde den Rostnikows geschenkt hatte. Im Vordergrund lag eine Frau und sah zu einem mit Gras bewachsenen Hügel im

Hintergrund. Ihr rotes Haar flatterte im leichten Wind. Auf der Kuppe des Hügels stand ein kleines Haus. Karpo betrachtete die Frau und schaute ebenfalls zu dem Haus auf dem Hügel. Etwa eine Stunde blieb er so sitzen, ehe er sich hinlegte, vollständig bekleidet, und einschlief. Zum ersten Mal, seit er ein kleines Kind war, schlief er bei eingeschaltetem Licht.